Plum Sykes urodziła się w 1970 w Londynie. Po ukończeniu studiów na Uniwersytecie Oksfordzkim przez cztery lata pracowała jako redaktor w brytyjskiej edycji miesięcznika *Vogue*. Od 1997 mieszka w Nowym Jorku. W amerykańskim *Vogue* prowadzi kronikę towarzyską, pisze o Hollywood i o modzie, a jej bezpośrednią szefową jest słynna Anna Wintour. *Księżniczki z Park Avenue*, autobiograficzna, pełna humoru debiutancka powieść Sykes, odniosła wielki sukces komercyjny (15 tygodni na liście bestsellerów *The New York Timesa* w 2004). Dużym powodzeniem cieszyła się też następna książka młodej autorki – *The Debutante Divorcée* (*Rozwódki z Park Avenue*, 2006).

W serii LITERKA m.in.:

PLUM SYKES

KSIĘŻNICZKI Z PARK AVENUE

Z angielskiego przełożyła

HANNA SZAJOWSKA

Wydawnictwo
A. Kuryłowicz

WARSZAWA 2007

Tytuł oryginału:
BERGDORF BLONDES

Redakcja: Barbara Nowak

Ilustracja na okładce: Jacek Kopalski

Projekt graficzny okładki i serii: Andrzej Kuryłowicz

ISBN 978-83-7359-529-3

Wyłączny dystrybutor
Firma Księgarska Jacek Olesiejuk
Poznańska 91, 05-850 Ożarów Maz.
t./f. 022-535-0557, 022-721-3011/7007/7009
www.olesiejuk.pl

WYDAWNICTWO ALBATROS
ANDRZEJ KURYŁOWICZ
Wiktorii Wiedeńskiej 7/24, 02-954 Warszawa

Wydanie III (kieszonkowe – I)
Druk: B.M. Abedik S.A., Poznań

1

Blondynki od Bergdorfa to prawdziwa *obsesja*, rozumiecie, nowojorskie szaleństwo. Absolutnie każdy chciałby się do nich zaliczać, ale to, prawdę mówiąc, skomplikowane. Trudno uwierzyć, ile poświecenia trzeba, żeby być wspaniałą, platynowowłosą, nieskazitelną pod względem dermatologicznym dziewczyną z Nowego Jorku, która prowadzi niewiarygodnie bajkowe życie. Serio, wszystko to wymaga zaangażowania na poziomie porównywalnym z, powiedzmy, nauką hebrajskiego albo rzucaniem palenia.

Na początek, już uzyskanie właściwego koloru włosów jest zabójcze. Wszystko zaczęło się od mojej najlepszej przyjaciółki Julie Bergdorf. Jest kwintesencją nowojorskiej dziewczyny, bo najszykowniej być olśniewającą, szczupłą, blondwłosą dziedziczką sieci domów handlowych. Ktoś usłyszał, że Julie od czasów liceum chodzi na farbę do Ariette w Bergdorfie i najwyraźniej ona sama wspomniała o tym swojej osobistej asystentce zajmującej się zakupami u Calvina Kleina, a ta powiedziała wszystkim swoim klientkom. W każdym razie w pewnych kręgach plotkowało się, że Julie poprawia swój blond kolor dokładnie co trzynaście dni, i nagle wszystkie dziewczyny chciały być Trzynastodniowymi Blondynkami. Włosy nie mogą być żółte, ale bardzo jasne, jak u Carolyn Bessette Kennedy. To ona jest blondynką symboliczną, jej włosy należy czcić. To niewyobrażalnie kosztowne. Ariette, jeżeli komuś uda się do niej dostać, co oczywiście jest niemożliwe, bierze jakieś czterysta pięćdziesiąt dolarów za balejaż.

Co nieuniknione, o Blondynkach od Bergdorfa mówi się i plotkuje bez końca. Za każdym razem gdy człowiek otwiera czasopismo albo gazetę, znajduje kolejny artykuł o najnowszym romantycznym dramacie BB albo nowej obsesji BB (aktualnie to sukienki Missoni z frędzlami). Czasami jednak właśnie plotka stanowi najbardziej wiarygodne źródło informacji o tobie i wszystkich twoich przyjaciołach, szczególnie na Manhattanie. Zawsze powtarzam: czemu mam ufać samej sobie, skoro plotka może przekazać *moi* całą prawdę o *moi*?

W każdym razie plotka głosi, że jestem musującą jak bąbelek szampana dziewczyną światową — Nowy Jork to jedyne miasto, które uznaje *dziewczyny* światowe — prowadzącą idealne światowe życie, oczywiście jeśli ktoś tak właśnie sobie idealne życie wyobraża. Nigdy nikomu o tym nie mówię, ale czasami przed przyjęciem patrzę w lustro i widzę kogoś, kto wygląda, jakby wyszedł prosto z filmu w rodzaju *Fargo*. Słyszałam, że prawie wszystkie dziewczyny z Manhattanu cierpią z powodu stanu wyczerpania. I też nigdy się do tego nie przyznają. Julie łapie tak paskudny symptom Fargo, że absolutnie nie jest w stanie wyjść ze swojego apartamentu w Pierre na czas, żeby zdążyć tam, gdzie ma się na czas znaleźć.

Wszyscy uważają, że życie dziewczyny światowej to najlepsze, co może się tu trafić. Prawda jest taka, że w połączeniu z pracą to życie totalnie wyczerpujące, ale nikt nie ośmiela się tego powiedzieć głośno, żeby nie wyjść na niewdzięcznika. Jedyne, co mówią ludzie w Nowym Jorku, to „wszystko fantastycznie!", nawet kiedy biorą zoloft z powodu depresji. Mimo wszystko ma to masę plusów. Na przykład nigdy nie trzeba płacić za nic ważnego w rodzaju manikiuru, pedikiuru, balejażu czy wejścia na imprezy. Minus jest taki, że czasami dostarczyciele wszystkich tych darmowych usług rujnują człowiekowi życie towarzyskie — jeżeli dzieciak twojego dermatologa nie może się dostać do Episcopal, facet będzie wydzwaniał dniami i nocami, możecie mi wierzyć.

W zeszły wtorek, na przykład, odwiedzałam miejską rezydencję mojej przyjaciółki Mimi na rogu Sześćdziesiątej Trzeciej i Madison z powodu „super hiper przyjęcia z okazji zbliżającego się porodu. Takie tam babskie spotkanie", jak powiedziała. Na każdego gościa przypadały trzy osoby z obsługi, serwowano ręcznie robione różowe ciasteczka z Payard Patisserie na Lexington i czekoladowe buciczki od Fauchona. Równie zwyczajnie jak na formalnej inauguracji. Nikt nie zjadł ani okruszka, co na tego rodzaju przyjęciach na Upper East Side należy do protokołu. Ledwie zdążyłam wejść, zadzwoniła moja komórka.

— Halo? — powiedziałam.

— Musisz sobie zrobić balejaż! — wykrzyknął ktoś zdesperowanym głosem. George, mój fryzjer. Korzystam z usług George'a, kiedy nie mogę się dostać do Ariette, czyli niemal cały czas, bo jest permanentnie zarezerwowana dla Julie.

— Jesteś w Arizonie? — zapytałam. — (Wszyscy mówią „Arizona" zamiast „odwyk". Masa nowojorskich fryzjerów odwiedza Arizonę prawie co miesiąc).

— Właśnie wróciłem — odparł George. — Jeżeli się nie przefarbujesz na blond, będziesz bardzo samotną dziewczyną — ciągnął ze łzami.

Chociaż można by pomyśleć, że George jako fryzjer sam będzie to wiedział, wyjaśniłam mu, że brunetka jak ja nie może przefarbować się na blond.

— W Nowym Jorku może — stwierdził, dusząc się płaczem.

Skończyło się na tym, że ceremonię otwierania prezentów spędziłam w bibliotece Mimi, omawiając z George'em typy osobowości podatne na uzależnienia i wysłuchując wszystkich sentencji, które podłapał w czasie kuracji, w rodzaju „Mów, co ci leży na sercu, i rób to z sercem, ale kiedy to robisz, nie rań cudzego serca". Za każdym razem kiedy George idzie na odwyk, zaczyna mówić jak dalajlama. Osobiście uważam, że jeśli fryzjerzy mają ochotę na dogłębną analizę, powinni ograniczać się do włosów. W każdym razie nikt nie uznał zachowania George'a za dziwne, ponieważ na imprezach towarzyskich w Nowym Jorku wszyscy odbierają telefony od swoich stylistów. Miałam szczęście, że nie było mnie w pokoju, kiedy Mimi otworzyła prezent ode mnie, czyli zestaw książek Beatrix Potter. Kompletnie jej odbiło, bo książek było więcej, niż przeczytała przez całe życie. Teraz rozumiem, czemu większość dziewczyn na przyjęciach przedporodowych daje raczej ciuszki z Bonpoint niż kontrowersyjną literaturę.

Czasami fryzjerzy i ich uzależnienia, przyjęcia i imprezy zajmują tyle czasu, jakby były pracą, i nie sposób się skupić na prawdziwej karierze. (A ja robię prawdziwą karierę, o której muszę myśleć, ale zajmiemy się tym później). Cóż, tak to bywa na Manhattanie. Wszystko jakoś człowieka oplątuje i zanim się zorientujesz, co wieczór jesteś poza domem, harujesz jak szalona i po kryjomu woskujesz włoski w nosie jak cała reszta. Niedługo potem zaczynasz myśleć, że jeżeli nie zrobisz tego woskowania włosków w nosie, cały twój świat rozsypie się na kawałki.

Zanim podzielę się z wami resztą ploteczek z imprezy u Mimi, oto kilka cech mojego charakteru, który być może chcielibyście poznać:

1. Płynna znajomość francuskiego, okresowo. Jestem naprawdę dobra w słowach takich jak *moi* i *très*, które najwyraźniej załatwiają prawie wszystko, czego potrzebuje dziewczyna. Kilka nieuprzejmych osób wytknęło mi, że to nie do końca oznacza płynną znajomość języka, ale ja twierdzę, że całe szczęście, bo gdybym mówiła *idealnie* płynną francuszczyzną, nikt by mnie nie lubił, bo nikt nie lubi dziewczyn idealnych, prawda?

2. Stała troska o dobro innych. To znaczy, że jeśli przyjacielski milioner proponuje przejażdżkę z Nowego Jorku do Paryża swoim PO (to najszybszy nowojorski sposób na określenie prywatny odrzutowiec), człowiek jest moralnie zobowiązany powiedzieć „tak", ponieważ wtedy osoba, która siedziałaby obok niego podczas lotu liniowego, będzie miała dla siebie dwa miejsca, a to prawdziwy luksus. A kiedy sama się zmęczysz, możesz się przespać w sypialni, tymczasem mimo najszczerszych chęci nigdy nie znalazłam sypialni w 767 należącym do American Airlines. Jeżeli chodzi o wygodę bliźnich, radzę: zawsze korzystaj z prywatnego odrzutowca.

3. Tolerancyjność. Jeżeli dziewczyna nosi szpilki Manola Blahnika z poprzedniego sezonu, nie skreślę jej z miejsca z listy przyjaciół. No bo nigdy nie wiadomo, czy w parze niemodnych butów nie chodzi super hiper osoba. (Nicktóre dziewczyny z Nowego Jorku są tak bezwzględne, że nawet się nie odezwą do kogoś, kto nie wkłada butów z nadchodzącego sezonu, a to naprawdę ostre wymagania).

4. Zdrowy rozsądek. W tym jestem naprawdę dobra. Trzeba umieć rozpoznać, kiedy dzień jest kompletną stratą makijażu.

5. Specjalizacja z literatury angielskiej. Wszyscy uważają za niemożliwe, żeby osoba, która ma taką jak ja obsesję na punkcie dżinsów Chloé, mogła studiować w Princetown, ale kiedy powiedziałam jednej z dziewczyn na przyjęciu przedporodowym o szkole, stwierdziła: „O mój Boże! Ivy League! Jesteś jak żeński Stephen Hawking". Jasne, ktoś tak łebski nigdy nie popełniłby szaleństwa w rodzaju wydania trzystu dwudziestu pięciu dolarów na parę dżinsów Chloé, ale po prostu nie mogę się oprzeć, jak większość nowojorskich dziewczyn. Powodem, dla którego prawie mnie stać na dżinsy za trzysta dwadzieścia pięć dolarów jest to, że wspomniana wyżej kariera polega na pisaniu artykułów do

czasopisma poświęconego modzie, według którego wydanie trzystu dwudziestu pięciu dolarów na parę dżinsów sprawi ci ekstatyczną radość. (Wypróbowałam wszystkie inne dżinsy — rogany, seveny, earle, juicy, blue culty — ale zawsze wracam do klasyki Chloé. Po prostu robią z pupą coś takiego, czego inne nie potrafią). Kolejna rzecz, która pomaga w finansowaniu mojego przyzwyczajenia, to niepłacenie czynszu za mieszkanie na Perry Street. Często mi się to zdarza, bo właściciel najwyraźniej lubi inne formy płatności, na przykład kiedy zapraszam go do siebie na potrójne espresso, obniża mi czynsz o ponad sto procent. Zawsze powtarzam „szanuj to, co masz, żeby potem nie zabrakło", co jest okropnym banałem, który Brytyjczycy wymyślili w czasie wojny, żeby zmusić dzieciaki do jedzenia ciemnego chleba, ale kiedy ja to mówię, mam na myśli, że szkoda tracić pieniądze na stary, nudny czynsz, kiedy można je z sensem wydać na dżinsy Chloé.

6. Punktualność. Co rano jestem na nogach o wpół do jedenastej i ani minuty wcześniej.

7. Oszczędność. Można być oszczędnym, jeśli nawet ma się kosztowne potrzeby. Nie puśćcie pary z ust, bo wiecie, niektóre dziewczyny robią się strasznie zazdrosne, ale nie płacę prawie za nic z tego, co noszę. Sprawy tak się mają, że projektanci mody w Nowym Jorku uwielbiają rozdawać ciuchy. Czasami się zastanawiam, czy projektanci mody, których uważam za geniuszy, nie są tak naprawdę tępakami, jak to powtarzają tłumy zawistnych ludzi. Czy rozdawanie za darmo czegoś, co można by sprzedać za pieniądze, nie jest trochę niemądre? Ale w tej konkretnej formie głupoty jest coś naprawdę niegłupiego, ponieważ wygląda na to, że wszyscy ludzie z kręgów mody posiadają przynajmniej po cztery kosztownie urządzone domy (St Barthes, Aspen, Biarritz, Paryż), podczas gdy wszyscy mądrzy ludzie ze stałą pracą, zajmujący się sprzedażą za pie-

niądze, mają najwyżej po jednym skromnie wykończonym domu. Więc podtrzymuję swoje zdanie, że projektanci mody to geniusze, bo trzeba być geniuszem, żeby zarabiać na rozdawaniu.

Ogólnie rzecz biorąc, spokojnie mogę stwierdzić, że mój system wartości pozostaje nietknięty mimo nowojorskich pokus, które, co nadmieniam z żalem, zmieniły pewne dziewczyny w bardzo rozpieszczone małe księżniczki.

*

Skoro mowa o księżniczkach, impreza u Mimi była zapchana ich wersją z Park Avenue. Były tam wszystkie oprócz — co dziwne — Julie, najbardziej z nich królewskiej. Najbardziej olśniewające dziewczyny twardo trzymały się stylu „dżinsy Chloé za trzysta dwadzieścia pięć dolarów". Wyglądały na ekstatycznie szczęśliwe. Potem była druga grupa, w stylu „pierścionek zaręczynowy od Harry'ego Winstona", ich wygląd można opisać tylko określeniem „niewyobrażalnie olśniewające". W tej grupie znalazły się Jolene Morgan, Cari Phillips (która miała co prawda największy kamień w pierścionku, ale dostała go ze zniżką, bo jej mama pochodzi z Winstonów) i K.K. Adams. Wkrótce porzuciły główne przyjęcie na rzecz spotkania na szczycie w sypialni Mimi, tak dużej, że nadawałaby się na salę sypialną w internacie. Wszystko tam jest obite gołębim perkalem, nawet wnętrza szaf. Kiedy wreszcie poskładałam biednego George'a do kupy i pozbyłam się go z linii, dołączyłam do nich. Jolene — kusząco zaokrąglona, blond, blada, admiratorka Sophie Dahl, ponieważ słyszała, że Sophie nigdy w życiu się nie opalała — była wcześniej zaręczona dwukrotnie. Zastanawiałam się, skąd może mieć pewność, że najnowszy narzeczony jest tym właściwym.

— Prosta sprawa! Mam nową niezawodną metodę wyboru. Jeżeli przy wyborze mężczyzny posłużysz się tymi samymi kryteriami, co wybierając torebkę, gwarantuję, że znajdziesz kogoś, kto idealnie do ciebie pasuje — wyjaśniła.

Teoria Jolene głosi, że mężczyzna ma wiele cudownych cech wspólnych z torebką, na przykład to, że na najlepsze modele są zapisy. W wypadku niektórych czas oczekiwania wynosi dwa tygodnie (chłopcy z college'u i torby od L.L. Beana), innych trzy lata (zabawni faceci i torby birkin od Hermèsa, ze skóry aligatora). Nawet jeżeli jesteś na liście pełne trzy lata, inna kobieta z odpowiednio mocnym argumentem może wskoczyć przed ciebie. Jolene twierdzi, że prawdziwie seksowny model trzeba trzymać w ukryciu albo najlepsza przyjaciółka pożyczy go sobie bez pytania. Troski przysparza jej głównie fakt, że bez tego dodatku dziewczyna wygląda niestosownie.

— ...jest więc całkiem zrozumiałe, że dziewczyna może mieć potrzebę wypróbowania narzeczonych w kilku stylach, zanim znajdzie tego, który naprawdę do niej pasuje — podsumowała Jolene.

Być może popełniłam błąd w ocenie Jolene Morgan: po cichu uważałam ją za jedną z najbardziej płytkich dziewczyn w Nowym Jorku, ale kiedy dochodzimy do kwestii związków, Jolene ujawnia ukryte głębie. Czasami człowiek idzie na przyjęcie przedporodowe i nie oczekuje niczego poza rozmową o zaletach planowanej cesarki (można wybrać znak zodiaku dziecka), a wychodzi, nauczywszy się sporo o życiu. W chwili kiedy weszłam do domu, wysłałam e-maila do Julie.

> Do: JulieBergdorf@attglobal.net
> Od: Moi@moi.com
> Temat: Szczęście

> *Właśnie wróciłam z imprezy u Mimi. Gdzie byłaś, kochanie? Jolene, K.K. i Cari wszystkie zaręczone. Wykryłam dzisiaj jaskrawą różnicę między szczęściem typu dżinsy Chloé a pierścionkiem zaręczynowym. Masz chociaż blade pojęcie, jak fantastycznie wygląda Twoja skóra, kiedy jesteś zaręczona?*

Julie Bergdorf jest moją najlepszą przyjaciółką od chwili, gdy poznałam ją w narożnym apartamencie jej matki w hotelu Pierre na rogu Piątej i Sześćdziesiątej Pierwszej. Była jedenastoletnią dziedziczką sieci domów handlowych. Jej pradziadek zapoczątkował Bergdorfa Goodmana i sieć sklepów w całej Ameryce, co wyjaśnia, dlaczego Julie twierdzi, że zawsze ma w banku przynajmniej sto milionów dolarów „i ani centa więcej", jak to ujmuje. Julie większą część swojego nastoletniego życia spędziła na kradzieżach w sklepach Bergdorfa, po codziennych powrotach ze Spence*. Wciąż trudno jej nie traktować Bergdorfa jako prywatnej szafy, mimo że lata temu został w większości sprzedany koncernowi Neiman Marcus. Najlepsze, co kiedykolwiek ukradła, to jajo Fabergé inkrustowane rubinami; należało kiedyś do Katarzyny Wielkiej. Usprawiedliwieniem jej dziecięcego hobby jest stwierdzenie: „Lubiłam ładne rzeczy. Bycie dzieciakiem Woolworthów musiało być paskudne, mogli zwijać rzeczy w rodzaju, czy ja wiem, środka do czyszczenia toalet, ale ja musiałam zabierać naprawdę boskie drobiazgi, na przykład ręcznie szyte skórzane dziecięce rękawiczki".

Ulubione słowa Julie to „paskudnie" i „bosko". Julie stwierdziła kiedyś, że chciałaby, żeby na świecie nie było niczego paskudnego, a ja odpowiedziałam, że gdyby nie było niczego paskudnego, nie byłoby też nic boskiego. Potworność jest potrzebna dla samego kontrastu. Na co powiedziała: „aha, to gdyby nie było biednych, wtedy nikt by nie był bogaty", a ja odparłam, że chodziło mi raczej o to, że gdyby człowiek był szczęśliwy cały czas, to skąd by wiedział, że jest szczęśliwy? Oznajmiła, że stąd, że byłby zawsze szczęśliwy. A ja na to, że nie, nieszczęście musi istnieć po to, żeby wiedzieć, czym jest szczęście. Julie zmarszczyła brwi i zapytała: „Znowu czytałaś »New Yorkera«?". Julie uważa, że „The New Yorker" i PBS to czyste zło oraz

---

* nowojorska szkoła dla dziewcząt

nuda i wszyscy powinni zamiast nich czytać „US Weekly" i oglądać kanał E!

Obie nasze matki były dobrze ustosunkowanymi białymi protestantkami anglosaskiego pochodzenia z Filadelfii, przyjaźniły się w latach siedemdziesiątych. Dorastałam w Anglii, ponieważ mam ojca Anglika i wszystko w Anglii jest, zdaniem Mamy, „lepsze", ale w Anglii nie uświadczysz dziedziczek sieci domów handlowych, podczas gdy Mamie bardzo zależało, żebym miała którąś z nich za przyjaciółkę. Mama Julie uważała z kolei, że będę wpływać na jej córkę cywilizująco. Pilnowały, żebyśmy spotykały się każdego lata, i wysyłały nas na obóz w Connecticut. Nie sądzę, żeby zdawały sobie sprawę, jakie to było niesamowicie wygodne — wsiadałyśmy do pociągu z powrotem do Nowego Jorku w momencie, kiedy nas zostawiały i jechały do rodzinnej posiadłości Bergdorfów w Nantucket.

W Nowym Jorku mała Julie i ja siedziałyśmy w Pierre, zamawiając do pokoju hotelową specjalność, gorące ciastka pomarańczowe z sosem czekoladowym i syropem klonowym. Znacznie zabawniej było być małą Amerykanką w Nowym Jorku niż małą Amerykanką w Anglii. Nowojorskie dziewczynki, takie jak Julie, musiały być strasznie rozpuszczone, miały rolki, łyżwy, makijaż i kosmetyczkę. Miały też cudownie nieobecnych rodziców. Trzynastoletnia Julie znała na pamięć rozkład Barneysa* i naprawdę robiła tam zakupy. Była już wtedy Blondynką od Bergdorfa, mimo że nie wiedziałyśmy jeszcze o ich istnieniu.

Dzięki Julie tamtego lata wróciłam do Anglii uzależniona od czasopisma „Vogue" i MTV, z mocno utrwalonym amerykańskim akcentem, który pielęgnowałam, oglądając w kółko *High Society*. Mama dostawała od tego kompletnego szału, co oznaczało, że to naprawdę działa.

Myślałam tylko o tym, by przeprowadzić się do Nowego Jorku i zrobić sobie pasemka, które wyglądałyby tak fantas-

---

* ekskluzywny nowojorski dom towarowy

tycznie jak u Julie. W tym celu wybłagałam u Mamy i Taty edukację w amerykańskim college'u. Nie puśćcie pary z ust, że to powiedziałam, ale jestem zupełnie przekonana, że miałam oceny wymagane przez Princeton wyłącznie dlatego, że podczas algebry, łaciny i poetów romantycznych podtrzymywała mnie myśl o tlenowych zabiegach na twarz, takich, jakie robią w Nowym Jorku. Kiedy dostałam się do Princeton, wszystko, na co zdobyła się Mama, to stwierdzenie: „Ale jak możesz opuścić Anglię dla Ameryki? Jak? Jak?".

Było oczywiste, że nie ma pojęcia o tlenowych zabiegach na twarz.

*

Okazało się, że Julie miała poważny powód, żeby nie zjawić się u Mimi. Została aresztowana za kradzież w sklepie Bergdorf Goodman. Późnym popołudniem różne osoby dzwoniły, żeby przekazać mi tę pikantną wiadomość, ale kiedy usiłowałam złapać Julie, w jej komórce od razu włączyła się poczta głosowa. Nie byłam zaskoczona. Chociaż Julie przysięgła mi, że skończy z kradzieżami, gdy tylko zacznie kontrolować swój fundusz powierniczy, to było dokładnie takie wariactwo, jakie popełniłaby w przypływie chwilowej nudy. Tak czy owak, trochę się już martwiłam, kiedy Julie we własnej osobie zadzwoniła do mnie tuż po siódmej.

— Hej! Zabawne, doprawdy, ale zostałam aresztowana. Możesz mnie wyciągnąć? Wpłacić za mnie kaucję? W tej chwili wysyłam kierowcę, żeby cię odebrał.

Kiedy czterdzieści pięć minut później dotarłam na Siedemnasty Posterunek na Wschodniej Pięćdziesiątej Piątej Ulicy, Julie siedziała w obskurnej poczekalni, wyglądając niemożliwie szykownie. Na ten chłodny październikowy dzień ubrała się w dopasowane białe kaszmirowe spodnie, zwykłą kurtkę z lisa i wielkie okulary przeciwsłoneczne. Jak na dwudziestolatkę wydawała się absurdalnie wyrafinowana, ale takie są wszystkie Księżniczki z Park Avenue. Pełen uwielbienia gliniarz wręczał jej właśnie latte ze Starbucks, które najwyraźniej poszedł kupić specjalnie dla niej. Usiadłam na ławce obok.

— Julie, odbiło ci — stwierdziłam. — Czemu znowu zaczęłaś kraść?

— Bo widzisz, chciałam mieć tę torbę Hermèsa, tę birkin, wiesz, ze skóry strusia, różową z białą obwódką. Czułam się taka przygnębiona, że jej nie mam — powiedziała uciśniona niewinność.

— Czemu jej po prostu nie kupiłaś? Zdecydowanie mogłabyś sobie na nią pozwolić.

— Nie możesz „po prostu kupić" birkin! Mają trzyletnią listę oczekujących, no, chyba że jesteś Renée Zellweger, a nawet wtedy możesz się nie załapać. Jestem już zresztą zapisana na tę błękitną zamszową i to mnie dobija.

— Ale, Julie, to jest *kradzież* i w dodatku jakby okradasz siebie.

— Czy to nie świetne?

— Musisz przestać. Będziesz we wszystkich gazetach.

— Ależ to wspaniale!

Julie i ja siedziałyśmy tam co najmniej godzinę, zanim zjawił się jej prawnik i oznajmił nam, że zdołał skłonić policję do wycofania zarzutów. Powiedział im, że Julie zawsze ma zamiar kupić te rzeczy, tylko nie ma zwyczaju płacić za nie w sklepie, rachunki są przesyłane prosto do jej mieszkania. I że było to po prostu kłopotliwe nieporozumienie.

Cały ten epizod wprawił Julie w naprawdę dobry humor. Wyglądało na to, że niemal się ociąga z ostatecznym opuszczeniem posterunku tego wieczoru. Najwyraźniej była zachwycona, że gliniarze poświęcają jej tyle uwagi. Oczarowała detektywa Owena — który w oczywisty sposób był w stu procentach w niej zakochany już w chwili, kiedy ją aresztował — żeby pozwolił zamówić fryzjera i makijażystkę do zdjęcia do kartoteki. Zdaje mi się, że miała rację, traktując to jak zdjęcie na okładkę. W końcu ta fotografia mogła być publikowana przez całe lata.

Media trochę oszalały na punkcie Julie po aresztowaniu. Kiedy następnego ranka wyszła z Pierre (gdzie tatuś hojną ręką kupił dla niej drugi narożny apartament), żeby pójść na siłownię, stanęła oko w oko z hordami fotografów. Uciekła do środka i zadzwoniła do mnie, szlochając.

— O mój Boże! Wszyscy tam są! Paparazzi, prasa, i mają moje zdjęcie! Fuj! Nie zniosę tego.

Julie histerycznie płakała, ale ciągle się to zdarza, więc nikt nie zrobił niczego dramatycznego w rodzaju telefonu pod 911 czy coś w tym stylu. Powiedziałam jej, że następnego dnia nikt nawet nie spojrzy na zdjęcia i w ogóle nie będzie pamiętał, co się stało. Naprawdę bez znaczenia, czy trafi do wszystkich gazet.

— Nie chodzi o to, że będę w gazetach — jęknęła — tylko o to, że sfotografowali mnie w dresie! Już nigdy nie będę się mogła pokazać na rogu Madison i Siedemdziesiątej Szóstej! Proszę, przyjedziesz?

Czasami kiedy Julie wygaduje takie rzeczy, myślę sobie, jakie to szczęście, że jest moją najlepszą przyjaciółką — gdyby nią nie była, *w ogóle* bym jej nie lubiła.

Gdy zjawiłam się w mieszkaniu, gospodyni posłała mnie prosto do Julie. Fryzjer i makijażystka trwali w oczekiwaniu, w przeraźliwej ciszy siedząc w sypialni pomalowanej na bladą zieleń, ulubiony kolor Julie. Dwie stare chińskie komody z macicy perłowej stały po obu stronach kominka. Rzeźbione łóżko to scheda po babce. Julie nie położy się w nim, jeżeli nie zostanie świeżo zasłane jedwabnymi prześcieradłami w kolorze bladopistacjowym, z jej monogramem. Zastałam Julie w garderobie, z zaczerwienioną twarzą, szaleńczo przekopującą szafę. Równie szybko jak wyrzucała ubrania i spiętrzała je w gigantyczny stos na grubym białym dywanie, jej służąca odkładała wszystko z powrotem do szafy, więc stos ani się znacząco nie zwiększał, ani nie zmniejszał. W końcu Julie wygrzebała skromną czarną sukienkę Chanel, należącą do jej matki, szpilki i bardzo duże okulary przeciwsłoneczne. Stuprocentowe naśladownictwo Carolyn Bessette Kennedy, jak zwykle. Godzinę później, uspokojona i wręcz niewiarygodnie wyszykowana, pewnym krokiem opuściła Pierre z władczym uśmiechem na twarzy i udzieliła czekającej prasie wywiadu, w którym wyjaśniła „nieporozumienie".

W niedzielę cudownie olśniewające zdjęcie Julie pojawiło się na okładce części z modą „New York Timesa" z nagłówkiem PIĘKNOŚĆ OD BERGDORFA NIEWINNA i w towarzystwie artykułu redaktora mody z „Timesa". Julie była zachwycona. Podobnie jej tata. W poniedziałek zadzwoniła do mnie, żeby powiedzieć, że otrzymała od niego zabytkową bransoletkę z liścikiem: „Dziękuję, kochana córeczko. T.".

— Jest *zadowolony*? — zapytałam.

— Taka jestem szczęśliwa — stwierdziła Julie. — Nigdy wcześniej nie miałam u taty takich dobrych notowań. Cała ta historyjka o kradnącej dziedziczce to najlepsza prasa dla sklepu; sprzedaż skoczyła jak szalona, szczególnie okularów przeciwsłonecznych, jakie miałam na nosie. Zarekomendował mnie radzie nadzorczej, żeby zrobiła mnie dyrektorem do spraw marketingu. Mam tylko nadzieję, że nie będę musiała zbyt ciężko pracować.

Po tym zdarzeniu Julie nie mogła się nigdzie ruszyć, nie zabierając swojego zdjęcia, a wszystko po to, twierdziła, by rozsławiać wizerunek Bergdorfa, co świetnie się jej udało przy okazji rozsławiania własnego. Uważała, że rozgłos znakomicie służy jej poczuciu własnej wartości i pomaga rozstrzygnąć kwestie osobiste; „kwestie osobiste" to modne określenie dla wydumanych problemów psychologicznych z rodzaju tych, które dotykają mieszkańców Nowego Jorku i Los Angeles.

Julie ma do rozstrzygnięcia kwestię z recepcjonistką w Bliss Spa, która nie umawia jej na zastrzyki z witaminy C do Simonetty, najlepszej tamtejszej kosmetyczki. Lekarze zachęcają ją, by „rozstrzygnęła kwestie z okresu dzieciństwa", i „odczuwa głęboki ból" związany z faktem, że rodzice wysyłali ją na każde Boże Narodzenie do Gstaad klasą biznesową, podczas gdy rodzice wszystkich innych dzieci wysyłali je pierwszą klasą. Oczywiście ma katalog „kwestii żywieniowych" i podjęła kiedyś przeciwzmarszczkową dietę doktor Perricone, która doprowadziła ją do „zaistnienia kwestii ziemniaków i mąki". Ma do rozstrzygnięcia kwestię dużych pieniędzy i kwestię niedysponowania taką sumą, jaką mają niektóre inne Księżniczki z Park Avenue. Miała też wcześniej do rozstrzygnięcia kwestię związaną z byciem białą żydowską protestantką anglosaskiego pochodzenia, ale z tym problemem doszła do ładu, kiedy jej licencjonowany psycholog wyjaśnił, że również Gwyneth Paltrow cierpiała z powodu tego obciążenia, będąc owocem związku żydowskiego ojca z protestancką matką anglosaskiego pochodzenia. Kiedy ta kwestia została rozstrzygnięta, Julie musiała uporać się z kolejną, związaną z faktem, że psycholog zażyczył sobie dwieście pięćdziesiąt dolarów za informację, którą mogłaby uzyskać z „Vanity Fair" za trzy dolary pięćdziesiąt centów, wyszło bowiem na jaw, że tam właśnie ów licencjonowany psycholog poznał etniczne korzenie Gwyneth. Gdy ktoś nie zgadza się z Julie, oznacza to, że mają kwestię do rozstrzygnięcia, a kiedy Julie nie zgadza się ze swoim psychiatrą, dzieje się tak dlatego, że to on ma „kwestie osobiste do rozstrzygnięcia".

Gdy zasugerowałam kiedyś Julie, że może rozstrzygnie w końcu swoje kwestie osobiste, odparła: „Boże drogi, mam nadzieję, że nie. Stałabym się taka nieciekawa, gdybym była po prostu bogata, a nie bogata i pokręcona". Bez tych kwestii do rozstrzygnięcia, stwierdziła, byłaby „pozbawiona osobowości".

Na szczęście bycie neurotykiem uznaje się w Nowym Jorku za *très* szykowne, co oznacza, że Julie i ja idealnie tu pasujemy.

*

Możecie sobie wyobrazić reakcję Julie na e-mail o rzucającej się w oczy różnicy między naszym szczęściem typu „dżinsy Chloé" a narzeczeńskim szczęściem Jolene, K.K. i Cari. Kilka dni później jadłyśmy brunch u Joego, w tej superniezdrowej knajpce na rogu Sullivan i Houston. Julie była aż zbyt elegancka w swoim nowym żakieciku z norek od Mendla, na punkcie którego wszyscy tak szaleją. Ale Księżniczki z Park Avenue zawsze są zbyt eleganckie, nawet przy zamawianiu pizzy do domu. Też bym była, gdybym miała co tydzień tyle nowych ciuchów. Julie rozkoszowała się swoim złodziejskim triumfem, ale zmarszczyła brwi, kiedy przypomniałam jej o imprezie u Mimi.

— Czy próbujesz podsunąć mi kolejną kwestię? Eeł! Jak mogłaś! To niewyobrażalne! — zawołała ze łzami w głosie.

— Jak mogłam co? — zapytałam, polewając racuszek syropem klonowym.

— Przysłać mi e-maila z wiadomością, że wszyscy oprócz mnie mają narzeczonych. To strasznie nie w porządku. Jestem szczęśliwa, ale nie *niewyobrażalnie* szczęśliwa jak K.K. i Jolene. Do tego trzeba się zakochać.

— Nie trzeba się zakochać, żeby być szczęśliwą — stwierdziłam.

— Myślisz tak tylko dlatego, że nigdy nie byłaś zakochana. Boże, czuję się taka nieszczęśliwa i nieszykowna! Słyszałam, że teraz, kiedy są zaręczone, wyglądają *niesamowicie*.

Poza wszystkimi kwestiami do rozstrzygnięcia, dramatycznością, ciuchami i zastrzykami z witaminy C Julie jest beznadziejnie romantyczna. Twierdzi, że była zakochana ponad pięćdziesiąt cztery razy. Zaczęła dość wcześnie — pierwszego chłopaka miała jako siedmiolatka — ale zawsze powtarza, że nastąpiło to „przed wybuchem epidemii seksu oralnego". Julie naprawdę *wierzy* piosenkom o miłości. Wierzy na przykład, że miłość ci wszystko wybaczy i naprawdę entuzjastycznie zaakceptowała szaloną koncepcję Beatlesów, że miłość to jedyne, czego potrzebujesz. Większość jej problemów miłosnych wywołała Dolly Parton, która do tego stopnia wpłynęła na nią piosenką „I Will Always Love You" (Nigdy nie przestanę cię kochać), że Julie, jak twierdzi, szczerze kocha wszystkich swoich byłych „nawet tych, których naprawdę nienawidzi", co jej psychiatra określa mianem „poważnej kwestii do rozstrzygnięcia". Uważa, że Hotel Złamanych Serc oznacza hotel Cztery Pory Roku na Pięćdziesiątej Siódmej Ulicy, dokąd sprowadza się po każdej kłótni z chłopakiem. Gdybym mogła sobie pozwolić na apartament w tym boskim miejscu, też zrywałabym z facetami co dwa tygodnie. Julie była przekonana, że jedyny sposób na znalezienie szczęścia to zakochać się i mieć przy boku narzeczonego, jak cała reszta.

— Mam wszystkie torebki Vuittona, jakie kiedykolwiek zaprojektował Marc Jacobs, ale jaki w tym sens, jeżeli przy drugim boku nie mam narzeczonego, na którym mogę się wesprzeć? I zobacz tylko! — jęknęła, wskazując na moje nogi pod stołem, — Masz kabaretki! Kabaretki też są modne? *Czemu nikt mi o tym nie powiedział?*

Julie dramatycznie oparła czoło o stół i otarła łzy swoimi norkami, co uważam za sposób zachowania naprawdę stosowny dla rozpuszczonej księżniczki, ale ponieważ to idealnie pasuje do jej typu osobowości, pewnie nie powinnam się czuć za bardzo zaszokowana. Po kilku chwilach uspokoiła się i nagle twarz jej pojaśniała. Zmiany nastrojów Julie są do tego stopnia nieprzewidywalne, że czasami zastanawiam się, czy nie jest schizofreniczką.

— Mam pomysł. Wybierzmy się razem po kabaretki i narzeczonych! — oznajmiła z podnieceniem w głosie.

Julie jest autentycznie przekonana, że narzeczonych można znaleźć równie łatwo jak pończochy.

— Julie, czemu, na Boga, miałabyś teraz chcieć wyjść za mąż? — zapytałam.

— Eeł! Nie chcę. Powiedziałam, że chcę narzeczonego! Niekoniecznie zamierzam zaraz za niego *wychodzić*. Ooch, nie mogę się już doczekać. Wyruszamy na polowanie na Potencjalnego Męża — ciągnęła.

— My?! — wykrzyknęłam. — Czy Ameryka nie miała być czasem nowoczesnym krajem, gdzie dziewczyna zajęta karierą nie potrzebuje czegoś takiego jak narzeczony?

— Ostatecznie każdy chce się zakochać. Narzeczony to boska sprawa! Powiedz mi, z kim była Carolyn Bessette Kennedy przed JFK Juniorem?

— Julie, nie możesz się zaręczyć tylko po to, żeby bosko wyglądać, to byłoby strasznie samolubne — stwierdziłam.

— Naprawdę? — zawołała, rozjaśniając się jeszcze bardziej. (Terapeuta Julie co tydzień jej mówi, że będzie szczęśliwsza, jeżeli stanie się bardziej samolubna, ni mniej, ni więcej. Sądząc po zachowaniu większości ludzi, każdy nowojorski terapeuta musi twierdzić to samo). — Już się na to cieszę! No dobrze, muszę wracać do domu i nie jeść. Przybieram na wadze od samego patrzenia na serwetki tutaj — oświadczyła Julie.

Zanim wyszła, wymusiła na mnie obietnicę, że pomogę jej w „kampanii na rzecz PM" — jak określiła polowanie na potencjalnego męża. Miała zdobyć narzeczonego z równą łatwością jak kabaretki. Byłam tego pewna. Julie to sztandarowy przykład etyki pracy Księżniczki z Park Avenue. Nie pozwala, żeby cokolwiek stanęło jej na drodze.

Julie wróciła do centrum, a ja popędziłam na spotkanie związane z pracą. Boże, pomyślałam w taksówce, polowanie na PM w wykonaniu Julie może być stresujące. Czasami idealne życie dziewczyny światowej bywa równie wyczerpujące jak poligon. Czasami, pomyślałam, mogłabym zajmować się czymś mniej wyczerpującym, w rodzaju idealnego życia domatorki w jakimś relaksującym miejscu, na przykład na angielskiej prowincji. Okej, nie miałabym żadnych ładnych butów, ale są inne plusy związane z życiem poza zasięgiem Manola Blahnika. Nie umiałam wymyślić żadnego na poczekaniu, lecz byłam pewna, że wpadnę na coś budującego.

A potem zadzwoniła Mama.

2

Pozwoliłam, żeby nagrała się na pocztę głosową.

Dźwięk głosu Mamy zawsze mi przypomina, że mam bardzo ważne powody, by prowadzić światowe życie tutaj, a nie życie domatorki tam.

Cztery powody opuszczenia Anglii, uporządkowane od najmniej ważnych do najważniejszych:

1. Mama

Ze skłonnością do migren. Migren wywołanych perspektywą tak przerażającą, jak: jazda po wielopoziomowym parkingu na lotnisku Heathrow; wakacje za granicą, ponieważ mogłaby być zmuszona do wjazdu na wielopoziomowy parking, żeby dotrzeć do samolotu, gdyż samoloty odlatują z lotnisk, które, generalnie rzecz biorąc, mają wielopoziomowe parkingi; przypomnienie jej, że jest Amerykanką; wysłanie faksu; wysłanie pocztówki; rozważanie pomysłu nauczenia się, jak wysłać e-mail; mieszkanie w naszym domu w wiejskiej części Northamptonshire; mieszkanie w Londynie. Innymi słowy — *wszystko*.

W wyniku tego Mama, która zawsze nazywa się mamusią,

„ponieważ to bardziej brytyjskie", obsesyjnie stara się kontrolować życie swej jedynej córki. Ta profesjonalna matka i zdumiewająco bezwstydna snobka jest zapatrzona w brytyjską arystokrację, jej styl dekoracji wnętrz i markę noszonych przez nią kaloszy (*Le Chameau*, wykończone skórą). Ma ambicję wydać mnie za kogoś brytyjskiego i arystokratycznego. (Kariera zawodowa nie była częścią jej planu, należała za to do mojego). Idealnego kandydata widziała w „chłopaku z sąsiedztwa", synu miejscowego para, earla Swyre. Julie nigdy nie mogła zrozumieć, czemu tak nienawidzę pomysłu Mamy. Nieodmiennie powtarza, że zrobiłaby wszystko, żeby wyjść za faceta z angielskim zamkiem. Problem polega na tym, że nie ma pojęcia, jaka tam w zimie panuje wilgoć.

Nasz dom znajduje się na granicy liczącej dwadzieścia pięć tysięcy akrów posiadłości z zamkiem Swyre. Dla angielskiej klasy wyższej „sąsiedztwo" oznacza dwudziestominutową przejażdżkę. Odkąd sięgnę pamięcią, ilekroć przejeżdżaliśmy samochodem obok zamkowych bram, Mama wołała, jakby w tej minucie o tym pomyślała: „Mały Earl jest w twoim wieku! To najlepsza partia w Northamptonshire!" (opisywała naszego sześcioletniego sąsiada, którego nigdy nie poznałam).

— Mamo, mam pięć lat i pół. Żeby wyjść za mąż, trzeba mieć szesnaście — powiedziałam kiedyś.

— Zaczynaj młodo! Będziesz najładniejszą dziewczynką i wyjdziesz za Małego Earla z sąsiedztwa, zamieszkasz w ślicznym zamku, który jest znacznie wspanialszy niż wszystkie zamki twoich krewnych.

— Mamo...

— „Mamusiu". Przestań mówić do mnie „mamo", i to z tym niekorzystnym amerykańskim akcentem, bo nikt się z tobą nie ożeni.

Mój akcent był repliką akcentu Mamy. Nie potrafiłam go zmienić, tak samo jak ona. Różnica polegała na tym, że ja nie chciałam. Chciałam mieć akcent jeszcze bardziej amerykański, nawet mając pięć i pół roku.

— Mamusiu, czemu zawsze powtarzasz, że wszyscy nasi krewni mieszkają na zamkach, kiedy tylko jeden mieszka?

— Ponieważ inni poumierali, kochanie.

— Kiedy?

— Zupełnie niedawno, w czasach Wojny Dwóch Róż.

Jeden z naszych krewnych faktycznie miał zamek w pobliżu Aberdeen. Odwiedzaliśmy szanownego Williama Courtenaya, starzejącego się wujecznego dziadka mojego ojca, w każde Boże Narodzenie. Jego wnuki, Archie i Ralph (z niewyjaśnionych powodów wymawiany po angielsku „Rejf"), także znajdowały się na czołowych miejscach listy z nazwiskami potencjalnych mężów; w ich wypadku spory spadek kompensował w oczach Mamy brak tytułów.

Mama powiedziała mi, że każdy w Ameryce chciałby pojechać na gwiazdkowe wakacje do prawdziwego szkockiego zamku. Właściwie nigdy jej nie wierzyłam. Kto by chciał spędzić pięć dni w domu zimniejszym niż biegun północny, jeśli mógłby być w Disneyworldzie? Po sześciu arktycznych Gwiazdkach nabawiłam się fobii na punkcie domów na wsi; jak sądzę, nigdy się jej nie pozbędę. Przez większość czasu marzyłam o byciu żydówką, żebyśmy mogli zapomnieć o całej tej Gwiazdce.

Małżeńskie ambicje Mamy w stosunku do mnie ujawniały się w niemal każdej rozmowie, którą zapamiętałam z okresu dzieciństwa; inni rodzice z tą mniej więcej częstotliwością powtarzają dzieciom, że muszą dostać się do college'u albo że nie mogą brać narkotyków. Przypominam sobie, że miałam jakieś dziesięć lat, kiedy odbyłyśmy ostrą rozmowę przy śniadaniu.

— Kochanie, kiedy masz zamiar wybrać się do zamku Swyre na herbatkę z Małym Earlem? Słyszałam, że jest bardzo przystojny. Zakochałby się w tobie, gdyby cię poznał — stwierdziła Mama.

— Mamo, wiesz, że nikt nie widział Swyre'ów, odkąd Tata sprzedał earlowi te krzesła — odparłam.

— Ćśśś! To było dawno temu. Jestem pewna, że earl i księżna kompletnie o tym zapomnieli.

— W każdym razie wszyscy twierdzą, że się wyprowadzili. Od lat nikt ich nie widział — powiedziałam zirytowana.

— Ależ z pewnością wpadną z wizytą! Jak ktoś mógłby opuścić tak piękny dom? Ten gmach! Te tereny. Następnym razem, kiedy tu będą, zadzwońmy...

— A możemy nie dzwonić? — zapytałam, chociaż w głębi ducha byłam trochę ciekawa zamku i jego właścicieli.

Mama dokonała całkowitego wyparcia dwóch dość znaczących faktów: po pierwsze, Swyre'owie rozwiedli się jakieś cztery lata wcześniej — tajemnicza księżna była znana ze swoich romansów — a earl i jego synek najwyraźniej zniknęli; po drugie, odkąd mój ojciec, zawsze usiłujący zrobić kolejny interes, sprzedał earlowi cztery krzesła chippendale, które okazały się podróbkami, obie rodziny nie odzywały się do siebie. Afera z krzesłami — jak została ochrzczona przez lokalną gazetę — stanowiła typowy przykład angielskiej wojny klanów, której przeznaczeniem było pozostać nierozwiązaną. Mimo że krzesła zwrócono, a mój ojciec oddał pieniądze i pisemnie przeprosił rozwścieczonego earla, wyjaśniając, że został nabrany przez swoich dostawców, earl nie zechciał mu uwierzyć. Publicznie oświadczył, że nie ufa Tacie i nie chce mieć z nim do czynienia. Księżna, oczywiście, wzięła stronę męża. Mama, oczywiście, stronę Taty. Wszyscy w wiosce, oczywiście, stronę Swyre'ów, zgodnie z tradycją, zwiększając w ten sposób swoje szanse na uzyskanie zaproszenia do zamku na kolację.

Mama, rozpaczliwie pragnąc być z nimi w przyjaźni, chciała jakoś naprawić sytuację, kiedy jednak zaprosiła Swyre'ów na swoje doroczne letnie przyjęcie, odrzucili zaproszenie. Gdy nadeszło Boże Narodzenie, z zamku nie przysłano zaproszenia na tradycyjny poświąteczny lunch. W kościele księżna publicznie zrobiła Mamie afront, przesiadając się, kiedy Mama usiadła w jej ławce.

Mama uznała całą aferę za tak kompromitującą towarzysko, że ostatecznie zaczęła udawać, że nic się w ogóle nie zdarzyło. Wciąż żywiła nadzieję, że wszystko pójdzie w zapomnienie, ale wioska pielęgnowała pamięć o tej historii i nie chciała odpuścić. Naprawdę, w małych angielskich wioskach ludzie toczą życiowe spory o najgłupsze drobiazgi w rodzaju wielkości kapusty albo gatunku drzewa, które sąsiedzi zasadzili na granicy posiadłości (dęby są możliwe do przyjęcia, drzewa iglaste spowodują poczynienie kroków prawnych). To tradycja. Mam wrażenie, że to ich trzyma przy życiu podczas długich zimowych nocy.

Po rozwodzie zamek został przekształcony w centrum konferencyjne, ale rodzina zachowała dla siebie jedno skrzydło. Plotkowano, że earl pojawia się tam od czasu do czasu, sam, a potem znika.

Im byłam starsza, tym bardziej złościło mnie nastawienie Mamy. Kiedy oświadczyłam: „Zamierzam zrobić karierę i wyjść za mąż z miłości, jeśli w ogóle. Ty wyszłaś za Tatę z miłości", bez wahania odparła „Właśnie. Nie rób nic równie głupiego".

Trzeba jej oddać sprawiedliwość, że próbowała trzymać się własnych zasad i nie wychodzić za mąż z miłości. Zanim została „profesjonalną mamą", była „profesjonalną wielbicielką brązowych znaków".

Wielbicielka brązowych znaków to kobieta zainteresowana wyłącznie Brytyjczykami, przed których domami stoją brązowe znaki. Już wyjaśniam: jedyne, co pozwala brytyjskiej arystokracji sprostać finansowo życiu w ich własnych wielkich, pięknych domach, to udostępnienie tychże publiczności. Żeby zachęcić zwiedzających, przy najbliższej autostradzie zostaje umieszczony znak, zwykle w kolorze brązowym, z białymi literami. Na tych brązowych znakach często znajduje się uroczy rysunek okazałego budynku. Tylko bardzo duże domy mają brązowe znaki, bo jeżeli dom jest mały, człowieka stać na to, by samodzielnie go naprawiać i utrzymywać. Kiedy jednak dach ma szesnaście akrów, pomoc finansowa staje się potrzebna za każdym razem, gdy poluzuje się dachówka. Więc, jak na ironię, chociaż brązowy znak sygnalizuje pieniądze zbyt małe, żeby naprawić dach, jest też przewrotnym symbolem statusu. Jeśli nie masz dosyć pieniędzy, by naprawić dach, oznacza to, że musisz mieć dach ogromny, a wszyscy wiemy, co kryje się pod ogromnym dachem: ogromny dom.

Bylibyście zaskoczeni, jak wiele dziewcząt pragnie mężczyzny z brązowym znakiem. Wielbicielki brązowych znaków to sprytne, długonogie międzynarodowe piękności z Manhattanu, Paryża i Londynu, które pozują na naiwne projektantki torebek, aktorki i artystki. To idealna przykrywka, ponieważ nikt nigdy nie wpadłby na pomysł, że fantastyczna dziewczyna, nowoczesna, zajęta karierą, zamieniłaby ją na coś tak staroświeckiego jak brązowy znak. To kompletnie bez sensu — moralny ekwiwalent zamiany nowych butów od Prady na model z poprzedniego sezonu.

Przed randką wielbicielki brązowych znaków odrabiają lekcje. Wyszukują mężczyznę w *Debretta liście parów i baronetów*, angielskim przewodniku, który wymienia wysoko urodzonych Brytyjczyków plus ich adresy. Jeżeli dom ma przed nazwą „the" — na przykład The Priory albo The Manor — jest więcej niż prawdopodobne, że ma też ponad dwadzieścia pokoi i brązowy znak. Mniejsza o wygląd, rozum, ilość włosów albo rozmiar kołnierzyka, wielbicielka brązowych znaków jest zakochana we właścicielu konkretnego brązowego znaku, zanim jeszcze zamknie *Debretta* i podwinie rzęsy.

Mama okazała się amerykańską wielbicielką brązowych znaków udającą studentkę. Były lata siedemdziesiąte i zwiewała z Upper East Side jak oparzona. Cel podróży: college artystyczny London's Chelsea, idealny teren łowiecki.

Mama myślała, że wychodząc za Tatę, dostanie The Manor-at-Ashby-Under-Little-Sleightholmdale, więc zrobiła to praktycznie następnego dnia po tym, jak zabrał ją na kolację w Annabel na Berkley Square i odwiózł do domu jaguarem XJS (który najwyraźniej był wówczas bardzo szykownym samochodem). Po ślubie odkryła, że chociaż Tata ma arystokratyczne korzenie, jest mniej więcej trzynasty w kolejce do The Manor-at-Ashby-Under-Little-Sleightholmdale. Jaguar był pożyczony. Mama złożyła to nieporozumienie na karb swojego amerykańskiego pochodzenia, ponieważ Amerykanie ufają przewodnikom w rodzaju *Debretta* tak samo, jak ufają *Błękitnemu przewodnikowi Michelina* *.

Wtedy właśnie zaczęły się migreny. Mama zdała sobie sprawę, że nie tylko wyszła za niezbyt bogatego człowieka, ale w dodatku jest w nim zakochana. Nie tego pragnęła.

Co do mnie, twierdzę, że nie ma powodu do narzekania, kiedy człowiekowi udało się uratować przed dożywotnim wyrokiem pisania The Manor-at-Ashby-Under-Little--Sleightholmdale za każdym razem, kiedy chce wysłać list. Mama, jak sądzę, raczej się ze mną nie zgadza. Przemianowała nasz dom, który pierwotnie nosił nazwę Domku Proboszcza, na Starą Plebanię w Stibbly-on-the-Wold, co jest bardzo szumną nazwą dla domu z czterema sypialniami, który niezupełnie można nazwać starym. Ilekroć pytam Mamę, czemu wszyscy pozostali nazywają wioskę po prostu Stibbly, twierdzi, że nikt we wsi nie zna poprawnego adresu.

Skoro mowa o długich nazwach, to mi coś przypomina.

2. Panicze

Zasadniczym powodem nakazującym *unikać* brązowego znaku jest fakt, że dostaje się go razem z arystokratą, w Anglii czule zwanym paniczem. Panicze nazywają swoje pałace dziurami, noszą dziurawe swetry, cerowane przez leciwe nianie, które kochają bardziej niż jakiekolwiek inne

---

* seria popularnych przewodników turystycznych

29

kobiety w życiu, i naprawdę określają seks mianem bzykanka à la Austin Powers. Zdumiewająco liczne Angielki tolerują paniczów w zamian za Dom i Tytuł. Osobiście uważam, że tytuł w rodzaju markiza Dufferin i Ava albo Alice, księżna Drumllandring byłby niewyobrażalnie uciążliwy. Wystarczająco kiepsko podpisuje się rachunki nazwiskiem złożonym z dwóch części, a co dopiero z pięciu czy sześciu. A jednak dla pewnych kobiet sześcioczłonowe nazwisko i panicz są warte wszelkich poświęceń — nawet rezygnacji z centralnego ogrzewania.

Poważnie, brytyjska arystokracja naprawdę uważa, że ogrzewanie jest plebejskim zwyczajem. Zawsze byłam zdania, że to nie w porządku wobec ludzi takich jak ja, którzy po prostu łatwo marzną. Kiedy byłam dzieckiem, Mama często powtarzała, że byłaby szczęśliwsza, gdybym umarła na zapalenie płuc w historycznym łóżku z czterema kolumienkami, mając dwadzieścia dziewięć lat, niż gdybym dożyła osiemdziesięciu pięciu w domu z centralnym ogrzewaniem. Z tego między innymi powodu miałam alergię na pomysły Mamy co do „chłopca z sąsiedztwa": po prostu nie umiałam ocenić, czy mój amerykański delikatny organizm, zaprojektowany, by kwitnąć w kojącym, sztucznym cieple, przetrwałby w niskich temperaturach, które wiążą się z arystokratycznym małżeństwem.

3. Tata

Tata sam siebie nazywa przedsiębiorcą zajmującym się antykami, ale taki z niego przedsiębiorca, że przy każdej transakcji daje się oszukać jak dziecko. Dokładnie tak to było z fałszywymi krzesłami chippendale, które sprzedał earlowi. Ta afera tak go rozzłościła, że nie wolno o niej wspominać. Prawdę mówiąc, nikt w domu nie wspomina w obecności Taty o krzesłach w żadnym stylu.

4. Brazylia

Kiedy po raz pierwszy przeprowadziłam się do Nowego Jorku po ukończeniu college'u, pewien uroczy facet, dwudziestosiedmioletni reżyser filmowy (który tak naprawdę nigdy nie reżyserował filmu), powiedział, że „potrzebuje brazylijskiej pomocy". Biorąc pod uwagę położenie jego głowy, którego nie ujawnię, ponieważ jestem na to zbyt dobrze wychowana, uznałam za *très* szczególną propozycję, aby ktoś latynoskiego pochodzenia umieścił głowę w tym samym miejscu.

— Chad! — powiedziałam. — Czemu chciałbyś tu mieć jeszcze Brazylijczyka? (Nie jestem rasistką ani nic z tych rzeczy, ale jeden obcokrajowiec naraz, proszę).

— Dla nowojorczyka takiego jak ja masz tam za dużo włosów.

— Czy Brazylijczyk byłby do tego bardziej przystosowany? — zapytałam.

— Nie wiesz, co to brazylijska pomoc, prawda?

— Brazylijczyk to człowiek w rodzaju Ricky'ego Martina.

— Ha! Ricky Martin jest Francuzem. Brazylijskie woskowanie. Jest ci pilnie potrzebne.

Chad nalegał, żebym zaraz następnego ranka odwiedziła J. Sisters pod trzydziestym piątym na Zachodniej Pięćdziesiątej Siódmej Ulicy, gdzie odkryłam prawdziwe znaczenie określenia „na Brazylijkę". Chodzi o woskowanie bikini polegające na usunięciu dosłownie wszystkiego z miejsca, w którym Chad trzymał głowę. A w sprawie bólu, to zabieg stoi na równi z innymi niewdzięcznymi działaniami typu biopsja lędźwiowa, więc *entre nous*, następnym razem zdecyduję się najpierw na znieczulenie zewnątrzoponowe.

Chad był zachwycony nowym brazylijskim stylem. Podobnie większość mężczyzn, jak później odkryłam. Na ironię, to właśnie stało się przyczyną naszego zerwania. Chciał stale mieć głowę w pobliżu, co po jakimś czasie zrobiło się nieco męczące. Później zaczął wyczyniać różne okropności w rodzaju samorzutnego zamawiania dla mnie zabiegów u J. Sisters i nadmiernie nerwowej reakcji, kiedy spotkanie odwoływałam. (Nikt nie ma takiego progu bólu, żeby znosić brazylijskie woskowanie co tydzień. Nikt). Wtedy właśnie zaczęłam podejrzewać, że mój gust w kwestii mężczyzn nie jest tak dobry jak w kwestii butów. Mężczyzna, na którego uczucia wpływa coś tak powierzchownego jak uroki woskowanego bikini, nie był tym, czego chciałam. Musiałam z nim skończyć.

— Tylko wyjątkowo trywialna osoba może zrywać z powodu pierdolonego woskowania za pińdzisiąnt pińć dolarów — stwierdził Chad, kiedy mu o tym powiedziałam.

— Chad, mówi się „pięćdziesiąt pięć" — poprawiłam. Był kompletnie niezainteresowany poprawną dykcją, jedynym brytyjskim nawykiem, którego nie pozbyła się niżej podpisana amerykańska dziewczyna. Uważałam, że jego wymowa była w sumie słodka, ale nie mogłam się powstrzymać, żeby go nie poprawiać.

— Nie ma nic bardziej *wkurzajoncego* niż chodzenie z *tobom*.

— Cóż, w takim razie musisz być szczęśliwy, że cię *opuszczam* — stwierdziłam, usiłując się nie zdenerwować. — Dziewczyna jest czymś więcej niż sumą części, Chad.

Chociaż po rozstaniu tęskniłam za pewnymi rzeczami (brazylijskie woskowanie było początkiem wielu użytecznych wskazówek kosmetycznych), czułam ulgę, że jest po wszystkim. Tak naprawdę Chad nie był uczciwym człowiekiem. W rzeczywistości Ricky Martin pochodzi z Puerto Rico, nie z Francji, jak się upierał Chad, i wystarczy spojrzeć na globus, żeby się przekonać, że Puerto Rico leży znacznie bliżej Brazylii niż Francji. A jednak to Chad dał mi w prezencie brazylijskie woskowanie. Teraz bym bez tego nie przeżyła. Najwyraźniej to właśnie jest tajna broń najbardziej olśniewających kobiet świata. I nigdy bym tego Chadowi nie powiedziała, nie po tym, co zaszło, ale gdybym była mężczyzną, prawdopodobnie też nie chciałabym się umawiać z kobietą nieprzygotowaną po brazylijsku. Więc chociaż nie miałam pojęcia o brazylijskim woskowaniu, dopóki nie porzuciłam angielskiej wsi, gdybym o nim wiedziała, zanim podjęłam decyzję o wyjeździe, ta wiedza definitywnie przesądziłaby sprawę. A zatem retrospektywnie mogę dodać brazylijskie woskowanie do listy powodów przeprowadzki na Manhattan.

Stenografia z Manhattanu; tłumaczenie

1. Chips's — Harry Cipriani na rogu Piątej i Pięćdziesiątej Dziewiątej Ulicy.

2. Ana — o Księżniczce z Park Avenue, ana = anorektyczna = szczupła = idealna.

3. Niewyobrażalny — nie chodzi o coś, co przekracza zdolności wyobraźni. To substytut superlatywu, zastępujący wyrazy takie jak fantastyczny, zdumiewający, wspaniały. Np. „To woskowanie brwi jest niewyobrażalne".

4. Wollman — diament wielkości lodowiska Wollman.

5. Bankomat — bogaty chłopak.

6. MWS — magnat stażysta (bardziej pożądany niż Bankomat).

7. ZZM — zamężna z magnatem (lepsze niż oba powyższe).

8. Lamy na Madison — szaleńczo olśniewające dziewczyny z Ameryki Południowej, które kłusują po Madison w ponczach i perłach.

9. Solka — opalenizna uzyskana w Portofino Sun Soho Spa na zachodnim Broadwayu.

10. Eeł! — miniokrzyk służący okazaniu zaskoczenia/przerażenia, jak w zdaniu „Eeł! Ona ma nowe kozaki Bottega przede mną?". Używany wyłącznie przez dziewczyny z Manhattanu poniżej dwudziestego siódmego roku życia i gwiazdy sitcomów pokazywanych przez NBC.

11. Kliniczna — z depresją, od klinicznej depresji.

12. Pritz — skrót od „pierdolony Ritz", od hotel Ritz w Paryżu.

3

— Jedyna przekazywana drogą płciową choroba, którą chcę się zarazić — stwierdziła Julie — to narzeczeńska gorączka.

Potrafiłam zrozumieć, czemu Julie pragnęła Potencjalnego Męża. Amerykanie to cudowne, przystojne stworzenia, obdarzone wyjątkowymi talentami. To znaczy, chcę powiedzieć, że kiedy się odpowiednio zmruży oczy, wszyscy wyglądają jak JFK Junior, przysięgam. Jak na kogoś z zespołem nadpobudliwości psychoruchowej, na które to zaburzenie Julie i większość Księżniczek z Park Avenue cierpi od dziecka (chociaż najwyraźniej nie przeszkadza im ono w zakupach), jej nowa umiejętność skupiania uwagi była cudowna. Nabrała absurdalnego przekonania, że jeżeli wybierze właściwe przyjęcie, ekwiwalent udziału w sześciu otwarciach galerii, czterech akcji zbierania funduszy na rzecz muzeów, trzech kolacji i dwóch poważnych premier filmowych, a wszystko jednego wieczoru, zyska gwarancję, że pod koniec tegoż wieczoru wyjdzie z Potencjalnym Mężem pod rękę. Julie stwierdziła, że nie chce tracić na ten projekt zbyt dużo czasu, ponieważ, jak to ujęła: „Mogłabym tracić czas na zupełnie inne rzeczy, na przykład woskowanie brwi".

Nastawienie Julie do przyszłych zaręczyn było nieco denerwujące. Szczerze wierzyła, że gdyby znalazła idealnego narzeczonego, ale nie miała czasu na wymodelowanie brwi — co jej zdaniem jest najważniejszą kosmetyczną procedurą, jaką wykonują lekarze w salonie Bergdorf Goodman — jej uroda byłaby tak zrujnowana, że o narzeczonym nie byłoby mowy.

Kiedy Julie się do czegoś przyłoży, potrafi być zaskakująco skuteczna. Jako najbardziej obiecujący teren łowiecki wybrała bal na rzecz konserwatorium nowojorskiego, imprezę dobroczynną. Po zarezerwowaniu stolika zadzwoniła do honorowej przewodniczącej, pani E. Henry Steinwayowej Zigler III, aby „przedyskutować strategię". Julie chciała z wyprzedzeniem sprawdzić plan usadzenia gości. Pani Zigler zaprosiła nas na herbatkę w swoim marmurowym pałacu z oknami na Central Park od strony Piątej Alei i Osiemdziesiątej Drugiej Ulicy. Uwielbia odgrywać Kupidyna.

— Mówcie mi Muffy, dziewczynki — powiedziała ciepło, kiedy przyszłyśmy.

Muffy miała na sobie ponczo Oscara de la Renty, z frędzlami, limetkowozielone wąskie spodnie i tyle biżuterii, że opróżniono chyba na nią kopalnię diamentów. Oznajmiła, że jest pod wpływem Elizabeth Taylor z *Brodźca*. Wszyscy w Nowym Jorku są zawsze pod czyimś wpływem. Z ponczem kołyszącym się dramatycznie na boki, gdy truchtała przed siebie, poprowadziła nas przez rozbrzmiewające echem atrium do salonu. Wydawał się większy niż Wersal, obwieszony olbrzymimi złoconymi lustrami i włoskimi obrazami olejnymi, usiany eleganckimi zabytkowymi sofami i krzesłami, które Muffy kupuje na potęgę, kiedy tylko znajdzie się w pobliżu Sotheby's. Muffy opowiada ludziom, że jej dom został tak urządzony, „żeby wyglądał dokładnie jak Oscara. Poszłam tam, widziałam jego mieszkanie i nie mogłam tego znieść. Musiałam je mieć. Sklonowałam jego apartament!".

Muffy stale powtarza: „Bogactwo to dożywotni wyrok, który zasadniczo sprawia ludziom przyjemność, i wiem, co mówię". Prawie każda żona z Upper East Side, którą poznałam, ma na imię Muffy. Najwyraźniej imię to było kiedyś bardzo popularne w Connecticut, gdzie urodziła się większość Muffych, mniej więcej w połowie poprzedniego stulecia. Ta Muffy, jak wszystkie jej koleżanki z sąsiedztwa, mawia: „Ralph Lauren to mój narkotyk z wyboru". Jest uzależniona od zastrzyków z botoksu i wmawia wszystkim, że ma trzydzieści osiem lat. PG — Przyjaciółka George'a — była PB, kiedy u władzy stał Bill Clinton. Przekazuje miliony dotacji republikanom i kolejne miliony demokratom, ponieważ wciąż pozostaje w „wyjątkowych stosunkach" z Billem. Wszystkie inne Muffy także mają wyjątkowe stosunki z Billem, ale nie sądzę, żeby o tym wiedziała.

Nasza mała grupka usiadła na dobranych do wnętrza wiktoriańskich sofach z poduszkami. (Sofy tego rodzaju są teraz bardzo, bardzo na czasie na Upper East Side, szczególnie jeżeli komuś uda się dostać obitą siedemnastowieczną tkaniną gobelinową z motywem roślinnym, co jest oczywiście niemal niemożliwe). Pokojówka w uniformie przyniosła na srebrnej tacy herbatę. Z powodu zbliżającego się przyjęcia Muffy była hiperaktywna jak japońska turystka w sklepie firmowym Louisa Vuittona. Nie mogła się powstrzymać od szarpania chwastów przy poduszkach sofy.

— O Boże! Jutro przyjęcie! Załatwiłam super hiper milionerów, producentów filmowych, spadkobierców, architektów, polityków i książęta! Być może Bill przyjdzie! — zawołała. — Jutro wieczorem będzie tu cały Nowy Jork.

— Na jaki cel kwestujecie podczas przyjęcia, Muffy? — zapytałam.

— Och, ratujemy to czy tamto. Ratujmy Wenecję, ratujmy Met, ratujmy balet! Któż to wie? Jestem w tylu komitetach... pan Zigler po prostu uwielbia te przerywniki w płaceniu podatków... że wszystkie je nazywam ratownictwem grupowym. Czyż to nie fantastyczne! Gdyby tylko ktoś uratował *mnie* przed paniami z komitetów. Jeżeli nie dasz milionowej dotacji, zaklują cię obcasami. Zdaje mi się, że to przyjęcie ratuje jakiegoś rodzaju kwiaty. Dobroczynność to

37

wspaniała amerykańska instytucja, ponieważ w końcu ten czy tamten, który potrzebuje pieniędzy, dostaje garniec złota, a my wszystkie mamy szansę wystroić się w super hiper suknię od Michaela Korsa. A teraz przejdźmy do interesów — stwierdziła poważniej. — Mały ptaszek wyćwierkał mi, że chcesz mieć narzeczonego, Julie. Cudownie! Mów! Jakiego typu mężczyznę byś chciała?

— Inteligentnego i zabawnego, który będzie mnie rozśmieszał. I takiego, któremu mogłabym jęczeć i marudzić godzinami, a i tak będzie mnie uwielbiał. Tylko żadnych kreatywnych typów. Z tych zrezygnowałam w liceum. Żadnych aktorów, artystów ani muzyków, dziękuję bardzo — oznajmiła Julie.

Nie zdawałam sobie sprawy, że Julie jest taka dojrzała. Chociaż kiedy się miało pięćdziesięciu czterech chłopaków, człowiek powinien wiedzieć, czego chce.

— Na Upper East Side tego się nie musisz obawiać, kochanie — stwierdziła Muffy. — Nie ma tu żadnych kreatywnych typów, o nie! Burmistrz nie wpuszcza ich dalej niż do Union Square.

— Och, wiem, że to zabrzmi kompletnie płytko i jakbym była zupełnie zepsuta, ale lubię, żeby mój chłopak wierzył w szoferów. Winię o to tatę. Zrujnował mi życie, każąc szoferowi codziennie odwozić mnie do szkoły jaguarem. Taka już jestem. I nie mogę się zmienić, prawda? — powiedziała Julie, rumieniąc się lekko.

— Nie, moja droga — kojąco zagruchała Muffy. — Jeżeli nie lubisz chodzić, nie lubisz chodzić, i tyle. Spójrz na mnie, mam *trzech* kierowców! Jednego w domu w Palm Beach, jednego w Aspen i jednego tutaj. Nie ma niczego niewłaściwego w artykułowaniu własnych potrzeb, Julie.

Jest ekstrawagancja i ekstrawagancja. Nawet wśród ludzi własnego pokroju Muffy nadaje temu słowu nowe znaczenie.

— Chcę się po prostu zakochać, Muffy, jak wszystkie pozostałe dziewczyny, i mieć olśniewającą cerę bez konieczności robienia zastrzyków z witaminy C — powiedziała Julie z oczyma pełnymi łez. — Czasami czuję się naprawdę samotna.

Muffy jest kobietą elegancką o wyjątkowych zdolnościach matematycznych; jej działania alokacyjne są równie złożone jak strategia gry w szachy. Ma pewien system, z którego korzysta za każdym razem, gdy istnieje zapotrzebowanie na jej usługi w zakresie „łączenia par". Zawsze pilnuje, żeby jeden ze stołów był trzynastoosobowy, z dodatkowym mężczyzną. Każdy gość ma numer na planie usadzenia. Julie była numerem czwartym i miała mieć drugie miejsce od końca prostokątnego stołu, co przynosiło korzyść w postaci ułatwienia rozmowy z czterema mężczyznami. Po lewej i prawej stronie Julie mieli siedzieć włoski książę i producent muzyczny, naprzeciwko magnat rynku nieruchomości, a na szczycie stołu trzynasty, „dodatkowy", facet, któremu hostessa powie, że strasznie jej przykro, ale musi go posadzić między dwoma innymi panami „ponieważ dzisiaj jest was, chłopcy, po prostu za dużo!".

Nie znam w Nowym Jorku nikogo innego, kto mógłby udostępnić dziewczynie czterech kandydatów na męża podczas jednej kolacji. Zdolności matematyczne Muffy zawodzą wyłącznie przy planowaniu budżetu dla florysty (-ów).

*

Następnego wieczoru uśmiech Julie był większy niż Afryka. Podobnie jej diamentowe kolczyki. Czasami nawet ktoś tak uszczęśliwiony powodzeniem przyjaciółki jak ja zielenieje nieco z zazdrości na widok tego, co Julie nazywa swoim łupem od Cartiera. Trzeba jednak przyznać, Julie ma tę miłą cechę, że dzieli się wszystkim, i pożyczyła mi na ten wieczór swoje diamentowe koła. Zaangażowała także zespół kosmetyczny Bergdorfa, żeby w jej apartamencie zajął się naszymi włosami i makijażem.

Kiedy przyszłam, Julie siedziała na szezlongu w swoim salonie. To bardzo elegancki salon, pomalowany na błękitno, z wysokimi oknami, szerokimi gzymsami i bezwstydną nagą kobietą Guya Bourdina, wiszącą nad kominkiem tylko po to, żeby trochę zamieszać. Wszystkie meble Julie to te cudowne rzeczy z lat trzydziestych, w hollywoodzkim stylu, który uwielbia, odświeżone i pokryte błękitnym aksamitem, żeby pasowały do ścian. W każdym razie niewiele mogłam dostrzec z ich urody, ponieważ wszystkie powierzchnie pokrywały różnego rodzaju przybory kosmetyczne. Davide, makijażysta, dosłownie przerobił pokój na swoje osobiste studio. Właśnie wklepywał róż w policzki Julie, Raquel prostowała jej włosy, a Irinia, polska pedikiurzystka, polerowała paznokcie u stóp. To jeszcze nic. Słyszałam, że niektóre z nowojorskich dziewczyn nie wychodzą z domu przed imprezą, zanim dermatolog nie sprawdzi, czy nie mają na skórze jakichś wyprysków.

— Czy wyglądam na szczęśliwą? Czy mój uśmiech wygląda, jak, no wiesz, prawdziwy? — zapytała Julie, kiedy weszłam.

Davide stwierdził, że jej uśmiech jest równie prawdziwy jak łupy od Cartiera, co uznałam za bardzo stosowną metaforę.

— Jest *kompletnie* sztuczny. Niewyobrażalne, prawda? — oznajmiła Julie.

— Omójbożetożtoniewyobrażaaaalne! — powiedział Davide.

— Poszłam dziś po południu do swojego dermatologa i wiesz, chodzi o te drobne mięśnie wokół ust, mięsień szeroki? Prawdopodobnie nie wiesz, większość ludzi o nich nie myśli. No więc, kiedy kończysz jakieś dwadzieścia trzy lata, zaczynają opadać, ale jest genialny sposób, żeby to poprawić i przywrócić dawny uśmiech. Dermatolog wstrzykuje ci ociupinę botoksu, żeby je sparaliżować, i kąciki ust z miejsca unoszą się w górę. Kiedy już masz botoksowy uśmiech, możesz się uśmiechać całą noc, tak naprawdę wcale się nie uśmiechając, przez co uśmiechanie się jest znacznie mniej męczące — stwierdziła Julie, jakby mówiła coś zupełnie sensownego.

Na przyjęciu Muffy obowiązywał kod: „półformalny strój wieczorowy". Gdy tylko włosy i makijaż Julie były gotowe, włożyła sięgającą do pół uda czarną jedwabną minisukienkę. (Chanel. Couture. Przysłana FedExem z Paryża). Gdy zniknęła w swojej garderobie, żeby się obejrzeć, usiadłam i skorzystałam z obecności Davide'a i Raquel. W Nowym Jorku są pewne przyjęcia, na których po prostu nie można się pojawić bez fryzury i makijażu. Przyjęcie Muffy właśnie do nich należało. Po jakimś czasie zaczynasz być przekonana, że nie dałabyś sobie rady, mając rzęsy pociągnięte tuszem Maybelline, który pewnie i tak by się kleił. Mistrzowie makijażu z Manhattanu autentycznie czeszą rzęsy po zrobieniu oczu. Grudki tuszu są tu uważane za przestępstwo federalne.

Kiedy Davide wklepywał mi w usta błyszczyk, od strony sypialni Julie napłynął głośny krzyk. Napad wściekłości z modą w podtekście. Nie byłam zaskoczona. Dziewczyny z Nowego Jorku miewają takie ataki za każdym razem, gdy ktoś wspomni o ciuchach. Powędrowałam do sypialni i obejrzałam Julie w lustrze, zerkając znad jej ramienia.

— To jest kompletnie i całkowicie niewłaściwe. Wyglądam... *konserwatywnie*! — wyjęczała dramatycznie, pociągając obrąbek sukieneczki. — Spójrz tylko! Wyglądam jak ktoś z tego broadwayowskiego przedstawienia z tłuściochami. *Hairspray*. Mój potencjalny Potencjalny Mąż uzna mnie za potwora!

Sukienka była fantastyczna, stuprocentowy zabójczy szyk.

— Julie, wyglądasz niesamowicie. Ta sukienka jest tak krótka, że prawie niewidzialna. To przeciwieństwo konserwatyzmu — powiedziałam, próbując podnieść ją na duchu.

— Ja tu dostaję szału, a ty mi mówisz o jakichś przeciwieństwach. Czy wszyscy mogą po prostu wyjść? — rozpłakała się żałośnie.

Julie zamknęła się w garderobie. Przebierała się, przebierała i przebierała. Przez drzwi oznajmiła, że nie chce już iść na przyjęcie, ponieważ byłby to nadmierny wysiłek krawiecki, intelektualny i seksualny. Chociaż naprawdę było mi wszystko jedno, czy trafię na jakiś wspaniały bal w marmurowym pałacu Muffy, miałam jednak na sobie fantastyczną białą szyfonową suknię, którą pożyczyłam z działu mody w biurze — mam szczery zamiar ją oddać pewnego dnia — i byłoby okropną stratą, gdyby nie ujrzała świata.

— Julie, kompletnie mnie nie obchodzi, czy idziemy — powiedziałam. W sumie mogłam włożyć tę suknię innym razem. — Ale to będzie takie zabawne przyjęcie.

— Przyjęcia w Nowym Jorku nie są zabawne. To wojna — oświadczyła Julie, otwierając drzwi i ponownie pojawiając się w zabójczej sukience Chanel. — Davide, podaj mi xanax. Na pierwszej randce zawsze biorę coś na uspokojenie.

Davide pomknął do swojej torby z przyborami do makijażu, wypełnionej rozmaitością różnych leków na receptę, specjalnie na takie okazje, i wyłowił z niej pakiecik. Julie rozerwała go i wsypała sobie do ust naprawdę urocze błękitne pigułki, co uważam za bardzo nowoczesny sposób na uporanie się z wojną, po czym wezwała kierowcę, żeby zabrał nas do Muffy.

*

Mogę spokojnie powiedzieć, że jestem prawie definitywnie całkowicie pewna, że nie mam pojęcia, jak to się stało, że ostatecznie ja wyszłam z Potencjalnym Mężem, a Julie nie. To znaczy, żeby wyrazić się bardziej precyzyjnie, pod koniec tego wieczoru PM skończył z głową w zupełnym oddaleniu od brazylijskich regionów Julie, ale w poważnej bliskości tej strefy geograficznej u mnie.

Tak się złożyło, że znany państwu bąbelek szampana sam wysączył kilka bąbelków, co w dość znacznym stopniu utrudnia dokładne przypomnienie sobie, jak wszystko się tamtej nocy odbyło. Z zamiarem sprostowania jednak pewnych dość paskudnych, złośliwych plotek w stylu typowym dla Księżniczek z Park Avenue, które głoszą, że wykradłam PM dokładnie sprzed pięknego nosa mojej najlepszej przyjaciółki — w które Julie oczywiście nie wierzy, z zasady — czuję się zobowiązana przywołać wydarzenia wieczoru w takiej postaci, w jakiej niemal na pewno je zapamiętałam.

Gdy wreszcie zjawiłyśmy się u Muffy, byłyśmy spóźnione o godzinę. Znalezienie stolika okazało się niemal niemożliwe, ponieważ Muffy tak gęsto poutykała po sali pęki białych lilii i świece, że widoczność ograniczała się maksymalnie do jarda. (Jeżeli chodzi o kwiatową modę, to Dżungla Lilii jest w tej chwili na Manhattanie absolutnie na topie mimo nieodłącznych trudności nawigacyjnych).

Musiało tam być ze dwustu pięćdziesięciu gości i tyluż kelnerów przyodzianych w uniformy złożone z białych smokingów i rękawiczek. Olśniewający tłum: Muffy zawsze ściąga na swoje wieczory samą manhattańską śmietankę. Jeśli chodzi o stroje, królował temat kwiatowy, co jest charakterystyczne dla imprez poświęconych ogrodom. Masa dziewczyn miała na sobie Emanuela Ungara, ponieważ to właśnie on oferuje najlepsze sukienki w kwiaty na świecie, zdecydowanie. Co do biżuterii, młodsze dziewczyny pokazały swoje diamentowe stokrotki z Asprey, a starsze kobiety obwiesiły się dowodzącymi ich pozycji społecznej klejnotami z sejfów. Wszyscy całowali wszystkich na powitanie i opowiadali, jacy to są podnieceni, że się widzą, nawet jeżeli tak nie było.

Miejsca wskazano nam w chwili, gdy zaczęło się podawanie przystawki w postaci schłodzonej zupy miętowej. Nasz stół znajdował się dokładnie w centrum sali. Wszyscy pozostali zdążyli już usiąść. Czterej PM, których Muffy wybrała dla Julie, okazali się *très* zróżnicowani pod względem etnicznym. Julie nie zdążyła jeszcze podnieść do ust łyżki z zupą, gdy włoskie książątko siedzące po jej lewej oświadczyło:

— Jest pani piękniejsza niż Empire State Building!

— Ależ pan czarujący — powiedziała Julie. Jej uśmiech był tak oślepiający, że Włoch chyba poczuł się zachęcony i kontynuował:

— *Non-non-non!* Śliczniejsza niż Centrum Rock-a Fell-a. Biały protestant anglosaskiego pochodzenia, blondwłosy dziedzic nieruchomości z prawej strony Julie przerwał mu, mówiąc:

— Maurizio, wybacz, ale nie zgadzam się z tobą. Ta kobieta jest piękniejsza niż Pentagon.

Nigdy wcześniej nie słyszałam, żeby mężczyzna porównał dziewczynę do rządowego budynku. Julie musiała poczuć się połechtana, ponieważ z miejsca zadała swoje kluczowe pytanie:

— Wierzy pan w szoferów? — rzuciła, pięknie się uśmiechając.

Okazało się, że wszyscy wierzyli w szoferów, jakby to była jakaś religia, wliczając nawet siedzącego naprzeciw producenta muzycznego, który był z pochodzenia Polakiem, i Mężczyznę Trzynastego, aktora z LA w drodze do Minnesoty. (Domyślam się, że Muffy zmiękła i ostatecznie jednego wpuściła). Wyszło też na to, że oprócz kierowców wszyscy mieli również pilotów, ponieważ wszyscy byli właścicielami prywatnych samolotów, wszyscy oprócz aktora, który „pożyczał" odrzutowiec Warner Brothers „no wiesz, totalnie, wiesz, cały czas. I totalnie, wiesz, można tam palić redsy marlboro, co jest, wiesz, genialne".

Mężczyźni zaczęli dyskutować o wysokościach, przyrządach, cygarach i Nasdaqu, co musi być znacznie bardziej fascynującym tematem, niż wydaje się to takiej ignorantce jak *moi*, ponieważ wygląda na to, że faceci w Nowym Jorku nie dyskutują o niczym innym. Nikt nie rozmawiał z Julie, niżej podpisaną ani żadną inną dziewczyną przy stole. Julie otworzyła swoją złotą kopertę, wyjęła błyszczyk i zaczęła malować nim usta; to jej zwyczajowe zachowanie, kiedy jest strasznie znudzona, po czym zapytała:

— Czemu nie możecie być poważniejsi, panowie?

Pomyślałam, że to dość szczególne pytanie w ustach Julie, skoro często powtarza, że jedyną poważną rzeczą, na której się zna, są diamenty. Producent muzyczny poklepał ją po dłoni i oświadczył:

— W ten sposób się nie wzbogacisz, mała.

— Jesteś taki interesujący — powiedziała Julie sarkastycznie, ale tego nie zauważył, bo wrócił już do dyskusji o cygarach z facetem od nieruchomości.

Następnie panowie ignorowali wszystkich oprócz siebie i swoich odrzutowców, Julie zatem, która ma szczególny talent, by skierowywać uwagę na siebie, stwierdziła:

— Mam sto milionów dolarów. — PM zamilkli. Więc dodała: — Do własnej dyspozycji. — I gdy nagle wszyscy zaczęli wykazywać wielkie zainteresowanie zdaniem mojej przyjaciółki, słodko oznajmiła: — Przepraszam. Muszę się zabić w damskiej toalecie.

Kiedy jej nie było, wyjaśniłam, że to całkowicie normalne, że Julie zawsze tak postępuje, gdy jest autentycznie znudzona towarzystwem i sądzi, że ludzie interesują się nią wyłącznie z powodu posiadanego majątku, a nie olśniewającej osobowości. Chłopcy wyglądali na zawstydzonych i pełnych poczucia winy, więc dodałam:

— Nie czujcie się źle! *Wszyscy* oprócz mnie lubią Julie dla jej pieniędzy, nie ma się czym kłopotać. Zupełnie do tego przywykła, chcę powiedzieć, że nawet przyjaciółki w przedszkolu bawiły się z nią tylko dlatego, że rodzice im powiedzieli, jaka jest bogata.

Mam wrażenie, że udało mi się rozluźnić silnie napiętą atmosferę, ponieważ wszyscy wyglądali na bardzo uspokojonych i zaczęli mnie pytać, skąd się wzięło bogactwo Julie. Czasami naprawdę współczuję Księżniczkom z Park Avenue: wystarczy, żeby się odwróciły na dwie sekundy i wszyscy pytają, ile są warte albo ile będą warte, jakby chodziło o giełdową wartość jakiejś biotechnologii. Naturalnie oznajmiłam, że nie mogłabym wyjawić czegoś tak osobistego jak źródło pochodzenia rodzinnej fortuny Bergdorfów.

— *Bergdorf?* Nic dziwnego, że jest idealną blondynką —

powiedziała ciemnowłosa dziewczyna siedząca naprzeciwko. — Myślisz, że skontaktowałaby mnie z Ariette?

Dziewczyny z Nowego Jorku zawsze proszą kompletnie obce osoby o zrobienie im jakiejś grzeczności. Powiedzenie, że to kraina wszelkich możliwości, biorą zupełnie dosłownie.

W każdym razie, podczas gdy Julie tak naprawdę nie zabijała się w damskiej toalecie, zdarzyło się coś zdumiewającego. Wpadł mi w oko PM. Przy stole w odległym końcu zauważyłam potencjalnie idealnego mężczyznę: wysokiego, szczupłego, z ciemnymi włosami i jeszcze ciemniejszymi oczyma, ubranego w garnitur, ale bez czarnego krawata. (Podziwiam mężczyzn, którzy do tego stopnia wszystko lekceważą, że nie noszą krawata, kiedy powinni). Nie, poważnie, był niewiarygodnie przystojny, to znaczy kompletnie w stylu Jude'a Lawa. Z miejsca zupełnie straciłam apetyt, dokładnie tak samo, jak mi się to zdarza, gdy słyszę *pas de deux* z *Jeziora Łabędziego* Czajkowskiego. Niektóre rzeczy są tak romantyczne, że człowiek ma przy nich wrażenie, że już nigdy więcej nie będzie jeść. Wystarczy, żeby Humphrey Bogart mrugnął do Ingrid Bergman w *Casablance*, i jeśli nie wezmę się w garść, grozi mi śmierć głodowa, dosłownie.

Julie wróciła do stołu i pokazałam jej tego cudownego PM, bardzo dyskretnie, oczywiście.

— Hmmm. Chyba wygląda milutko — stwierdziła bez entuzjazmu. — Ale wiesz, wygląda też trochę, no, luzacko. Rozumiesz, co mam na myśli, może trochę zbyt luzacko, żeby się ze mną zaręczyć czy zrobić coś równie tradycyjnego.

— Ale może... to znaczy, nigdy nie wiadomo... może wręcz nie może się doczekać, żeby zostać czyimś narzeczonym, po prostu... — plątałam się oczarowana. — No wiesz, wszyscy narzeczeni są singlami, dopóki się nie zaręczą, prawda?

Przy stole patrzyli na mnie, jakbym była kompletnym osłem. Gadałam bez sensu. Pamiętam, że całkowicie się pogubiłam w tym, co mówię, bo tak działają na mnie wszyscy faceci w typie Jude'a Lawa. Powinniście mnie widzieć po

Utalentowanym panu Ripleyu; nie byłam w stanie czytać ani pisać przez dobry tydzień.

— Szukasz męża? — powiedział Włoch do Julie. — Z pewnością to niezbyt romantyczne, być taką... jak wy mówcie? ...*sistematico*.

— Maurizio, nieromantyczne są te wszystkie dziewczyny, które szukają męża, ale udają, że tego nie robią, bo tak nakazuje polityczna poprawność. Nie ma nic bardziej romantycznego niż dziewczyna, która lubi być zakochana i podchodzi do tego otwarcie — odparła Julie. Zamilkła i spojrzała na niego kokieteryjnie. — W tym mieście narzeczeni są niewyobrażalnie na czasie. Moim zdaniem byłoby mi do twarzy z narzeczonym pod rękę, nie sądzisz?

Maurizio przełknął ślinę.

— Jak możesz traktować mężczyzn jak dodatki do stroju? — zapytał.

— Jestem w tym mistrzynią — westchnęła Julie. — Nauczyłam się od swoich chłopaków.

Wyłącznie z myślą o Julie wzięłam na siebie obowiązek udania się na rekonesans w inne rejony przyjęcia. Im bliżej podchodziłam, tym przystojniejszy, o ile to możliwe, stawał się Jude Law. *Boże, co ja mam powiedzieć?* — pomyślałam niespokojnie, podchodząc. Bo, rozumiecie, zwykle na przyjęciach nie podchodzę do kompletnie nieznanych osób i nie zaczynam z nimi rozmów.

— Przepraszam, nie chcę przeszkadzać — odezwałam się nieśmiało, kiedy dotarłam do jego stołu. — Ale moja przyjaciółka, o tam, ma pytanie. Hm, chce wiedzieć, czy... no więc... czy, no wiesz... uznajesz szoferów?

Jude Law się roześmiał, jakbym opowiedziała najzabawniejszy dowcip na świecie. To zawsze miłe, jeśli nawet w głębi ducha nie masz pojęcia, że opowiadasz coś zabawnego.

— Prawdę mówiąc, to jeżdżę metrem — odparł.

Boże, ależ jest słodki, pomyślałam. Uznałabym, że jest słodki, nawet gdyby powiedział, że podróżuje na jeżu. Wszystko jest słodkie, kiedy ktoś jest taki słodki jak on.

— Ależ jesteś oryginalny!!! — zbyt głośno wykrzyknęła oszałamiająca brunetka siedząca naprzeciw. — Cześć. Jestem Adriana A.? Modelka? Jestem w tej nowej reklamie Luca Luca? Chyba nikt nas sobie nie przedstawił. Cześć! Ty jesteś Zach Nicholson, fotograf, prawda?

Skinął głową. Adriana była egzotyczną pięknością z kośćmi jak u syjamskiego kota. Miała ten profesjonalny przydymiony makijaż oczu, który wszystkie modelki robią sobie do zdjęć. Zanotowałam w pamięci, żeby skopiować jej makijaż, ale nie typ osobowości.

— No bo jak tam właściwie jest, w tym metrze? — ciągnęła Adriana. Tak go kokietowała, że dosłownie widziałam, jak w czasie rozmowy samoczynnie podkręcają się jej rzęsy, przysięgam. — Założę się, że to niesamowite. Założę się, że znajdujesz tam masę inspiracji do pracy. Jesteś genialnym fotografem!

Boże, Muffy jest czasem taką kłamczuchą. Ten facet był w stu procentach kreatywny. Julie byłaby całkowicie przeciwna koncepcji narzeczonego fotografa.

— Dziękuję. Ale inspirację czerpię wyłącznie z głowy. Po prostu lubię docierać z punktu A do B w najszybszy możliwy sposób — uprzejmie odparł Zach.

Nie sądzę, żeby Adriana mu się spodobała. Zachowywała się z przesadą. Znów złapałam się na myśli: *Boże, jest taki słodki*. I Boże, co za straszna strata dla Julie, że ten tu Słodki *Monsieur* jeździ metrem, a nie z szoferem.

— Uwielbiam, uwielbiam, uwielbiam tę najnowszą wystawę. Byłam w MoMA, żeby ją obejrzeć. To, no wiesz, genialne, trafić do MoMA, mając dwadzieścia dziewięć lat!!! — wykrzyknęła Adriana.

Naprawdę pechowo się złożyło... dla Julie. Chcę powiedzieć, że ten fotograf byłby wspaniałym narzeczonym, biorąc pod uwagę cały jego talent i urok. Nagle spojrzał na mnie i wyszeptał:

— Uratuj mnie przed tą modelką Luca Luca. — A potem

dodał głośniej: — Hej! Przyłącz się, strasznie dawno cię nie widziałem — i pociągnął mnie na własne kolana. — Może zjesz coś na deser — zaproponował, podsuwając mi talerz ze spiętrzonymi profiterolkami.

— Z przyjemnością, ale właśnie nabawiłam się na nie alergii — odparłam, odsuwając półmisek. — Nie masz pojęcia, jak tego rodzaju przyjęcie wpływa na apetyt.

Zach uśmiechnął się i spojrzał na mnie uwodzicielsko.

— Jesteś najbardziej inteligentną dziewczyną w Nowym Jorku? Czy tylko najładniejszą? — zapytał.

— Ani jedno, ani drugie — powiedziałam, czerwieniąc się. W duchu niesamowicie mi to pochlebiło.

— A ja uważam, że może i to, i to — stwierdził.

Byłam kompletnie, w stu pięćdziesięciu procentach, oczarowana. Radośnie pozostałam na kolanach Zacha. Kiedy ktoś mnie potrzebuje, nie umiem odmówić. I, mój Boże, cudownie było sprzątnąć kogoś tak boskiego pięknej modelce. Nagle przyszło mi do głowy, że wyplątanie się z obowiązków, w ramach których wyruszyłam na rekonesans, może mi zająć co najmniej następne pięć minut, więc pokiwałam do Julie, ruchem kciuka w dół sygnalizując, że, co za pech, na tym terenie żadnych PM z szoferami.

O pierwszej wciąż ratowałam Zacha przed Adrianą. I nawet kiedy sobie poszła — oczywiście najpierw nas poinformowała, że możemy ją zobaczyć na billboardzie ponad budynkiem MTV na Times Square — zdecydowanie miałam wrażenie, że Zachowi wciąż potrzebna jest pomoc. A pewien czas potem Zach jakimś sposobem (proszę, nie pytajcie jakim, ponieważ mam w sobie zbyt wiele dziewiczego wstydu, żeby to wyjaśnić) niemal na pewno skończył z głową w znaczącej bliskości wspomnianego wcześniej południowoamerykańskiego rejonu mojej osoby. A do wiadomości wszystkich tych plotkar, które rozpowiadały, że sprzątnęłam Julie PM sprzed nosa, prawda jest taka, że Julie i tak go nie chciała.

— Jak dla mnie, wygląda na zbyt kreatywnego. W życiu nie zostanie niczyim narzeczonym — ostrzegła mnie przed Zakiem następnego dnia.

I w porządku. To znaczy, chcę powiedzieć, że przecież Julie szukała narzeczonego, nie ja. Wiedziałam, że mówi prawdę, kiedy twierdziła, że nie jest zdenerwowana z powodu wizyt fotografa w moich, a nie jej latynoskich rejonach, ponieważ jedyny komentarz Julie na temat przyjęcia Muffy, brzmiał: „Cóż, to była kompletna strata paryskiej konfekcji".

4

Tamtego wieczoru, kiedy poznałam Zacha, coś się ze mną stało. Poważnie, nigdy więcej nie tknęłam profiterolek. Po prostu je rzuciłam, a to naprawdę coś znaczy, ponieważ były moim ulubionym przysmakiem, zaraz po waniliowych babeczkach z Magnolia Bakery.

Wpadłam po uszy w chwili, kiedy go zobaczyłam. Coś mi w środku zaskoczyło, brzdęk!, i gotowe, nagle byłam dokładniuteńko trafiona prywatnym *coup de foudre*, tak samo jak brat i siostra, którzy zakochali się w sobie w *Genialnym klanie*. Wciąż nie mam pewności, czy chodziło o Zacha, czy o Jude'a Lawa, którego w nim widziałam, ale Zach był taki niewyobrażalnie romantyczny. No bo tylko posłuchajcie. Po naszym pierwszym spotkaniu dzwonił do mnie *codziennie* i co wieczór proponował kolację sam na sam. Mówiłam „nie" dokładnie co drugi wieczór, bo kiedy mężczyzna wygląda jak Jude Law i może mieć każdą, którą zechce, nie wolno być zbyt łatwo osiągalną, to bardzo ważne. No i przygotowania do randki z Jude'em Lawem są ogromnym stresem, więc potrzebowałam dla moich wycieńczonych miłością nerwów — były po prostu w strzępach — pełnych czterdziestu ośmiu godzin pomiędzy spotkaniami, żeby dojść do siebie.

Poza tym, oczywiście, także inne rzeczy sprawiały, że

byłam kompletnie ugotowana, na przykład fakt, że z Zakiem wizyta w Brazylii udawała się lepiej niż z każdym z tych *jakże niewielu* mężczyzn, z którymi się tam wybrałam. Chcę powiedzieć, że potrafił znaleźć Rio dokładnie za każdym razem, podczas gdy większość mężczyzn dociera najwyżej na przedmieścia, bo już by chcieli wracać do domu. Wyglądało na to, że uwielbia we mnie wszystko, nawet wady. Uznał na przykład, że to czarujące, kiedy pewnego wieczoru zaproponowałam mu przygotowanie kolacji, po czym ją zamówiłam (jako autentyczna do szpiku kości mieszkanka Nowego Jorku umiem przyrządzić tylko podwójnie opiekane bajgle). Sprawiał mi przyjemność, popełniając różne romantyczne szaleństwa, na przykład przez pięć dni z rzędu przysyłał bukiety peonii (moich ulubionych kwiatów), za każdym razem dołączając karteczkę. Pierwsza głosiła „Dla". Na drugiej było słowo „mojej". Na następnej „jedynej". Potem przyszły dwie kolejne, jedna z „i", druga „wymarzonej". *Dla mojej jedynej i wymarzonej.* To było tak urocze, że brak mi słów. Przez cały tydzień nie zjadłam nawet kęsa.

Zach należał do fantastycznie utalentowanych ofiarodawców prezentów. Zawsze znajdował rzeczy, których naprawdę pragnęłam, ale nawet o tym nie wiedziałam, dopóki mi ich nie dał. Na urodziny zaskoczył mnie piękną czarno-białą odbitką jednej ze swoich fotografii z serii *Zatopione* sprzed paru lat. (Na zdjęciu widać wypaloną ciężarówkę, na wpół zatopioną w jeziorze. Wiem, że to wygląda na dziwaczny prezent urodzinowy, ale ja byłam wzruszona do łez). A oto wybór innych prezentów: oprawione w skórę pierwsze wydanie mojej osobistej biblii, *Mężczyźni wolą blondynki*; szkatułka na biżuterię z Asprey z *galuchat* (nawiasem mówiąc, to skóra zdechłej rai); różowa papeteria z monogramem od pani Johnowej L. Strong — po zamówieniu czeka się na nią całe tygodnie, chyba że jest się osobą w rodzaju Zacha, który potrafi tak ich oczarować, że zrealizowali zamówienie w jeden dzień; zabytkowy peruwiański szal z frędzlami z pchlego targu w Limie.

Zach uwielbiał zabierać mnie na kolacje do uroczych ustronnych restauracyjek. Moją ulubioną była Jo Jo na Wschodniej Sześćdziesiątej Czwartej Ulicy. To tuż obok Madison Avenue; mają okienko z małymi szybkami, przez które można dostrzec kandelabry i błysk migoczącej świecy. Siada się w wyłożonych aksamitem wygodnych wykuszach przy czarnych lakierowanych stoliczkach. Ściany są pomalowane na spłowiały błękit, a stoliki na górze oddzielone zabytkowymi parawanami. Poważnie, można się tam czuć jak jedyna para zakochanych na całym świecie. Tego wieczoru, kiedy tam poszliśmy — na rozkoszną randkę dla uczczenia naszej dwumiesięcznicy — Zach bez przerwy owijał nogi wokół moich, jakby nigdy nie zamierzał przestać. Przez całą kolację tylko się całowaliśmy, chichotaliśmy i śmialiśmy z takich głupstw jak niesamowite frytki (cała tajemnica polega na tym, że smażą je w oliwie truflowej czy czymś równie zwariowanym).

W tych pierwszych kilku miesiącach lekko niepokoiła mnie tylko Adriana A. Podczas moich nielicznych wizyt w należącym do Zacha poddaszu w Chinatown telefon dzwonił, a Zach nie odbierał. Z automatycznej sekretarki odzywał się wtedy głos Adriany zapraszającej Zacha na lunch, kolację albo drinka, żeby omówić sprawy zawodowe. Zresztą okazało się, że niepotrzebnie się martwiłam. Po jakimś czasie przestała dzwonić.

Jedyną osobą, której mój romans nie zachwycił, była Mama. Nie żebym dzieliła się z nią wszystkimi szczegółami swojego życia miłosnego na Manhattanie; przeczytała o tym w kolumnie z plotkami i zadzwoniła sprawdzić, jak rzecz faktycznie wygląda.

— Kochanie, słyszałam, że Mały Earl być może przyjedzie do domu na Gwiazdkę — był koniec grudnia — i naprawdę myślę, że wy dwoje jesteście sobie przeznaczeni.

Wzięłam głęboki wdech.

— Mamo, Mały Earl na pewno z miejsca poczułby do mnie wstręt. I nie mam zamiaru spędzić życia na zamku pełnym przeciągów, patrząc na owce. A poza tym jestem pewna, że ty i Tata polubilibyście Zacha.

— Kim są jego rodzice, kochanie?

— Nie mam pojęcia. Pochodzi z Ohio, odniósł sukces jako fotograf.

Rzeczywiście wiedziałam o Zachu bardzo niewiele — nie licząc tego, że był bardzo przystojny, mieszkał w Chinatown, gdzie zajmował wielkie poddasze, i nigdy nie poszedł do łóżka, jeżeli przedtem nie wypił espresso. Strasznie poważnie podchodził do swojej kariery zawodowej i czasami bez uprzedzenia znikał na całe dnie. Kiedy chciał, potrafił być bardzo tajemniczy i nieuchwytny — co, oczywiście, uwielbiałam.

*

Julie zawsze twierdzi, że umie spakować torbę na weekend w St Barths „w mgnieniu oka". To najzwyklejsze kłamstwo. Tak naprawdę potrzebuje tygodnia, żeby się spakować na wyjazd, ale zmierzam do tego, że kiedy człowiek jest szaleńczo zakochany tak jak ja, wszystko wydaje się dziać w mgnieniu oka. Po jakichś piętnastu sekundach — w czasie rzeczywistym musiało to zająć z sześć miesięcy, mniej więcej w połowie marca — Zach poprosił, żebym za niego wyszła. Możecie sobie wyobrazić? Tak świetnie się bawiliśmy, że czułam się, jakby minęła chwila.

Jedyny kłopot z tą propozycją polegał na tym, że to *moi*, a nie Julie, miałabym PM, co w pewnym stopniu oznaczało konflikt interesów. Chociaż w duchu obawiałam się, że Julie wręcz niewyobrażalnie wścieknie się z tego powodu, nie mogłam odmówić. Byłam absolutnie szaleńczo zakochana. Zach był idealnym PM, pod każdym względem. Chociaż czasami jego zawodowe hulanki oznaczały, że zapadał się jak pod ziemię na cały tydzień i nie odpowiadał na moje telefony, zawsze pojawiał się ponownie z fantastycznymi zaproszeniami na kolacje i oczarowywał mnie od nowa.

Julie była zaskakująco spokojna, kiedy oznajmiłam jej, że się zaręczyłam. Zaaprobowała Zacha, uznając go za zbyt artystowskiego dla własnych potrzeb. Wbrew temu, czego można by się spodziewać, nie wydawała się specjalnie poruszona, że pierwsza złapałam PM. Stwierdziła: „Twój ślub potraktuję jak próbę kostiumową — nauczę się na twoich błędach".

Możecie sobie wyobrazić reakcję Mamy, kiedy jej powiedziałam, że wychodzę za Zacha. Najpierw zagroziła, że umrze z powodu bólu głowy, a potem nalegała na urządzenie wesela na zamku Swyre, który wynajmowano na podobne okazje. Nawet jeśli sama wybrałabym inną lokalizację, czułam się taka szczęśliwa, że postanowiłam dać Mamie wolną rękę. Parę godzin po wysłuchaniu moich nowin miała perfekcyjnie zaplanowany kościół, kwiaty, przystawki, tort, przebieg uroczystości i konkretny rodzaj konfetti (suszone zimnym powietrzem płatki róż z rynku Covent Garden). Domyślam się, że Mama planowała moje wesele od dnia, w którym skończyłam szesnaście lat, i postanowiła z podniesionym czołem przyjąć do wiadomości fakt, że wychodzę za amerykańskiego fotografa, a nie brytyjskiego earla.

Po zaręczynach czułam się jak najpopularniejszy dzieciak w liceum czy coś w tym rodzaju. Wszyscy w Nowym Jorku też byli uzależnieni od Zacha. Wszędzie zapraszano nas razem i wszyscy chcieli znać weselne plany. Nawet dziewczyny u mnie w biurze kochały się w Zachu; też mają odjazd na punkcie Jude'a Lawa. A moja skóra wyglądała lepiej niż kiedykolwiek.

Możecie sobie wyobrazić, jaka byłam zachwycona, kiedy moja redaktorka zapytała, czy chcę pojechać na parę dni do LA i zrobić wywiad ze sławną aktorką. Słodko nalegała, żebym zabrała sławnego narzeczonego, i zamówiła dla nas czteropokojowy apartament na najwyższym piętrze w Chateau Marmont, tym sławnym, z wielkim fortepianem. Kiedy człowiek jest zaręczony, ludzie są tacy mili. Niesamowite.

Całe cztery dni z Zakiem zapowiadały się bajkowo; prawdę mówiąc, miał to być najdłuższy czas, jaki spędziliśmy razem, odkąd się poznaliśmy. Nie mogłam się doczekać.

Kiedy moja przyjaciółka Daphne Klingerman, aktorka — wybrała rolę profesjonalnej żony błyskotliwego agenta, który wybrał rolę producenta, który wybrał rolę szefa studia — usłyszała, że przyjeżdżam do LA, wysłała mi ze swojego palmtopa e-maila:

Nie mogę rozmawiać mam lekcję jogi czy mogę urządzić dla was przyjęcie w beverly hills?

Nie umiem sobie wyobrazić, w jakiej pozycji można wysyłać e-maile, ale Daphne trenowała jogę ashtanga codziennie od dnia, kiedy zagrała ostatnią rolę, więc chyba powinna być specjalistką, ponieważ ostatnio grała ponad dwa lata temu.

*

Wiosna to najlepsza pora na odwiedziny w LA, a ja absolutnie uwielbiam Chateau Marmont jak cała reszta Hollywood. Zawsze przypomina mi zamek Roszponki, usadowiony tuż nad Bulwarem Zachodzącego Słońca, z tymi wieżyczkami, spokojnie górującymi nad szaleństwem na ziemi. Gdy tamtego wieczoru dotarliśmy na miejsce, było bardzo późno. Mimo to w holu roiły się te co zwykle superodlotowe hollywoodzkie dzieciaki, które przepadają za Chateau. Nie skusił mnie ten widok: jedyne, na co miałam ochotę, to zabrać Zacha na górę i w bardzo, bardzo pikantną podróż gdzieś na południe od równika.

Nasz apartament był kompletnie zakręcony, ale w pozytywnym sensie. Ogromny salon z dwiema długimi, nowoczesnymi sofami w jednym końcu, wspaniałym fortepianem w drugim, wielkim lustrem w stylu art déco i wąskim stolikiem do kawy w stylu włoskich lat pięćdziesiątych pośrodku.

Na stoliku stało wiaderko z lodem i butelką znakomitego szampana. W sypialni bardzo zapraszające łóżko, dwie srebrne lampy, całe mile sprzętu grającego i ściany okien od podłogi do sufitu, wychodzących na taras. Podczas gdy Zach dawał napiwek chłopcu hotelowemu, poszłam zaczerpnąć wieczornego powietrza i obejrzałam noc w Los Angeles. Elektryzujący widok, miliony świateł ciągnących się od Hollywood przez dolinę. Byłam wykończona, ale apartament wyglądał tak seksownie, że uznałam, iż Zach nie będzie miał żadnych problemów z wizytą w Brazylii, a może nawet natychmiastową wyprawą w głąb amazońskiej dżungli.

— Zach! Chcesz... zwiedzić las deszczowy? — zagruchałam z balkonu. Rozpakowywał się w sypialni.

— Jestem zajęty.

— Hej, przestań! — zachichotałam. — Nie bądź taki nudny.

— Nie bądź taka nachalna — odparł, nie odwracając się od szafy.

— Kochanie, Sting i Trudy *cały czas* odwiedzają lasy tropikalne i nikt nie uważa, żeby byli nachalni — stwierdziłam.

Zach nie odezwał się ani słowem. W ogóle nie chwycił dowcipu. Zawsze chichotał ze mną z moich głupich żartów, ale tego wieczoru był inny. Oświadczył, że mam zostawić go w spokoju, bo zamierza sprawdzić pocztę w Internecie, co, jeśli mnie kto pyta, jest prawdziwym marnotrawstwem czteropokojowego apartamentu w Chateau.

O pierwszej w nocy Zach nie zdradzał nawet śladowego zainteresowania łóżkiem. Z wrogim wyrazem twarzy jak szalony stukał w klawiaturę w salonie. Zupełnie jakby nie zauważył widoku... A z tego, co wiem, mężczyźni nie tracą okazji do seksu z kobietami, kropka. Kiedy wreszcie wspomniałam o tym Zachowi, odwrócił się od laptopa. Wyglądał na bardzo rozzłoszczonego.

— Czy mogłabyś, proszę, przez sekundę pozwolić mi zajmować się pracą? — zapytał zirytowany.

Nagle poczułam się winna i zawstydzona, że domagam się jego uwagi przez całą noc, kiedy jest taki zajęty.

— Przepraszam. Nad czym pracujesz?

— Nad nową kampanią reklamową. Chodzi o masę pieniędzy i presja jest naprawdę duża.

— To wspaniale — powiedziałam. — Jaką kampanią?

— Luca Luca. Chcą mieć kompletnie nowe podejście.

— Adriana A. bierze w niej udział?

— Jasne. W głównej roli. Mogę teraz wziąć się do pracy?

Zach wrócił do swojego komputera, a ja poszłam do sypialni i klapnęłam na łóżko. Rozczarowana. Leżałam tam i wpatrywałam się w okna. Nagle widok wydał mi się ponury jak cholera. Depresyjny. Czułam się tak, jakbym po obudzeniu w jednej chwili znalazła się w środku filmu Paula Thomasa Andersona.

*

Gdy dwie noce później zadzwoniłam do Daphne, byłam niewyobrażalnie wręcz zakłopotana. Czy miałam jej powiedzieć, że Zach prawie się do mnie nie odzywał, odkąd przyjechaliśmy? Wiem, był pod wielką presją, ale jeżeli chodzi o wyprawę do Brazylii i wszystko, co się z tym wiąże, cóż, nie wyjechałam poza krąg podbiegunowy, odkąd zameldowaliśmy się w Chateau. To znaczy, nie twierdzę, że Luca Luca to drobiazg, ale Zach zachowywał się, jakby zamierzał malować Kaplicę Sykstyńską. Poważnie, ledwie mnie do siebie dopuszczał. Za każdym razem, kiedy tylko wspomniałam o seksie, mówił po prostu: „Przestań mnie molestować" albo coś równie paskudnego. Przypomniało mi to, że w ciągu ostatnich tygodni narzekał kilka razy, że jest za bardzo zmęczony, bolą go plecy albo coś innego, także niesamowicie nudnego, kiedy proponowałam seks. Wierzyłam mu, ale może w głębi ducha po prostu nie chciał się kochać? Prawda była taka, że nawet nie zbliżyliśmy się do Rio przez ponad dwa tygodnie. No i nigdy wcześniej nie widziałam go w takim stanie. Odrzucał wszystkie moje propozycje. Kiedy zasugerowałam jazdę do mojego ulubionego sklepu ze starociami w South Topanga Canyon (trzeba tam zajrzeć, daję słowo, po prostu trzeba), odmówił i wrócił do pracy nad koncepcjami dla kampanii Luca Luca, czyli do zajęcia, któremu poświęcił ostatnie czterdzieści osiem godzin.

Gdzie się podział Jude Law? Miałam wrażenie, że zaręczyłam się z zupełnie innym człowiekiem. Jedyne, co mnie powstrzymywało przed pełnym odjazdem, to świadomość, że muszę się trzymać, dopóki nie zrobię wywiadu z aktorką, z czym uporałam się poprzedniego dnia.

— Daphne! — jęknęłam do telefonu.

— Daj spokój! — powiedziała. Daphne każde zdanie zaczyna od „daj spokój". — Co jest?

— Chodzi o Zacha. Jest w potwornym nastroju. Ogląda jedynie CNN i wysyła e-maile. Odkąd przyjechaliśmy, ledwie się do mnie odzywa, a wszystko dlatego, że robi zdjęcia do nowej kampanii Luca Luca z Adrianą A. Może powinniśmy to odwołać?

— Daj spokój! Nie możesz! Bradley samolotem studia sprowadził Le Cirque*, żeby zajęli się jedzeniem! A że Zach z tobą nie rozmawia, tym się nie przejmuj. Bradley *prawie nigdy* ze mną nie rozmawia. Mężczyźni są tacy seksowni, kiedy się zamyślają i są lakoniczni — stwierdziła Daphne. — Musicie dzisiaj przyjść, będzie masa ludzi, którzy chcą was poznać, a wy zechcecie poznać ich.

Zach zgodził się w końcu pójść na przyjęcie, ale dopiero wtedy, gdy Daphne osobiście do niego zadzwoniła i powiedziała, że będzie masa hollywoodzkich magnatów, mających „poważne" kolekcje fotograficzne. Tak po cichu uważam, że Daphne trochę przesadziła. Ma dokładnie jednego przyjaciela, który zbiera fotografie. Ale Daphne przesadza we wszystkim, szczególnie jeśli chodzi o swój wiek, gdy twierdzi,

---

* renomowana nowojorska restauracja

że ma dwadzieścia dziewięć lat, a naprawdę jest bliżej trzydziestu dziewięciu. Kiedy tamtego wieczoru szykowałam się do wyjścia, próbowałam myśleć pozytywnie. Jest jedna genialna sprawa związana z niemal niemym narzeczonym — ma się całe godziny na ubieranie. Wcisnęłam się więc w strasznie skomplikowany ciuch od Azzedine Alaia, zapinany na haftki; jego włożenie trwa całe wieki. Nawet podejrzenia co do nagłej zmiany osobowości Zacha nie mogły zmniejszyć mojego zachwytu nad dziełem Alaia: istnieją zabójcze suknie i zabójcze suknie Alaia, tak zabójcze, że aż mordercze. W ostatniej chwili Zach ubrał się w białą koszulę, dżinsy i znoszoną skórzaną kurtkę, co natychmiast zrujnowało mi apetyt. Wyglądał tak smakowicie, że wiedziałam jedno: Deserowa Symfonia Le Cirque nie miała szansy na to, by mnie skusić.

Daphne mieszka w Beverly Hills, w rozległym domu w stylu hiszpańskim, położonym na terenach ciągnących się niemal do hotelu Bel-Air. Podjazd oświetlały jasne światła, a Daphne jak zwykle przesadziła z kwiatami. Wielkie wazony wypełnione jaśminem i gałęziami stały absolutnie wszędzie, gdziekolwiek spojrzeć, nawet w toaletach. Zdecydowanie poszła też na całość w kwestii obsługi. Daphne lubi mieć piętnastu kelnerów na gościa, co strasznie zagęszcza przyjęcie. Kiedy się pojawiliśmy, salon był już tak zapełniony, że goście wylegali na taras, kierując się w stronę basenu. Cały ogród oświetlały latarnie, które Daphne wyszukała podczas jednej ze swoich wypraw na zakupy do Maroka, a na trawniku rozłożono gobelinowe kilimy i poduszki. Ledwo miałam czas ogarnąć to wszystko wzrokiem, kiedy Zach pożeglował w stronę kolekcjonera przyjaciela Daphne, zostawiając mnie samą w środku imprezy.

Daphne nagle chwyciła mnie za ramię i przedstawiła młodej aktorce Betthinie Evans, która właśnie dostała nagrodę Złotego Globu. Betthina nosiła nieskazitelny rozmiar zero; wiecie, jakie są aktorki: maleńkie, drobne, idealne. Miała długie, połyskliwe włosy w kolorze miodu i była ubrana w obcisłą żółtą satynową suknię oraz srebrne sandały z pasków. Całkowicie w stylu Kate Hudson, którą teraz naśladuje całe LA. Do tego iskrzący się pierścionek zaręczynowy wielkości Manhattanu.

— Och, też jestem zaręczona — powiedziałam.

— A gdzie twój pierścionek? — zapytała Betthina, badając wzrokiem moją lewą rękę.

— Narzeczony jeszcze się o niego nie postarał.

Taka była prawda. Zach wciąż powtarzał, że zamierza dać mi pierścionek, ale jakimś sposobem nigdy się do tego nie zabrał. Nie chcę wyjść na przesadną, lecz cholernie mnie to wkurzało. To znaczy, uważam, że zaręczyny bez pierścionka są jak Elvis bez cekinów albo koktajl bellini bez brzoskwiniowego soku. Było mi wszystko jedno, jaki pierścionek, chciałam mieć jakikolwiek. Zach miał ze mną wygodnie. Nie zgłosiłam żadnych szczególnych zastrzeżeń co do pierścionka, podczas gdy Jolene oznajmiła swojemu Potencjalnemu Mężowi, zanim się oświadczył, że wszystko poniżej nieskazitelnego, pięciokaratowego diamentu klasy D będzie nie do przyjęcia.

— Eeł! — pisnęła Betthina. — Nie ma mowy, żebym zgodziła się wyjść za Tommy'ego, gdyby nie dał mi pierścionka większego niż Kalifornia.

— Okropnie bym się czuła, gdyby ktoś dał mi wielki pierścionek — powiedziałam.

Szczerze mówiąc, to niezupełnie prawda. W głębi ducha pragnęłam pierścionka większego niż cała planeta. Ale nie jest to rzecz, do jakiej należy się przyznawać, więc nigdy tego nie robię.

— Bez względu na to, jak duży jest pierścionek na początku, kurczy się w miarę noszenia. I, jasne, ten kosztował, powiedzmy, ćwierć miliona, ale kiedy się zastanowić, co Tommy za to dostaje... *mnie*... przyjęty punkt widzenia sprawia, że pierścionek wydaje się tandetny, ponieważ ja jestem bezcenna — podsumowała Betthina.

— Och — westchnęłam. Gwiazdki filmowe muszą być

wyjątkowo dobre w dodawaniu, bo sama nigdy bym nie ułożyła takiego równania.

— Czy to prawda, co czytałam u Liz Smith? Że dał ci *Zatopioną ciężarówkę*? Jakie to romantyczne! I wiesz, nawet bez pierścionka zgodziłabym się na zaręczyny z najmodniejszym fotografem Nowego Jorku. Co za znakomite posunięcie zawodowe! I jaką będziesz miała prasę, kiedy z nim zerwiesz! Tylko pilnuj, żeby to zakończyć, zanim ktoś pomyśli, że naprawdę chcesz dobrnąć do końca.

Musiałam wyglądać na niewyobrażalnie zdenerwowaną, ponieważ Betthina nagle otoczyła mnie ramieniem i poklepała, jakbym potrzebowała pociechy.

— Boże! Przepraszam! Mówię takie okropne rzeczy! Ale... naprawdę chcesz wyjść za... *fotografa*? Chodzi tylko o to, że tu wszyscy cały czas się zaręczają i nikt nie bierze tego na poważnie, szczególnie w przypadku takich kreatywnych ludzi jak twój narzeczony — jęknęła zakłopotana. — Rozumiesz, *nie ma mowy*, żebym wyszła za Tommy'ego. Eeł, brr! Pójdziemy porozmawiać z twoim facetem? Boże, spójrz tylko na niego! *Niewiarygodnie* słodki.

Betthina zaczęła iść w kierunku Zacha. Przytrzymałam ją i wyszeptałam:

— Właściwie, um... mogłabyś nie? Chodzi o to, że dzisiaj niezbyt między nami iskrzy. To znaczy, właściwie... właściwie to się do mnie nie odzywa. Jest naprawdę zestresowany z powodu pracy. — Byłam różowa ze wstydu.

— Hej, nie przejmuj się! Moi dwaj pierwsi mężowie ledwie się do mnie odzywali. To zdarza się często. Nie denerwuj się. Wiesz, jak to mówią, jedyne, co ma znaczenie w kwestii męża, to jakiegoś mieć! — zachichotała.

— Och, nie jestem zdenerwowana — stwierdziłam, nagle wybuchając płaczem. — Jestem tylko, no wiesz, zakochana do szaleństwa, a kiedy człowiek się zakocha, to prawie cały czas płacze, prawda? Idę do toalety. Miło cię poznać.

Byłam kompletnie zakręcona. W tej samej chwili, kiedy zeszłam z oczu ludziom na przyjęciu, zadzwoniłam ze swojej komórki do Julie. Chciałam jakoś zabić czas i spróbować się uspokoić.

— Cześć, Julie-szmuli — odezwałam się. — Świetnie się bawię.

— I dlatego jesteś skrzywiona jak torba od Balenciagi, która zgubiła zapięcie? — odparła — Czy coś się stało?

Opowiedziałam Julie, że jestem szczęśliwsza niż kiedykolwiek w życiu, gdzie spojrzeć, mają tu jabłkowe martini, a Deserowa Symfonia z Le Cirque była po prostu pyszna. I dzwonię tylko, żeby powiedzieć, jak żałuję, że nie ma jej na przyjęciu.

— Kochanie, jeżeli pijesz martini i masz kieliszek pełen łez, musisz zadać sobie pytanie: „czy kosmos nie próbuje mi czegoś powiedzieć?" — oznajmiła Julie.

O Boże, kiedy Julie zaczyna gadać o kosmosie, naprawdę się o nią martwię. Oznacza to, że znów czytała przesadnie dużo książek o horoskopach. Ale może miała trochę racji, nawet jeśli czerpała informacje z *Księżycowej magii: jak postawić horoskop.*

— Zach dziwnie się zachowuje, ale nie mogę teraz tego wyjaśnić. Muszę kończyć — powiedziałam.

— Okej, weź się w garść. Zadzwoń do mnie natychmiast po powrocie. Kocham cię, pa, pa, pa.

Kilka minut później Daphne znalazła mnie siedzącą żałośnie na ławce przed toaletą.

— O mój Boże, co się stało? Czy Bradley był dla ciebie niemiły? — zapytała, kiedy zobaczyła moją zalaną łzami twarz.

— Nie, nie. Chodzi o Zacha, nie dał mi pierścionka i Betthina zaczęła pytać, gdzie go mam i... nie wiem, czuję się okropnie — wyszlochałam.

— Daj spokój!!! Jeżeli ktoś jeszcze spyta cię o ten *pieprzony* pierścionek zaręczynowy, powiedz, że dostałaś zamiast niego *Zatopioną ciężarówkę*, za którą można by kupić *sześć* zaręczynowych pierścionków, okej? Kiedy mężczyzna daje ci coś tak osobistego, cóż, to oznacza prawdziwą miłość. Rozumiesz, Bradley zamówił mój pierścionek u Neila Lane'a, ale tak robią *wszyscy* w Hollywood. To nic nie znaczy. Julia Roberts ma jakieś piętnaście zaręczynowych pierścionków właśnie stamtąd i sama popatrz, co się stało ze wszystkimi jej narzeczonymi. Wiesz, skąd wiem, że Bradley naprawdę mnie kocha? Bo przynosi mi do łóżka herbatę, gdy jestem chora na coś zaraźliwego, jak SARS. Liczą się drobiazgi. A teraz, czy mogę zobaczyć uśmiech? Hej, tak już lepiej — powiedziała, kiedy bezradnie wyszczerzyłam do niej zęby. — Musisz *wyglądać* na promieniejącą szczęściem i zakochaną, jeżeli chcesz się czuć promiennie szczęśliwa i zakochana. Proszę.

— Dzięki — odparłam, biorąc od niej chusteczkę i wycierając oczy.

Chyba miałam tego wieczoru dramatyczne skoki nastroju, bo gdy wróciłam na przyjęcie, ogarnęło mnie spontaniczne uczucie szczęścia, od którego kręci się w głowie. Daphne miała rację, *Zatopiona ciężarówka* to o wiele ważniejszy dowód miłości niż pierścionek. Trochę tylko szkoda, że nie można jej nosić na serdecznym palcu, żeby inni zobaczyli, jaka ta miłość jest ważna. Pomyślałam o wszystkich uroczych rzeczach, które zrobił Zach, kiedy się poznaliśmy, i wprowadziłam się w stan uśmiechowego paraliżu, który przetrwał do końca wieczoru. Poczułam, że znów tracę apetyt, co odebrałam z ulgą: zdecydowanie wciąż byłam zakochana.

Daphne zaprowadziła mnie z powrotem do salonu, który stał się jedną kolorową smugą pastelowych sukni. Tłoczyły się tu miliony dziewcząt ubranych dokładnie jak Betthina. Wszystkie gorączkowo analizowały jakiś film, który jeszcze nie wszedł na ekrany, z Keirą Knightly; miały ją naśladować, gdy skończą z Kate Hudson. Wszyscy narzeczeni i mężowie trzymali się swoich pięknych dziewczyn, jakby chwila nieuwagi miała oznaczać, że nigdy więcej ich nie zobaczą, co było, jak mi się zdaje, *très* sprytnym posunięciem. Kompletnie nie mieściłam się też w stylu à la Kate Hudson, co w obecnej sytuacji zdecydowanie okazało się przeszkodą... Moja zabójcza suknia była całkowicie nieodpowiednia na taki wieczór — o wiele za bardzo nowojorska. Co ja miałam w głowie, żeby w Los Angeles ubrać się na czarno? Chciałam tylko wrócić do domu.

— Oooch! Mmm! To Charlie Dunlain — stwierdziła Daphne, ciągnąc mnie w kierunku młodego mężczyzny, siedzącego samotnie na jednej z wielkich białych sof. Potem dodała szeptem: — Jest taki słodki i to *genialny* młody reżyser. Tak przynajmniej twierdzi Bradley, nie widziałam żadnego z jego filmów, ale nie mów mu tego, bo Bradley próbuje podpisać z nim umowę. Poświęć mu chwilę rozmowy, a ja zajrzę do szefa kuchni, dobrze?

Daphne mnie przedstawiła, a potem zniknęła, żeby zająć myśl kanapkami czy czymś podobnym. Nawet jeśli Charlie był taki słodki, jak sądziła Daphne, nie zauważyłam tego: nikt nie był tak słodki jak mój osobisty Jude Law, którego, jeśli już o nim mowa, nigdzie nie mogłam dostrzec. Istniała nadzieja, że gdzieś tu świętnie się bawił z którymś z magnatów, ale przerażało mnie, jaki tego wieczoru okazał się kompletnie nieuchwytny.

— Dobrze się czujesz? — tymi słowami powitał mnie Charlie, kiedy usiadłam. Wyglądał na zmartwionego. Tak łatwo było mnie rozszyfrować? Najwyraźniej ten paralityczny uśmiech okazał się *très* nieprzekonujący.

— Tak, ja... — nie umiałam wymyślić nic więcej.

— Co się stało? — zapytał.

Czasami ludzie potrafią być naprawdę niegrzeczni, prawda? Chcę powiedzieć, że znam faceta od trzech sekund, a ten już zadaje osobiste pytania. Odrażające, kompletnie odrażające.

— Nic się nie stało — stwierdziłam, biorąc się w garść. — *Cudownie* się bawię. Jestem dziś taka szczęśliwa, że niczego nie mogę przełknąć!

— Nawet niewiarygodnych deserów Daphne? *Na pewno* dobrze się czujesz? Nie wyglądasz na bardzo szczęśliwą.

— Wszystko *świetnie*. W stu pięćdziesięciu procentach wspaniale, w porządku — odparłam, usiłując przejść do dalszych pytań.

— No i jak tam Nowy Jork? — zapytał Charlie, odczytując moje intencje.

— Skąd wiesz, że mieszkam w Nowym Jorku?

— Suknia. Jest strasznie serio.

— Prawdę mówiąc, nazywam ją „morderczą suknią", ponieważ jest taka niebezpieczna — zażartowałam, odzyskując nieco humoru. — Dzięki Bogu za Azzedine'a Alaię!

— Jak w *Clueless*? — zachichotał Charlie.

— Absolutnie tak! — roześmiałam się. (Jedna z moich ulubionych scen filmowych to ta, gdy w *Clueless* Alicia Silverstone dostaje szału, że pobrudzi się jej suknia od Alai). — A skąd o tym wiesz? — zapytałam.

— Jestem filmowym maniakiem, wszyscy w branży filmowej uwielbiają ten film. Kiedy się tu pracuje, trzeba go przestudiować, mówię poważnie.

Może Charlie był na swój sposób uroczy. To znaczy słyszał o Azzedinie Alai, co stanowi poważną zaletę. Nie zrozumcie mnie źle, nie był plastrem na ranę po Judzie Lawie, ale nie da się zaprzeczyć, że miał wspaniały uśmiech. Plus ciemne włosy, trochę nieporządne, a do tego niespotykanie błękitne oczy. Ubierał się dość niedbale, w dżinsy, rockandrollowy T-shirt i stare tenisówki, ale wyglądał w tym naprawdę nieźle, jak większość chłopaków z LA. No i te zabawne okulary w belferskim stylu, które od czasu do czasu odsuwał na czoło. Trochę opalony, jakby surfował w Malibu czy coś w tym rodzaju. Sprawiał wrażenie rozbrajająco szczerego i otwartego. Ja, oczywiście, wolę typ bardziej skomplikowany, jak Zach, przypomniałam sobie.

— Chcesz zobaczyć coś głupiego i bez sensu? — zapytał Charlie, szczerząc zęby.

— Jasne — odparłam, z ulgą czując, że nastrój mi się poprawia.

— Okej, no to popatrz, co się stało, kiedy poprzednim

razem spotkałem dziewczynę równie ładną, szczęśliwą i wychudzoną jak ty. Pociągnąłem łyk drinka, o tak — pociągnął colę przez słomkę — i stało się to. — Jakimś sposobem słomka wyskoczyła ze szklanki, pofrunęła w powietrzu, rozpryskując coca-colę na wspaniałej białej sofie i zatrzymała się na oprawce okularów Charliego, stercząc pod kątem prostym. Roześmiałam się, a on powiedział: — I dlatego właśnie oficjalnie dzierżę tytuł Największego Ofermy, jeśli chodzi o kobiety.

Coca-cola ze słomki kropla po kropli spływała mu po policzku. Charlie zrobił minę, jakby chciał powiedzieć. „A widzisz".

— Ale jesteś zabawny — zachichotałam. — Zabawne jest zabawne, i tyle.

To znaczy, jeśli nawet w głębi ducha uważałam za niewiarygodnie wręcz nieuprzejme wytknięcie mi, że nie promieniałam szczęściem, zdecydowanie uznałam go za zabawnego.

— Dziewczyny nie potrafią się oprzeć poczuciu humoru. No i jesteś reżyserem. Założę się, że twoją dziewczyną jest jakaś naprawdę piękna aktorka.

— Nie. W chwili obecnej zero dziewczyn.

— A chcesz mieć dziewczynę?

— Nie patrzę na to w ten sposób — stwierdził Charlie. — Z dziewczynami bywa tak jak z pewnymi rzeczami, których ma się tym mniej, im bardziej się ich pragnie. Ale tak, byłoby miło. Kiedy przychodzi co do czego, każdy chce się zakochać, prawda?

Nagle pomyślałam o Julie. Stanowczo postanowiła się zakochać. Gdyby Charlie postarał się nie pokazywać jej sztuczki ze słomką, byłby dla niej idealnym PM, szczególnie że miał pojęcie o tak ważnych ikonach mody jak Azzedine Alaia. Wiem, oświadczyła, że nie chce żadnych kreatywnych typów, ale może powinna nieco poszerzyć horyzonty.

— A gdybym umówiła cię z jedną z moich przyjaciółek? Jakiego typu dziewczyny lubisz?

— Szczęśliwe, które nie są w stanie przełknąć ani kęsa — odparł zalotnie.

— Och, jestem zajęta, zaręczona z nim — zagruchałam, wskazując na Zacha. Wrócił do salonu i stał teraz w odległym końcu, plecami do nas. Akurat się odwrócił, ale nas nie zauważył.

— Przystojny facet.

— Słuchaj, mogę cię skontaktować z moją przyjaciółką. Ale musisz być bardziej precyzyjny; z jakiego *dokładnie* rodzaju dziewczyną chcesz się umawiać?

Charlie zamilkł, jak się wydawało na wieki, zanim odpowiedział. Spojrzał mi prosto w oczy i oznajmił: — Z kimś *dokładnie* takim jak ty — co dla kogoś tak promieniejącego szczęściem w ramionach narzeczonego jak *moi* było lekko peszące.

Zakręciłam lodem w szklance, namyślając się, co powiedzieć.

— Tak się składa, że często bywam w Nowym Jorku w związku z pracą — odezwał się Charlie, przerywając ciszę.

— Fajnie. Umówię was na moim przyjęciu zaręczynowym — oznajmiłam.

— Myślałem, że to jest twoje przyjęcie zaręczynowe.

— To jest moje przyjęcie zaręczynowe w Los Angeles. Ale moja przyjaciółka Muffy urządza też dla mnie przyjęcie w Nowym Jorku. Kiedy człowiek się zaręczy, wszyscy są tacy mili, że to kompletnie niesamowite! Czy widziałam któryś z twoich filmów?

— Wątpię — powiedział. — Są dla koneserów.

— Kino niezależne? — zapytałam.

— Nie, komedie! — wykrzyknął. — Kłopot w tym, że ja, ale tylko ja, uważam je za zabawne. Większość ludzi uznaje moją pracę za depresyjną, zawsze jednak powtarzam, że nie ma komedii bez tragedii. Pech chce, że szefowie studia są odmiennego zdania. A może chciałabyś jeszcze raz zobaczyć sztuczkę ze słomką?

*

68

Tamtej nocy, wracając z przyjęcia, byłam naprawdę szczęśliwa. Poważnie, po tym jak Daphne mnie uratowała, śmiałam się cały wieczór. Z Zakiem niedługo wszystko będzie w porządku, na pewno. Spróbowałam z nim porozmawiać, kiedy jechaliśmy Sunset w stronę Chateau. Była dopiero jedenasta i chyba chciałam przetrzeć szlaki dla jakiegoś latynoamerykańskiego zajęcia po powrocie.

— Kochanie, mimo że promienieję szczęściem, jestem... *très, très* przygnębiona — odezwałam się cicho.

O mój Boże, kompletnie źle wyszło. W ogóle nie chciałam tego powiedzieć.

— Znowu zamierzasz mnie męczyć o seks? — zapytał Zach, nie spuszczając wzroku z jezdni. — Masz obsesję. To jakieś pieprzone dziwactwo.

Wreszcie się odzywał. Swego rodzaju przełom po paru ostatnich dniach. Ale czy musiał być taki wstrętny? Czasami nowojorczycy potrafią być zbyt bezpośredni jak na możliwości skromnej dziewczyny jak ja, a nawet takiej, co to zdaje sobie sprawę, że pewnie jest bardziej świntuchą niż skromnisią.

— Kociątko, wolałabym, żebyś tak nie mówił. To niezbyt romantyczne — odparłam półżartem, jednocześnie powstrzymując szloch, bo tak naprawdę tylko na szlochanie miałam ochotę.

— Jesteś taka kurewsko powierzchowna. Myślisz, że w związku chodzi wyłącznie o seks. A nie, kurwa, to coś kurewsko głębszego niż tylko to.

Zach naprawdę mnie teraz zdenerwował. Mimo to usiłowałam się trzymać i być słodka: nie chciałam, żeby zrobiła się z tego kwestia.

— Ale, kochanie, nie jesteśmy najlepszymi przyjaciółmi. Chcę powiedzieć, że większość ludzi kocha się ze swoimi narzeczonymi...

— Nie jestem „większość ludzi". I dlatego ze mną jesteś. Jestem *fotografem*. Nie prowadzę życia zgodnie z zasadami innych. Jestem, kim jestem. A ty jesteś taka samolubna. Musisz sobie wyrobić sensowny system wartości.

Zach dał po hamulcach i zagapił się w czerń Stone Canyon. Był wściekły. Co ja takiego zrobiłam?

— Zawsze tylko ty, ty i to, czy ktoś cię przeleci. Przestań nudzić na ten sam pierdolony temat.

Zach nastraszył mnie bardziej niż Patrick Bateman w *American Psycho*, a uznałam tę książkę za tak przerażającą, że przeczytałam tylko pierwsze dwadzieścia stron, więc nie znam nawet połowy. Chyba byłam tak zszokowana tym, co powiedział, że nie mogłam wydusić z siebie żadnej odpowiedzi. W końcu uruchomił silnik i w milczeniu wróciliśmy do Chateau. Miałam nadzieję, że wszystko się unormuje, kiedy znów znajdziemy się w Nowym Jorku, a Luca Luca za parę tygodni odejdzie w niepamięć. No i przypomniałam sobie, nikt nie jest cały czas idealny, szczególnie ja, więc właściwie nie mogłam narzekać. Nawet jeżeli Zach był dla mnie chłodny tego wieczoru, wciąż szalałam na jego punkcie. A potem zaczęłam się zastanawiać, jak by to było, *teoretycznie*, zaręczyć się z kimś mniej przystojnym, ale milszym, w rodzaju tego zabawnego reżysera. Oczywiście natychmiast wyrzuciłam tę myśl z głowy, więc mogę ją uznać za jedną z tych, które się nie liczą.

*

— Eeeł! Reżyser filmowy! Żartujesz? O wiele zanadto kreatywny.

Gdy powiedziałam Julie, że chcę ją skojarzyć z Charliem, jej reakcja była dokładnie taka, jakiej się spodziewałam. Tydzień później, czy coś koło tego, byłyśmy w Bergdorfie na nakładaniu balejażu za pomocą pędzla, co jest jedyną słuszną metodą, odkąd skończyło się foliowanie, przynajmniej zdaniem Ariette, której można całkowicie zaufać w poważnych kwestiach dotyczących włosów. Powodem, dla którego wszyscy mają obsesję na punkcie salonu Bergdorfa, zajmującego całe dziewiąte piętro domu towarowego, jest to, że można się tam kompletnie odprężyć, co pozwala zapomnieć o takich paskudnych rzeczach jak narzeczony, który od tygodnia ledwie się do człowieka odzywa. Prawdę mówiąc, to fantastyczne miejsce. Piętro podzielono na trzy przestronne pomieszczenia — wielką salę recepcyjną, gdzie na stole zawsze stoją najbardziej niesamowite wazony pełne kwitnących gałęzi wiśni, pokój do strzyżenia i pokój do koloryzacji, w którym spotykałyśmy się z Julie. Wszędzie, gdziekolwiek spojrzeć, lustra, stanowiska do makijażu, manikiuru i pedikiuru. Asystentki w dobranych liliowych bluzkach krążą tam i z powrotem, roznosząc mrożone latte i jabłkowe sorbety. Mają nawet specjalną osobę — Cherylee — zajmującą się doborem kształtu brwi, co właściwie stało się już odrębną profesją. Całość pomalowana jest na blady fiolet, a przez okna, które biegną wzdłuż całego piętra, widać Piątą Aleję z jednej strony i Central Park z drugiej. Kto w salonie Bergdorfa nie zapomniałby o tym, że od trzech tygodni nie uprawiał seksu? To miejsce jest seksem.

— Julie, to tylko sugestia, ale może powinnaś rozważyć bardziej zróżnicowane opcje. Chcę powiedzieć, że możesz przeoczyć naprawdę cudownych facetów — mówiłam dalej. — A ten, z którym chcę cię poznać, jest zabawny i uroczy. To znaczy, gdybym nie była ze swoim PM, mogłabym chcieć widzieć w tej roli właśnie jego.

Oczywiście nie było w tym ani cienia prawdy — mimo wszystko szalałam na punkcie Zacha. Ale próbowałam poszerzyć wąskie horyzonty Julie.

— Jeżeli lubisz tego Charliego, musisz skończyć z Zakiem.

— Nie lubię go w taki sposób, Julie, po prostu go lubię, ale właśnie mówię, że gdybym nie była zaręczona... a zdecydowanie jestem... to tego faceta mogłabym „lubić". Jest taki zabawny i rozkoszny. Mam zamiar posadzić cię obok niego na przyjęciu.

— A jest słodki?

— Daphne twierdzi, że wręcz niewiarygodnie.

— No tak, ale co *ty* myślisz?

— Nie wiem — odparłam.

Poważnie, nie miałam pojęcia, czy Charlie jest słodki, czy nie. Jedynym mężczyzną, o którym mogłam myśleć jasno, był Zach. Wszyscy inni wydawali się jacyś niewyraźni.

— No więc opowiedz mi wszystko — odezwała się Julie, gdy Ariette nakładała jej farbę na włosy. — Kiedy dzwoniłaś do mnie od Daphne, miałaś okropny głos. Co się stało po przyjęciu?

— Och, nic — odparłam, nieuważnie przerzucając strony nowego „Vogue". (Zawsze mają w salonie „Vogue" z następnego miesiąca znacznie wcześniej, niż trafia do sprzedaży).

— Taak, jasne — powiedziała sarkastycznie Julie.

Julie za dobrze mnie zna, żebym mogła coś przed nią ukryć. Opowiedziałam jej o tej wstrętnej rozmowie w samochodzie, pomijając pewne szczegóły.

— Eeł! Jak mógł coś takiego *powiedzieć*? Co za kompletna cicha lipa! Nie możesz wyjść za tego faceta, kochanie. Małżeństwo bez seksu byłoby wielkim rozczarowaniem. Kompletnie to wypierasz — oświadczyła Julie.

Nie miałam pojęcia, o czym ona mówi.

— Na tym właśnie polega problem z ludźmi, którzy coś wypierają — ciągnęła. — Kiedy coś wypierają, nie mają pojęcia, że to robią.

Czasami Julie gada całkiem bez sensu.

— Ale ja go kocham — oznajmiłam. Nawet sama myśl o Zachu sprawiała, że czułam się, jakbym mogła na poczekaniu stracić sześć funtów.

— Kochasz jedynie Jude'a Lawa. Jesteś zakochana w myśli o byciu zakochaną — powiedziała Julie. — Beznadziejna romantyczka.

Pomyślałam, że to pewna przesada, biorąc pod uwagę, że mówi mi to dokładnie taka sama beznadziejna romantyczka. To znaczy, Julie przyznaje, że też jest po uszy zakochana w Judzie, więc można by pomyśleć, że coś zrozumie. A poza tym Julie nie ma pojęcia o związkach. Zaliczyła ich całe tony i żaden nie wypalił.

— Ale może Zach ma rację, może naprawdę jestem powierzchowna — stwierdziłam.

— Nie jesteś powierzchowna, tylko czasami sprawiasz takie wrażenie z powodu swojej obsesji na punkcie dżinsów Chloé. To on jest powierzchowny, skoro obarcza cię winą za wszystkie problemy. Powiedz mi, czy bardziej szykownie jest być jedno- czy dwukrotnie rozjaśnianą blondynką? — Julie odchyliła głowę, żeby spłukano jej farbę z włosów.

— Jedno. Myślisz, że prześpi się ze mną, jeżeli zrezygnuję z dżinsów Chloé?

— Powiem ci bez ogródek. Odwołaj to.

Julie absolutnie, kompletnie i całkowicie zwariowała. Nie mogłam tego odwołać! Nie mogłam nawet spokojne myśleć o tym, żeby nie wychodzić za Zacha. Zupełnie jakbym wypiła kool-aid: teraz nie było odwrotu. A poza tym tylko dwadzieścia cztery godziny dzieliły Muffy od wydania boskiego przyjęcia zaręczynowego. Poszła jeszcze dalej niż Daphne i powierzyła ułożenie kwiatów samemu Lexingtonowi Kinnicutowi. To niekwestionowany nowojorski król Różanej Dżungli (najmodniejszej po Dżungli Lilii). Listę oczekujących na Lexingtona Kinnicuta można porównać tylko z listą oczekujących na torby z rączkami z rogu od YSL. Gdybym odwołała swoje zaręczyny i Muffy musiała zrezygnować z Lexingtona, padłaby trupem na miejscu, dosłownie. Ponadto planowałam na przyjęciu przedstawić sobie Julie i Charliego: gdybym odwołała ślub, nie byłoby przyjęcia i spotkania.

*

Chociaż odwołanie ślubu było absolutnie wykluczone, w tej samej sekundzie, gdy wróciłam do domu z salonu Bergdorfa, zadzwoniłam do Mamy, aby przekonsultować taką ewentualność. Wiem, że to brzmi oksymoronicznie, bo tak jest, ale byłam niewyobrażalnie wręcz zdezorientowana. Chyba zaczęłam sobie uświadamiać, że pospieszne związanie się małżeńskim węzłem z Patrickiem Batemanem nie jest ani trochę tak atrakcyjne, jak pospieszne związanie się małżeńskim węzłem z Jude'em Lawem. Powiedziałam Mamie, w ścisłej tajemnicy, że Zach i ja mieliśmy pewną nierozstrzygniętą kwestię w dziale brazylijskim i jeśli nawet nie rozważam odwołania ślubu, to może nastąpić miniopóźnienie. Wymogłam na niej obietnicę, że nie powie nikomu ani słowa, ponieważ następnego wieczoru odbywa się nasze nowojorskie przyjęcie zaręczynowe. Zach nie może się dowiedzieć o moich wątpliwościach. W sumie, po co psuć fantastyczne przyjęcie (szczególnie gdy Lexington samolotem sprowadził z Republiki Dominikany dwieście różowych orchidei), skoro można wziąć w nim udział i odwołać wszystko później?

Wyszłam pozałatwiać jakieś drobiazgi, a kiedy wróciłam kilka godzin później, moja sekretarka mrugała jak oszalała. Wiedziałam, że wszystkie przyjaciółki będą dzwonić z pytaniem, co włożyć na wieczór. Odsłuchałam wiadomości:

„Tu menedżer centrum konferencyjnego na zamku Swyre. Bardzo mi przykro z powodu odwołania rezerwacji; depozyt w wysokości trzech tysięcy funtów zatrzymujemy".

„Cześć, mówi tata. Okropna sprawa z tymi zerwanymi zaręczynami. Mama mi dzisiaj powiedziała. Czy to prawda, że nie uprawialiście seksu przez trzy miesiące?".

Boże, dlaczego moja rodzina zawsze musi tak we wszystkim przesadzać? Powiedziałam Mamie, że to były trzy *tygodnie*.

„Tu Debbie Stoddard z »Daily Mail« Diary z Londynu. Dajemy jutro kawałek o pani zerwanych zaręczynach. Czy mogę prosić o telefon, żeby to potwierdzić?".

*

— Mamo, jak mogłaś?! — wrzasnęłam, kiedy się do niej dodzwoniłam. Byłam wściekła.

— Ależ, kochanie, strasznie by to było niedogodne dla Swyre'ów i kłopotliwe dla mnie, w wiosce, gdybyś odwołała wszystko w ostatniej chwili, więc tylko wstępnie wszystkich uprzedziłam...

— Swyre'owie nawet tam nie mieszkają. To centrum konferencyjne, Mamo, a co jest niezręcznego w odwołaniu rezerwacji w centrum konferencyjnym? Nigdy więcej nie zdradzę ci żadnej osobistej tajemnicy. Nie odwołałam tego ślubu. Zastanawiałam się tylko, czy nie byłoby na miejscu miniopóźnienie.

Odłożyłam słuchawkę, rozwścieczona. I co, do licha, mam teraz zrobić? Muszę dopilnować, żeby Zach nigdy się o tym nie dowiedział. W tej samej minucie zadzwoniła Julie. Była strasznie podekscytowana spotkaniem z Charliem.

— Właśnie sprawdziłam go w Google. Kompletnie niesamowity reżyser i jak najbardziej odpowiednia partia...

— Sprawdziłaś go w Google? Julie!

— Wszyscy w Nowym Jorku to robią. To teraz integralna część umawiania się na randki — wyjaśniła.

Czasami to, co mówi Julie, sprawia, że postrzegam umawianie się na randki w Nowym Jorku jako coś gorszego, niż pokazują w *Seksie w wielkim mieście*. A zawsze uważałam, że to najbardziej przerażająca wizja randek, jaka może istnieć.

— Zresztą wszystko jedno. Charlie robi najlepsze filmy — dodała Julie.

— Widziałaś je? — zapytałam zmieszana.

— Eeł, niee! Wyglądają mi na zbyt depresyjne. Ale recenzje w „The New Yorkerze" były zabójcze. Wyobrażasz sobie? Już jestem w nim kompletnie zakochana, najwyraźniej to *gwiazda w trakcie narodzin*.

— Julie, jesteś taka cyniczna.

— Mówisz, jakby to było coś złego! Czy myślisz, że woli dwu- czy jednokrotnie rozjaśniane blondynki? Bo zawsze mogę szybko skoczyć z powrotem do Bergdorfa.

Następny dzień — dzień przyjęcia Muffy — spędziłam na potajemnym odwoływaniu tego, co zrobiła Mama. Niewyobrażalnie traumatyczne przeżycie, ponieważ oznaczało brak czasu na solkę, makijaż czy cokolwiek innego, a całe to zamartwianie się weszło mi do głowy i wybieliło cerę do tego stopnia, że byłam bielsza niż Dżungla Lilii. Liczyło się tylko, żeby Zach nigdy nie dowiedział się o tym, co Mama zrobiła za jego plecami.

Jedynym plusem było to, że dzień przyjęcia musiałam spędzić w swoim mieszkaniu, które, nawiasem mówiąc, wręcz uwielbiam. Nie mogłam wprost uwierzyć, że je znalazłam, to była prawdziwa okazja. W głębi West Village, na rogu Perry Street i Washington Street, całe najwyższe piętro przedwojennego domu z czerwonej cegły, bez windy. Mam śliczne okna na dwie strony i mogę dostrzec przez nie rzekę lśniącą w oddali. Wszystkie ściany pomalowałam na blady błękit, żeby pasowały do koloru wody. Nie jest duże — tylko sypialnia, salon z kominkiem i gabinet — ale piekielnie urocze, odkąd je urządziłam. Nieco staroświeckie, lecz niezagracone śmieciami jak apartamenty niektórych dziewczyn w Nowym Jorku. Walające się wszędzie buty to coś, na co mam prawdziwą alergię i naprawdę nie umiem przyjaźnić się z dziewczynami, które mają całe rzędy wieszaków z ciuchami zamiast mebli. Cenię czystą klasykę, jeśli mnie rozumiecie. To znaczy, mam w salonie piękny żyrandol wyszukany w Paryżu i stare fotografie, i inne drobiazgi na ścianach, i miękką błękitną sofę, na której leżę i godzinami czytam książki, słuchając muzyki. Wszystko w sypialni pokryłam staroświeckim białym lnem, który Mama dosyła mi z Anglii, gdy nie zajmuje się wyczynianiem denerwujących rzeczy w rodzaju odwoływania mojego ślubu bez uprzedzenia. Boże! Mama! Koszmar.

*

Lexington Kinnicut nie na darmo jest manhattańskim królem Różanej Dżungli. Tamtego wieczoru zmienił jadalnię Muffy w altanę pełną różowych róż i orchidei, które pachniały tak rozkosznie, jakbyśmy znaleźli się w butelce Fracas.

Różowe obrusy z bawełny tak dokładnie dobrano do kwiatów, że chyba musiały razem rosnąć w cieplarni. Jakimś cudem Lexington zdołał nawet znaleźć talerze z różowej macicy perłowej, które zapełnił świeżymi truskawkami i ustawił na stołach. Nic dziwnego, że wszyscy uznają go za geniusza: wcześniej nawet nie wiedziałam, że istnieje coś takiego jak różowa macica perłowa.

Coś się musiało wydarzyć, odkąd wróciliśmy z LA, bo tego wieczoru Zach był niewiarygodnie czarujący. Uśmiechał się, całował mnie namiętnie, jakbyśmy wczoraj byli w Brazylii czy coś w tym rodzaju, całą noc trzymał za rękę — kompletnie inny człowiek. Dzięki Bogu! Tak jak myślałam: Zach był rozkosznym misiem o zmiennych — jak u wszystkich moich nowojorskich znajomych — nastrojach. Gdy goście się schodzili, zaciągnął mnie do sypialni i podarował przepiękny naszyjnik z różowych ametystów, który specjalnie dla mnie zamówił, ponieważ wiedział, że różowy jest moim ulubionym kolorem. Co za ulga, że nie prosiłam o tę minizwłokę.

Julie była najbardziej promienną dziedziczką na przyjęciu. Całą noc flirtowała z Charliem. Zaprosił ją na kolację parę minut po tym, gdy się poznali. Z przyjęcia wyszli razem. Mój narzeczony i ja wyszliśmy z przyjęcia oddzielnie. Zach następnego dnia wcześnie rano wyjeżdżał do Filadelfii i nie chciał, żebym go do późna zatrzymywała. Byłam zdenerwowana, lecz nie mogłam narzekać po tym, jak uroczo zachowywał się cały wieczór, dał mi ten naszyjnik i wszystko. Ale z pewnością miałam prawo czuć się zdezorientowana, że tak zniknął tej konkretnej nocy. Chyba jednak o to chodziło z Zakiem. Że nie wiadomo, czego się spodziewać.

*

Kilka dni później były urodziny Zacha i wtedy właśnie znów zaczął się dziwnie zachowywać. Zawsze mówił, że nienawidzi urodzin, bo kiedy był dzieckiem, jego mama nigdy o nich nie pamiętała. (Plus tej sytuacji był taki, że służyła jego pracy, ponieważ wpędzała go w depresję. Wszystkie zdumiewająco ładne asystentki w biurze agenta Zacha powtarzały, jak istotne jest, by był w najgłębszej możliwej depresji, jeśli ma robić dobre zdjęcia). Zapowiedziałam, że moim prezentem będzie wspólny lunch w Harry's Bar. Poprosiłam nawet Ciprianiego o upieczenie tortu z ulubioną polewą Zacha. Tamtego ranka zadzwoniłam, żeby zapytać, o której przed lunchem odebrać go ze studia w East Village.

— Nie idę. Mówiłem ci, kurwa, że nienawidzę urodzin. Przestań mnie nękać.

— Ale przecież już nie nienawidzisz urodzin. Już cię nie denerwują — powiedziałam zaszokowana.

— Nie chwytasz? Lubię być, kurwa, zdenerwowany. Tak funkcjonuję. Jak miałbym pracować, gdybym był cały czas kurewsko szczęśliwy?

Rzucił słuchawką. Próbowałam dzwonić kilka razy, ale linia była stale zajęta. Musiałam się wydostać z mieszkania. Rozpaczliwie chcąc zająć czymś myśli, wzięłam taksówkę do miasta i spotkałam się z Julie w salonie Bergdorfa, gdzie zainstalowana w ogromnym skórzanym fotelu w prywatnej sali znajdowała się w trakcie francuskiego manikiuru. Trwa to godzinami — taki paznokciowy ekwiwalent malowania Mony Lizy.

— Eeł! Jestem, wiesz, kompletnie niewyobrażalnie podekscytowana! — zawołała, kiedy weszłam. — Charlie jest *taki uroczy*. Codziennie przysyła mi inteligentnie intelektualne e-maile, których nie rozumiem. Czyż to nie rozkoszne! Zabiera mnie na wakacje do Włoch. Ma zamiar codziennie przysyłać mi kwiaty, kiedy wróci do LA, gdzie, wiesz, zna wszystkich. Chcę powiedzieć, że może nawet zna Brada Pitta, a wiesz, jak bym chciała namówić Jennifer na zakupy w Bergdorfie. Ten związek jest znakomitym posunięciem zawodowym... No dobrze, pocałunki nie są może dokładnie takie jak w *Dziewięć i pół tygodnia*, ale w idealnym związku nie można mieć wszystkiego, prawda?

Potem zapytała, czemu nie jestem na urodzinowym lunchu

z Zakiem, i właściwie nie miałam czasu tego wyjaśnić, bo zalałam się łzami, zanim zdążyłam otworzyć usta.

W rozpaczliwym wysiłku poprawienia mi humoru Julie zaprosiła mnie na wspólne wyjście z Charliem. Stwierdziła, że Charlie jest tak dobrze poinformowany, że ona nigdy nie wie, o czym mówi, i może mogłabym nieco ją oświecić. Powiedziałam, że nie śmiałabym psuć romantycznej kolacji. Może uda mi się zobaczyć z Zakiem później. Nie widziałam go od przyjęcia u Muffy. Byłam pewna, że jego zmienne nastroje niebawem znikną.

*

Tego wieczoru Zach nie zadzwonił. Ilekroć usiłowałam się z nim skontaktować, włączała się poczta głosowa. Po zostawieniu mu trzeciej wiadomości „Wszystkiego najlepszego, proszę, zadzwoń do mnie", popadłam w ławą depresję przed telewizorem. Nawet *Access Hollywood* nie był w stanie poprawić mi nastroju. Razem z płynącymi łzami śliczny przydymiony makijaż oczu, który zrobiłam specjalnie na urodzinowy lunch Zacha, zaczął mi strugami ściekać po policzkach. Właśnie miało mnie przestać obchodzić, ile czarnego żelowego eyelinera Bobbi Brown zmarnowałam (najlepszy do osiągnięcia tego efektu, zdecydowanie polecam), kiedy zadzwonił Charlie. Czy spotkałabym się z nim na kolacji z Julie?

— Mam kwestię z makijażem oczu — odparłam, wycierając łzy. — I jeżeli wyjdę, sprawa może się pogorszyć.

Uważnie przyjrzałam się sobie w lustrze. Kredka spłynęła do wysokości ust. Dwie ciemne rzeki płynęły z oczu, wzdłuż nosa aż do górnej wargi. Moja twarz przypominała lodowiec pocięty szczelinami. Niezbyt korzystne, nawet w przypadku naprawdę ładnej dziewczyny, takiej jak ja.

— Głos masz okropny. Przyjeżdżam po ciebie. Julie nie jest gotowa. Spotka się z nami na miejscu.

W tej samej sekundzie, gdy weszłam do Da Silvano na Szóstej Alei, poczułam się raźniej. Jest w tym lokalu coś takiego, że człowiek czuje się wyluzowany bez względu na to, jaka okropność spotkała go w ciągu dnia. Ma się uczucie, że to lokalna trattoria, oczywiście dopóki nie zauważy się kogoś szaleńczo interesującego w rodzaju Patti Smith, Joan Didion albo Calvina Kleina, którzy kręcą się tam, jakby byli we własnych kuchniach. Kiedy przyszliśmy, Julie zainstalowała się już przy najlepszym narożnym stoliku. Cierpiała z powodu „poważnej traumy" i czekała na telefon od Mooki, swojej osobistej asystentki do spraw sprzedaży w Bergdorfie. Czy nie mielibyśmy nic przeciw, gdyby odebrała telefon przy stole? Poważnie, Julie ma najgorsze maniery spośród wszystkich znanych mi osób. Na szczęście Charlie uważał, że to strasznie zabawny rys charakteru. Czy nie miałby nic przeciw temu, zapytałam, żebym poprawiła swoje przydymione spojrzenie tutaj, nad langustynkami? Muszę wyznać, że wyglądałam jak zwłoki z *Sześciu stóp pod ziemią*.

— Dziewczyny, będę zaszczycony. — Roześmiał się.

— Och, kochaaanie, uwielbiam cię. Jesteś taki zgodny — odparła Julie, całując go. — Cały czas pozwala mi na wszystko.

— A mam jakiś wybór? — powiedział z uśmiechem.

— Słodkie! Boże, jesteś takim dżentelmenem! Niewyobrażalne! Wiesz, Charlie to ukrywa, ale jest w połowie Brytyjczykiem i stąd te maniery.

Zadzwonił telefon Julie. Chwyciła go, krzycząc:

— O MÓJ BOŻE! Mooki, czy to jakiś chory spisek w celu wyklęcia mnie z nowojorskich kręgów towarzyskich? A może po prostu mam paranoję... nawet sobie nie wyobrażasz, jaki przeżyłam wstyd, wchodząc na przyjęcie Lary w zeszłym tygodniu w tych długich spodniach Alice and Olivia, które *ty* mi sprzedałaś... i przekonując się, że ta długość jest już niemodna... wszyscy noszą teraz tuniki Allegry Hicks...

Julie zamilkła, gdy Mooki usiłowała ją pocieszyć. W tym czasie ciągnęłam pogaduszkę z Charliem.

Wydawał się równie brytyjski jak Biały Dom. Wyjaśnił, że chociaż urodził się w Anglii i jego drugie nazwisko — Dunlain — ma szkockie korzenie, nie uważa się za Brytyjczyka. Jego ojciec Anglik przeprowadził się na Zachodnie Wybrzeże, kiedy Charlie liczył sobie jakieś sześć lat, bo miał po uszy brytyjskiego snobizmu, brytyjskiego plotkarstwa i okropnej brytyjskiej pogody.

— Spędziłem tu całe życie — stwierdził Charlie. — Ledwie pamiętam Anglię. Nawet tata niezbyt często o niej mówi... jest dość ekscentryczny i tajemniczy. A tak w ogóle, to czemu ty wyjechałaś z Anglii?

— Cóż, Mama jest Amerykanką i po prostu zawsze chciałam tu być. No i Mamie zależy, żebym wyszła za jakiegoś błękitnokrwistego Anglika. Na tym punkcie ma obsesję. Fu! Nienawidzę paniczów!

— Są dość paskudni, co?

— Obrzydliwie. Żyję w ciągłym strachu, że zamarznę na śmierć w jakimś zamku, poślubiona earlowi.

— Nie brzmi aż tak strasznie. Ale potrafię zrozumieć, czemu wolałaś Nowy Jork.

W tym czasie twarz Julie zaczęła przybierać taki sam kolor jak jej różany błyszczyk.

— To było coś paskudnego! Myślałam, że zwymiotuję! Byłam taka upokorzona...! — krzyczała. — A mdłości mi się pogorszyły, kiedy zobaczyłam loki bliźniaczek Vandonbilt. *Nikt* w tym mieście nie miewa nowej fryzury przede mną, Mooki, nikt!

— To mi wygląda na paskudną sprawę — powiedział Charlie. — Macie ciężkie życie, dziewczyny.

— Nawet nie jesteś w stanie wyobrazić sobie traumy, jakiej doznają dziewczyny tak olśniewające jak Julie.

— Ach, ależ mogę — odparł Charlie z półuśmiechem. — Miałem dzisiaj przyjemność być świadkiem pewnej konkretnej traumy dotyczącej wyboru dżinsów odpowiednich do tej restauracji. Julie zapewniła mnie, że to zadanie wagi porównywalnej z, powiedzmy, wspinaczką na Kilimandżaro. Naturalnie się zgodziłem, bo gdybym zaprzeczył, wyjście z domu zajęłoby jej *dwie* godziny zamiast jednej.

— Tak dobrze rozumiesz kobiety — stwierdziłam. Poważnie, ten facet był grzechu wart. Julie miała szczęście.

— Chciałbym. Ale wiem jedno: jeśli zgadasz się z kobietami we wszystkim, wtedy je „rozumiesz". Pamiętam przypadek, kiedy nie zrozumiałem dziewczyny przekonanej, że chłopaka można użyć jako ludzkiej karty kredytowej na Rodeo Drive; rzuciła mnie.

Byłam zaszokowana. Wiadomość, że w LA *wciąż jeszcze* istniały kobiety tego rodzaju, nie poprawiła mi nastroju. Myślałam, że odeszły w niepamięć wraz z *Dynastią*.

Miałam ponownie problem z makijażem oczu, lecz z o wiele przyjemniejszego powodu. Nie mogłam opanować chichotania. Co za ulga po ostatnich paru dniach. W tym czasie Julie krążyła wokół stolika niczym rozjuszona lwica.

— A potem wyjęłam komórkę i wszyscy spojrzeli na mnie, jakbym była z księżyca! Bliźniaczki Vandy komunikują się za pomocą satelitarnych pagerów, uważają, że telefony są, no wiesz, kompletnie nie na czasie.

Charlie spojrzał na Julie z upodobaniem.

— O, nieodparta czasem radości spotykania się z zakupoholiczką! — mruknął.

Traktował Julie z mieszaniną podziwu i rozbawienia. Chyba można powiedzieć, że ujęła go jej wyjątkowa osobowość, nawet jeśli wcześniej miał kwestię z dziewczynami uzależnionymi od zakupów. A potem zachowałam się nieco podstępnie. Postanowiłam powęszyć trochę w jego tajemniczym życiu rodzinnym — oczywiście wyłącznie ze względu na Julie — i zapytałam go o matkę. Westchnął.

— Aach... dość kapryśna osoba. Była znana jako „latawica". Uciekła z przyjacielem mojego ojca i teraz mieszka w Szwajcarii.

— Przykro mi — powiedziałam.

No właśnie, nie należy w nic wściubiać nosa. Zawsze wychodzi na jaw coś zbyt smutnego, żeby o tym mówić, a niczego nie da się cofnąć.

— Właściwie nie mamy kontaktu. Raz na jakiś czas

dzwonię do niej, żeby powiedzieć cześć. A tata ponownie się ożenił i jest teraz szczęśliwy.

— Widujesz go w LA? Bo tam mieszka, prawda?

— Ma dom w Santa Monica. Czasami go widuję. Jest nieco ekscentryczny, ten mój tata, czasami znika. Wszyscy jesteśmy w pewnym sensie pozbawieni korzeni... — zamilkł, wyglądał na zakłopotanego.

Czemu musiałam go wypytywać? Czemu? Uroczyście sobie obiecałam nie być na przyszłość taką wścibską przy obcych. Charlie wydawał się taki miły. Miałam nadzieję, że Julie go doceni.

Julie wyłączyła wreszcie swoją malutką nokię w obudowie o barwach ochronnych — wciąż uważałam, że jest bardzo na czasie, nawet jeśli panny Vandonbilt sądziły inaczej — chwyciła torbę i żakiet, jakby miała wyjść, i powiedziała:

— Muszę coś odebrać. Możecie kontynuować beze mnie? — odwróciła się na pięcie i ruszyła do drzwi.

Nie byłam zaskoczona. Jak już wspominałam, Julie ma niewyobrażalnie złe maniery i zawsze muszę ją tłumaczyć. Wyjaśniłam Charliemu, że Julie ciągle wymyka się z wieczornych randek na nocne wyprawy na zakupy i nie powinien się czuć obrażony. Wzruszył ramionami i zajął się talerzem tagliatelle z truflami. Na szczęście zachowanie Julie nie uraziło go. Spojrzał na mnie w ciepły, braterski sposób. Bez Julie atmosfera się zmieniła i pierwszy raz od tygodni poczułam się odprężona.

— Już wiesz o moich rodzicach — stwierdził — więc teraz porozmawiajmy o czymś innym. Powiedz mi, jak się poznałyście z Julie...

*

Następnego ranka spotkałyśmy się z Julie w Portofino na zachodnim Broadwayu na słońce. Julie uważa, że opalanie leczy ją z depresji, więc chodzi tam prawie co tydzień. Tego dnia musiała być oszołomiona miłością, bo zauważyłam, że używała tylko filtra SPF 8. (Mają tam te wspaniałe gabinety, w których można się opalać z przyjaciółką). Nałożyła czerwoną satynową maseczkę na oczy, z wyszytymi różowym jedwabiem słowami: KRÓLOWA DRAMATU.

— Charlie jest uroczy — odezwała się spod maseczki. — Mój chłopak uważa, że naprawdę do mnie pasuje.

— Twój chłopak? To on jest twoim chłopakiem, Julie — odparłam, wcierając w nogi filtr SPF 30.

— Jest *jednym* z moich chłopaków. Bardzo mi przykro, że muszę ci to uświadomić, kochanie, ale bardzo wiele kobiet ma męża i kilku chłopaków. Nie można trzymać wszystkich diamentów w jednym sejfie.

Ciekawa byłam, jak czułby się Charlie, wiedząc, że jest jednym z wielu diamentów w sejfie Julie. Masa dziewczyn z Nowego Jorku umawia się jednocześnie z dwoma lub trzema facetami, na wypadek gdyby coś nie wyszło. Julie powiedziała Charliemu, że nie jest w stanie być z nim „na wyłączność", ale nie przyznała się, że ma dwóch innych chłopaków, co w wypadku tak beznadziejnej romantyczki jak Julie wydawało się beznadziejnie nieromantyczne. Chyba źle się czułam z powodu Charliego, prawie chciałam go chronić.

— A czy on też jest z tobą „nie na wyłączność"? — zapytałam.

— Boże broń! Powiedziałam mu, że możemy się spotykać, pod warunkiem że będę tylko ja — odparła Julie zdumiona.

— Julie, nie możesz sypiać z trzema mężczyznami naraz. To niehigieniczne.

— A czemu miałabym sobie odmawiać, kiedy on jest w LA? Nie powinnaś zabierać głosu, panno spałam-tylko-z- -trzema-facetami-ale-to-oczywiste-kłamstwo-żebyś-myślała- -że-jestem-bardziej-niepokalana-niż-jestem.

— Julie! Spałam tylko z trzema facetami.

To niezupełnie cała prawda, lecz ponieważ zawsze utrzymywałam, że owszem, nie mogłam teraz nagle zmienić zdania.

Prawda jest taka, że nie mam nic przeciw zachowywaniu się jak stuprocentowa dziwka, ale w domowym zaciszu, pomyślałam, leżąc tam i opalając się, by uzyskać idealny odcień lekkiego latte. (Nie ma nic bardziej niestosownego niż zbyt opalona twarz w mieście). Jeśli chodzi o politykę seksualną, uważam, że współczesna dziewczyna wyzwolona powinna zachowywać się jak dziewica, bo to pozwoli jej na wszelkiego typu pornograficzne działania bez obaw, że zepsuje sobie reputację. Nawet jeśli ktoś byłby tak niemiły, żeby rozpuszczać porno plotki, nic miałoby to znaczenia, ponieważ i tak nikt by w nie nie uwierzył. Więc trzeba koniecznie wyglądać na dziewicę, postępować wedle uznania i w ten sposób zawsze dostawać to, czego się chce.

Nie żeby miało to cokolwiek wspólnego z *moi*, poważnie, ale gdybym chciała mieć masę *rendez-vous* w olśniewających miejscach typu paryski Ritz, z koniecznością użycia środków antykoncepcyjnych, dokładnie tak bym postąpiła. I nagle przyszło mi na myśl, że jeśli chodzi o randki, od tygodnia nie miałam żadnej z Zakiem, nawet takiej *bez* środków antykoncepcyjnych.

Nowojorskie załamanie nerwowe

Mam:

1. specjalistę od akupunktury, 99 dolarów za 90 minut
2. nauczyciela jogi ashtanga, 70 dolarów za 60 minut
3. osteopatę, 150 dolarów za 25 minut
4. chiropraktyka, 100 dolarów za 15 minut
5. uzdrowiciela z Gujarat w Indiach, który nic nie bierze
6. ginekologa położnika, 350 dolarów za stwierdzenie: „Być może pani nie jajeczkuje, ale nie da się powiedzieć na pewno"
7. hipnoterapeutę, 150 dolarów za 60 minut
8. terapeutę z zakresu kognitywnej psychologii behawioralnej, 200 dolarów za 55 minut
9. psychoterapeutę, 40 dolarów za 90 minut (za tanie, żeby zadziałało)
10. wróżkę, 250 dolarów za 60 minut
11. masażystkę, 125 dolarów za 40 minut.

Nie jestem w Bliss Spa. Przechodzę nowojorskie załamanie nerwowe. To kosztuje.

5

Nawet w najgorszych koszmarach nigdy nie wpadłam na to, że dzień może się zacząć od wyprzedaży w salonie Chanel, a zakończyć nowojorskim załamaniem nerwowym.

— Nie mów, że to powiedziałam, bo uzna, że jestem dwulicową kłamczuchą — pewnego pięknego majowego poranka wyszeptała konspiracyjnie Julie nad café au lait w Tartine — ale impreza dobroczynna K.K. na rzecz opery nowojorskiej, uznawana powszechnie za najlepszą z najlepszych, nie jest nawet w pięciu procentach tak podniecająca jak wyprzedaż u Chanel. Pokażcie mi dziewczynę z Manhattanu, która wolałaby oglądać *Don Giovanniego*, niż kupować u Chanel po cenach producenta, a odnowię członkostwo w klubie sportowym na Sześćdziesiątej Trzeciej Ulicy i naprawdę zacznę tam prawie regularnie chodzić.

Zdaniem Julie wyprzedaż w salonie Chanel jest najważniejszym wydarzeniem w Nowym Jorku; nie zaprasza się kompletnie nikogo oprócz bardzo niewielu bardzo wyjątkowych dziewczyn.

— Ale ciebie tak — stwierdziła Julie, wręczając mi białą kopertę. — Umieściłam cię na liście.

Wewnątrz znajdował się sztywny biały kartonik od Chanel. Byłam niewyobrażalnie podekscytowana, co właściwie uznałam za *très* alarmujące. Uwielbiam Julie, lecz jej sposób robienia zakupów trudno uznać za zdrowy. Nie chciałam tak jak ona stać się dziewczyną, której układem hormonalnym rządzą okazyjne wyprzedaże. Wygląda jednak na to, że każdemu, kto po raz pierwszy dostaje to konkretne zaproszenie, gwałtownie skaczą estrogeny, a więc nie ma powodu, żeby się tym przejmować. Karta głosiła:

Wyprzedaż Chanel
Wtorek, 7 maja, 7.15
Park Lane Hotel
58 Ulica, między 6 a 7 Aleją
Należy zabrać dokument ze zdjęciem.
Brak możliwości wejścia bez niniejszej karty.
Zastępuje przepustkę.

Środki ostrożności u Chanel są bardziej rygorystyczne niż w Pentagonie. Prezydent powinien korzystać z rad dziewczyn z PR, bo ochroniarze Chanel działają znacznie skuteczniej niż Departament Bezpieczeństwa Wewnętrznego.

Najbardziej denerwujące było to, że nie mogłam pójść na tę wyprzedaż z powodu pracy. Kariery zawodowe są kapryśne i trzeba poświęcać im masę uwagi, bo inaczej po prostu znikają. Dziewczynom z Nowego Jorku, które chodzą na zbyt wiele przyjęć i wyprzedaży, grozi zakończenie karier zawodowych, a ja nie chciałam być jedną z nich. Miałam zarezerwowany lot do Palm Beach, żeby przeprowadzić wywiad z dziewczyną z towarzystwa. Świeżo odziedziczyła posiadłość w stylu art déco. Mieszkała tam całkiem sama jak Doris Duke nowego tysiąclecia. Smutne, doprawdy, ale niezwykle fascynujące.

— *Głupia* — stwierdziła Julie, kiedy jej powiedziałam, że nie idę. — Nie możesz tego przegapić.

Wiedziałam, że powinnam zrobić ten wywiad, ale po prostu nie potrafiłam się oprzeć wizji zakupów w salonie Chanel, jakby chodziło o sklep Gapa. Od czasu do czasu mój system wartości znika w niewyjaśnionych okolicznościach i nagle robię rzeczy, których zwykle absolutnie bym nie zrobiła. Z niewiarygodnym wręcz poczuciem winy zadzwoniłam do biura i oświadczyłam, że dziedziczka z Palm Beach odwołała spotkanie z powodu „zmęczenia". Redaktorka mi uwierzyła: dziewczyny z towarzystwa zawsze wycofują się w ostatniej chwili, ponieważ „są zbyt zmęczone po ostatniej nocy". Zresztą kiedy rozmawiałam ze spadkobierczynią, wydawała się potwornie zmęczona, bogate biedactwo, więc właściwie nie było to kłamstwo, tylko opóźnienie dogodne dla nas obu.

W poniedziałek ledwie mogłam się skupić. Zaproszenie Chanel tak mnie zahipnotyzowało obietnicą pikowanych torebek po sto pięćdziesiąt dolarów zamiast dwóch tysięcy (nie ma się co dziwić, że estrogeny szaleją), że wręcz fizycznie zapomniałam o wynoszącej zero liczbie *randez-vous* z Zakiem. Od znacząco długiego czasu. Przywykłam do braku intymnych brazylijskich spotkań, ale teraz wyglądało na to, że nie ma zamiaru spotkać się ze mną nawet na koktajl. Przez kilka ostatnich dni za każdym razem, kiedy dzwoniłam, jego asystentka po prostu odpowiadała: „Oddzwoni" i odkładała słuchawkę. Nigdy wcześniej się to nie zdarzało, Zach zawsze odbierał moje telefony.

Najgłośniejsze wyprzedaże w Nowym Jorku są do tego stopnia najeżone niebezpieczeństwami, że Strefa Gazy wygląda przy nich na spokojne miejsce. Poważnie, widziałam kiedyś jak K.K. na wyprzedaży w TSE o mało nie *zamordowała* własnej kuzynki, ponieważ obie chciały mieć wspaniałą białą kaszmirową bosmankę, ale była tylko jedna. Nic dziwnego, że przy takich okazjach Jolene Morgan z wyprzedzeniem organizuje swoje „sklepowe szarże". Przed Chanel zwołała „spotkanie w celu omówienia strategii" podczas lunchu w restauracji Cztery Pory Roku na Wschodniej Pięćdziesiątej Drugiej Ulicy z Larą Lowell, Julie i niżej podpisaną. Czasami niepokoi mnie stan psychiczny Jolene, naprawdę. Cztery Pory Roku to miejsce z rodzaju tych, w których jadają burmistrz i magnaci medialni. I niezupełnie oczywisty wybór, jeśli chodzi o spotkanie na szczycie, dotyczące mody. Ale, jak sądzę, Jolene chciała się znaleźć w towarzystwie innych błyskotliwych strategów.

Kiedy się zjawiłam, Lara i Jolene analizowały już menu po kątem ukrytych węglowodanów. Dostały jeden z tych wspaniałych stolików tuż przy fontannie, w loży wykładanej skórą. W morzu jedzących lunch przedstawicieli władzy wyglądały jak dwa barwne ptaki — Jolene w seksownej bladoniebieskiej sukience z zaszewkami w tali, mającymi podkreślić jej urocze kształty, Lara, która ma parę najdłuższych na Manhattanie nóg, w króciuteńkiej białej minispódniczce i szkarłatnym swetrze. Długie blond włosy zebrała w koński ogon. Ma nieco chłopięcy styl i uchodzi jej to płazem, co strasznie wkurza Jolene, mimo że są przyjaciółkami od zawsze. Czasami zdaje mi się, że Lara jest najlepszą przyjaciółką Jolene głównie dlatego, że robi absolutnie wszystko, co jej Jolene każe.

Usiadłam i zamówiłam pellegrino oraz sałatkę. Jolene zachowywała się jak wariatka, co właściwie nie było aż taką wielką odmianą: miała obsesję na punkcie zdobycia nowej różowej pikowanej torebki z pozłacanym łańcuszkiem z działu akcesoriów Chanel. Ostrzegłam ją, że Reese Witherspoon nosiła dokładnie taką na rozdaniu Oscarów, więc wszyscy będą próbowali dorwać ten model. Nie chciałam, żeby Jolene była rozczarowana; efekty uboczne tego rozczarowania byłyby potworne dla nas wszystkich.

— Ta kwestia nie stanowi problemu — oznajmiła Jolene. — Mam plan piętra i dokładnie wiem, gdzie będą zlokalizowane pastelowe pikowane torby: w odległym końcu sali balowej za kaszmirowymi bliźniakami w rozmiarze trzydzieści osiem. — Przed wyprzedażami wszystkie dziewczyny z Nowego Jorku nielegalnie kupują plany pięter od ludzi z promocji. To jedyny sposób, żeby dostać najlepsze rzeczy.

Jolene i Lara były wykończone. Poprzedniego wieczoru poszły na superodlotowe przyjęcie na poddaszu należącym do dziecka jednego z Pink Floydów. Kelner przyniósł nam drinki, ale Lara i Jolene to zignorowały: były zbyt zestresowane wydarzeniami ostatniej nocy.

— Same dzieci Rolling Stonesów albo Mamas and Papas — powiedziała Jolene. — Przez dzieciaki rockandrollowców mam okropne zdanie na swój temat. Przeżyłam totalny Atak Wstydu.

— Ja też — zgodziła się z nią Lara. — Ale ja mam Ataki Wstydu po większości imprez. — Larze tak bardzo brakuje pewności siebie, że czasami zakrawa to na zbrodnię. Ale jednocześnie stanowi chyba jeden z powodów, dla których tak świetnie pasuje do Upper East Side.

Atak Wstydu przypomina trochę syndrom Fargo, ale dotyczy intelektu, nie wyglądu. Miewają go tylko dziewczyny w Nowym Jorku i Paryżu. Wzbudza większy lęk, ponieważ jakoś tkwi człowiekowi w głowie i noc w noc nie pozwala zasnąć. Kiedy Jolene pada ofiarą ataku, zawsze bierze dziesięć miligramów ambienu (modna tabletka nasenna) — zwykle jest to o piątej nad ranem, dokładnie wtedy, gdy wreszcie mogłaby zasnąć po wzięciu tabletki ambienu o pierwszej. Ostatni AW spowodowany był tym, że poprzedniego wieczoru podczas kolacji zabrała chłopakowi siedzącemu po jej prawej starego złotego roleksa, obiecując oddać go w czasie koktajlu w hotelu Mercer następnego dnia. Bardzo seksowne i uwodzicielskie. Ale kiedy to wszystko zaaranżowała, kompletnie zapomniała, że jest zaręczona. Lara miała AW, bo od jedenastego września nie czytała „New York Timesa" i nie wiedziała o rozbiciu w zeszłym tygodniu najbardziej niebezpiecznej komórki terrorystycznej na Środkowym Wschodzie. Przez całą noc przeżywała męki, że ludzie uznają ją za samolubną Księżniczkę z Park Avenue, której nie interesuje Izrael ani nic poniżej Siedemdziesiątej Drugiej Ulicy. (Co jest bliskie prawdy, ale nigdy nie byłabym tak okrutna, by powiedzieć Larze, za jak ograniczoną uważa ją większość z nas, ponieważ ma dziewczyna złote serce, naprawdę).

— Nigdy nie miałam Ataku Wstydu — poinformowałam. Byłam blisko, jasne, lecz nie sądzę, żebym kiedykolwiek doświadczyła pełnowymiarowego kryzysu.

— Nigdy? — zapytała Lara, blednąc tak, że była bielsza niż jej miniaturowa spódniczka.

— Tylko na nią popatrz — powiedziała Jolene. — Oczywiście, że nigdy go nie miała. Nawet wygląda, jakby nigdy jej to nie spotkało.

— Mam zamiar zdobyć na wyprzedaży coś naprawdę pięknego dla mamy Zacha — zmieniłam temat.

Wyprzedaż akcesoriów Chanel doprowadza większość nowojorskich dziewczyn do takiego stanu, że zgarniają tyle torebek, ile się da, wyłącznie dla siebie, kompletnie zapominając o wszystkich innych. (Później przechodzą atak PWPT: poczucia winy z powodu pikowanej torebki). Postanowiłam, że postąpię odwrotnie i skorzystam z okazji, żeby dokonać bezinteresownego aktu dobroci: zamierzałam kupić najlepszą torebkę dla mojej przyszłej teściowej.

— Och, co za uroczy pomysł — oznajmiła Lara.

— Co za okropna strata — stwierdziła Jolene. — Nie zrozumie. Pochodzi z Ohio.

Zignorowałam protesty Jolene i siedząc przy stoliku, zadzwoniłam do biura Zacha; chciałam się dowiedzieć, jaki kolor mógłby się podobać jego mamie.

— Hej. Biuro — usłyszałam.

Była to asystentka Zacha, Mary Alice. Odzywa się monosylabicznymi warknięciami, tak lubianymi przez klikę asystentek na obu wybrzeżach. (Chociaż zdjęcia Mary Alice ponadtrzykrotnie trafiły do czasopisma „Paper", wygląda żałośnie. Zawsze ubiera się w bezkształtne awangardowe belgijskie ciuchy, które każdego by unieszczęśliwiły. Kiedy próbowałam jej pomóc i wyjaśnić, że lepiej być musującą jak bąbelek szampana dziewczyną światową niż dziewczyną z depresją, powiedziała „Taa. Jasne". I *niczego* ze sobą nie zrobiła).

Z silnym postanowieniem zachowania pogody powiedziałam:

— Cześć! To ja...

— Ja tylko odbieram wiadomości. Zach oddzwoni — przerwała mi M.A.

Wszystkie asystentki z Manhattanu robiły ten numer z „oddzwanianiem", odkąd się dowiedziały, że to standard w kwaterze głównej Spielberga na Zachodnim Wybrzeżu.

— Muszę zadać Zachowi bardzo pilne pytanie w kwestii zakupów...

— Kto mówi?

M.A. zaczęła ostatnio udawać, że nie ma pojęcia, kim jestem. Najwyraźniej taki protokół obowiązuje w nowojorskim biurze Calvina Kleina.

— To ja!

— Ja?

— Jego narzeczona.

— Oddzwoni.

Połączenie zakończono. Co się dzieje z Zakiem? Zaczynało to jakoś dziwnie wyglądać. Podniosłam wzrok i zobaczyłam, że Jolene i Lara wpatrują się we mnie, jakby stało się coś naprawdę smutnego, jakbym miała odrosty czy coś równie rozpaczliwie depresyjnego.

— Dobrze się czujesz? — zapytała Jolene, uważnie oglądając stek, który właśnie pojawił się na stole.

— Świetnie! — odparłam.

Uśmiechnęłam się najbardziej olśniewającym, zakochanym uśmiechem, jakbym chciała powiedzieć: *Jestem szczęśliwsza, niż możecie sobie wyobrazić*. Jeśli Nicole Kidman umiała tak fantastycznie wyglądać podczas rozwodu z Tomem Cruisem, ja mogłam zbyć uśmiechem kilka daremnych telefonów. Ale to naprawdę trudne zadanie, wiecie? Tego dnia zdałam sobie sprawę, że aktorki takie jak Nicole naprawdę zasługują na te wszystkie darmowe ciuchy, ponieważ sprawianie wrażenia osoby niebiańsko szczęśliwej, kiedy krew w żyłach zmienia się we łzy, wymaga w istocie najwyższych kwalifikacji. Chcę powiedzieć, że Nicole nie zasłużyła na Oscara, zasłużyła na Nagrodę Nobla.

— Czemu on nie chce z tobą rozmawiać? — włączyła się Lara.

Zemdliło mnie. M.A. nie informowała o moich telefonach, czy Zach zaczął tracić zainteresowanie? Próbowałam odsunąć wątpliwości na bok. O czym ja myślę! Zach mnie uwielbia. W przeciwnym razie czemu dawałby mi ten cudowny naszyjnik? Proste wyjaśnienie musiało być takie, że M.A. nie przekazywała mu moich wiadomości.

— To nie on — powiedziałam, poszerzając uśmiech. — To jego asystentka. Tworzy parasol ochronny. No wiecie, w kwestiach zawodowych.

Zanim zdążyłam powiedzieć coś jeszcze, z drugiego końca dobiegł nas głos Julie. „Hej, dziewczyny! Tęskniłyście za mną?", wołała. Kiedy szła w naszą stronę, kiwała do ludzi przy każdym stoliku. Julie zna w Nowym Jorku wszystkich, absolutnie wszystkich.

Tego dnia wygląd Julie można by opisać jako „chodzący sejf". Bezwstydnie machała kilkoma torbami z Van Cleef & Arpels. Na palcu wskazującym miała złoty pierścionek w kształcie róży, wysadzany granatami, w uszach nowe złote koła, na ręce bransoletkę z platyny i szmaragdów.

— Prezenty! — oznajmiła, padając na siedzenie i upuszczając łupy. Wręczyła naszej trójce maleńkie torebeczki. W każdej było serduszko wysadzane diamentami, identyczne z tym, które miała na szyi.

— Julie, nie możesz! — jęknęłam.

Poważnie tak myślałam, ale jednocześnie modliłam się, żeby zignorowała mój protest. Po prostu uwielbiam diamenty, dzięki nim dziewczyna naprawdę dobrze się ze sobą czuje, szczególnie kiedy ma trochę nie najlepszy humor.

— Och, nie martw się, kochanie. Były prawie za darmo — oznajmiła Julie. — Chciałam uczcić miłość, to dlatego kupiłam każdej z nas po serduszku. — Miała na twarzy wyraz triumfu, który oznaczał tylko jedno: niedawny sukces w dziedzinie zakupów o nielegalnym charakterze.

— Julie, znowu kradniesz, prawda? — zapytała Lara.

— Prawie! — Przełknęła ślinę. Rozejrzała się ukradkiem i wyszeptała: — Właśnie byłam u van Cleefa na super hiper wyprzedaży studyjnej wyłącznie dla ulubionych klientek, na którą nie zapraszają dosłownie nikogo. Zdobyłam tyle taniochy, że nie uwierzycie. Dosłownie dali mi te serduszka.

Lara zmieniła się w słup soli. Popadłą w megaposępny nastrój. Zdarza się to codziennie. Odezwała się cicho, z wielkim napięciem w głosie.

— Ale to ja jestem ich ulubioną klientką! Dość tego, wychodzę — oświadczyła, rzucając serwetkę, chwytając telefon, i ze złością, ciężkim krokiem opuściła restaurację.

Musiała doznać *très* poważnego wstrząsu, ponieważ zostawiła swoją torebkę kelly z monogramem, torebkę, na którą czekała na liście Hermèsa cztery i pół roku. Biedna Lara. Niektóre dziewczyny po prostu nie radzą sobie z brutalną hierarchizacją wyprzedaży. No bo wszystko to jest w takim stopniu polityczne, że czasem chciałabym, żeby zjawiła się tu Condoleezza Rice i uporządkowała sprawy.

— Do licha. Atak Wstydu już wisi w powietrzu. Idę za nią — oznajmiła Jolene, zbierając swoje rzeczy. Odchodząc od stołu, powiedziała do mnie: — Mój kierowca przyjedzie po ciebie jutro o szóstej czterdzieści pięć rano. Nie spóźnij się i pamiętaj, dowiedz się, jaką torbę chce matka Zacha.

— Cóż. Niektóre z nas chodzą na wyprzedaże do Chanel, a niektóre na wyprzedaże diamentów. Tak to już w życiu bywa! — westchnęła Julie. Była z siebie niewyobrażalnie wręcz zadowolona. — *Biedna* Lara. Musi zmienić swój system wartości. Chcę powiedzieć, że ktoś miły naprawdę powinien jej uświadomić, że jeśli nie będzie uważać, stanie się jedną z najbardziej powierzchownych dwudziestoczterolatek na Park Avenue. Rozdzierające, doprawdy.

Szczerość Julie wobec przyjaciół bywa odświeżająca, lecz na całe szczęście nie jestem plotkarą, bo wkrótce straciłabym większość przyjaciół. Nagle Julie spojrzała na mnie dziwnie serio. Oznajmiła, że musi mi powiedzieć coś trudnego.

— Charlie wrócił do LA. Oczywiście mam rozdarte serce, ale nalegałam, żeby przysyłał mi kwiaty raz w tygodniu, i z miejsca się zgodził...

— Jakie to urocze — zauważyłam. Najwyraźniej Julie owinęła sobie Charliego wokół małego palca, mimo że znali się zaledwie parę tygodni. Nastąpiła efektowna pauza i Julie rzuciła mi surowe spojrzenie. — W czym problem? — zapytałam.

— Nie ma problemu, bo tak właśnie powinien się zachowywać mężczyzna. — Zaczęła szeptać. — A twój nie zachowuje się jak należy. Jesteś przez niego nieszczęśliwa. — Jakim cudem Julie mogła nie zauważyć, że oficjalnie jestem SZALEŃCZO SZCZĘŚLIWA, nie mam pojęcia. — Spójrz tylko na siebie, jesteś kompletnie ana — ciągnęła. — Co normalnie byłoby największym komplementem, jaki mogłabym wypowiedzieć, ale w tym momencie jesteś po prostu *za bardzo* ana.

Nie mogłam uwierzyć w to, co słyszę. Ogólnie przyjęta na Manhattanie zasada głosi, że dziewczyna nie może być ani zbyt bogata, ani zbyt ana. A jednak było coś, o czym nie powiedziałam Julie, a co spowodowało stratę tych paru nieplanowanych funtów. Kiedy ostatni raz widziałam Zacha na przyjęciu zaręczynowym, wspomniał, że następnego dnia wyjeżdża z miasta robić zdjęcia do projektu w Filadelfii. A właśnie następnego dnia wieczorem Jolene widziała go w Bungalow 8 na Dwudziestej Siódmej Ulicy. Kiedy się o tym dowiedziałam, przysięgam, straciłam siedem funtów. Czemu powiedział, że wyjeżdża, skoro nie wyjechał? Poza tym kolejnym czynnikiem odpowiedzialnym za moją ananość jest to, że dziewczyna zakochana do szaleństwa tak jak ja nie potrafi przełknąć ani kęsa. Mimo to Julie ciągnęła nieprzerwanie:

— Nie możesz za niego wyjść. Tylko sobie wyobraź, jak by to wyglądało; praktycznie umarłabyś ze zmartwienia. W okresie narzeczeństwa powinnaś się czuć szczęśliwa i odprężona.

Prawdę mówiąc, Julie nie ma racji. Najwyraźniej po zaręczynach wszyscy są potwornie zestresowani. Narzeczeństwo *powinno* być niesamowicie stresujące.

— Julie, on jest teraz po prostu załamany i wyczerpany — zaprotestowałam. — Właśnie skończył tę kampanię dla Luca Luca i naprawdę denerwuje się nową fotograf, którą zatrudniła agencja, bo ma świetną prasę...

— Ależ tak! Chcesz wyjść za kogoś, kogo obchodzi zainteresowanie prasy *kimś innym*? A kogo obchodzisz ty i kto ciebie stawia na pierwszym miejscu?

— Obchodzę go, Julie, i to Ten Jedyny.

— Nieprawda, nie ma czegoś takiego jak Ten Jedyny...

Julie nie przestawała mówić nawet podczas jedzenia panna cotta, którą kelner właśnie postawił na stole. Jej usta — fantastycznie pociągnięte nowym błyszczykiem M.A.C., za którym wszyscy teraz szaleją — nie przestawały się poruszać, ale wyłączyłam się z rozmowy. Nie słyszałam ani słowa.

Przeżywałam moment głębokiej introspekcji. Jak mogłabym zapomnieć o peoniach Zacha, kolacjach, prezentach i wszystkim innym? Zgodnie z prawami romansu, których znajomość zdobyłam dzięki filmom historycznym w rodzaju *Bezsenności w Seattle*, istnieje tylko jeden Jedyny i nic na to nie można poradzić. (Chcę powiedzieć, że przecież Jackie i JFK byli sobie przeznaczeni. Pomyślcie tylko, że ona mu odmawia. Cała historia amerykańskiej mody wyglądałaby inaczej). Całkowicie popieram Jeana Paula Sartre'a i wolną wolę, i tak dalej, ale kiedy chodzi o Tego Jedynego, człowiek nie ma nic do powiedzenia, nawet jeśli Jedyny prawie się do człowieka nie odzywa.

Dzięki Bogu, że widziałam wszystko tak wyraźnie. Genialna sprawa z tą introspekcją. Zaczynasz zagubiona jak chiński

makaron w sycylijskiej lasagne, a kończysz kompletnie wy-
prostowana, prostsza niż Piąta Aleja.

Głos Julie ponownie stał się słyszalny.

— ...no więc tego się właśnie o nim dowiedziałam. To nie
jest dobry człowiek. Ma reputację osoby, która torturuje
swoje dziewczyny w jakiś dziwaczny, psychologiczny sposób.
Może nawet jest psychiczny, kochanie. Ludzie nie mówią
takich rzeczy bez powodu.

— Całkowicie się z tobą zgadzam — stwierdziłam.

Nie miałam pojęcia, z czym się zgadzam, ale przynajmniej zostało mi dość sprytu, żeby zgodzić się z tym,
z czym Julie chciała, żebym się zgodziła. Miałam nadzieję, że to koniec tego konkretnego anty-Zachowego wykładu.

— Muszę lecieć — oznajmiłam. — Do zobaczenia o świ-
cie z Jolene.

Siedziałyśmy w Czterech Porach Roku wystarczająco
długo. Nie chciałam słyszeć ani słowa więcej o tym, dlaczego nie powinnam wychodzić za mąż. Wstałam od stolika i wyszłam z restauracji. Zamierzałam dowieść, że Julie
się myli.

*

Ponownie zadzwoniłam do Zacha, gdy znalazłam się
w domu. Kiedy wybierałam jego numer, palce lekko mi
drżały.

— Oddzwoni! — Tym razem M.A. nawet nie pozwoliła
mi się odezwać. Nie mogłam tego dłużej znosić.

— W sumie *très* słodko, że to proponujesz, ale chciałabym
prosić o natychmiastowe połączenie — powiedziałam moż-
liwie najuprzejmiej.

— Nie jestem operatorką z AT&T.

— Proszę, przekaż Zachowi, że dzwoni jego narzeczona
i pilnie musi przedyskutować niecierpiącą zwłoki sprawę.

— Zapiszę wiadomość.

— Ale, Mary Alice, nigdy nie przekazujesz mu wiadomości ode mnie. Przez ostatni tydzień nie odpowiedział na żadną z tych, które ci zostawiłam.

— Ma wszystkie na blacie. Dostaje każdą.

Nie sądzę, żeby M.A. ze stuprocentowym realizmem oceniała swoją zdolność do przekazywania wiadomości. Żal mi jej było z powodu tej ciągłej depresji, ale nie zamierzałam odpuścić faktu nieprzekazywania Zachowi moich wiadomości.

— Proszę — błagałam. — Proszę, daj mi go.

Słuchawka została zakryta i usłyszałam stłumione głosy. A potem — ekstaza — na linii odezwał się Zach.

— Co? — zapytał.

Miałam rację co do M.A. *Oczywiście*, że Zach chciał ze mną pogawędzić. Potworne było to, że teraz, mając go przy telefonie, nie wiedziałam, o czym rozmawiać.

— *Co*? — ponownie rozległ się jego głos. Zach nie sprawiał wrażenia ucieszonego rozmową.

— Nic, kochanie! — wypaliłam.

— Skoro nie masz nic do powiedzenia, możesz mi nie przeszkadzać, kiedy próbuję pracować?

Och, przypomniałam sobie. Zaproponuję, że kupię jego matce tę torebkę.

— Robię prezent twojej mamie i chcę wiedzieć, czy wolałaby różową pikowaną torebkę z łańcuszkiem od Chanel czy może błękitną? Albo w pierwiosnkowej żółci?

— Nie mam pojęcia. I to jest ta „sprawa niecierpiąca zwłoki"?

— Marzę o kolacji.

Cisza. Zach musiał być wciąż *très* zdenerwowany z powodu nowej pani fotograf w agencji, ponieważ zdjęcie jej autorstwa znalazło się na pierwszej stronie dzisiejszej „Herald Tribune". I był taki zajęty i w ogóle, czułam się winna, że mu zawracam głowę. Wiem, pomyślałam, poprawię mu humor.

— Mogę cię zabrać na romantyczną kolację w Jo Jo dziś wieczorem? — zapytałam.

— Co to za obsesja na punkcie najdroższych restauracji w mieście? Jak mam pracować, skoro muszę bez przerwy cię niańczyć? — odparł.

Czasami się zastanawiam, czy Zach mnie rozumie. Z pewnością musi wiedzieć, że najdroższe restauracje na Manhattanie serwują najlepsze frytki. I nawet nie prosiłam, żeby to on płacił.

— W ogóle nie chcesz się ze mną widzieć? — zapytałam nieśmiało.

— Później do ciebie zadzwonię.

Rozłączył się.

Cóż, w pewnym sensie był to postęp. Zgodził się później zadzwonić. Po prostu miał pracowity okres. To znaczy, jak często powtarzał, pozycja najbardziej wziętego młodego fotografa w Nowym Jorku wiąże się z wielką presją, więc trudno znaleźć czas na kolację w Jo Jo. *Całkowicie* zrozumiałe. Chciałam mu pokazać, że potrafię podejść do rezygnacji z kolacji w Jo Jo w sposób dojrzały, bo może wtedy zabrałby mnie tam w nagrodę.

Tego wieczoru mimo zaproszeń na:

1. premierę nowego filmu Camerona Crowe'a,
2. otwarcie wystawy Rothko w muzeum Guggenheima,
3. koktajl z okazji najnowszej książki Lexingtona Kinnicuta o nim samym,
4. przyjęcie na cześć analityka skóry Jolene

podjęłam nieodwołalną decyzję o wczesnym pójściu do łóżka, żeby czuć się jak najbardziej świeżo w salonie Chanel następnego dnia rano. No i chciałam być w domu, kiedy zadzwoni Zach. Nie mogłabym domagać się pójścia do Jo Jo, bawiąc się na czterech różnych imprezach w chwili, gdy zatelefonuje na moją komórkę. Miałam zamiar powiedzieć, że odstresowuję się, oglądając film na DVD, ponieważ tak ciężko pracowałam nad swoją karierą zawodową, co było nawet w miarę zgodne z prawdą. W wielkiej tajemnicy zdradzę, że nie mam odtwarzacza DVD. Prawdę mówiąc, odczuwam dobrze uzasadniony moralny i społeczny opór przed nabyciem DVD: nie ma nic bardziej przygnębiającego niż samotna dziewczyna w Nowym Jorku, odtwarzacz DVD i stos obejrzanych płyt — to dowód na niepokojąco niski poziom popularności. Jeżeli dostajesz tyle zaproszeń, ile powinna dostawać dziewczyna z Manhattanu, ledwie pamiętasz, gdzie masz mieszkanie, nie wspominając o tym, żeby mieć czas na oglądanie w nim filmów.

Na rzecz wymyślonego DVD ubrałam się w nową, siatkową czarną bieliznę, ozdobioną różowymi kokardkami. Jeżeli chcesz udawać, że całą noc oglądasz film na DVD, na wypadek gdyby ktoś miał cię zobaczyć, rób to w bieliźnie Agent Provocateur. Do wpół do pierwszej nie miałam od Zacha żadnego znaku. Dłużej nie mogłam nie dostrzegać, że mój Jedyny poświęca mi tyle uwagi, co resztkom blinów w Le Cirque. Po raz pierwszy przyszło mi na myśl coś wyjątkowo potwornego: może Zach mnie nie kocha. Może naprawdę jest „psychiczny", jak to ujęła Julie. Nawet nie chciałam się zastanawiać nad tym, co się stało. Nie umiałam wyobrazić sobie nic bardziej bolesnego niż a) zerwanie z Zakiem oraz b) przyznanie Julie, że miała co do niego rację. Boże, b) było niemal bardziej przerażające niż a).

Nagle odezwał się domofon. Przestraszyłam się. Nie miewam gości po północy, nie licząc momentów, gdy jestem w trakcie nielegalnych romansów, a nie przypominałam sobie, żebym ostatnio jakiś nawiązała. Podniosłam słuchawkę.

— Kto tam? — zapytałam.

— Ja. Co robisz?

To był Zach. Oszalałam ze szczęścia. Julie nie miała pojęcia, jak Zach mnie uwielbia. Rozegrałam to bardzo spokojnie, odpowiadając nonszalancko:

— Nic. Oglądam film na DVD. — Westchnęłam głęboko z zadowolenia. — Wejdź na górę, kochanie — dodałam, naciskając guzik.

Dzięki Bogu, że ubrałam się odpowiednio na podróż do Brazylii. Nie mogłam się doczekać, kiedy Zach się pojawi. A pamiętając, że nonszalancja ma kluczowe znaczenie, *très* atrakcyjnie wyciągnęłam się na swojej bladoniebieskiej sofie. Mimo że nie palę, zapaliłam papierosa.

Zach wszedł. Nie pocałował mnie na powitanie. Był chyba w jednym z tych swoich humorów. W takich momentach nie dało się z nim rozmawiać. Ale, mój Boże, był taki atrakcyjny. Z miejsca straciłam apetyt, jak zwykle.

— Włóż coś na siebie — polecił. — Mam ci coś do powiedzenia.

Co takiego poważnego chciał mi powiedzieć? Posłusznie narzuciłam na ramiona zabójcze futro z szynszyli, które pożyczyłam od Valentina na przedłużony okres roczny. Zach usiadł na sofie. Dawno temu uznałby futro za naprawdę zabawne. Tego wieczoru ledwie na mnie spojrzał. Napawał mnie lękiem.

— Mogę pooglądać z tobą film na DVD? — zapytał.

Boże, ależ wprowadzał zamieszanie. Myślałam, że coś się stało, a on chciał się tylko poprzytulać i pooglądać ze mną telewizję. Przelotnie uświadamiając sobie, że nie mam odtwarzacza, ze stuprocentową pewnością siebie oświadczyłam:

— Oczywiście! Mam nowego Martina Scorsese.

Twarz mu się rozjaśniła. Uwielbia te paskudne filmy Martina Scorsese. Z całkowitą swobodą zapytałam:

— Może najpierw przygotuję nam mojito?

Myślałam gorączkowo. Ten film okazał się wielkim sukcesem, więc najważniejsze, żeby Zach był przekonany, że mam zarówno film, jak i odtwarzacz, i nie odkrył, że nie mam żadnej z tych rzeczy. I absolutnie nienawidzę chropawego realizmu Martina Scorsese.

— Wolę po prostu pooglądać film — oznajmił Zach.

— Jasne! — rzuciłam pogodnie.

Bądź Nicole Kidman, powiedziałam sobie. Mimo traumatycznego momentu odegraj godną Oscara rolę Idealnej

Uroczej Dziewczyny. Wsunęłam oszałamiająco wysokie szpilki bez palców, od Manola. Zsunęłam szynszyle. Zach z pewnością nie zechce oglądać filmu, kiedy zobaczy od tyłu mój zestaw obcasy-i-bielizna. Podeszłam do szafy, w której „trzymałam" odtwarzacz DVD. I wtedy wydarzyło się coś niewyobrażalnie fantastycznego. Poczułam na plecach rękę Zacha. Ta bielizna. Nareszcie miała mnie dokądś doprowadzić. Jeden ruch jego ręki i przeszła do historii, a my znaleźliśmy się na sofie. Jak mogłam być taka podejrzliwa z powodu nigdy nieodbytej podróży do Filadelfii? Wszystko cofam, naprawdę tak pomyślałam.

Po tym wieczorze znów będzie dobrze. Zach poświęcał należytą uwagę wszystkim właściwym miejscom. Proszę, nie mówcie o tym nikomu, bo usłyszę, że dostałam to, na co sobie zasłużyłam, ponieważ byłam okropną pozerką, ale czułam się zobowiązana zawiadomić Julie, że mój romans rozwija się absolutnie genialnie i ubijamy na tej sofie bardzo poważne tiramisu. Podczas gdy Zach sprawdzał jakość woskowania mojego bikini, chwyciłam telefon i ukradkiem wysłałam, co następuje (Daphne nauczyła mnie, jak to robić przy braku fizycznej swobody):

wszystko genialnie zach robi tiramisu całuję moi xxx

Natychmiast dostałam odpowiedź.

czy mogę pożyczyć pradę wykończoną królikiem na promocję fricka?

Czasami Julie dokonuje fatalnych wyborów co do stroju. Wiedziałam, że do jej włosów lepiej pasowałaby szyfonowa suknia od Fendi, ale bałam się, że jeśli wyślę kolejną wiadomość, Zach może to zauważyć.

— Kochanie, chodźmy do łóżka — powiedziałam, biorąc Zacha za rękę. — Możemy się kochać całą noc.

Jego twarz przybrała zabawny wyraz. Wstał i zaczął się ubierać. Wreszcie się odezwał.

— Nie żenię się z tobą. To właśnie przyszedłem ci powiedzieć.

Próbowałam wydusić coś z siebie. Nic z tego. Wreszcie wyszeptałam:

— Ale my właśnie, to znaczy... no wiesz...

— I co? — rzucił, wyglądając przez okno.

Włożyłam stringi i szynszyle i usiadłam pod zdjęciem *Zatopiona ciężarówka*, które parę tygodni wcześniej powiesiłam na ścianie. Co takiego zrobiłam? Jak od etapu perfumowanych balsamów do ciała i dopasowanej bielizny doszliśmy do czegoś takiego? Co mogło się zdarzyć, odkąd ostatnio się widzieliśmy?

— Ale dlaczego? — zapytałam cicho.

— Dobrze się bawiliśmy, okej. Uznajmy, że jest po wszystkim i idźmy do przodu — stwierdził, nawet na mnie nie patrząc.

— Czy jest inna dziewczyna?

— Jesteś jak dla mnie zbyt samolubna. Nie jesteś już tym, czego pragnę. Potrzebny mi ktoś naprawdę niezależny. Ktoś, kto nie potrzebuje stale mojej uwagi.

Po policzku spłynęła mi jedna ukradkowa łza. Zabrzęczał mój telefon.

— Przepraszam — wyszeptałam. Przyszedł SMS od Julie:

świetnie! pozdrów zacha, jules

— Julie cię pozdrawia — zachrypiałam. Mój głos dosłownie zniknął. Zaczęłam się trząść, chociaż nie było zimno.

— Jakim, kurwa, cudem wie, że tu jestem? Nikt nie ma pojęcia, co robię — rozzłościł się Zach. Podejrzliwie zmrużył oczy.

— Mmm... chyba... wysłałam... — wymamrotałam.

Nie dokończyłam tego zdania. Zach wyrwał mi z ręki telefon i przejrzał wiadomości. To był zgrzyt jeszcze większy niż prawie odkrycie, że nie mam odtwarzacza DVD.

— Tiramisu? Wysyłałaś SMS-y do swojej pieprzonej przyjaciółki, kiedy cię pieprzyłem? Dla ciebie „samolubna" to nie dość dosadne słowo.

— Ja się postaram, kochanie — powiedziałam prosząco. — Wiem, że jestem okropną, samolubną dziewczyną, ale mogę się poprawić.

— Nie możesz. Z tobą zawsze jest ja-ja-ja. Czy kiedykolwiek myślisz o kimś poza sobą? Czy kiedykolwiek myślisz o mnie?

— Myślę tylko o tobie! — oznajmiłam. — Zastanawiam się tylko nad tym, jak cię uszczęśliwić...

— I to dlatego zapomniałaś, kurwa, zapytać o moją dzisiejszą wizytę u lekarza?

— Nie wiedziałam, że ją miałeś...

— Jeżeli miałaś zamiar za mnie wyjść, powinnaś automatycznie wiedzieć takie rzeczy.

— Ale ty nawet ze mną nie rozmawiasz — ciągnęłam błagalnie. — Twoja asystentka mnie nie przełącza.

— To dlatego, że zabroniłem jej przełączać twoje pieprzone telefony.

Teraz już płakałam na całego. Po policzkach leciały mi wielkie, histeryczne łzy, ogromne jak diamenty Harry'ego Winstona.

— Skąd mam wiedzieć, czego chcesz, skoro nie wolno mi z tobą rozmawiać? — wyjęczałam.

— Przestań mnie wypytywać! — wrzasnął. — Powiedziałem ci, po prostu powinnaś *wiedzieć*.

Zsunęłam się z sofy. Nogi się pode mną załamały jak dwie nitki tego naprawdę cieniutkiego spaghettini, które robią w Da Silvano. Na wpół leżałam, na wpół klęczałam u stóp Zacha na chodniku w zebrę. Zamężne dziewczyny muszą być naprawdę bystre, jeśli jednym z wymagań stanu małżeńskiego jest umiejętność domyślania się, czego potrzebują ich mężowie bez możliwości komunikowania się z nimi. Zach podszedł do szafy.

— Nie masz pieprzonego DVD, prawda? — Zaczął walić w drzwi. Tak jak podejrzewałam, wewnątrz nie dało się znaleźć odtwarzacza. — Masz wobec nich „społeczne opory", prawda? Nie lubisz Martina Scorsese. Nigdy nawet nie widziałaś *Czasu apokalipsy*.

— To był Francis Ford Coppola, kochanie — powiedziałam.

— Czemu zawsze musisz mi zaprzeczać! — krzyknął. — Jeżeli się kogoś kocha, to mu się nie zaprzecza. Ale w tym problem, prawda? Nie rozumiesz, jak można kochać kogokolwiek poza sobą, i nawet siebie nie kochasz, prawda? Nawet nie wiesz, kim jesteś. Nie zauważyłabyś apokalipsy, gdyby nie miała metki od Gucciego.

— Tak naprawdę to przepadam za Chloé — wyszeptałam ze smutkiem. Rozumiecie, niczego o mnie nie wiedział, nawet tak ważnej rzeczy.

Zach popatrzył na mnie bez wyrazu, potem otworzył drzwi i wyszedł. Można powiedzieć, że poznałam znaczenie zwrotu Atak Wstydu. Teraz łzy leciały mi szybciej niż lawina w Aspen. A na domiar złego cała ta historia na zawsze i kompletnie zepsuła mi przyjemność oglądania *Utalentowanego pana Ripleya*.

6

Ktoś szeptał.

— Jeżeli nie poszła na wyprzedaż do Chanel, musi być z nią naprawdę źle. To znaczy, może naprawdę, no wiesz, go kochała.

— Zawsze uważałam, że jego zdjęcia były niewyobrażalnie paskudne — syknął ktoś inny. — Nie ma mowy, żebym wyszła za kogoś, kto uważa, że zatopiona ciężarówka jest urocza.

Usłyszałam otwierające się drzwi.

— Ćśśś! Wy dwie! Obudzicie ją. Idę do apteki po następny xanax. Pilnujcie jej *po cichu*. — Drzwi się zamknęły i ten ktoś zniknął.

Gdzie byłam? Poruszenie nogami albo rękoma czy otwarcie oczu okazało się zbyt dużym wysiłkiem. Moje ciało przypominało trójkącik sera brie, który za długo leżał w lodówce. Co kilka minut miałam wrażenie, że coś dźga mnie w głowę tuż nad prawą brwią.

Cisza. Kilka westchnień. A potem:

— Boże, tylko na nią popatrz. Kompletnie ana, ale nie w ten fantastyczny sposób jak supermodelka, raczej paskudnie, w typie Karen Carpenter. Ee-eł.

— Zjawiła się o piątej rano, narzekając, że ma gigantyczny Atak Wstydu, z płaczem, że jej ślub został odwołany.

Julie powiedziała, że była ubrana w kradzione szynszyle, stringi i *nic więcej*.

Naturalnie, wydarzyła się ta ślubna katastrofa. Jeśli chodzi o tabletki uspokajające w rodzaju xanaksu, cudowne jest, że można być w epicentrum osobistej tragedii romantycznej i nawet tego nie zauważyć.

— W ślubnej sukni wyglądałaby przepięknie. Ooooch, to takie smu-u-u-tne. Vera Wang dostanie szału. Podobno trzy razy jeździła do Indii osobiście nadzorować wyszywanie welonu paciorkami. To będzie najbardziej wyjątkowy welon, jaki Vera kiedykolwiek stworzyła. Jego ozdabianie miało trwać cały rok. I co teraz z nim zrobi?

— Czemu jej nie pomożesz? Weź ten welon na własny ślub. To by było miłe. Wtedy ty będziesz miała welon od Very.

— Och, tak! Mogłabym go wziąć, robiąc nieoczekiwany dobry uczynek.

— Wszyscy na Park sześćset sześćdziesiąt* uznają, że jesteś najbardziej wspaniałomyślną z jej przyjaciółek. Boże, możesz sobie wyobrazić upokorzenie z powodu zerwania zaręczyn? Wyobraź sobie, że jesteś dziewczyną, która prawie wyszła za mąż. Jak ma się jeszcze kiedykolwiek pokazać na bellinim u Ciprianiego? Eeł, Boże, co za wstyd.

Miałam nadzieję, że te dobre dusze umieściły mnie w jakimś uroczym azylu dla szaleńców w rodzaju Oddziału dla Tych, Którzy Zerwali Zaręczyny w Mount Sinai.

— Wiesz, nie plotkuję i mam do ciebie zaufanie, że nikomu o tym nie piśniesz, ale słyszałam, że wszystko się skończyło, kiedy ją przyłapał, jak wysyłała SMS-a do Jules, kiedy on, no wiesz...

— Co?

Szeptu-szeptu. Masa *psst, szszsz, psst*.

— Niiie!

---

* jeden z najbardziej ekskluzywnych budynków mieszkalnych na Park Avenue nr 660 w Nowym Jorku

— Taak!

— O mój Boże. Genialne. Myślisz, że mogłaby mnie nauczyć, jak się to robi?

Z trudem otworzyłam oczy. Pokój był prawie ciemny i zdołałam dostrzec tylko szaleńcze potrząsanie dwiema blond grzywami. Odezwałam się słabo:

— Daphne może cię nauczyć.

Dwie głowy uniosły się gwałtownie, a Jolene i Lara zagapiły się na mnie.

— Och, dzięki Bogu — powiedziała Jolene. — Żyje.

— Gdzie jestem? — wymamrotałam.

— W gościnnej sypialni w apartamencie Julie. Dopiero co kazała ją urządzić Tracey Clarkson, wiesz, tej, która obskakuje dokładnie wszystkich w Hollywood. Jest taka szykowna, że nawet sobie nie wyobrażasz.

— Czemu tu jestem?

— Twój narzeczony brutalnie cię rzucił po tym, jak uprawialiście seks i...

— Eeł! — wykrzyknęła Lara. — Nie musisz jej zdradzać wszystkich tych intymnych seksualnych szczegółów.

Nawet xanax nie potrafi wymazać takich wspomnień. Każdy upiorny moment miałam wypalony w mózgu, jakby żelazem do piętnowania. Było mi niedobrze z szoku i przerażenia. Teraz dokładnie wiem, jak się musiała czuć ta biedna dziewczynka w *Egzorcyście*.

— Kochanie, musisz coś zjeść — stwierdziła Lara. — Zamówimy coś do pokoju. Co byś chciała?

— Tylko srebrny nóż do owoców — powiedziałam.

— Co? — zapytała Jolene.

— Srebrny nóż do owoców — powtórzyłam. — Żebym mogła sobie stylowo podciąć żyły.

— Jest kompletnie kliniczna — wyszeptała Jolene do Lary.

Och, dobrze, pomyślałam, to tylko kwestia czasu, kiedy wyślą mnie do kurortu Troszczymy się, tego uroczego centrum terapeutycznego w Kalifornii. Publicyści w Nowym

Jorku regularnie są kliniczni, ponieważ to oznacza, że prawie raz w miesiącu mogą robić sobie wakacje i nadganiać zaległości, używając netu. Podobno robią tam najnowsze japońskie masaże gorącymi kamieniami.

Tragiczny problem, który wiąże się z xanaksem, polega na tym, że w końcu ktoś taki jak Julie mówi ci, że więcej go nie dostaniesz. Kiedy parę godzin później tabletki przestały działać, strach zakradł się przez balkonowe okna i wpełzł pod specjalnie gęsto tkane prześcieradła. Samotność owinęła się wokół mojego ciała jak dym jednej ze świec marki Diptyque. Zaczęłam się pocić, twarz miałam mokrą, a ciało w stanie wrzenia, bo zdałam sobie sprawę z paskudnej prawdy, że złamane serce to złamane serce, bez względu na projektanta gościnnej sypialni, w której to przeżywasz. Muszę ostrzec Julie, że nawet najlepsza pościel absolutnie nie chroni przed osobistą tragedią romantyczną. Niestety. Zawołałam i Julie weszła na palcach.

— Proszę, pozwól mi zadzwonić do Zacha — wychrypiałam. — Muszę wszystko wyjaśnić.

Julie nie dopuściła mnie do telefonu, odkąd zjawiłam się u niej poprzedniej nocy.

— Zaręczyny i rozwody to jedyne, co naprawdę uszczęśliwia — powiedziała. — Masz szczęście, że się z tego wyplątałaś. Nie dzwoń do niego i nie pogarszaj sprawy.

— Ale ja go kocham — wyszeptałam słabo.

— Nie jesteś w nim zakochana. Tęsknisz za nim. Jak można kochać kogoś, kogo się prawie nie widuje? Mój analityk twierdzi, że zawróciły ci w głowie romantyczne ideały. Chcesz swojego o nim wyobrażenia, a nie rzeczywistości. A rzeczywistość jest taka, że to kompletny potwór.

Najbardziej na świecie nienawidzę fachowych porad, o które nie prosiłam. Psychiatra Julie nie miał pojęcia o moim Jedynym i Wymarzonym.

— Czemu przysłał mi te wszystkie prezenty i powiedział, że jestem najbardziej inteligentną dziewczyną na Manhattanie, czemu poprosił, żebym za niego wyszła? To bez sensu — wyjęczałam.

— Wiesz co? To jednak ma sens. Dla faceta takiego jak Zach, który ma trochę pieniędzy i stylu, zawrócić dziewczynie w głowie to łatwa sprawa. Znacznie trudniej jest naprawdę z kimś być i uczynić go częścią swojego życia. On woli pościg — stwierdziła Julie, jakby była Ophrą czy kimś podobnym.

— Proszę, pozwól mi zadzwonić...

— Po prostu wypoczywaj — powiedziała słodko.

Wyszła z pokoju. Zostawiła też na łóżku swoją komórkę. Zadzwoniłam do Zacha. Po zwykłej rundzie negocjacji z asystentką wreszcie podniósł słuchawkę.

— Taa — odezwał się zupełnie normalnie. Może nic się nie stało.

— Czy nie powinniśmy się spotkać i, no wiesz... przedyskutować...

— Jestem za bardzo zajęty — przerwał mi.

— Ale to poważna sprawa. Powinniśmy o tym porozmawiać.

— Wyjeżdżam z miasta. Zadzwonię do ciebie. — Rozłączył się.

Byłam zrozpaczona. Chociaż wiedziałam, że Zach zachował się okropnie, chyba wciąż go kochałam. Nie ma nic równie bolesnego jak być szaleńczo zakochanym w kimś, kto już nie jest szaleńczo zakochany w tobie. Jak doszliśmy od „czy to nie urocze, że nie umiesz gotować" do czegoś takiego, zastanawiałam się, leżąc w gościnnej sypialni Julie. Czułam się jak w jednym z tych potwornie depresyjnych filmów z Meryl Streep, gdzie wszyscy mieszkają na przedmieściach, fatalnie się ubierają i nie potrafią zrozumieć, co się stało z ich związkiem.

— Nigdy go nie odzyskam — wyjęczałam do Julie, kiedy później tego samego dnia zajrzała do sypialni. — Tak mi smutno. Dzwoniłam do niego i powiedział, że wyjeżdża z miasta.

— Nie rozumiem, czemu się prosisz, żeby ci mocniej dołożył — stwierdziła Julie strasznie rozzłoszczona. — Powiedziałam ci, to potwór, i teraz tego dowiódł.

Wiedziałam, że Julie ma rację, ale to niczego nie ułatwiało. Istnieje pewien irracjonalny wzorzec zachowań, charakterystyczny dla nowojorskich dziewczyn: im facet jest dla nich gorszy, tym bardziej chcą go odzyskać. Jeżeli go odzyskają, jest paskudniejszy niż kiedykolwiek. I wtedy one to kończą, ponieważ jest taki paskudny, jaki był przez cały czas, i wyglądają na zdrowe na umyśle, racjonalne i pozbierane. Głównym celem tego ćwiczenia jest zostać odrzucającym, a nie odrzuconym. Uznałam, że Julie mogłaby to zrozumieć, mimo że jest najbardziej nieracjonalnie myślącą dziewczyną w mieście.

Próbowała wszystkiego, żeby poprawić mi humor. Ale prawie wszystko, co mówiła, ona czy ktokolwiek inny, sprawiało, że czułam się jeszcze gorzej. Na przykład, kiedy stwierdziła: „Zresztą nie zasługuje na kogoś tak wspaniałego i ślicznego jak ty", poczułam się niewyobrażalnie przygnębiona. W końcu dokładnie coś takiego mówi się dziewczynom, które nie są szczególnie wspaniałe ani śliczne, żeby poczuły się lepiej po tym, jak chłopak puścił je w trąbę.

Nie wychodziłam z gościnnej sypialni Julie przez trzy dni. Zach nie zadzwonił. Dorobiłam się poważnego przypadku zerwaniorekscji, czyli choroby, na którą cierpią po zerwaniu wszystkie dziewczyny z NY i LA, kiedy człowiek staje się niewyobrażalnie ana i może się zmieścić w rozmiar dwa. Nie mogłam niczego zjeść — nawet moich ulubionych waniliowych babeczek, które Julie specjalnie dla mnie zamówiła z piekarni Magnolia w centrum. Wychudłam na wiór. Lara próbowała mnie pocieszyć, mówiąc, że sama chciałaby mieć zerwaniorekscję, bo wtedy nie musiałaby tyle wydawać na specjalistów żywienia i osobistych trenerów. Prawda była taka, że wyglądałam jak pałeczka do ryżu i czułam się równie świeżo jak kawałek starego sushi. Tylko że lepiej już być sushi, bo sushi wszyscy kochają, a mnie nie kochał nikt.

Człowiek ma świadomość, że na dobre zameldował się w Hotelu Złamanych Serc, kiedy czuje się mniej pożądany niż surowa ryba.

Także inne znaki wskazywały, że dzieje się ze mną coś bardzo, bardzo niedobrego. Na przykład mogłam słuchać jedynie Mariah Carey, co teraz, gdy na to patrzę z perspektywy, było niemal bardziej niepokojące niż zerwanioreksja. Kiedy Julie zaproponowała, że sprowadzi Xenię, polską manikiurzystkę, która bierze udział we wszystkich zdjęciach do „W" i poleruje paznokcie wszystkich, którzy się liczą, wyjęczałam: „Nie, dzięki". Musiałam być niewyobrażalnie wręcz kliniczna, żeby zrezygnować z Xeni. Chcę powiedzieć, że jestem do tego stopnia uzależniona od manikiuru, że paznokcie dosłownie mnie bolą, jeżeli nie mam na nich warstwy różowego lakieru NARS Candy Darling. Ale wiecie co? Ból paznokci to było nic w porównaniu z bólem, który teraz czułam.

Czwartego dnia Julie oświadczyła, że zabiera mnie ze sobą. Bliźniaczki Vandonbilt urządzały imprezę dobroczynną na rzecz utrzymywanej przez siebie w Gwatemali szkoły dla dziewcząt. Bliźniaczki sprawiały, że Julie czuła się *très* niezręcznie, będąc sobą, ponieważ mimo że znacznie od niej bogatsze, zawsze zachowywały zimną krew i stale pomagały innym ludziom.

— I wiesz, odchylają głowy, jakby naprawdę słuchały, i mówią zupełnie cicho, jakby były wprost idealne. Ale potem, rozumiesz, w chwili słabości, lecą do Barneysa i wydają biliard dolarów na makijaż i myślą, że nikt nie ma o tym pojęcia — stwierdziła Julie.

— Nie chcę iść. Za bardzo się wstydzę, żeby kiedykolwiek jeszcze wyjść z domu — powiedziałam.

— Słuchaj, kochanie, ja też nie chcę iść, ale siostry Vandy to moje kuzynki i muszę im pokazać, że potrafię być równie życzliwa jak one. Nigdy nie zrozumiem, czemu mieszkają w tym średniej jakości mieszkaniu i noszą średniej jakości ciuchy, mogąc sobie pozwolić na najlepsze, co ma do zaoferowania Dolce and Gabbana. — Potem dodała miękko: — Nie możesz tu zostać na zawsze. W którymś momencie musisz wyjść.

Z trudem wstałam z łóżka i jakoś się ubrałam. Przeraziłam się, kiedy spojrzałam w lustro: włosy w strąkach, twarz w pryszczach. Spodnie wisiały mi ponuro na biodrach, a T-shirt beznadziejnie obwisł. Wyglądałam jak jedna z tych naprawdę smutnych fanek Marca Jacobsa, które kręcą się przy jego sklepach na Bleecker Street w soboty. Jedyna różnica była taka, że one wydawały majątek, chcąc wyglądać na niedożywione. Julie, w pogodnej różowej sukience plażowej, była zachwycona moim ponurym wyglądem.

— Stuprocentowy szyk heroinowy — oznajmiła. — Bliźniaczki się zabiją, kiedy cię zobaczą.

Cóż, przynajmniej wyniknie z tej wizyty coś pozytywnego, pomyślałam.

Julie chciała się zatrzymać w Pastis, w pobliżu rzeźni, na kubek bezkofeinowego latte, zanim wybierzemy się na lunch u bliźniaczek.

— Muszę się wprawić w śródmiejski nastrój — oznajmiła.

Byłam przerażona: Pastis to jedno z najmodniejszych miejsc w mieście. A co, jeśli są tam ludzie, którzy zdołają wykryć, że ostatnio zerwano ze mną zaręczyny?

— Nie przejmuj się — stwierdziła Julie, widząc moją zmartwioną minę. — Nie wpadniemy tam na nikogo znajomego. Nikt w West Village nie wstaje przed dwunastą.

Kiedy szofer wiózł nas w stronę centrum, zaczęłam się czuć lepiej. Dobrze było w końcu wstać z łóżka i zabawnie siedzieć w nowym wozie Julie, sportowym, luksusowo obitym karmelową skórą. Nie płakałam już histerycznie. Nawet byłam w stanie gawędzić, kiedy jechałyśmy w dół Piątej Alei.

— Chcesz w ten weekend pojechać na plażę? Możesz mieć domek gościnny do wyłącznej dyspozycji. Tata strasznie by chciał cię zobaczyć — powiedziała Julie.

— Jasne! — odparłam z ożywieniem.

— Hej, grzeczna dziewczynka! — stwierdziła Julie. — Pozbierasz się w takim tempie, że nawet nie będziesz wiedziała kiedy.

W kwestii złamanego serca jest pewien problem: dokładnie w chwili gdy czujesz się ociupinę mniej rozhisteryzowana, znów cię dopada i histeryzujesz o wiele bardziej niż za pierwszym razem, kiedy zaczęłaś cierpieć. Gdy pędziłyśmy przez Pięćdziesiątą Siódmą Ulicę, wpadł mi w oko ogromny billboard z gigantycznym zdjęciem pierścionka z trzema diamentami. Pod zdjęciem umieszczono słowa: TRZY SPOSOBY, BY POWIEDZIEĆ JEJ KOCHAM. Pierwszy tego dnia atak płaczu rozpoczął się natychmiast. Czemu ludzie z De Beers chcieli, żebym tak fatalnie się czuła? Czy nie wiedzieli, że reklamowanie pierścionków zaręczynowych jest krańcowo traumatyczne dla tej części populacji, która zerwała zaręczyny?

— O mój Boże! — odezwała się Julie. — Co się stało?

— To ta reklama pierścionka zaręczynowego, przypomina mi.

— Ależ skarbie, nie miałaś pierścionka zaręczynowego, więc to właściwie bez związku.

— Wie-eee-m! — pociągnęłam nosem. — Wyobraź sobie, o ile ba-ardziej byłabym zdenerwowana (*czkawka*), gdybym mia-ała pierścionek za-aa-aręczynowy. O Boże, nie mogę tego znieść.

— Proszę, kochanie, weź chusteczkę od Versacego, mnie zawsze bardzo poprawiają nastrój.

Wytarłam nos i spróbowałam się skoncentrować na czymś kojącym, w rodzaju wnętrza samochodu. Z kieszeni przed sobą wyciągnęłam czasopismo „New York". 25 NAJBARDZIEJ ROMANTYCZNYCH OŚWIADCZYN NA MANHATTANIE głosił tytuł pasteloworóżowymi literami. Ktokolwiek wydawał „New York", musiał być kompletnie pokręcony, żeby coś takiego zrobić. To przypomniało mi o pracy: zupełnie zapomniałam przełożyć tę historię z Palm Beach. Nie byłam w stanie się z tym uporać. Gwałtownie zacisnęłam powieki i trzymałam je zamknięte, dopóki nie dojechałyśmy do Pastis.

Tak jak przewidziała Julie, bistro było puste. Usiadłyśmy w narożnej loży, sącząc kawę. Znów poczułam się o wiele lepiej: świetne miejsce i miałyśmy absolutnie fantastycznego kelnera. Julie czytała czasopismo „Us", a ja zdołałam przełknąć cały kęs jajek „benedykt".

— Julie, myślisz, że to prawda, to, co mnie spotkało?

— No wiesz, opisali cię w „Us", a kiedy coś tam trafia, sprawę uznaje się za potwierdzoną — oświadczyła Julie, wręczając mi dział *Na gorąco! Dodatek*.

Gwałtownie wciągnęłam powietrze. Jak wiadomo, wierzę w plotki. Skoro trafiłam do plotkarskiego manhattańskiego czasopisma, wszystko musiało się wydarzyć naprawdę. Coś obrzydliwego.

— O-o-ch nie, teraz nawet nie mogę utrzymać tego w tajemnicy. Czuję się taka zakłopotana — zawołałam.

— Spójrz na to od innej strony, przynajmniej nie będziesz musiała przechodzić przez piekło faktycznego zawiadamiania wszystkich, że ślub odwołany, bo o tym przeczytają. Tak jest lepiej, uwierz mi — odparła Julie. — Darmowa reklama negatywna ma swoje zalety, poważnie.

— Hej! — przerwał nam ożywiony głos. Należał do dziewczyny o wiele zbyt ładnej, żebym mogła sobie teraz z tym poradzić. Crystal Field. Była opalona i trzymała koszyczek, z którego wyglądał uroczy teacup pomeranian z czerwoną wstążeczką na głowie. Szczeniaki tej rasy są bardzo na czasie (ponieważ można je zabrać jako podręczny bagaż do samolotu do Paryża), podobnie jak koszyczki z Chinatown do ich noszenia. Crystal jest bardzo na czasie. Prawdę mówiąc, Crystal jest perfekcyjna. Jej pojawienie się w tym akurat momencie mojego życia było *très* tragiczne. Depresyjnie olśniewająca osoba. Kilka sekund później dołączył do nas Billy, jej chłopak. Billy też jest bardzo wspaniały i bardzo na czasie. Trzymali się za ręce, w oczywisty sposób „zakochani". To mnie nie dotknęło: oboje byli po prostu za

116

bardzo na czasie, żeby mówić o prawdziwym związku. Ten związek był bez szans.

— Jesteście tacy opaleni — zauważyła Julie.

— Miesiąc miodowy — uśmiechnął się Billy. — Właśnie wróciliśmy.

Czemu podekscytowane pary mają jakąś nieetyczną potrzebę okrutnego traktowania ludzi samotnych, takich jak ja? Co za niewyobrażalny egoizm. A potem Crystal zapytała:

— A kiedy twój ślub?

Wpatrywałam się w nią przez kilka chwil. Nigdy w życiu nie musiałam stawić czoła niczemu równie upokarzającemu. Musiałam oficjalnie komuś powiedzieć, *publicznie*, że zostałam bez narzeczonego. Trochę trwało, zanim odpowiedziałam, prawdę mówiąc tak długo, że Crystal i Billy zaczęli się denerwować, a pies ujadać. W końcu oznajmiłam po prostu:

— Odwołany.

Cisza. Nikt nie wiedział, co powiedzieć w obliczu takiej tragedii w środku dnia w Pastis, miejscu, którego klientela zna tylko smak przyjemności.

— Eeł — odezwała się Crystal. Jej usta zastygły w kształcie dużego „o".

— Taa, eeł — potwierdził Billy. W Nowym Jorku nawet mężczyźni, których należałoby uznać za heteroseksualnych, zaczęli mówić „eeł", żeby dotrzymać kroku swoim dziewczynom. Billy i Crystal znaleźli jakąś wymówkę i pospiesznie wyszli.

Nikt nie chciał przebywać w pobliżu takiego romansowego fiaska jak *moi*, na wypadek gdyby rzecz okazała się zaraźliwa. W Nowym Jorku miłość była wszędzie, ale ja nie mogłam liczyć nawet na jej odrobinę. Podobnie się czułam, kiedy Gucci wypuścił torebki w stylu Jackie. Zostały wyprzedane w jakieś dziewięć minut i mieli je wszyscy oprócz mnie. Zapisałam się na listę oczekujących, z nadzieją na jakąś zmianę, lecz prawda była taka, że nigdy nie miałam dostać Jackie, bo po prostu było ich za mało, żeby wszystkich zadowolić, tak jak miłości.

Kiedy dotarłyśmy do sióstr Vandych, byłam równie pewna siebie jak Chelsea Clinton, zanim ktoś jej powiedział o aparatach do prostowania zębów. Julie zapewniła mnie, że nikt nie zjawi się z uroczym mężem. Bliźniaczki mieszkały w przerobionej fabryce w odległej części Mulberry Street. Wszyscy zalegali na podłodze na olbrzymich poduchach od Moss i popijali herbatę z antyoksydantami. Veronica i Violet Vandonbilt miały na sobie uszyte na zamówienie kurtki z napisem „To nasz świat, ty w nim tylko żyjesz" na plecach. Gdy nas zobaczyły, obie wymownie odchyliły głowy i oznajmiły:

— Oooch. Straaasznie ci współczujemy. Kiedy się dowiedziałyśmy, specjalnie ściągnęłyśmy naszego specjalistę od akupunktury. Grupowy uścisk!

Nagle wszyscy zaczęli wypytywać Julie, dlaczego siostry Vandy tak mi współczują, i zanim się zorientowałam, znalazłam się w grupowym uścisku. Julie zaprowadziła mnie do odosobnionej poduszki.

— Nie zbliżaj się do ich akupunkturzysty — powiedziała. — Boże, czemu muszą być takie miłe? Kompletnie mnie to osłabia. Nawet człowieka nie znają, a już mu proponują igły. A widziałaś, jak często odrzucają włosy? Co za brak gustu.

Siostry podeszły i usiadły z nami. Julie, cała w uśmiechach, zapytała, jakie mają plany.

— Właściwie to otwieram w Bowery spa o powierzchni trzydziestu tysięcy stóp kwadratowych — oznajmiła Veronica.

— A ja kupuję sklep z biżuterią na Elizabeth Street — powiedziała Violet.

— Ależ cudownie! — uśmiechnęła się Julie. — Co za hojność ze strony Tatusia Vandy.

— Mamy poparcie LVMH* — oznajmiły unisono.

---

* grupa Moët Hennessy — Louis Vuitton, międzynarodowa sieć sprzedaży detalicznej; ma 50 najbardziej prestiżowych marek towarów luksusowych na świecie

— Genialna bransoletka — zauważyła Julie, raptownie zmieniając temat i chwytając Veronicę za nadgarstek. — Co to takiego?

Chodziło o złotą bransoletkę identyfikacyjną z wygrawerowanym numerem 622.

— Och, John też ma taką — zagruchała Veronica, przechylając głowę. — To numer naszego apartamentu na miodowy miesiąc w Ciprianim w Wenecji. Mmm.

Nawet niezwykle wrażliwe i miłe osoby, takie jak siostry Vandy, musiały mi przypominać, że nie miałam i pewnie nigdy nie będę miała miodowego miesiąca. Otarłam z policzka samotną łzę. „Och nieeee! Grupowy uścisk", wybuchnęły bliźniaczki. Tego już nie mogłam znieść. Nagle zaczęło mnie boleć całe ciało, nawet paznokcie, miałam wrażenie, że leci mi z nich krew albo coś. Dzięki Bogu za Julie. Pospiesznie znalazła jakąś wymówkę, pędem odstawiła mnie do samochodu i pognałyśmy z powrotem do jej bezpiecznego apartamentu. Zrozumiałam, że sprawa robi się poważna. Potrzebowałam zastępczego narzeczonego. Bez tego życie na Manhattanie stanie się nieznośne i będę zmuszona wyprowadzić się w jakieś odległe miejsce, na przykład na Brooklyn.

Następnego dnia wróciłam do własnego mieszkania. W poczcie głosowej znalazłam jedną wiadomość. Od Mamy: „Wszyscy słyszeliśmy. Na pewno odwołujesz? Strasznie krępujące wobec sąsiadów ze wsi, że muszę ponownie odwoływać rezerwację zamku, więc może tym razem sama mogłabyś to zrobić. Okej. Odezwij się".

Straszna pustka. Telefon nie dzwonił. Absolutnie żadnych zaproszeń dostarczonych posłańcem. Tak jak podejrzewałam, teraz, kiedy nie byłam zaręczona, absolutnie żaden projektant nie przysłał darmowych ciuchów. Snułam się po mieszkaniu w koszuli nocnej (prawdę mówiąc, wręcz fantastycznej, kupionej na ciuchach), zamartwiając się, że żadną miarą nie zdążę na termin z pracą. Redakcja chciała dostać tę historię z Palm Beach, ale jedyne, co byłam w stanie skutecznie wykonać, to pogrążać się w rozpaczy. Apartament wydawał się taki cichy, że faktycznie poczułam związek z tymi smutnymi dziewczynami, które miały odtwarzacze DVD.

Postanowiłam wyjść kupić sobie odtwarzacz DVD i przez resztę życia oglądać filmy, ponieważ nigdy przenigdy nie zostanę już nigdzie zaproszona. Ubrałam się i wyszłam z mieszkania. Po drodze do Wiza* wstąpiłam do piekarni Magnolia na Bleecker Street po mrożoną babeczkę waniliową. Zjadłam ją w taksówce. Te ciastka są takie słodkie, że, przysięgam, działają leczniczo. Chociaż tylko na parę minut, ale jednak poprawiło mi to nastrój. Nawet w najlepszych czasach wyprawa do Wiza na Union Square wystarczy, żeby człowieka szaleńczo rozbolały paznokcie. Mój Boże, pomyślałam, snując się między milionami telefonów komórkowych z grubsza w kierunku telewizorów, dziewczyna musująca jak bąbelek szampana gdzieś się ulotniła. To był depresyjny moment. Wybrałam urządzenie dla siebie i stanęłam w kolejce. Zadzwoniła moja komórka. To Julie pytała, gdzie jestem. Powiedziałam jej. Spanikowała.

— Pieprzony Wiz? Kupujesz odtwarzacz DVD? To załamanie nerwowe.

— Nie mam żadnego załamania — odparłam, wybuchając histerycznym łkaniem. — Jestem w stu procentach, absolutnie, całkowicie w formie.

Jakieś piętnaście minut później zjawiła się Julie i zaprowadziła mnie do samochodu. Ruszyłyśmy w stronę Bergdorfa — nie mogła zrezygnować z pasemek u Ariette nawet z powodu mojego załamania nerwowego. Na miejscu zostałyśmy poproszone do pomieszczenia przeznaczonego do koloryzacji. Usiadłam i przyglądałam się, jak Ariette zajmuje się włosami Julie. Zajęła się też moimi zerwanymi zaręczynami. Chciała znać wszystkie pikantne szczegóły — któremu to żądaniu Julie lojalnie się sprzeciwiła.

---

* sieciowy sklep muzyczny i wideo

— Ariette, niech to będzie dziecięcy blond, proszę, myśl o CBK, a nie o Courtney Love, i nie wspominaj o nieudanym związku mojej przyjaciółki — oznajmiła, a potem zwróciła się do mnie: — Kochanie, musisz natychmiast zacząć terapię. Przeżywasz załamanie nerwowe. Możesz mi wierzyć, sama mam je na okrągło, wiem, o czym mówię.

— Żadnej terapii, Julie, nie ma mowy — powiedziałam. No bo spójrzcie tylko, do czego doprowadza terapia. Sądząc z przykładu Julie, psychoanaliza nie może być skuteczna.

— W porządku — stwierdziła. Nie mogłam uwierzyć, że przejdzie mi to tak ulgowo. — Mam dużo lepszy pomysł. Wiesz, co robię za każdym razem, kiedy mam załamanie i nie mogę nawet myśleć o terapii?

Pokręciłam głową.

— Rehabilitacja w Ritzu — oznajmiła.

Julie uważa, że pobyt w hotelu Ritz w Paryżu jest w stanie wyleczyć wszystkie problemy psychiczne, nawet tak super hiper przykre, jak schizofrenia. Ale Paryż? Ze złamanym sercem? To by mnie dobiło.

— Chcę tylko zostać w twojej gościnnej sypialni przez najbliższe sześć lat — powiedziałam.

— Skoro jesteś psychicznie chora — odparła Julie — i nie masz pojęcia, co dla ciebie dobre, przejmuję nad tobą opiekę i zabieram cię do Paryża. Jeżeli chcesz świrować, równie dobrze możesz to robić w jakimś szykownym miejscu. Odjazd w Paryżu gwarantuje ci całe miesiące towarzyskiego powodzenia. — Julie zabłysły oczy na myśl o potencjalnych sukcesach towarzyskich, odnoszonych przy pomocy przyjaciółki z systemem nerwowym w strzępach. — Och, nie płacz! Uniknęłaś okropnego małżeństwa z psychotycznym fotografem, który robi naprawdę dziwaczne zdjęcia. Boże — ciężko westchnęła — czasem żałuję, że to nie ja przeżywam to załamanie.

Julie miała rację. Chcę powiedzieć, że nawet z głębin romantycznego nieszczęścia potrafiłam dostrzec urok przecierpienia ultrawyrafinowanego załamania w Paryżu, z mnóstwem sklepów w zasięgu ręki. Wolę przeżywać coś takiego właśnie tam niż w jakimś załamującym otoczeniu w rodzaju oddziału psychiatrycznego w Centrum Medycznym Beth Israel, gdzie, jak słyszałam, nie ma żadnych dobrych butików. Lecz na myśl o trywialnym terminie oddania pracy popadłam w obłęd. Podjęłam bardzo nieodpowiedzialną decyzję i postanowiłam zawiadomić redakcję o wyjeździe do Paryża już po powrocie. W ten sposób nikt nie zdoła mnie zatrzymać argumentem, że mam pilnie coś napisać.

*

Ooch, pomyślałam, wchodząc następnego wieczoru do samolotu Air France, ten *crise de nerfs* (to po francusku kryzys psychiczny) rozwija się absolutnie genialnie. Tamtego wieczoru byłam prawie pogodna. Nawet gdy w rzędzie obok Julie zobaczyłam napaloną młodą parę, która próbowała mnie zdenerwować, publicznie korzystając z tego samego opakowania echinacei, jakby byli Tomem i Nicole z przedrozwodowych czasów, czy coś w tym rodzaju — no wiecie, kropla dla niego, kropla dla niej, takie tam — tylko się uśmiechnęłam i pomyślałam, że kiedy znów naprawdę się zakocham, też będę coś takiego robić. Zdecydowanie mi się poprawiało.

*

Kiedy następnego dnia wcześnie rano dotarłyśmy do hotelu, wszyscy w recepcji promienieli z zadowolenia na nasz widok.

— Gratulacje, *mes chéries* — powitał nas konsjerż, *monsieur* Duré. Zawsze załatwia wszystkie tamtejsze sprawy Julie i zna nawet jej „niewyobrażalnie intymne" potrzeby.

— *Merci, monsieur* — odparłam swoim półpłynnym francuskim, który już okazał się autentycznie użyteczny.

Francuzi są tacy mili dla ludzi z załamaniem nerwowym, że nie rozumiem, czemu dorobili się tej paskudnej reputacji. *Monsieur* Duré był najmilszą, najprzyjemniejszą osobą, jaką w życiu spotkałam.

— No więc, Duré, gdzie nas pan umieści? W jakimś cudownym miejscu, mam nadzieję — dociekała Julie. — Och, i czy możemy od razu dostać na górę *café au lait*, mój kochany? I bosko byłoby zjeść *petit* kęs *foie gras*.

Duré zaprowadził nas na parter, do podwójnych drzwi. Były pomalowane na błękitno, a na złotym liściu wypisano APARTAMENT 106. Ten *crise* już zdążył mnie uszczęśliwić.

— *Voilà!* Nasz *plus romantique* apartament. Cieszymy się z powodu zaręczyn — stwierdził Duré, z rozmachem otwierając przed nami drzwi.

Najsmutniejsze jest to, że niczego nie zobaczyłam, bo zemdlałam w progu. I szczęśliwie się złożyło, ponieważ pokojówki miały czas zmienić wszystkie bladoróżowe „zaręczynowe" róże na fiołki, zanim zdążyłam rzucić na nie okiem.

— To jest przeciwieństwo zaręczyn, Duré — kiedy doszłam do siebie, Julie szeptała ze złością.

— Och! A co to jest przeciwieństwo zaręczyn? — zapytał Duré.

— Rezygnacja z małżeństwa — westchnęłam.

— Ach, *vous-êtes une* porzucona? — chciał wiedzieć.

— *Oui* — odparłam. Przez kolejne dziesięć minut zużyłam całe pudełko należących do Julie chusteczek od Versacego i to mimo uroku naszego apartamentu. Miałyśmy ogromny salon z balkonem i widok na plac Vendôme. Do salonu przylegały dwie sypialnie, każda z łazienką wypchaną mydełkami z logo Ritza oraz szamponami i żelami pod prysznic w wymyślnych firmowych buteleczkach. W normalnej sytuacji poprawiłoby mi to nastrój. Dzisiaj przepych łazienkowych akcesoriów miał na to zerowy wpływ.

Problem z negatywnymi stanami umysłu polega na tym, że są równie przewidywalne jak byli faceci — nigdy nie wiadomo, kiedy znów pojawią się bez zapowiedzi. W jednej chwili możesz się czuć szczęśliwa jak gwiazda rapu w sportowym wozie z przyciemnianymi szybami, a w następnej sekundzie coś przenosi twój umysł do miejsca niemal równie paskudnego jak hol Trump Tower. (Mówię „niemal", bo nawet najpaskudniejsze samopoczucie nie może być tak nędzne, żeby dorównać wystrojowi tego złocistego wnętrza). Musiałam być kompletnie szalona, myśląc, że w Paryżu coś się poprawi. Spędzałam dnie, apatycznie wędrując za Julie do Hermèsa i JAR, gdzie kupiła pierścionek z diamentem w koniakowym kolorze za trzysta trzydzieści dwa tysiące dolarów, bo słyszała, że taki sam ofiarował Roman Polański swojej pięknej młodej francuskiej żonie. Nigdy go nie nałożyła, ponieważ został ubezpieczony, pod warunkiem że nie opuści sejfu.

Ritz przygnębił mnie bardziej niż niektóre z najgorszych strojów Laury Bush. Duré ledwie mnie dostrzegał. Pokojówki słały w moją stronę współczujące spojrzenia, nawet gdy jako napiwki dawałam im banknoty po pięćdziesiąt euro, które pożyczyłam z portfela Julie. Nie było tam również żadnych Potencjalnych Mężów — a miałam silne przeświadczenie, że wystarczyłby jeden, by natychmiast zlikwidować moje uczucie, nie ma tu dla mnie miejsca. Doszłam do bolesnej konkluzji, że bez względu na to, co tak błyskotliwie miały na ten temat do powiedzenia Gloria Steinem, Camille Paglia i Erica Jong, życie w Nowym Jorku bez narzeczonego będzie *très* kłopotliwe. Mój umysł z rosnącą szybkością produkował tragiczne wizje: bo właściwie czemu ktokolwiek miałby chcieć się ze mną żenić? Nie byłam interesująca, nie byłam naprawdę ładna (ludzie z uprzejmości udawali, że jest inaczej), a faceci wiązali się ze mną wyłącznie z litości. Nigdy więcej nie dostanę okrągłego stolika w Da Silvano; mogłam zapomnieć o specjalnym makaronie z białymi truflami, który szef kuchni w Ciprianim przyrządzał dla wyjątkowych gości; moja platynowa karta do Bergdorfa zostanie unieważniona w chwili, gdy rada nadzorcza dowie się, co zaszło; kiedy wszyscy zobaczą, jak zaawansowana jest moja zerwanioreksja, projektanci przestaną mi przysyłać ciuchy do wypożyczenia; sala dla VIP-ów w Bungalow 8 znajdzie się poza moim zasięgiem i nigdy więcej nie zobaczę filmu wcześniej niż wszyscy, bo nie będzie już zaproszeń na premiery. Jedyne, na co będę mogła liczyć, to pokazy filmu tygodnia dla rodziny i przyjaciół, i to jeśli dopisze mi szczęście.

No i nie mogłam liczyć na Julie. Trzeciego dnia rano wpadł jej w oko jedyny obecny tam PM — Todd Brinton II, dwudziestosiedmioletni dziedzic mrożonych obiadów Brintona, reklamowanych w telewizji, nieskazitelnie ubrany w europejski uniform dzieciaka z towarzystwa — wyprasowana biała koszula, złote spinki do mankietów, dżinsy, buty do jazdy samochodem. Julie uważała, że seksowny jest w nim wygląd włoskiego kierowcy rajdowego, a ponieważ był Amerykaninem, więc mogła się z nim dogadać. Odkąd się poznali, prawie jej nie widywałam.

— A co z Charliem? — zapytałam któregoś wieczoru. Było już późno i popijałyśmy koktajle w narożnej loży w barze Hemingwaya.

— Jest taki uroczy! — odparła. — Cały czas dzwoni. Uwielbia mnie. Może wpadnie z wizytą. Bardzo się o ciebie martwi... I nie patrz tak na mnie, mieć dwóch facetów to nic złego. Mój psychiatra uważa, że to dla mnie bardzo zdrowe, bo dzięki temu nie popadnę w obsesję na punkcie żadnego z nich.

W ciągu dnia moja depresja się pogłębiła. Każdy złocony kąt tego pałacu dla płatnych gości pogarszał mój stan. Wszystko kojarzyło się ze śmiercią. Kobiety jedzące śniadanie w L'Espadon, wyłożonej lustrami i ozdobionej draperiami jadalni, miały w sobie tyle botoksu, że wyglądały jak zabalsamowane zwłoki. Wanna w moim pokoju była tak przepastna, że bałam się, iż utonę. Albo na przykład szlafroki: za każdym razem, kiedy spojrzałam na któryś z tych pięknych, puchatych brzoskwiniowych szlafroków z wyszytymi złotą nitką słowami RITZ — PARYŻ, mogłam myśleć

125

jedynie, jak szykownie byłoby zostać znalezioną po śmierci w czymś takim. Doprawdy tragiczne — chcę powiedzieć, że swego czasu taki ekskluzywny hotelowy szlafrok przyprawiał mnie o ekstatyczną radość. Pamiętam, że kiedy pierwszy raz włożyłam jasnoszary szlafrok w Czterech Porach Roku na Maui, czułam się tak świetnie, jak przy tych *bardzo niewielu* okazjach, gdy brałam kokainę.

Oczywista sprawa: miałam zamiar umrzeć w szlafroku od Ritza. Po raz pierwszy od wielu dni ta właśnie myśl sprawiła, że poczułam się szczęśliwa: zabiję się w *très* szykownym otoczeniu. Wreszcie zrozumiałam scenariusz typu Sid i Nancy albo Romeo i Julia — lepiej było umrzeć, niż żyć z bólem złamanego serca. Włożę puszysty firmowy szlafrok Ritza i szpilki od Manola Blahnika — żyłam w szpilkach od Manola Blahnika i szczerze mówiąc, chciałam także w nich umrzeć. Następnego dnia zapytałam Julie, jak zabiła się córka siostry Muffy.

— Heroina — powiedziała. Nie miałam pojęcia, gdzie w Paryżu sprzedają heroinę. — A czemu chcesz wiedzieć? Nie masz myśli samobójczych, prawda?

— Nie! Dzisiaj mi znacznie lepiej — odparłam. Nie było to stuprocentowe kłamstwo, bo teraz, kiedy postanowiłam umrzeć, życie znów mi się bardzo podobało.

— Nie wiem, czemu te dzieciaki nie załatwią przedawkowania, używając po prostu advilu — stwierdziła Julie. — To znacznie prostsze niż zdobyć dragi czy coś innego.

Advil? Można umrzeć od advilu? Miałam go na górze, całą butelkę. Zaczęłam się zastanawiać, ilu tabletek do tego potrzeba.

— No bo chyba więcej niż dwie to będzie przedawkowanie — dodała Julie.

Co za okropna myśl, że już trzy z tych maleńkich tabletek od bólu głowy mogą człowieka zabić. Dla pewności wezmę osiem. Boże, czemu tak mało ludzi się zabija, skoro to takie odstresowujące?

— Chcesz dzisiaj po południu pójść do Hermèsa? — ciągnęła Julie.

— Byłaś tam zaledwie wczoraj — wytknęłam. — Nie uważasz, że powinnaś trochę przystopować? Wejdzie ci to w nawyk.

Skoro miałam odejść z tego świata, mogłam chociaż zostawić Julie jakieś użyteczne wskazówki moralne.

— Przynajmniej nie jestem uzależniona od Harry'ego Winstona jak Jolene — stwierdziła Julie. — Wtedy naprawdę miałabym kłopot. No więc, idziesz czy nie?

— Chyba pójdę do Luwru — odparłam niewinnie. — O mnie się nie martw.

Julie wyszła, a ja wróciłam do sypialni. Nie planowałam natychmiastowej śmierci. Miałam masę spraw do uporządkowania, takich jak:

1. strój
2. list pożegnalny
3. testament,

ale miałam nadzieję ze wszystkim się uporać i być martwa przed powrotem Julie. Wiedziałam, że prosto od Hermèsa pójdzie spotkać się z Toddem i będzie z nim imprezować całą noc. Rzadko wracała przed szóstą rano.

Zadzwoniłam do obsługi hotelowej i zamówiłam dwa koktajle mimoza oraz talerz *foie gras*. Są pewne rzeczy związane z życiem, których będzie mi brakować, choćby obsługi w Ritzu, tak szybkiej, że ledwie zdążyłam powiedzieć „mimoza", a drinki się pojawiły. I tego brzęczyka tuż przy wannie z napisem *FEMME DE CHAMBRE*, który się naciska, gdy czegoś pilnie potrzeba, na przykład kulek kąpielowych albo *café crème*.

Teraz wreszcie zrozumiałam, czemu tak uwielbiam ten wiersz Sylvii Plath, w którym mówi, że umieranie jest sztuką jak wszystko inne. Nabazgrałam swój list pożegnalny na pięknym firmowym papierze hotelowym. Coś bardzo w stylu

Virginii Woolf — tragiczne, ale inteligentne. Virginia napisała najlepszy list pożegnalny wszech czasów — żadnego użalania się nad sobą, bardzo odważny — i zadziałał genialnie. To znaczy, wszyscy uważają ją za genialną, prawda? Zaczęłam pisać. Tekst miał być krótki:

Do wszystkich, których znam, szczególnie z uwzględnieniem Julie, Lary, Jolene, Mamy, Taty, mojej pokojówki Cluesy, którą zobowiązuję, by nie gromadziła moich rzeczy osobistych wzorem lokaja księżnej Diany, mojego księgowego, którego proszę o wybaczenie w związku z niewypłaceniem należnego mu tysiąca pięciuset dolarów za przygotowanie zwrotu podatku za ubiegły rok, oraz Paula ze sklepu Ralpha Laurena, któremu z całą pokorą przyznaję się do wyniesienia chyłkiem kaszmirowego obcisłego sweterka w zeszłym sezonie...

Tylko przekazywałam pozdrowienia tym paru osobom, które znałam, a list był już równie długi jak lista gości w Suite 6. Kontynuowałam:

Kiedy to przeczytacie, mnie już nie będzie. Tu, w niebie, jestem très *szczęśliwa. Życie ze złamanym sercem było dla mnie zbyt bolesne i nie mogłam dłużej tak Was obciążać. Mam nadzieję, że zrozumiecie, czemu to zrobiłam — chcę powiedzieć, że po prostu nie potrafiłam znieść myśli o całym długim samotnym życiu. I upokorzenia związanego z niemożnością dostania dobrego stolika w Da Silvano.*

Ten kawałek o Da Silvano zamieściłam na użytek Julie. Będzie mi szczerze współczuć, bo sama by się zabiła, gdyby nie mogła dostać tego miejsca w rogu.

Kocham Was wszystkich i za Wami tęsknię. Pozdrówcie ode mnie cały Nowy Jork.
Całuję
Moi *XXX*

Potem napisałam testament. Zdumiewające, jakie to łatwe, kiedy się człowiek poważnie zastanowi. Wyglądało to tak:

OSTATNIA WOLA I TESTAMENT ~~BLONDYNKI~~
BRUNETKI OD BERGDORFA

Mojej Mamie — następną wizytę u Ariette, na balejaż. Nawet jeżeli będzie to kolidowało z czymś naprawdę ważnym w rodzaju mojego pogrzebu, powinnaś przyjechać do Nowego Jorku, bo dla zwykłego obywatela umówienie się z Ariette jest absolutnie niemożliwe;
— moje karty rabatowe: Chloé (minus 30%); Sergio Rossi (minus 25%, trochę kiepsko, ale jednak warto, jeśli się kupi dwie pary butów); Scoop (15% — absolutnie beznadziejny rabat, ale CBK miała tam osobistą asystentkę do spraw zakupów i może jeśli się z nią skontaktujesz, zrobi zakupy też dla Ciebie). Chcę powiedzieć, Mamo, że mogłabyś wyglądać **pięknie**, gdybyś tylko zapłaciła komuś, żeby wybrał Ci ciuchy.

Mojemu Tacie — umowę najmu mojego mieszkania w NY, żebyś miał gdzie uciec przed Mamą.

Jolene i Larze — osobisty numer w Pastis — 212-555-7402. Proście o stolik szósty, to obok tego, przy którym siada Lauren Hutton. Użyjcie mojego nazwiska, bo nie przyjmą rezerwacji.

Mojemu redaktorowi — notatki do artykułu o dziedziczce z Palm Beach. Można je znaleźć na moim laptopie w pliku „b.bog.doc". (PS Dzięki za przesunięcie terminu. Przepraszam, że się nie wywiązałam).

Julie, mojej najlepszej przyjaciółce i szykownej siostrze, której nigdy nie miałam — biały smokingowy garnitur Givenchy, wykończony koronką; ukradłam go z garderoby na wiosennym pokazie;

— recepty na ambien — zostały co najmniej cztery po trzydzieści tabletek, a doktor Blum w życiu się nie zorientuje;

— moje ulubione części garderoby: skórzany żakiet McQueen z koronką (1); dżinsy Chloé (16); buty od Manola (32 pary); torebki, YSL (3), Prada (2); marszczoną sukienkę od Ricka Owensa (1) — jeżeli będzie dla Ciebie zbyt awangardowa, zrozumiem; kaszmirowe skarpetki Connolly za 120 dolarów, te, które ukradłaś dla mnie w londyńskim sklepie (12); pierścionek od Jamesa de Givenchy (1). (Wiem, że tak naprawdę jest Twój, ale kompletnie o nim zapomniałaś).

Myśl o pozostawieniu wszystkich tych genialnych ciuchów niemal sprawiła, że zapragnęłam żyć. Podpisałam dokument i poprosiłam pokojówkę, żeby była tego świadkiem. No bo nie chciałam, żeby później ktoś kwestionował testament. Potem przepisałam całość jako e-mail i kliknęłam WYŚLIJ PÓŹNIEJ. E-maile nie zostaną wysłane przez kolejne dwanaście godzin — do wpół do ósmej następnego dnia rano. Opcja WSTRZYMANIE w nowym macu Titanium G4 jest absolutnie genialna i zdecydowanie polecam ją wszystkim samobójcom. Człowiek nie chce przecież, żeby ktoś go znalazł i obudził, gdy zadał sobie tyle trudu z umieraniem. Możecie sobie wyobrazić, jaki to by wywołało Atak Wstydu? Następnie zaplanowałam strój: oczywiście szlafrok Ritza, obowiązkowo. Uznałam, że fantastycznie będą do niego pasować wykończone paciorkami srebrne szpilki Manola. Położyłam to wszystko na łóżku i w torbie z przyborami do makijażu wyszukałam wielką butlę advilu. Zaciągnęłam zasłony i zdjęłam ubranie. Włożyłam szpilki. Muszę przyznać, że wyglądały niesamowicie, kiedy nie miałam na sobie absolutnie nic poza nimi. Popiłam osiem tabletek advilu koktajlem i położyłam się.

Nic się nie stało. Zdecydowanie wciąż żyłam, bo widziałam paciorki połyskujące na wysokości moich palców u nóg, które, zauważyłam z niejakim przerażeniem, były pomalowane na czerwono, a nie na naturalny róż, co przy tych butach wyglądałoby o niebo lepiej. Może osiem tabletek to nieco zbyt zachowawcze? Wzięłam kolejną, potem następną, potem jeszcze następną i następną, aż nic nie zostało. Jakieś trzydzieści. Uups, pomyślałam, nie mogę zapomnieć o szlafroku, zanim umrę. Tylko najpierw utnę sobie *petit* drzemkę. A potem go włożę... za momencik.

*

Au. Auuuu. Naprawdę *bardzo* bolały mnie paznokcie. Dobijał ból głowy, a do tego miałam mdłości. Na skórze czułam coś drapiącego. Drżałam. Otworzyłam oczy, a potem błyskawicznie je zamknęłam. O Boże! Niewyobrażalny koszmar! Najwyraźniej wciąż byłam w swoim pokoju w Ritzu. Może znalazłam się w niebie. Może niebo okazało się apartamentem w Ritzu. Dostrzegłam sylwetkę mężczyzny.

— *Excusez-moi, monsieur*, czy ja nie żyję? — wyszeptałam drżącym głosem.

— Nie — nadeszła odpowiedź.

Très irytujące. Czemu nie byłam martwa, co poszło źle?

— Znalazłem cię.

— Kim, do licha, jesteś? — Byłam wściekła.

— To ja, ty stuknięta dziewczyno.

Otworzyłam oczy. Stał tam i surowo patrzył na mnie z góry Charlie Dunlain. Jak śmie mówić, że jestem stuknięta? Byłam bardzo normalna, a jeśli przypadkiem nie, to wyjątkowo niestosowny moment, żeby nazywać mnie wariatką. W ręku trzymał mój testament. Straszne wścibstwo. Spróbowałam mu go wyrwać, ale za bardzo kręciło mi się w głowie.

— Oddaj mi to. To bardzo osobisty dokument — powiedziałam. Zdołałam nieco się unieść, dzięki czemu mdłości trochę zelżały.

— Jestem załamany, że niczego mi nie zostawiłaś.

— Jakim cudem tu wlazłeś?

— Drzwi były otwarte na oścież — powiedział; nie wyglądał już tak poważnie. Uznałam, że wyczuwam początki uśmiechu.

Był stuknięty, kompletnie stuknięty. Klasyczny typ reżysera filmowego z LA, żadnych uczuć, wszystko to jeden wielki żart. Spojrzałam na zegar: siódma rano. Nie tylko znacznie wcześniej niż moja zwykła pobudka o wpół do jedenastej, ale przecież w ogóle nie miałam się obudzić.

— Charlie, co, do licha, robisz w moim pokoju o siódmej rano?

— Właśnie przyleciałem i uznałem, że wpadnę tu cię uratować.

Charlie najwyraźniej nie miał pojęcia o ruchu kobiet. Czyżby nie wiedział, że od lat siedemdziesiątych ratowanie kobiet na prawo i lewo jest nielegalne?

— Nie chcę być ratowana. Chcę umrzeć.

— Wcale nie.

— *Chcę*. Nienawidzę cię! — wychrypiałam. — Jak śmiesz tak sobie beztrosko mnie ratować! To niewybaczalne!

— Jak śmiem? Jak *ty* śmiesz. — Teraz był rozzłoszczony. Nagle poczułam, że trochę mnie przeraża. — Jedyna niewybaczalna rzecz to ta, którą zrobiłaś — stwierdził.

Très nieuprzejmie z jego strony tak się złościć po tym wszystkim, przez co przeszłam. No bo przepraszam, *halo*, a co z wielką porcją współczucia?

— Jaki jest sens ratować kogoś, jeżeli potem nie zamierza się być dla niego miłym? — jęknęłam.

— Przestań być taka cholernie rozpuszczona i dorośnij — oświadczył Charlie. Naprawdę nie miał pojęcia, jak być miłym.

Rozejrzałam się. Firmowy szlafrok leżał obok, na łóżku.

Okrywał mnie szary płaszcz. Nie należał do mnie. Przyszło mi na myśl paskudne wyjaśnienie: musiał być własnością Charliego. Straszliwie krępujące.

— Charlie, czy ja, no wiesz, byłam naga, kiedy mnie znalazłeś?

— Nie — odparł. Niewyobrażalna ulga. A potem dodał: — Miałaś buty.

To by było na tyle, pomyślałam. Nigdy przenigdy więcej się nie zabijam. Cała sprawa okazała się potwornie upokarzająca. Będę dziewczyną, która nie potrafiła wyjść za mąż i nie umiała się zabić. Mniejsza o Da Silvano, teraz nie wpuszczą mnie nawet do Pizzy Johna na Bleecker Street. Nagle przypomniałam sobie o e-mailu. Mogłam go zatrzymać: miałam trzydzieści minut do chwili, kiedy zostanie wysłany.

— Charlie, podaj mi komputer, szybko — poprosiłam.

Migała ikona „skrzynka nadawcza". Otworzyłam ją i z ulgą kliknęłam NIE WYSYŁAJ. Zauważyłam, że miga też skrzynka odbiorcza. Z ciekawości szybko ją sprawdziłam. Była tam wiadomość od mojej Mamy:

Mam szczerą nadzieję, że nie zrobiłaś niczego głupiego, kochanie. Mniemam, że ten e-mail to był żart. Nie zachwycają mnie balejaże w nowojorskim stylu ani zakupy z rabatem. Ale jeśli rozdajesz ciuchy, zawsze dosyć podobał mi się Twój sweter z norkami od Johna Galliana. Tak tylko zaznaczam. Całuję, Mamusia.

Jakimś sposobem testament został wysłany, niestety. Nigdy nie byłam zbyt biegła, jeśli chodzi o dodatkowe udogodnienia na moim macu. W skrzynce odbiorczej było kilka innych e-maili, ale postanowiłam przeczytać je później — teraz nie zniosłabym tego upokorzenia.

— Och, Charlie, co za klęska. Mógłbyś zamówić mi koktajl bellini? — zapytałam.

— Nie.

Zamrugałam, chcąc powiedzieć: *Dlaczego nie?*

— Alkohol to ostatnia rzecz, której ci teraz potrzeba. Tylko gorzej byś się poczuła.

— Nikt nie może czuć się gorzej niż ja w tej chwili, nawet ja sama. Co myślisz o moim liście?

— *Co myślę o twoim liście?* Za kogo ty się masz, za Sylvię Plath?

W tamtej chwili Charlie pokazał, że całkowicie mnie rozumie. Gdybym umarła, wszyscy przynajmniej zdaliby sobie sprawę, że przeczytałam masę ważnej literatury w rodzaju *Pani Dalloway* i *Doliny lalek*.

— Zabawne, że akurat to powiedziałeś, bo prawdę mówiąc, zdecydowanie szłam w stronę Virginii Woolf — odparłam.

Gwałtownie chwycił mnie za ramiona i potrząsnął. Byłam zaszokowana.

— Musisz dorosnąć i przestać być taka niewiarygodnie dziecinna. To się mogło źle skończyć — powiedział.

— Przestań! — zarządziłam jękliwie. — Przestań się tak paskudnie zachowywać! Po prostu teraz nie patrzę na wszystko pozytywnie. Życie jest okropne.

Puścił mnie.

— Możliwe, że wszystko okropnie się układa, ale co z ludźmi, którzy cię kochają? Rodzicami, Julie, wszystkimi przyjaciółmi? Zastanowiłaś się chociaż przez chwilę, jakie by to było dla nich potworne, gdybyś się zabiła?

— Oczywiście. — Właściwie niedokładnie tak to wyglądało. Od zerwania zaręczyn nie myślałam o nikim poza *moi*. — Lepiej by im było beze mnie, teraz jestem dla nich tylko ciężarem.

— Musisz się wziąć w garść. Przestań sobie pobłażać.

— Nie mogę „wziąć się w garść". Jestem za bardzo nieszczęśliwa — oświadczyłam.

— Czasem musimy być nieszczęśliwi. Takie jest życie. Można złamać serce. Dzieją się złe rzeczy. Trzeba je przerwać, a nie odchodzić, uciekając się do takich samolubnych działań jak przedawkowanie. Gdybyś cały czas była szczęśliwa, zostałabyś gospodynią jakiegoś talk-show. Jak Katie Couric.

Zaczęłam płakać. Czemu ludzie są tak niewyrozumiali dla Katie? Nic nie może poradzić, że płacą jej sześćdziesiąt milionów za to, żeby uśmiechała się do dwutysięcznego dziesiątego roku.

— Przestań być taki twardy — zajęczałam. — Potrzebuję odrobiny sympatii.

— Sympatii? Włóż to i prześpij się. — Charlie wręczył mi firmowy szlafrok Ritza.

— Nie mogę tego włożyć — stwierdziłam. — To element mojego samobójczego stroju. Już wiem, może zabierzesz mnie do Café de Flore na śniadanie? Uwielbiam St Germain. To by mi poprawiło humor.

— Nigdzie nie idziesz. Zostaniesz tu i odeśpisz to wszystko.

— No dobrze, może później mógłbyś mnie zabrać na naprawdę szykowny obiad w Lapérouse. Bo wiesz, robią tam wręcz niewyobrażalną *flambé tarte tatin*.

— Nic mnie to nie obchodzi — odparł Charlie. — Mogą nawet „sflambować" pieprzoną wieżę Eiffla, ty się nigdzie nie ruszysz.

Jak na kogoś, kto powinien być bliskim przyjacielem, Charlie zachowywał się naprawdę wrogo. Czy nikt mu nie powiedział, że przy ofiarach samobójstwa się nie przeklina?

— Jesteś chora i potrzebujesz odpoczynku. Zostaniesz tutaj przez cały dzień i całą noc. Wypijesz gorące mleko, zjesz ryż i na tym koniec — oznajmił.

Ryż? Nienawidził mnie, naprawdę mnie nienawidził. W tym momencie rozległo się pukanie do drzwi. To była Julie w towarzystwie Todda.

— Hej, ojejku! — wykrzyknęła, ściskając Charliego. — Jesteś! To jest Todi. Ależ będziemy się świetnie bawić.

Nie sprawiała wrażenia zakłopotanej, przedstawiając swoich chłopaków sobie nawzajem, ale twarz jej się wydłużyła, kiedy zobaczyła mnie.

— Mój Boże, kochanie, co się stało, czemu jesteś ubrana jak osoba pracująca na ulicy?

— Czy możemy przejść obok? — odezwał się Charlie. — I może Todi mógłby wrócić później. Muszę z tobą pomówić, Julie.

Todd wykonał w tył zwrot, wyglądając na zawstydzonego, a Charlie zaprowadził Julie do drugiego pokoju. Zamknął drzwi. Typowe. Dokładnie wtedy, gdy miałam dostać trochę jakże mi potrzebnego współczucia ze strony Julie, Charlie sprzątnął mi ją sprzed nosa. Boże, ależ się wtrącał! Nie mogłam się doczekać, kiedy wróci do LA, gdzie było jego miejsce, wśród niemożliwie władczych, ograniczonych reżyserów filmowych. Nagle poczułam się, jakbym miała zwymiotować. Chwiejnym krokiem dotarłam do łazienki. Oszczędzę wam szczegółów.

Przez cały dzień sytuacja się nie poprawiała. Julie była zachwycona wszystkimi rzeczami, które zostawiłam jej w testamencie, i zapytała, czy nie mogłaby dostać tabletek ambienu, mimo że nie umarłam. Kiedy Mama zorientowała się, że udało mi się nie zabić, stwierdziła, iż wcale nie jest zachwycona moją szczerością co do jej ograniczonych talentów w zakresie wyboru strojów. Jedyną osobą uszczęśliwioną swoim legatem był Tata.

Następnego wieczoru, podczas gdy Julie szalała w spa na dole, Charlie poprosił, żebym spotkała się z nim w hotelowym barze. Wreszcie zrozumiał, że bezpośrednio po samobójstwie dziewczyna nie potrzebuje wykładów, ale szampana. Wczoraj czułam się dość okropnie — chora, słaba i smutna — teraz jednak zrobiło mi się ciut lepiej. Rozpaczliwie potrzebowałam czegokolwiek, co pozwoliłoby mi nie myśleć o tym, co zrobiłam. Chcę powiedzieć, że byłam niewyobrażalnie zawstydzona, możecie sobie chyba wyobrazić. Ale kiedy zeszłam do baru, Charlie nawet nie zauważył mojego nowego stroju od Chloé, który kupiła Julie, chcąc spróbować mnie przekonać, żebym więcej nie usiłowała się zabijać. Siedział poważny, ze zmarszczonymi brwiami.

— Lepiej? — zapytał.

— Właściwie to absolutnie rozpaczliwie samotnie i z krwawiącym sercem — odparłam. — Możesz mi zamówić koktajl na szampanie?

Charlie przywołał kelnera.

— Wódka dla mnie i perrier dla *mademoiselle*, proszę. — Boże, mężczyźni są dokładnie tak samolubni, jak zawsze mówiły dziewczyny. Potem oznajmił: — Jeżeli masz uporządkować swoje życie, musisz mieć jasny umysł.

— Jasny umysł nie załatwi mi nowego narzeczonego.

— Nie potrzebujesz narzeczonego.

Charlie nie rozumiał, że moje nowojorskie życie legnie w gruzach, jeżeli nie znajdę nowego narzeczonego. Ludzi w Nowym Jorku interesowało tylko to, kto za kogo wyszedł albo za kogo wyjdzie. Czyżby nie wiedział, że obowiązywał tam zupełnie dziewiętnastowieczny styl? Czyżby nie wiedział, co spotkało biedną Lily Bart?

— Musisz uporządkować się wewnętrznie, zanim znów w kimś się zakochasz — kontynuował Charlie.

— Nigdy więcej się nie zakocham — stwierdziłam posępnie.

— Nie bądź taka cyniczna. Oczywiście, że się zakochasz. — A potem, ni stąd, ni zowąd, zapytał: — Czy Julie spotyka się z kimś innym tu, w Paryżu?

Tak, i przecież go poznałeś, pomyślałam. Nie podobało mi się, że muszę okłamać Charliego, ale kiedy człowiek musi wybierać, wobec kogo pozostanie lojalny, zawsze twierdzę, że należy skłamać. Uśmiechnęłam się uspokajająco i powiedziałam:

— Nie.

— Bądź szczera — poprosił.

Czy mogę być super hiper szczera i przyznać się do czegoś *très* okropnego? Nie poświęcałam już tej trudnej konwersacji zbyt wielkiej uwagi, ponieważ kiedy rozmawiałam z Charliem, stało się coś, czego absolutnie bym się nie spodziewała: zakochałam się.

Przez cały czas naszej rozmowy tuż zza lewego ucha Charliego bardzo przystojny facet nawiązywał kontakt wzrokowy, który określiłabym jako bardzo brazylijski.

— *Szaleje* za tobą. Cały czas o tobie mówi — stwierdziłam superprawdomównie.

Boże, Pan Brazylia wyglądał tak seksownie, kiedy odwrócił się w prawo. Miał ciemnoblond włosy i muśnięte słońcem czoło. Wyobraziłam sobie, że właśnie wrócił z weekendu na południu Francji lub innego równie olśniewającego miejsca.

— Spotyka się z Toddem, prawda?

Przerwał nam kelner.

— *Mademoiselle*, to dla pani — powiedział. Postawił przede mną kieliszek szampana. — Od księcia. Eduardo Savoy — kelner ruchem ręki wskazał w stronę Pana Przystojnego. Wyszeptałam *merci*. Skinął głową.

— Todd jest gejem — oznajmiłam z wielką pewnością siebie.

— Z Todda jest taki gej jak z Eminema — stwierdził Charlie. Przez chwilę milczał, wpatrując się w swojego drinka. — Myślę, że to koniec z Julie.

Bardzo usilnie starałam się skupić na dylemacie Charliego, ale nie potrafiłam przezwyciężyć roztargnienia, bo przypomniałam sobie, że ten konkretny szlachetnie urodzony facet miał cudowny słynny letni dom na Sardynii i poza tym posiadłości rozrzucone po całych Włoszech. Absolutnie materiał na PM.

— Jutro wieczorem wracam do LA — powiedział Charlie.

Podniósł na mnie wzrok, szukając pociechy. Dziwne, jakby nastąpiła zmiana ról i to Charlie potrzebował wsparcia i rady ode mnie. Zebrałam myśli, chcąc wygłosić wielką mowę o cnotach Julie, ale potem zastanowiłam się, czy ta dwójka naprawdę do siebie pasuje. No bo Charlie był taki apodyktyczny, a Julie taka niepraworządna. Podjęłam nieprzekonującą próbę skonkretyzowania swojej opinii.

— Ale jesteście z Julie... no wiesz... absolutnie... świetni... — Zgubiłam wątek, ponieważ zauważyłam, że Jego Wysokość czyta Prousta. Ależ seksowne. Nie, ależ *inteligentne*.

Podszedł kelner i podał mi karteczkę. Napisano na niej „Kolacja, 20.30, VOLTAIRE". Charlie wyjął mi ją z rąk i obrzucił mnie wściekłym spojrzeniem. Zwrócił się do kelnera, który trwał w oczekiwaniu.

— Czy mógłby pan przekazać temu młodemu człowiekowi, że ta tutaj *mademoiselle* nie czuje się dość dobrze, by zjeść dziś wieczorem kolację poza hotelem? — powiedział.

Jak on śmiał? Dokładnie wtedy, gdy trochę mi się polepszyło. Chciał, żebym była nieszczęśliwa, bo sam czuł się nieszczęśliwy.

— *Monsieur*, proszę przekazać, że tam się z nim spotkam — rzuciłam, zbierając swoje rzeczy.

Charlie ze złością błysnął na mnie okiem i nic nie powiedział. Teraz naprawdę mnie nienawidził. Ja też naprawdę go nienawidziłam, więc byliśmy kwita.

7

Złożyło się *très* szczęśliwie, że moja intryga z przedaw-
kowaniem nie wypaliła. Podczas kolacji Eduardo cytował
Prousta. Możecie sobie wyobrazić coś bardziej stymulują-
cego intelektualnie niż mężczyzna, który szepcze: *Il n'y
a rien comme le désir pour empêcher les choses qu'on dit
d'avoir aucune ressemblance avec ce qu'on a dans la pensée*
nad kieliszkiem château lafite, starszego niż wy same?
Mimo że mój półpłynny francuski okazał się niewystar-
czający, by to przetłumaczyć, wiedziałam, że gdybym mogła te słowa zrozumieć, okazałyby się niewyobrażalnie romantyczne.

— Giuseppe — powiedział Eduardo do swojego kierowcy, kiedy wyszliśmy z restauracji i znaleźliśmy się w samochodzie — zabierz nas do domu, proszę.

Jak później wyjaśniłam Julie — ponieważ była strasznie
rozdrażniona, kiedy następnego ranka nie mogła mnie znaleźć w Ritzu — przysięgam, nie miałam bladego pojęcia, że
gdy Eduardo powiedział „dom", chodziło mu o rodzinne
palazzo na brzegu jeziora Como. Całował mnie jak szatan
przez całą drogę z Paryża nad Como, ośmiusetkilometrową
przejażdżkę. Powinna zająć jakieś osiem godzin, ale kiedy
ma się kierowcę takiego jak Giuseppe, wystarcza równe

pięć. W głębi ducha mam nadzieję, że nigdy więcej nie będzie mnie woził. Nikt nie ma potrzeby przemieszczania się w dowolnym kierunku z szybkością stu osiemdziesięciu pięciu kilometrów na godzinę.

Myślę, że Eduardo był mężczyzną niemal idealnym. Miał na sobie więcej kaszmiru niż całe stado kóz. Jego mama była eks-aktorką z Hollywood, a ojciec byłby królem Sardynii, gdyby wciąż jeszcze mieli tam monarchię. Na ogół włoska rodzina królewska nie ma wstępu do Włoch, ale rząd do tego stopnia wielbił mamę Eduarda, że dał mu specjalną dyspensę na wjazdy i wyjazdy w dowolnym terminie. Studiował literaturę francuską w Bennington i mieszkał w Nowym Jorku, „pracując dla rodziny", cokolwiek to mogło znaczyć. Nie dociekałam, to znaczy, chcę powiedzieć, że widziałam *Ojca chrzestnego* i w ogóle, i po prostu nie wypytuje się Włochów, skąd właściwie mają pieniądze.

W środku *palazzo* okazało się lepsze niż Ritz. Byłam absolutnie zachwyconą łóżkiem z kolumnami, w którym obudziłam się następnego ranka. Udrapowano na nim dokładnie taką włoską koronkę, jakiej Dolce & Gabbana używają w swoich gorsetach. Okiennice były otwarte i mogłam dostrzec przez nie jezioro i góry, wszystko w filmowym błękicie. Nic dziwnego, że w Hampton nie spotyka się Włochów.

Czułam spore zdziwienie obrotem spraw. To znaczy, żyłam, *nie z własnej winy* uniknęłam potencjalnie kłopotliwej sceny zerwania Julie—Charlie i jadłam śniadanie w łóżku w miejscu, przy którym Ritz wyglądał jak tandeta. W *palazzo*, gdziekolwiek spojrzeć, widziało się lokaja w czarnej marynarce i białych rękawiczkach, podającego świeżo upieczone ciasto migdałowe lub coś równie pysznego. Nie do wiary, o ile lepiej już się czułam. Kto by pomyślał, że w trzydzieści sześć godzin można całkowicie dojść do siebie po próbie samobójczej? To było łatwiejsze niż potknięcie się na wyboistej drodze.

Muszę wysłać kartkę do dziewczyn w Nowym Jorku, pomyślałam; powinny się o tym dowiedzieć. Wybraliśmy się do najbliższej wsi, żeby kupić parę rzeczy. Gdy wyszliśmy z domu, pojawiło się dwóch mocno opalonych Włochów. Byli identycznie ubrani w granatowe kurtki lotnicze, ciemne spodnie i nosili okulary przeciwsłoneczne. Obaj mieli w uszach słuchawki. Wyglądali na tak sprawnych, że przysięgłabym, że całe życie spędzali w sali gimnastycznej Crunch na Wschodniej Trzynastej Ulicy. Ochroniarze, doszłam do wniosku. Ależ to wyrafinowane, mieć osobistą ochronę. Oczywiście zachowałam się super hiper nonszalancko; to znaczy, nie chciałam, żeby Eduardo dostrzegł, jak mnie poruszył widok ochroniarzy, więc po prostu powiedziałam im *ciao*, jakby sugerując: „Wszyscy moi znajomi mają uzbrojoną ochronę".

Towarzyszyli nam całą drogę do wsi i z powrotem, szepcząc do swoich słuchaweczek. Nie wyglądało, żebyśmy byli narażeni na natychmiastowe niebezpieczeństwo związane z próbą zamachu czy coś podobnego — w wiosce spotkaliśmy tylko jedną osobę, samotnego wieśniaka, który główną ulicą pędził osła. Przyszło mi jednak na myśl, że gdyby ktoś chciał rozpoznać i zabić księcia, bardzo łatwo mógłby go namierzyć, ponieważ tego dnia w wiosce nie spacerował nikt inny, za kim by szli dwaj bardzo rzucający się w oczy ochroniarze i dziewczyna w pantoflach na wysokich obcasach i w czarnej satynowej sukni wieczorowej.

Wiecie, co jest naprawdę zachwycające w życiu arystokraty otoczonego personelem liczniejszym niż obsługa Pierwszej Damy? Można na spacerze zdecydować, co się chce dostać na lunch, zadzwonić do domu, gdzie przez dwadzieścia cztery godziny na dobę czeka szef kuchni lepszy niż Jean--Georges Vongerichten, i w chwili przekroczenia progu dostać melanzane oraz panna cotta. Wyobraźcie sobie, co napisałam na tej pocztówce:

Najdroższe Laro i Jolene!

Naprawdę nie mam pojęcia, czemu księżniczki tak bardzo narzekają, że są księżniczkami. To w 150% luksus. Doradzam Wam obu bezzwłocznie postarać się o jakiegoś księcia na własny użytek.

Ucałowania i pozdrowienia, Moi

Wiem, że Jolene miała zaplanowany ślub i tak dalej, ale zawczasu powinna zostać uprzedzona, co może stracić.

Po lunchu siedzieliśmy w bawialni, pijąc espresso, kiedy pospiesznie wszedł ktoś z personelu i podał telefon Eduardowi. Ten bardzo szybko powiedział coś po włosku, a potem odłożył słuchawkę i zerwał się na równe nogi. Był w pełnym pogotowiu.

— Okej, wyjeżdżamy! — oznajmił. — Dziś wieczorem wracamy do Nowego Jorku.

— Dlaczego? — zapytałam.

Spędzaliśmy czas po prostu bosko. Powrót do Nowego Jorku wydawał się wariactwem, chociaż podczas tych paru dni przemknęło mi przez myśl, że powinnam skontaktować się z dziedziczką z Palm Beach.

— *Carina*, mam pewne... sprawy rodzinne, o które muszę zadbać. Przykro mi. Ale wrócimy tu latem, obiecuję. — Byłam zachwycona, że Eduardo powiedział do mnie *carina*, co znaczy po włosku „kochanie".

Wyglądał na przygnębionego.

— Ale zostawiłam w Paryżu swój paszport i wszystkie rzeczy — zauważyłam.

— Ze mną nie potrzebujesz paszportu.

Boże, co za luksus. Nawet prezydent musi mieć paszport.

Kiedy tego wieczoru, bardzo późno, dotarłam do Nowego Jorku, zastałam sześć e-maili od Julie. Strasznie się bałam je przeczytać — Julie nigdy mi nie wybaczy, że zostawiłam ją samą w Paryżu, a właściwie samą i odtrąconą przez mężczyznę w Paryżu. Teraz jej kolej na załamanie nerwowe. Pierwszy e-mail informował:

Kochanie!

Z Charliem wszystko WSPANIALE. Uwielbia mnie. Wrócił do LA, do pracy. Zostaję w Paryżu na parodniowe zakupy. Tak się cieszę, że zniknęłaś z Jego Królewską Mością Kimśtam. Słyszałam, że jest absolutnie seksowny. Odesłałam Todda z powrotem do NYC; jego też uwielbiam, ale trochę przeszkadzał.

Buziaczki,
Julie

Dzięki Bogu. Julie w dalszym ciągu miała Charliego. Chociaż podczas incydentu z advilem zachował się bezsprzecznie paskudnie i podjęłam nieodwołalną decyzję, że nigdy więcej się do niego nie odezwę, to przecież uszczęśliwiał Julie. I tylko to się liczyło.

Pozostałe e-maile od Julie zawierały po dickensowsku szczegółową listę jej rozmaitych zakupów. Gromadziła głównie stroje Marca Jacobsa z Colette. Wydawało się to nieco dziwaczne, ponieważ mogła je kupić po prostu na Mercer Street w Nowym Jorku, i to znacznie taniej. Ale zdaniem Julie: „Jeżeli już musisz nosić Marca Jacobsa, bo jest taki świetny, przynajmniej wyróżnij się z tłumu i bądź w stanie przyznać, że kupiłaś te ciuchy w Paryżu". Wysłałam do niej e-maila z prośbą, żeby przywiozła mój paszport i ubrania. Wiedziałam, że nie będzie to dla niej kłopotliwe, bo jak wszystkie Księżniczki z Park Avenue Julie zawsze ma kogoś, kto wyręcza ją w pakowaniu walizek, a potem nadaje je na bagaż, ponieważ trzykrotnie przekraczają dozwoloną wagę.

*

Pamiętajcie, jak byłam zdruzgotana po zerwaniu zaręczyn, kiedy moje mieszkanie nagle stało się strefą wolną od zaproszeń? Cóż, w chwili gdy wszyscy na Manhattanie dowiedzieli się, że byłam gościem księcia w jego *palazzo*, moja półka nad kominkiem do tego stopnia zapełniła się sztywnymi białymi kartami, że potrzebowałam dźwigu do jej oczyszczenia. W głębi ducha martwiłam się, że wysłano te zaproszenia wyłącznie w celach taktycznych, w razie gdybym została księżną. Postanowiłam jednak wyobrażać sobie, że dostaję je, bo jestem naprawdę atrakcją towarzyską. W innym wypadku w podskokach wylądowałabym w sąsiedztwie butelki advilu. Wyparcie może być bardzo korzystne dla życia towarzyskiego.

Nie ma to jak randki w Nowym Jorku ze szlachetnie urodzonym mężczyzną. Pomijając fakt, że Eduardo był po prostu idealny pod względem urody i osobowości, cały Nowy Jork pragnie ślubu z arystokratą. Filipem Hiszpańskim, Pavlosem Greckim, Maksem Szwedzkim, Kiryłem Bułgarskim — ci chłopcy mają pod dostatkiem fantastycznych amerykańskich dziewczyn i żon. Jak większość arystokratów na wygnaniu, wszyscy oni uwielbiają życie w Nowym Jorku, gdzie czują się docenieni. (Najwyraźniej Europejczycy nie są dla nich równie przyjacielscy jak my). Nikomu tu nie przeszkadza, że ci książęta nie mają już królestw. Większość ludzi w Nowym Jorku uważa, że Savoy to bardzo elegancki hotel w Londynie, a jednak uwielbiają Eduarda. Nieważne, gdzie zostałeś szlachetnie urodzony, ważne, że zostałeś. Nowojorska dziewczyna gotowa jest zabić, żeby tylko wyjść za pozbawionego dóbr księcia i móc nazywać się księżną. Jedyne osoby, którym robi różnicę cała ta sprawa z posiadaniem królestwa, to sami książęta, traktujący tę kwestię *très* poważnie.

Eduardo mieszkał w nieskazitelnym kawalerskim mieszkanku na rogu Lexington i Osiemdziesiątej. Doskonałe miejsce na póżnonocne schadzki. Ilekroć nie potrafiłam płynnie przełożyć sobie wszystkich francuskich cytatów, za którymi tak przepadał Eduardo, zabawiałam się oglądaniem ścian i półek obwieszonych obrazami i zdjęciami w sepii, przedstawiającymi jego przodków w koronach i strasznie iskrzących się diademach. Kto by pomyślał, że dawniej tak ceniono styl Harry'ego Winstona? Gdyby tylko wzmiankowano o tym w książkach historycznych, nowojorskie licealistki uważałyby zjednoczenie Włoch za niezwykle istotny element swojej edukacji.

Kiedy tylko Julie wylądowała w Nowym Jorku, spotkałyśmy się na bezkofeinowym latte w Café Gitane na Mott Street. Gitane jest wypchana po brzegi supermodelkami w bardzo kosztownych ciuchach od Marni, w stylu uliczników. Wszyscy uważają, że to ekstra na czasie. Muszę przyznać, że sama parę razy zainspirowałam się tym, co podpatrzyłam u tutejszych dziewczyn. W sumie Julie wpasowała się tu zaskakująco dobrze, ponieważ miała na sobie nowe „francuskie" bojówki od Marca Jacobsa, które genialnie na niej leżały. Wybrała stolik w ciemnym kącie, co było dziwne; zwykle Julie chce siadać w miejscu najbardziej rzucającym się w oczy.

— Cześć kochanie — powiedziała, kiedy się pojawiłam. — Wiem, wiem, dziwnie na mnie patrzysz, bo to dziwaczny stolik, ale, rozumiesz, staram się nie rzucać w oczy.

Poczułam się zaskoczona. Julie uważa, że nierzucanie się w oczy jest politycznie niepoprawne.

— Dlaczego? To nie w twoim stylu.

— Ćśśś! — wyszeptała, nakładając przeciwsłoneczne okulary. — Nie chcemy, żeby ktoś nas usłyszał.

— Dlaczego?

— Jesteś pod antysamobójczym nadzorem.

— Nic mi nie jest. Absolutnie skończyłam z advilem i jestem związana z Eduardem. Spójrz tylko na mnie, wszyscy twierdzą, że promienieję.

— Wszystkie znamy tajemnicę promiennego wyglądu po zerwaniu w Nowym Jorku... solarium, okej? Więc nawet nie myśl, że się na to nabierzemy.

— My?

— Ja, Lara i Jolene. Obserwujemy cię przez dwadzieścia cztery godziny na dobę. Wprowadzasz się do mnie, bez dyskusji.

— Nie ma mowy — oświadczyłam. — Słuchaj, Tracey urządziła ten pokój genialnie, ale nie chcę tam mieszkać.

— Masz dwie możliwości. Albo zamieszkasz ze mną w Pierre, albo idziesz na terapię.

Czasami intencje Julie są przejrzyste jak szklanka san pellegrino. Mieszkanie z nią było w porządku na pięć minut, kiedy chorowałam, ale nie chciałam, żeby świsnęła mi wszystkie ciuchy. To był prawdziwy motyw jej działania, byłam pewna. Julie nigdy przenigdy niczego nie oddaje, nawet takich dużych rzeczy jak garnitur od Versacego. Jeśli chodzi o ciuchy, to wsysa je jak czarna dziura i lepiej się do niej nie zbliżać z niczym ładnym.

Miałam silne przekonanie, że od terapii się rozchoruję. Dziewczyny z Nowego Jorku, które chodzą na terapię, są nie do wytrzymania. Non stop opowiadają o swoim dzieciństwie. Julie uważa, że terapia stanowi odpowiedź na wszystkie problemy i popiera analizowanie przykrości z dzieciństwa, żeby spróbować zrozumieć, czemu tak często ma napady złości. Nie umie się przyznać, że to po prostu napady złego humoru u dorosłej osoby rozpuszczonej do niemożliwości. Jest przekonana, że przeżyła prawdziwą traumę, ponieważ między czwartym a dziesiątym rokiem życia mama zmuszała ją do noszenia sukienek od Lilly Pulitzer, podczas gdy wszystkim pozostałym dzieciakom w Palm Beach wolno było nosić dżinsy od Calvina Kleina. Psychiatra Julie wykrył powiązanie między tym publicznym upokorzeniem a jej obecnym uzależnieniem od zakupów.

— Julie, ani to, ani to. Świetnie się czuję, już mi lepiej — upierałam się. — Szaleńczo zakochałam się w kimś innym.

— Znasz go zaledwie od paru dni! Jesteś zaślepiona. Jeśli nawet ten królewicz to coś poważnego, musisz zrozumieć, czemu byłaś z Zakiem, gdy traktował cię gorzej niż gówno na podeszwie własnych tenisówek.

— Ależ Julie, kompletnie już o tym zapomniałam. Jakbym nigdy nie była zaręczona z Zakiem. Nawet nie mam uczucia, że rzeczywiście naprawdę mnie to spotkało. Czuję się, jakby zdarzyło się to na filmie. Tak naprawdę to nie byłam ja.

— Więc kto? Nie możesz udawać, że coś się nie wydarzyło. Jeżeli teraz tego nie wyjaśnisz, skończysz rozdeptana czyjąś inną tenisówką.

Dlaczego Julie sądziła, że to taki świetny pomysł ponownie przeżywać coś złego, co z powodzeniem udało się wyprzeć z umysłu? Miała do czynienia ze zbyt wieloma lekarzami od głowy. Moim zdaniem z paskudnymi wydarzeniami najlepiej można się uporać, kiedy się o nich zapomni.

— W zeszłym tygodniu o mało nie umarłaś i uważasz, że świetnie się czujesz? — ciągnęła Julie. — Możesz mieć dwubiegunową psychozę maniakalną drugiego stopnia albo coś równie okropnego. To jest bardzo poważna sprawa. Idź przynajmniej na badanie mózgu czy coś w tym rodzaju.

Jak większość dziewczyn z Nowego Jorku Julie robi sobie rezonans magnetyczny przy każdym bólu głowy. Jest tak obeznana z systemem oceny zaawansowania depresji, że sama mogłaby diagnozować.

— Czy Eduardo wie, co się stało?

— Oczywiście! O wszystkim mu powiedziałam.

Nie zniosłabym, gdyby Julie się zorientowała, że to było bezczelne kłamstwo, ale *oczywiście* ani słowem nie wspomniałam Eduardowi o tym, co się wydarzyło w Paryżu. Był przekonany, że przyjechałam tam z powodu butików, jak wszystkie amerykańskie dziewczyny. Prawdę mówiąc, absolutnie nienawidziłam samej siebie wskutek tej advilowej afery. Charlie mnie za to nienawidził. Julie też nie była zachwycona. Nie chciałam, żeby znienawidziła mnie kolejna osoba. Byłoby strasznie niemądrze wyznać Eduardowi prawdę o sobie na tak wczesnym etapie, bo też by mnie znienawidził.

— No cóż, teraz jakoś lepiej o nim myślę — stwierdziła Julie. — Ale przynajmniej rozważ wizytę u doktora Fenslera. Nawet jeżeli świetnie się czujesz, może się przydać.

— Czy możemy pomówić o czymś innym? — zapytałam.

*

Entre nous, prawda jest taka, że kiedy Eduardo był poza miastem — a z powodu interesów zdarzało się to często — czasami znów czułam się nieco advilowo. Wyrzuciłam z mieszkania wszystkie pigułki, ale kiedy byłam w nocy sama, wracały i straszyły mnie uczucia typu „firmowy szlafrok Ritza". Ilekroć choć przez sekundę wspominałam Zacha, miałam ochotę pójść prosto do apteki Bigelow na Szóstej Alei i kupić największe cholerne opakowanie tabletek. Wychodziło na to, że w naprawdę fatalnych momentach nigdy nie mogłam dodzwonić się do Eduarda, bo jego komórka prawie nigdy nie działała w tych zapomnianych od Boga miejscach w rodzaju Iowa, dokąd musiał jeździć w interesach. Bardzo często wyjeżdżał także w weekendy. A na domiar złego, kiedy zadzwoniłam do dziedziczki z Palm Beach, żeby przełożyć spotkanie, oznajmiła:

— Udzieliłam już tego wywiadu.

Czasopismo przysłało kogoś innego.

Którejś niedzieli — niedziele są zabójcze, prawda? — czułam, że ułamki sekund dzielą mnie od ponownego pójścia do salonu Wiza i zakupu DVD. Eduardo był nieosiągalny, w jednej ze swoich podróży. Zostałam odrzucona; zatęchły bajgiel, którego nikt nie chciał. Wpatrywałam się w *Zatopioną ciężarówkę* Zacha. Nigdy wcześniej nie zauważyłam, że wydawała się trochę nieostra. Może jednak nie było to aż takie świetnie zdjęcie. Postanowiłam je zdjąć, ale zostało po nim miejsce do tego stopnia ziejące pustką, że musiałam powiesić z powrotem, przez co poczułam się jeszcze bardziej żałośnie. Kiedy wreszcie zadzwoniłam do Julie, dochodziła czwarta rano. Nie spała, bo ataki głodu spowodowane aktualnie stosowaną dietą, składającą się wyłącznie z czarnych jagód, trzymały ją na nogach.

— Julie — powiedziałam — tak mi smutno.

— Ale czemu, kochanie, myślałam, że jesteście z Eduardem idealnie szczęśliwi.

— Uwielbiam Eduarda, ale pragnę Zacha. Myślałam o tym, żeby do niego zadzwonić. Na pewno za mną tęskni.

— Ooooch. Zaczekaj! — zawołała. — Najpierw zadzwonię do doktora Fenslera i załatwię ci wizytę. Inaczej nigdy się nie wygrzebiesz.

*

Doktor Fensler miał absolutnie boską poczekalnię, najlepszą poczekalnię wśród psychiatrów w mieście. Z tego, co słyszałam, zdecydowanie nie w stylu szpitali psychiatrycznych, w których bogacze w rodzaju Julie leczą się w Nowym Jorku. Wszystko tu było fantastyczne, włącznie ze stołem Christiana Laigre'a, na którym pięknie ułożono czasopisma poświęcone modzie i plotkom, nawet te naprawdę trudno dostępne, jak „Numéro". Uważnie obejrzałam pomieszczenie. Lepiej niż w pierwszym rzędzie na pokazie Michaela Korsa. Wszystkie dziewczyny były absolutnie olśniewające i prawie wszystkie wyglądały na aktorki i osoby z towarzystwa. Jestem pewna, że zauważyłam Reese W., ale nie dało się tego sprawdzić, bo okulary przeciwsłoneczne zakrywały jej niemal całą twarz. Szczegółem najistotniejszym było to, że dziewczyny wydawały się *très* szczęśliwe: wszystkie olśniewające i obstawione torbami z zakupami, w nowych sandałach z pasków od Toda, których nigdzie nie można dostać, idealnych na ciepły czerwcowy dzień, jaki mieliśmy. Dyskutowały na zupełnie niezwiązane z terapią tematy w rodzaju wakacji na Capri albo jak świetnie było w St Barths podczas ostatniej Gwiazdki. Wyglądały na osoby, które nie mają żadnych problemów. Prawdę mówiąc, wyglądały, jakby nawet nie wiedziały, co to takiego „problemy". Ani jednego zmarszczenia brwi, ani jednej skrzywionej twarzy. Zdecydowanie byłam tam najbardziej żałosną i najgorzej ubraną osobą. Doktor Fensler musiał być geniuszem. Nie mogłam się doczekać spotkania z nim. Byłam pewna, że nie przyjmuje w ramach ubezpieczenia.

Jakieś dziesięć minut po przyjściu ładna młoda pielęgniarka w białym welurowym dresie zaprowadziła mnie do gabinetu. Zupełnie nowe podejście: żadnych starych skórzanych kozetek, żadnych psychiatrycznych książek na półkach, tylko jasne światło i wysokie ławy, dokładnie takie, jak przy basenie w hotelu Mondrian w LA. Usiadłam i czekałam. Trochę się denerwowałam. Każdy, kto przeszedł terapię, wie, że konieczność ujawniania wszystkiego o sobie kompletnie obcemu człowiekowi i następnie uzyskanie informacji, że lepiej byłoby się zmienić, jest potwornie bolesna. Już sama myśl o tym była bardzo niezachęcająca. Ale jeśli po wszystkim będę wyglądać tak świetnie jak te dziewczyny w poczekalni, zrobię to bez mrugnięcia okiem.

Drzwi się otworzyły. Doktor Fensler — prosto od fryzjera i opalony — wsadził przez nie głowę.

— He-e-e-j! Cześć! Fantastycznie, że cię widzę! — powiedział. Mówił, jakby nie potrafił opanować podniecenia. Najwyraźniej nie zauważył, że wystroiłam się na spotkanie z nim, jakbym szła na przyjęcie. — Wyglądasz fan-tas-tycz-nie! Mój Boże, co za skóra! Żyjesz w lodówce? — Zanim zdążyłam odpowiedzieć, zakląskał: — Muszę tylko nastrzyknąć dwie wargi. Wracam za dziesięć sekund. Nikt nie poprawia ust szybciej i ładniej niż doktor Fensler.

Wyśliznął się jak jaszczurka. Julie była obłąkana. Nie wysłała mnie do swojego analityka. Wysłała mnie do swojego dermatologa. Z miejsca zadzwoniłam do niej z komórki.

— Julie — powiedziałam surowo — doktor Fensler jest dermatologiem kosmetycznym.

— Wiem. To geniusz. Nikt, kto jest kimś, nie pokazuje się na imprezie bez uprzedniej wizyty u Fenslera.

— Ale, Julie, ja się nie wybieram na imprezę. Ja już tkwię na własnej imprezie, która w ogóle nie jest zabawna, usiłuję z niej wyjść i wcale nie mam pewności, że doktor Fensler jest odpowiednim człowiekiem, żeby mnie z niej wyciągnąć. Myślałam, że mówiłaś, iż potrzebna mi terapia.

— Kochanie, dermatologia to właśnie nowa terapia — stwierdziła Julie. (Ona uważa, że wszystko, co nowe, jest dobre, bo nowe). — Zauważyłaś, jacy tragiczni są ludzie, którzy odwiedzają psychiatrów? Psychiatrzy sprawiają, że ludzie są *nieszczęśliwi*. A z doktorem Fenslerem jest tak, że idziesz na niewinny malutki zastrzyk botoksu i wychodzisz szczęśliwsza niż po dziesięciu latach terapii. Wyglądasz ślicznie, czujesz się świetnie. Proste. Część dziewczyn zachowuje się nieco kompulsywnie, chodzą tam codziennie. Oczywiście nie chcę, żeby i ciebie to spotkało, lecz poważnie myślę, że odrobina terapii dermatologicznej okaże się bardzo pozytywnym doświadczeniem. To trochę jak oszukiwanie, ale w dobrej sprawie.

Teraz zrozumiałam, czemu wszystkie dziewczyny w poczekalni wyglądały na takie szczęśliwe. Klasyczne botoksowe nałogi. Żadnych zmarszczonych brwi, żadnych min, tylko uśmiechy.

— Julie, nie sądzę, żeby to było odpowiednie dla mnie. Chcę z kimś porozmawiać o tym, co się dzieje. Nie chcę tej botoksowej maski, którą wszyscy uważają za ostatni krzyk mody.

— Nikt nie mówi, że musisz sobie robić botoks. Mówię ci, zrób sobie piling, może nakłucia z enzymami. Możesz powiedzieć doktorowi Fenslerowi o wszystkim. Przez pięć procent czasu nakłuwa, przez resztę po prostu słucha, a tego właśnie potrzebujesz. Wierz mi, Fensler rozumie istotę związków na Manhattanie lepiej niż jakikolwiek doradca rodzinny, a przysięgam, że odwiedziłam wszystkich, co do jednego, na Upper West Side. Czy kiedykolwiek posłałam cię w jakieś miejsce, które nie było najlepsze?

— Nie.

Pokusa była spora. Chcę powiedzieć, że nigdy wcześniej nie słyszałam o terapii, po której wygląda się jak dziewczyny od Michaela Korsa. Jeżeli już mam być nieszczęśliwa, to przynajmniej niech mi z tym będzie do twarzy. Staram się nie popaść w taką próżność jak Julie, ale czasem człowiek nie ma wyboru, jeśli stawką jest zachowanie zdrowych zmysłów.

— No dobrze. Tylko spróbuj. Ja stawiam. A tak nawiasem, widziałaś w poczekalni K.K.? Jestem pewna, że stosuje tę nową botoksową maskę z Paryża, ale ona przysięga, że ten efekt twarzy bez wyrazu osiąga po prostu, wcierając co wieczór olejek z perskiej róży przez dwadzieścia minut. Parszywa kłamczucha. Nikt nie wygląda tak dobrze po ziołowych lekach.

Doktor Fensler wetknął głowę przez drzwi i wbiegł truchcikiem.

— Julie — powiedziałam — muszę kończyć, już tu jest.

— No więc opowiedz mi o wszystkim — poprosił doktor. — Zerwałaś z chłopakiem?

Kiwnęłam głową.

— Mam zamiar uczynić cię piękną i szczęśliwą jak wszystkie moje dziewczęta. Nigdy więcej o nim nie pomyślisz. Bez obaw! Możesz przychodzić codziennie, jeśli będziesz tego potrzebować. Masa dziewcząt tak robi podczas tego rodzaju traumatycznych wydarzeń.

Podszedł bliżej i zaczął badać moją skórę.

— Eeeł! — wykrzyknął. — Widzę pryszcz. Latałaś może ostatnio do Europy?

— Tak — odparłam. Chyba jednak ten facet był geniuszem.

— Trądzik związany z lotem. Wszyscy to mają. Świeżutki, zupełnie świeżutki. Jesteś w depresji, zestresowana, krążysz wokół ziemi jak szalona, nie jesteś w stanie wytrzymać w jednej strefie czasowej, hormony wariują — łup! Trądzik spowodowany lotem. Wiesz, że wszystkie supermodelki prosto z lotu Air France z Paryża trafiają do mnie? Raz, dwa, piling, nakłucie i znów są fantastyczne. Wyglądają lepiej i czują się szczęśliwsze. A teraz opowiedz mi o tym chłopaku, którego straciłaś.

Opowiedziałam mu całą historię, ubarwiając ją w paru momentach, żeby była bardziej zajmująca. Oczywiście przemilczałam te najbardziej upokarzające wydarzenia w rodzaju kompletnego braku wypraw do Brazylii. Nie chciałam, żeby doktor F. znał takie intymne sekrety.

— To nie wszystko — stwierdził. — Coś ukrywasz.

Niechętnie opowiedziałam mu o paryskiej próbie samobójczej, którą wcześniej ocenzurowałam. Wyjawiłam też rozdzierającą prawdę o zerowej liczbie podróży do Rio po wyjeździe do LA.

— Cóż, facet był ślepy albo to gej — zażartował doktor Fensler, usiłując mnie rozweselić. — Tego rodzaju odrzucenie jest wysoce denerwujące.

— Naprawdę fatalnie się czuję — powiedziałam. — I jakoś mi to nie mija.

— To nic takiego, z czym nie poradzi sobie szybki piling kwasami alfa-beta stwierdził Fensler, strzelając gumowymi rękawiczkami. Przyszykował butlę z jakimś silnym, przezroczystym płynem i poprosił, żebym się położyła. Obficie nałożył mi na twarz pierwszy roztwór. Zapiekło.

— Auć! — pisnęłam.

— Aha. Bardzo dobrze! Kiedy stąd wyjdziesz, twoja skóra będzie się prezentować nieskazitelnie. Każda komórka będzie idealna. Już nigdy nie pozwolisz, żeby ktoś tak cię zranił. Na pewno się zastanawiasz, czemu tak długo byłaś z tak nieprzyjemnym osobnikiem.

Skinęłam głową. Nie mogłam mówić, bo wyziewy chemiczne zrobiły się za mocne.

— Wiesz, o co w tym wszystkim chodzi? W tym wiązaniu się z durniem?

Pokręciłam głową. Wciąż zupełnie nie potrafiłam pojąć swojego zauroczenia kimś, kto, jak zrozumiałam po fakcie, był dla mnie absolutnie okropny.

— Klasyczny dysfunkcyjny związek. Urabia cię, aż czujesz, że bez niego jesteś niczym. Nikt nie rozumie, czemu z nim zostajesz. Ty owszem. To typowy przypadek niskiej samooceny. Moja droga, popraw sobie poczucie własnej wartości i nikt nie będzie w stanie cię zranić. Mężczyźni będą czuli do ciebie niekontrolowany pociąg. Pewność siebie jest wyjątkowo podniecająca seksualnie. Musisz pokochać samą siebie, zanim pokocha cię ktoś naprawdę porządny. Mogę sprawić, że będziesz piękna zewnętrznie, ale musisz postarać się także o urodę wewnętrzną. Koniec wykładu. Okej, teraz nakładam drugi roztwór.

Ten piekł nawet bardziej niż pierwszy. Nie umiałam sobie wyobrazić, jakim sposobem coś takiego może być korzystne dla skóry albo dla duszy. Udało mi się wymamrotać:

— Myślę, że moja samoocena się poprawia. Poznałam nowego faceta, który troszczy się o mnie, jakbym była najcenniejszym skarbem świata.

— Gdzie jest teraz? — zapytał doktor F.

— Och, podróżuje. Zawodowo. Często wyjeżdża — odparłam.

— No cóż, upewnij się tylko, czy nie jest żonaty i nie mieszka w Connecticut z trójką dzieci!

Zachichotałam. Doktor Fensler naprawdę mnie rozbawił.

— A teraz zostawię tę ostatnią warstwę na pięć minut i po wszystkim będziesz promieniejąca, moja droga. Jesteś fantastyczną dziewczyną. Nie decyduj się na nikogo, kto nie będzie cię traktował jak księżniczkę, którą jesteś. Żadnych więcej brutali, żadnych umniejszaczy, żadnych wampirów energetycznych.

Nie miałam pojęcia, co znaczy „umniejszacz", ale zamierzałam tego czegoś unikać. Może sekret osobistego szczęścia w Nowym Jorku polega na wizytach u właściwego dermatologa, jak twierdzi Julie.

Doktor Fensler przez chwilę kręcił się przy blacie, a potem zapytał:

— A jaki był seks z tym facetem, z którym byłaś zaręczona?

Ludzie zadają takie osobiste pytania. Co za wścibstwo, pytać o Brazylię takim tonem, jakby chodziło o zwykłe wakacje w Palm Springs czy coś w tym rodzaju.

— No cóż, to znaczy, hmmm. Kiedy był, to był... najlepszy — odparłam zawstydzona.

— Oo! Strzeż się! — wykrzyknął Fensler. — Nigdy prze-nigdy nie wychodź za najlepszego seksualnie partnera. Seks udaje się tylko z kimś, kto jest dla ciebie niebezpieczny. Jest namiętny, ekscytujący, ale generalnie sygnalizuje, że uruchamiacie w sobie cechy dysfunkcyjne. Wyjątkowo uważaj na mężczyzn, którzy szaleńczo cię pociągają... to właśnie oni stanowią dla ciebie zagrożenie. Potwierdzają to, w tej czy innej formie, wszystkie badania.

Uznałam, że to nie jest właściwy moment, aby przyznać, że seks z Eduardem był milion razy lepszy niż z Zakiem. Bo co miałam robić? Skończyć z nim dlatego, że tak mnie pociągał? Umawiać się z kimś, kogo uważam za odstręczającego? W tym akurat momencie cała ta zabawa z terapią zabrnęła w ślepy zaułek. Nie sposób poradzić na to, na co trzeba coś poradzić. Doktor Fensler podsunął mi lustro.

— A teraz spójrz na siebie. Fenomenalne.

Doktor F. dokonał czegoś zdumiewającego. Moja skóra promieniała. Wyglądałam raczej jak ktoś, kto wrócił z miesięcznych wakacji na wyspach niż dziewczyna dochodząca do siebie po francuskiej próbie samobójczej. Nagle doświadczyłam zalewu pewności siebie. Doznanie miało moc porównywalną z tym, co czułam, gdy pierwszy raz w życiu kupiłam sobie jedwabną chustkę od Pucciego i wzorem Christiny Onassis nałożyłam ją na jachcie.

— Czuję się cudownie, dziękuję — powiedziałam, wstając, żeby wyjść.

— Zachowaj to uczucie. W chwili kiedy poczujesz, że go nie ma, wracaj prosto tutaj po więcej cudowności, jasne?

Istota wizyty u dermatologa, w przeciwieństwie do wizyty u terapeuty, polega na tym, że człowiek z miejsca czuje się szczęśliwy. Gdy przechodziłam przez poczekalnię, dosłownie pomachałam wszystkim tym wspaniałym dziewczynom, słowo daję. Eduardo mnie uwielbiał, Zach należał do przeszłości i wyglądałam rewelacyjnie.

*

Szczęśliwie się złożyło, że doktor F. ujędrnił mi naskórek, ponieważ tego wieczoru Eduardo miał wrócić do miasta

156

i wbrew radom lekarza spodziewałam się kolejnego najlepszego-w-życiu-spotkania-z-Proustem z jego udziałem. Aerin van Orenburg — młoda pustelnica, córka Gustava van O., nieodmiennie twierdzącego, że ma większą kolekcję dzieł sztuki niż Getty — postanowiła opuścić swoją pustelnię i urządzić szalony bal kostiumowy. Plotka głosiła, że od czasów college'u Aerin zajmowała się wyłącznie wyrabianiem na drutach torebek na buty ze złotego lureksu, przeznaczonych dla jej własnej potężnej kolekcji pantofli Christina Louboutinsa. Wszyscy chcieli znaleźć się na tym przyjęciu, ale Aerin, jako osoba przekorna, zaprosiła tylko połowę zainteresowanych.

Aerin uwielbiała własną przekorę. Wybrany przez nią temat był strasznie mało wyrazisty i wszystkich wprawił w zakłopotanie: „Robert i Ali". Koncepcja była taka, że faceci powinni się ubrać jak Robert Evans, potentat filmowy z lat siedemdziesiątych, a dziewczyny jak jego była żona Ali MacGraw. W Nowym Jorku zasadniczy problem z imprezą kostiumową polega na tym, że jeśli chce się coś takiego zorganizować, należy być superoryginalnym. Słyszałam, że niektóre naprawdę bezwzględne dziewczyny dosłownie palą zaproszenia, jeżeli uważają, że temat „się opatrzył". Zdecydowanie już nigdy więcej nie można tu urządzić przyjęcia z żadnym z poniższych tematów przewodnich: Mick i Bianca, lata dwudzieste, Bill i Monica. Nie wchodzą w grę również „skóra i lamparcie cętki", ponieważ wszyscy oszukują i pędzą prosto do sklepu Roberta Cavallego.

Lara, Jolene i Julie były zdegustowane tematem. Bez peruk nie mogły naśladować włosów Ali.

— No to spraw sobie perukę — powiedziałam do Julie podczas telefonicznej konferencji na szczycie w sprawie kostiumów.

— Nie ma mowy, żebym nałożyła jakieś paskudne brązowe włosy na ten genialny blond. Ariette by umarła. Jak Aerin może mi coś takiego robić? A w Spence tak się nią opiekowałam.

W Nowym Jorku rzadko się zdarza, żeby brunetka miała przewagę towarzyską nad blondynką. No i raz się zdarzyło. Nie mogłam się doczekać tego przyjęcia.

— Czemu nie umówisz się z Ariette na koloryzację? Mogłabyś zostać brunetką na jeden wieczór — zapytałam Julie.

— Eeł! Nie! Mój Boże, jeszcze by mi włosy zaczęły odrastać na brązowo — odparła. Prawda jest taka, że włosy Julie są z natury nieco brązowe, ale podjęłam przemyślaną decyzję, żeby jej o tym nie przypominać. — Idę jako blond Ali MacGraw. Dużo ładniej by tak wyglądała. Czemu Aerin musi być taka uciążliwa? Próbuje wszystkich zirytować i zapisać się w kolumnach towarzyskich jako najbardziej oryginalna spośród Księżniczek z Park Avenue.

— Nie musisz iść — stwierdziłam.

— Żartujesz? *Nikt* nie został zaproszony. *Muszę* iść. To punkt kulminacyjny mojego tygodnia. Mimo że to poniedziałek, mój tydzień właściwie jeszcze się nie zaczął.

Julie odłożyła słuchawkę. Kilka sekund później zadzwoniła ponownie.

— Kochanie, nie mów Aerin, że powiedziałam, że jej impreza to punkt kulminacyjny mojego tygodnia, bo nie zniosłabym, gdyby wiedziała, że *jej* impreza jest wydarzeniem *mojego* tygodnia.

Eduardo zaplanował, że spotkamy się na przyjęciu, które, do czego przyznaję się bez śladu skrępowania, stanowiło punkt kulminacyjny także mojego tygodnia. Julie postanowiła przyjść w towarzystwie Todda: najwyraźniej powrócił na jej obszerną listę aktualnych facetów, a Charlie siedział w LA. (Dzięki Bogu. Myśl o tym, że mógłby ze zmarszczonymi brwiami obserwować mnie wśród tłumu sobowtórów Roberta i Ali nie była zachęcająca). Aerin ma alergię na oszczędność. Przerobiła swoje mieszkanie na replikę sławnego domu Roberta Evansa w Beverly Hills. W bibliotece na gigantycznym ekranie puszczano *Love Story*. Z LA ściągnięto Matsuhisę, żeby przygotował jedzenie. Wśród gości znajdowali się również prawdziwi Robert i Ali, ponieważ Ali jest dla Aerin matką chrzestną czy kimś tam. Problem polegał na tym, że nie sposób ich było dostrzec wśród tych wszystkich innych Robertów i Ali.

W trakcie przyjęcia wydarzyło się coś dziwnego. Relaksowałam się samotnie na aksamitnej sofie, kiedy usiadł przy mnie Todd. Ledwie dało się go rozpoznać w aksamitnych dzwonach i ogromnych szylkretowych okularach przeciwsłonecznych. Wydawał się poruszony. Nagle spojrzał na mnie bardzo wymownie i oznajmił:

— Muszę mieć twój telefon.

Jasna dupa, pomyślałam. Todd należał do Julie. Był nie do ruszenia.

— Dlaczego? — zapytałam.

— Muszę do ciebie zadzwonić. Chcę... jest coś, o czym muszę ci powiedzieć — stwierdził.

Obrzydlistwo. Patrzył na mnie porozumiewawczo.

— Todd, nie chcę, żebyś do mnie dzwonił, w porządku? Odszedł. Wyglądał na zakłopotanego.

Impreza była tak fantastyczna, że nagle zrobiła się pierwsza w nocy, a miałam wrażenie, że minęło zaledwie pięć minut. Zdradziecki czas najszybciej płynie na najlepszych imprezach. Na najgorszych zdecydowanie nie, co jest niezwykle irytujące. Julie wyszła z Toddem. Wyszłam również i zatrzymałam taksówkę.

W taksówce niespodziewanie mnie dopadło. *Gdzie był Eduardo?* Nie pojawił się. Sprawdziłam komórkę. Żadnych wiadomości. Zadzwoniłam i odsłuchałam sekretarkę w domu. Tam też nic. Zadzwoniłam na jego komórkę, nie było odpowiedzi. Zadzwoniłam do jego mieszkania. Nic.

Nie czułam się zdesperowana, naprawdę. Po prostu nie tak chciałam być traktowana. Wystawił mnie do wiatru i rzucił na pastwę nagabywań Todda. Dzięki Bogu za doktora Fenslera. Tamtego wieczoru byłam do tego stopnia przepełniona świeżutkim poczuciem własnej wartości, że postanowiłam oznajmić Eduardowi, że to koniec. Chciałam się mu pokazać jako dziewczyna określonego typu, z określonym, odpowiednio wysokim poczuciem godności, dziewczyna, którą należy traktować jak najcenniejszy szmaragd w jednym z diademów jego prababki. Kiedy już zacznie mnie błagać, żebym przyjęła go z powrotem, zgodzę się niechętnie, jeśli obieca zmienić swoje postępowanie. W końcu to było jego pierwsze uchybienie, a prawo przewiduje darowanie przestępcom pierwszego wykroczenia, prawda?

Gdy dotarłam do domu, moje poczucie własnej wartości pozostawało *niemal* nietknięte, co uważam za znakomite osiągnięcie, biorąc pod uwagę, jak tego wieczoru dostało po głowie. Poszłam prosto do telefonu i zobaczyłam, że miga przycisk WIADOMOŚCI. Wybrałam numer poczty głosowej. Lepiej, żeby Eduardo miał dobrą wymówkę. Ale to nie było on. Zastałam trzy wiadomości od Todda (skąd zdobył mój numer?) z prośbą, żebym do niego oddzwoniła. To chore. Chcę powiedzieć, że uganianie się za najlepszą przyjaciółką własnej dziewczyny stanowi odmianę kazirodztwa. I Todd wiedział, że spotykam się z Eduardem. Chodzili razem do szkoły i byli starymi znajomymi.

*

O wpół do siódmej rano następnego dnia obudził mnie telefon. Odebrałam, chociaż uważam kontaktowanie się ze światem zewnętrznym przed wpół do jedenastej za nieetyczne.

— Mówi Todd...

— Todd, jest strasznie wcześnie!

— Muszę z tobą porozmawiać.

Byłam zachwycona pozytywnym działaniem kuracji doktora F., ale czy naprawdę chciałam, żeby Todd mnie adorował?

— Todd. Jesteś uroczy. Należysz do Julie. Nie spotkam się z tobą. Zwariowałeś — powiedziałam.

— Ale...

— Wracam do łóżka.

Odłożyłam słuchawkę.

Najwyraźniej nastał okres wariacko wczesnych telefonów, bo jakieś dziesięć minut później dzwonek rozległ się ponownie. Och, eeł, pomyślałam, nie zniosę dłużej tego dramatu z Toddem.

— Tak?— zapytałam surowo.

— Czy to ty, *carina*, mój miodowy płatku?

Eduardo. Szeptał. Żaden mężczyzna nie nazwał mnie do tej pory miodowym płatkiem, ale nie zamierzałam zboczyć z kursu; nawet jeśli ostatecznie zdobędę się na wyrozumiałość, teraz nie wolno mi okazać pobłażania. Przemówiłam z wyżyn swojego poczucia własnej wartości:

— Eduardo. Jestem rozczarowana. Zawiodłeś mnie wczorajszego wieczoru.

Naprawdę byłam. No bo zdobyłam się na wielki wysiłek, żeby wyglądać jak Ali MacGraw u szczytu sławy, a on całkowicie przegapił mój triumf w dziedzinie mody.

— Sądzę, że nie powinniśmy się więcej widywać — dodałam.

— *Non!* Kochanie, jestem uziemiony na lotnisku na Florydzie. Rozumiesz, ten huragan, który uderzył w wybrzeże. Lotnisko znalazło się w samym jego centrum. Nie pozwolili mojemu pilotowi wystartować. Musiałem się zatrzymać w upiornym hotelu Sheraton. Jestem wyczerpany, a wszystkie linie telefoniczne były nieczynne aż do tej pory. Tak mi przykro, że nie mogłem do ciebie dotrzeć wczorajszego wieczoru, ponieważ, jak wiesz, *je t'adore*.

Poraził mnie megaatak poczucia winy. I pomyśleć, że byłam taka podejrzliwa, podczas gdy Eduardo spał pod jakimś okropnym, syntetycznym, hotelowym prześcieradłem. Ale mimo to nie odezwałam się ani słowem.

— Pozwól, że zabiorę cię jutro na kolację. Do Serafiny. Najlepsza pasta w Nowym Jorku. Jak możesz mi odmówić?

Nie mogłam. Każdy, kto kiedykolwiek jadł makaron z małżami i szampanem w Serafinie, zrozumie, że moje poczucie własnej wartości po prostu musiało z miejsca się załamać.

161

Znajdująca się w dogodnej odległości od Barneysa Serafina na Wschodniej Sześćdziesiątej Pierwszej Ulicy stanowi nowojorską kwaterę główną szlachetnie urodzonych. Albert z Monako udaje się tam prosto z samolotu specjalnie na pizzę porcini, książęta greccy i belgijscy rzadko jadają gdzie indziej. Gdziekolwiek spojrzeć, pełno tam arystokratów. Odnoszą się do siebie bardzo uprzejmie, ale Eduardo twierdzi, że Grecy są chorzy z zazdrości o Belgów, ponieważ Belgowie w dalszym ciągu mają kraj, nawet jeśli jest to ostatnie miejsce na ziemi, które ktokolwiek mógłby chcieć odwiedzić. Dla mnie to bez sensu. Chcę powiedzieć, że wolałabym wcale nie mieć kraju i mieszkać w jakimś ekscytującym miejscu w rodzaju Manhattanu, niż mieć taki jak Belgia i naprawdę być zmuszona do przebywania w nim, chociaż nie mają tam do picia niczego oprócz piwa i żadnych szans na piling kwasami alfa-beta.

Na kolację wybrałam fantastyczną pastelową satynową suknię od Louisa Vuittona w kolorze mięty. Patrząc na to z perspektywy, chyba podświadomie usiłowałam zakomunikować Eduardowi, że jestem idealną kandydatką na księżnę Savoy. Ta suknia była dokładnie w stylu rzeczy, jakie nosiłaby Grace Kelly, gdyby była brunetką. Znakomity strój na sprzeczkę, ponieważ Eduardo nie będzie w stanie skupić się na tym, co mówię, i miałam nadzieję, że z miejsca zgodzi się na wszystkie moje warunki, na które składały się następujące punkty:

1. Poprawić rejestr absencji. Podróże służbowe dopuszczalne wyłącznie między poniedziałkiem a piątkiem.
2. Zastąpić beznadziejną komórkę marki Motorola komórką cyfrową, która działa wszędzie, także na pokładzie learjeta tatusia.
3. Kolejna wizyta w *palazzo très* szybko.

W chwili gdy pojawiłam się w restauracji, zobaczyłam przy wejściu Eduarda, opalonego i w ogóle, z włosami gładko zaczesanymi do tyłu. Powiedział: „Moja *carina*, jesteś dziś wieczór *bellissima*". Wszystkie warunki umknęły mi z pamięci i zniknęły za drzwiami restauracji. Nie potrafiłam sobie przypomnieć ani jednej rzeczy, która by mnie irytowała. (Na szczęście zapisałam wszystkie swoje postulaty na wewnętrznej stronie dłoni; ostrzegłam samą siebie, że widząc Eduarda, mogę doznać ataku amnezji).

Mieliśmy świetny stolik z widokiem na całą salę. Ten wieczór należał do fantastycznych szwedzkich księżniczek: zajmowały stół na środku. Nie dało się oderwać od nich oczu. Moim zdaniem dlatego, że były naturalnymi blondynkami, a nikt nie potrafił uwierzyć, że to ich prawdziwe włosy. Poza tym, gdziekolwiek spojrzeć, widziało się Greków ze ślicznymi blond amerykańskimi żonami, a w odległym rogu Julie z Toddem — eeł!— i cały stół Austriaków. W kącie siedział dzieciak typowy dla East Village, ubrany we wszystkie te gotyckie szmaty, które można dostać na Wschodniej Dziewiątej Ulicy. Wydawał się nie na miejscu, ale tylko dopóki nie podszedł, żeby przywitać się z Eduardem, który przedstawił go jako Jaga Duńskiego. Hamlet, pomyślałam, jak uroczo.

Jago przyłączył się do nas na czas kolacji. (To niezupełnie zgadzało się z moją listą postulatów, ale zapomniałam dodać klauzulę stwierdzającą: „Żadnych romantycznych kolacji *à trois* z pospolitymi duńskimi książętami"). Rozmawiali głównie o kwestiach, które zajmują pomniejszych europejskich monarchów, takich jak:

1. Kiedy odzyskają swoje kraje?
2. Kto rozbił najwięcej samochodów podczas pobytu w Rosey?
3. Czy południe Francji zostanie kompletnie spustoszone przez Rosjan?
4. Jak mogą ponownie zdobyć zaproszenie na jacht króla Hiszpanii tego lata?
5. Czy plaża Nikki w Saint Tropez w dalszym ciągu jest szykowna? A może bardziej na czasie jest pokazać swoją opaleniznę/dziewczynę/samego siebie w La Voile Rouge?

Konwersacje arystokratów są, prawdę mówiąc, strasznie nudne, ale jeśli się chce zostać księżną, trzeba się zachowywać, jakby były najbardziej fascynujące na świecie. Trzeba też udawać, że byłoby znakomicie, gdyby odzyskali swoje kraje, mimo że ma się poglądy bardzo demokratyczne i uważa, że monarchie zdecydowanie wyszły już z mody. W głębi ducha wierzę, że większość tych książąt nie potrafiłaby rządzić własnym apartamentowcem, a co dopiero narodem. (Z wyłączeniem księcia Williama, który jest tak seksowny, że gdyby chciał, mógłby rządzić wszechświatem).

Gdy Jago odszedł od naszego stolika, Eduardo spojrzał mi w oczy i bardzo romantycznie zapytał:

— Tiramisu?

— Eduardo, jestem niezwykle zdenerwowana. Więcej się z tobą nie umawiam i na pewno nie idę z tobą do łóżka — odparłam.

Nie chciałam, by myślał, że może mieć mnie jeszcze tej samej nocy, chociaż zdecydowanie zamierzałam mu pozwolić mieć mnie jeszcze tej samej nocy. Prawdę mówiąc, bardzo ciężko było mi się skupić, bo ten cholerny Todd cały czas robił do mnie dziwne miny z przeciwnej strony restauracji i wskazywał w kierunku łazienki. Czasami nowojorscy faceci przyprawiają mnie o mdłości. Usiłowałam go ignorować.

— Szczerze mówiąc — powiedział Eduardo — chciałem wiedzieć, czy zjesz deser? — Co za kłopotliwa sytuacja! — Wiem, że jesteś zdenerwowana i niczego od ciebie nie oczekuję. Masz pełne prawo być na mnie zła.

Słodkie, ale poczułam się rozczarowana. Liczyłam na trochę podniecającego Prousta dziś wieczorem — oczywiście po rozlicznych naleganiach ze strony Eduarda. Oznajmiłam, że zjem deser; skoro do wzięcia było tylko tiramisu, równie dobrze mogłam się poczęstować. A potem zdarzyło się coś najmilszego. Kelner przyniósł tiramisu — i miało kształt serca.

— Wybaczysz mi? — zapytał Eduardo.

— Nie — odparłam, myśląc „tak".

— Pojedziesz ze mną na Sardynię na jacht króla Hiszpanii za dwa tygodnie?

— Nie — odparłam, myśląc „Czy mam od razu pędzić do Eres na Madison po to białe bikini, które jest w reklamie?".

W każdym razie gdy dotarłam do spodu tiramisu — przepysznego — leżało tam i czekało na mnie różowe kryształowe serduszko. Eduardo mógł sobie znikać w podróżach służbowych i w ogóle do mnie nie dzwonić.

— Wybaczysz mi, *principessa*? — zapytał.

— Wybaczone — oznajmiłam. Uwielbiam happy endy, w których pojawia się prezent.

— Chodźmy — powiedział Eduardo.

— Dobrze, tylko wstąpię do toalety — odparłam.

Chciałam nałożyć błyszczyk i róż, zanim dotrzemy do domu. Można powiedzieć, że byłam pod głębokim wrażeniem. Eduardo okazał się idealny. Uroczo przeprosił i przyznał, że nie miał racji, a ja owszem, i nawet nie musiałam przedstawiać swoich warunków. Nie potrafiłam sobie wyobrazić, czemu byłam z kimś takim jak Zach, podczas gdy wokół czekali rozliczni Eduardzi. Wślizgnęłam się do jednej z kabin. Drzwi do toalety się otworzyły i wpadł ktoś zadyszany. Słyszałam, że Szwedki zawsze biorą tu kokainę. Siedziałam nieruchomo jak skała.

— Hej — rozległ się głos. — Musisz mnie wysłuchać. — To był Todd.

— Todd, zostaw mnie w spokoju, nie jestem zainteresowana.

— Julie mnie przysłała. Nalega, żebym powiedział ci prawdę.

To było dziwne.

— Jaką? — zapytałam.

— Musisz przestać się z nim widywać — odparł.

— Nie ma mowy, Eduardo jest rozkoszny. Jedziemy na weekend na jacht króla Hiszpanii.

— Mówię ci, skończ z tym. Stanie ci się krzywda.

Wyszłam do części z umywalnią i otworzyłam kosmetyczkę. Muszę przyznać, że w sumie świetnie mieć dwóch mężczyzn, który o ciebie walczą, ale zachowywałam się, jakby to było okropne.

— Todd, wiem, że mnie lubisz, ale jestem z Eduardem, a ty spotykasz się z moją najlepszą przyjaciółką — stwierdziłam.

— Nie chcę się z tobą umawiać — oświadczył.

Co? Ależ przygnębiająca historia. Chciał się tylko ze mną przespać. To było właściwie jeszcze gorsze.

— Chcę tylko, żebyś była szczęśliwa. Dobrze znam Eduarda ze szkoły i tak dalej, i on ci nie da szczęścia. Powiedziałem to dzisiaj Julie i kazała mi cię dopaść i nie wypuścić z toalety, dopóki się nie dowiesz prawdy.

— Todd, skończ z tymi staraniami, żeby wszystko zepsuć! On na mnie czeka, muszę pędzić — oznajmiłam, ciągnąc drzwi do siebie.

Todd zamknął je z trzaskiem. Zastawił wyjście.

— Wypuść mnie — zażądałam.

— Jest żonaty i mieszka w Connecticut z trójką dzieci poniżej pięciu lat.

— Nie bądź niemądry. To najbardziej absurdalna historia, jaką w życiu słyszałam.

— To prawda.

— Nie.

— Nie zastanawiałaś się, czemu „wyjeżdża służbowo" w każdy weekend?

— Pracuje — stwierdziłam stanowczo.

— Włosi nie pracują w weekendy!

— Eduardo pracuje — odparłam.

— I że jego telefon nigdy nie działa, kiedy jest „w pracy"?

Absolutnie postanowiłam w to nie wierzyć. Tego wieczoru naprawdę potrzebowałam podróży do Rio, rozumiecie. Tak nawiasem mówiąc, to tajemnica.

— Znam go, to klasyczny nabieracz. Przykro mi — ciągnął Todd.

— Zamknij się! — nakazałam. Usiłowałam odepchnąć go z drogi.

— *Il n'y a rien comme le désir pour empêcher les choses qu'on dit d'avoir aucune ressemblance avec ce qu'on a dans la pensée.* Mówił ci to?

Skąd Todd mógł o tym wiedzieć? Dziwne.

— Wiesz, co to znaczy? — zapytał.

— To z Prousta

— Ale co znaczy?

Nie odpowiedziałam. Nigdy nie zapytałam Eduarda, co to właściwie znaczy. Ale brzmiało wspaniale.

— Pozwól, że przetłumaczę — mówił dalej. — „Nie ma to jak pożądanie, by zapobiec wszelkiemu podobieństwu tego, co się mówi, do tego, co człowiek ma na myśli". Używa tego cytatu od wieków.

Osłupiałam. Todd czytał Prousta? A ja go miałam za zwykłego niepiśmiennego bogacza. Wszystko cofam, naprawdę. Nie mogłam nawet na niego spojrzeć. Chwyciłam torebkę i pospiesznie opuściłam restaurację przez kuchenne wyjście z tyłu.

Ty głupia, pomyślałam. Gdybym naprawdę płynnie opanowała francuski, nigdy by się to nie zdarzyło.

1. **Dom duchowy:** nowojorskie pokazy mody. Zawsze w pierwszych rzędach u Oscara, Michaela, Caroliny i Billa (to znaczy: de la Renty, Korsa, Herrery i Blassa).

2. **Wiek:** dwadzieścia lat; tuż po trzydziestce to absolutnie górna granica. Pewna dobrze znana DPR od ponad ośmiu i pół roku ma dwadzieścia trzy lata.

3. **Rodowód:** dziadek, który zapoczątkował duże imperium handlowe/bankowe w branży kosmetycznej/lotniczej. Odrobina przodków będących białymi protestantami anglosaskiego pochodzenia — plus. Ubieranie się jak członkowie tej grupy — minus.

4. **Rozmiar ubrania:** typowy — to znaczy zero lub maksymalnie dwójka. Jeżeli któraś należy do pierwszego rzędu i nie jest szczupła, potrzebuje potężnej osobowości, żeby to nadrobić.

5. **Wakacje:** dom babci w Palm Beach; prywatna wyspa najlepszej przyjaciółki; pozostanie we własnym mieszkaniu (wielka przyjemność, skoro się tego nigdy nie robi).

6. **Klasyczna poufna wskazówka z dziedziny mody:** miodowe szpilki ze skóry aligatora. Niewidoczne gołym okiem i wydłużają nogi.

7. **Filozofia robienia zakupów:** zawsze kupuj w detalu. DPR nie uznają pożyczania.

8. **Najlepsze przyjaciółki:** inne DPR. DPR nie rozmawiają z Dziewczynami z Drugiego Rzędu — od wykręcania się do tyłu mogłyby dostać skurczu szyi.

8

Zwykle w tej samej sekundzie, kiedy przysięgam sobie nie kontaktować się z byłym chłopakiem, natychmiast do niego dzwonię, jak wszystkie dziewczyny ze złamanym sercem. Eduardo przysyłał mi niekończące się ręcznie pisane liściki i czekoladki od Fauchona, ale się z nim nie skontaktowałam, chociaż byłam rozdarta z powodu tej afery w takim stopniu, w jakim nie byłam rozdarta chyba nigdy wcześniej. Chcę powiedzieć, że już Zach był dostatecznie fatalny, bez pierścionka i wypraw do Brazylii, ale Eduardo okazał się zakłamany. Kto by pomyślał, że można mieć tak strasznego pecha i w jednym życiu trafić na dwóch takich facetów? A jednak nie przeżyłam przesadnie wielkiego szoku. Prawda jest taka, że doktor F. naprawdę zrobił coś cudownego z moim poczuciem własnej wartości, które doznało znacznie mniejszego uszczerbku, niż można by się spodziewać. Przyznałam rację Julie, gdy oświadczyła: „Jedyny książę, którego warto znać, to Prince".

Postanowiłam puścić w niepamięć moje nieudane romanse. Stało się wyjątkowo jasne, że potencjalny mąż jest w moim wypadku faktycznie bardzo potencjalny. Znalazłam dla tej sytuacji nowe rozwiązanie, a raczej stare rozwiązanie, które postanowiłam odświeżyć; skupić się na pracy. Wszyscy mówili o Dziewczynie z Pierwszego Rzędu, Jazz Conassey —

dziedziczce imperium drwali z Wisconsin — od niedawna przebywającej w Nowym Jorku. Zawsze była wręcz niewiarygodnie ubrana. Nosiła niesamowicie krótkie spódniczki, staroświeckie płaszczyki znanych projektantów i okulary przeciwsłoneczne jak Twiggy nowego tysiąclecia. Musiała studiować modę w Paryżu, bo człowiek nie nabiera takiego rozeznania w tych sprawach, siedząc w lasach Wisconsin. W każdym razie urocza redaktorka, która tak uprzejmie zwolniła mnie z zawodowych obowiązków, kiedy przeżywałam wszystkie te nienadające się do opowiadania advilowe problemy, chciała mieć o niej artykuł. Natychmiast się zgodziłam. Pociągała mnie nie tylko perspektywa posiadania jakichś pieniędzy do wydania, chciałam też spenetrować szafę Jazz, gdyż krążyły plotki, że kryją się w niej ciuchy Pucciego z każdej kolekcji.

Jazz mieszka w wielkim apartamentowcu — Wschodnia Siedemdziesiąta, numer czterdzieści siedem. Idealny adres dla kogoś uzależnionego od mody, ponieważ hol znajduje się dosłownie na wprost bocznego wejścia do sklepu Prady na Madison. Słyszałam, że Jazz jest uzdolniona i postępuje zgodnie z systemem wielozadaniowym; była znana z tego, że kupuje u Prady i jednocześnie pozostaje w telefonicznym kontakcie z osobistą asystentką do spraw zakupów u Barneysa. Natychmiast do niej zadzwoniłam.

— Hej, tu Jazzy! — Zgłosiła się poczta głosowa. — Jeżeli chcesz się ze mną skontaktować, od dwudziestego do dwudziestego trzeciego jestem w Czterech Porach Roku w Mediolanie pod zero jedenaście trzydzieści dziewięć dwa siedemdziesiąt siedem zero osiemdziesiąt osiem. Od dwudziestego trzeciego do dwudziestego ósmego będę u matki w Madrycie pod zero jedenaście trzydzieści siedem dwadzieścia cztery trzydzieści osiem trzydzieści osiem siedemdziesiąt siedem. Potem można mnie zastać w Delano, w Miami. Albo spróbować dzwonić na moją komórkę, numer dziewięćset siedemnaście pięćset pięćdziesiąt pięć trzy tysiące czterysta pięćdziesiąt siedem. Albo na moją europejską komórkę, numer czterdzieści cztery siedem tysięcy siedemset sześćdziesiąt osiem dziewięćset trzydzieści pięć czterysta siedemdziesiąt sześć. Kocham, tęsknię, poważnie, pa.

Nie miałam pojęcia, jak przy tak napiętym planie wakacyjnym Jazz mogła znaleźć czas na kolekcjonowanie Pucciego. Uznałam, że nie zostawię wiadomości — w końcu nie będzie odebrana jeszcze przez tydzień. Spróbowałam pod madryckim numerem. Odebrała pani Conassey. Zapytałam, czy mogłabym rozmawiać z jej córką.

— Sama chciałabym porozmawiać z moją córką. Jeżeli ją pani znajdzie, bardzo proszę przekazać, żeby zadzwoniła do własnej matki — powiedziała i odłożyła słuchawkę.

Spróbowałam z europejską komórką. Odezwała się poczta głosowa. „Hej, tu mówi Jazzy. Jeżeli nie odbiorę, proszę dzwonić na moją amerykańską komórkę: dziewięćset siedemnaście pięćset pięćdziesiąt pięć trzy tysiące czterysta pięćdziesiąt siedem".

Zadzwoniłam pod dziewięćset siedemnaście. Poczta głosowa skierowała mnie z powrotem do nowojorskiego apartamentu. Dziewczyny z Pierwszego Rzędu są notorycznie nieosiągalne tak samo jak supermodelki. Ponownie wybrałam nowojorski numer. Ktoś podniósł słuchawkę. Ledwie mogłam uwierzyć własnemu szczęściu. Wzięłam się w garść.

— Jazz? — zapytałam.

— Mówi gosposia — usłyszałam głos z wyraźnym filipińskim akcentem.

— Czy jest Jazz?

— Taa.

— Mogę z nią mówić?

— Ale śpi.

Była pora obiadu. Poczułam się zaszokowana. Do tej pory miałam wrażenie, że jestem jedyną znaną mi osobą w Nowym Jorku, która nie wstaje przed wpół do jedenastej.

— Może pani poprosić, żeby do mnie oddzwoniła, kiedy wstanie? Może ją pani poinformować, że chcemy napisać o niej fantastyczny artykuł do czasopisma?

— Taa. Pani numer?

Dałam jej swój numer. Przynajmniej Jazz była na miejscu, co ułatwiało sprawę.

Nie zaskoczyło mnie, że tego dnia nie oddzwoniła. Dziewczyny z Pierwszego Rzędu nigdy do nikogo nie oddzwaniają. Nie muszą. Wszyscy dzwonią do nich, bez końca. W towarzystwie są odpowiednikiem najbardziej popularnej dziewczyny w liceum. Następnego dnia po obiedzie zadzwoniłam do jej mieszkania. Znów odebrała służąca. Zapytałam o Jazz.

— Nie ma — stwierdziła gosposia.

— A gdzie jest?

— Pojechać wczoraj do Mustique.

Serce mi zamarło. Mustique to jedna z tych zapomnianych karaibskich wysp, gdzie nie ma zasięgu.

— Kiedy wraca? — zapytałam. Termin oddania materiału mijał za kilka dni.

— Nie wiem! Nigdy nie wiem, kiedy panienka Jazzy jest czy nie — odparła gosposia.

— A ma pani numer do niej?

— Oczywiście! — powiedziała i podała mi nieskuteczny numer komórki Jazz.

Dziewczyny z nowojorskiego towarzystwa są straszliwie nieuchwytne. Mają dostęp do tylu nieosiągalnych bez własnego odrzutowca wakacyjnych kryjówek, że nawet CIA miałaby trudności z ich namierzeniem. Wątpię, czy system GPS byłby w stanie namierzyć teraz Jazz.

*

— Musisz przyjść, wydaję spotkanie dla Ratujmy Wenecję — powiedziała Muffy. — Jeżeli ktoś czegoś nie zrobi, to miasto zniknie. Nie chcemy, żeby Wenecja stała się Davidem Blainem* historycznych miast.

W ten właśnie sposób kilka dni później znalazłam się

---

* popularny amerykański iluzjonista

u niej w domu. Muffy udaje, że ratuje Wenecję z powodów charytatywnych, ale, tak między nami, robi to, bo jest dosłownie uzależniona od widowni w tamtejszym hotelu Cipriani. Umarłaby, gdyby nie mogła pojechać tam na miesiąc każdego lata. Jest jedyną znaną mi osobą, która „wydaje" spotkania. Gdyby wszystkie pieniądze, które przeznacza na jedzenie i oprawę swoich spotkań, ofiarowała trustowi Ratujmy Wenecję, zebrałaby trzy razy tyle pieniędzy, ile zbiera, i to bez konieczności „wydawania" jakiejkolwiek imprezy.

Koncepcja tego konkretnego spotkania polegała na tym, że wszyscy mieli podpisywać „przypomnienia" dotyczące balu Ratujmy Wenecję. Najwyraźniej ręcznie podpisane liściki bardziej niż te z wydrukowanym podpisem zachęcały ludzi do kupowania biletów i pojawienia się na miejscu.

— Zacznij podpisywać — poprosiła Muffy, kiedy przyszłam wczesnym popołudniem, i wcisnęła mi w ręce stosik zaproszeń. — Usiądź w bibliotece, a ja zaraz się do was przyłączę. Szampana? A może chciałabyś makaronika z liczi i mango? Ciasto specjalnie sprowadziłam samolotem z Paryża. Rozpływa się w ustach.

Wrzuciłam jednego do ust. Wart grzechu, naprawdę. Koszt tego makaronika był prawdopodobnie równy wartości przynajmniej sześciu nowych cegieł dla katedry św. Marka. Weszłam do biblioteki Muffy, pomalowanej na bordowo jak wszystkie inne biblioteki na Upper East Side, i usiadłam z grupą dziewcząt. Miały przed sobą stosy zaproszeń. Nikt niczego nie podpisał ani nie polizał żadnej koperty. Za wiele było do omówienia.

— Och — westchnęła Cynthia Kirk. — Całe to zasiadanie w radach i praca filantropijna!

Cynthia jest młodą i bogatą komitetową rekordzistką. Jej życiowy cel to zostać królową manhattańskiej sceny dobroczynnej.

— Wiem! Nigdy się nie kończy. Zdecydowanie — powiedziała Gwendolyn Baines, jej bezpośrednia przeciwniczka w walce o tę konkretną rolę.

— Znaczenie mają tylko pieniądze, które ostatnio wniosłaś. Dobroczynność jest brutalna. Gorsza niż fundusze wysokiego ryzyka — stwierdziła Cynthia.

— I w dodatku w czasie kiedy wymieniają ci kominek. To nie służy myśleniu — narzekała Gwendolyn.

— Zbieranie funduszy! Ledwie mam czas, żeby kupić sobie coś do ubrania

— U mnie to samo. Ale zdałam sobie sprawę, że w podbramkowej sytuacji jestem w stanie przetrwać z samymi torebkami, butami i biżuterią. Liczą się tylko dodatki. Cała reszta może być byle jaka.

— Mam w zanadrzu pewną sztuczkę, bo jestem w potwornym stresie z powodu tego muzeum; letnie szmizjerki od Michaela Korsa. Zapinasz zamek i w drogę! Zapinasz zamek i frrr! Wychodzisz z domu w trzy minuty.

Atmosfera była bardziej napięta niż w sztuce Czechowa. W każdej chwili któraś z dziewcząt mogła zemdleć albo i umrzeć wyłącznie w celu skupienia na sobie uwagi.

— O, tu jesteś! — powiedziała Muffy, zasiadając na sofie obok mnie. Była bez tchu i bardziej wyczerpana niż obecne tu panny od zbierania funduszy. Otarła swoje nieskazitelne czoło miękką lnianą chusteczką. — Gdybym wiedziała, że ratowanie Wenecji jest takie męczące, chyba wybrałabym miasto, które nie tonie, jak Rzym... ten po prostu się wali — westchnęła. — A teraz, kochanie, co za typek z tego Eduarda. Co za drań! W moich czasach jeżeli mężczyzna był żonaty, mówił o tym swojej dziewczynie. To właśnie było cudowne w Studiu Pięćdziesiąt Cztery*, otwartość. Wszyscy wiedzieli, na czym stoją. Dobrze się czujesz?

— Nic mi nie jest, Muffy. Po prostu następnym razem postaram się o kompletny życiorys — stwierdziłam. Jeżeli epizod z Eduardem czegoś mnie nauczył, to właśnie tego: żadnych mężczyzn bez dokładnego sprawdzenia zaplecza.

---

* legendarny nowojorski klub disco w latach 70.

— Znam kogoś, kto ma akta niektórych najlepszych partii w mieście — oznajmiła Muffy.

— Naprawdę? — zapytała Cynthia.

— Tak, ale ciebie to nie dotyczy, Cynthio, jesteś mężatką. To coś dla ciebie — oznajmiła, patrząc prosto na mnie.

— Muffy, to naprawdę słodkie — odparłam — ale nie chcę „najlepszych partii". Robię sobie przerwę. Postanowiłam skupić się na karierze.

— Och, kochanie, nie! Nie chcesz chyba tak ciężko pracować, żeby przechodzić kurację z botoksu przed trzydziestką — odparła Muffy z dramatyczną miną. — Spójrz na te zmarszczki na twarzy Hillary Clinton. Za dużo myślenia o karierze.

Ze względów estetycznych Muffy jest przeciwna dziewczętom biorącym karierę na poważnie. Uważa, że praca niszczy komórki naskórka. Czasami jest taka staroświecka, że powinni ją chyba umieścić jako eksponat w Met*.

— Musisz poznać mojego przyjaciela Donalda Shenfelda. Prawnik specjalizujący się w rozwodach dla wszystkich, którzy są kimś i potrzebują rozwodu.

— Muffy, Eduardo w najbliższym czasie nie będzie się rozwodził — powiedziałam.

— Nie chodzi o niego, ale o ciebie — odparła Muffy.

Może Muffy ma początki alzheimera. Nie za bardzo potrzebowałam rozwodu, skoro nigdy nie udało mi się doprowadzić do ślubu.

— Donald jest fantastyczny — ciągnęła. — Zaaranżował w tym mieście mnóstwo fantastycznych rozwodów i mnóstwo fantastycznych związków. Rozwiódł mnie w tym samym czasie, kiedy rozwodził biednego Henry'ego. Zorientował się, że bylibyśmy idealną parą, przedstawił nas sobie, i tylko na mnie popatrz! Mam najcudowniejsze domy! Donald Shenfeld wie, kto wchodzi na rynek, kto z niego wypada i, teraz najbardziej ekscytująca część, kto już niedługo *będzie* wchodził.

---

* Metropolitan Museum of Art w NY

— Bardzo bym chciała go poznać — stwierdziła Gwendolyn.

— Gwen, jesteś zajęta — ucięła Muffy.

— Wiem, ale czemu nie mieć rozeznania co do tego, kto jest do wzięcia? Na wszelki wypadek.

Zaciekawiło mnie, czy mężowie Gwendolyn i Cynthii byli równie zaangażowani w poszukiwania drugich żon, jak ich żony w poszukiwania drugich mężów.

— Zrozum — stwierdziła Muffy, zwracając się do mnie z pełną powagą — w tym mieście trzeba mieć rozeznanie. Na rynek trafia obiecujący rozwodnik, i bum! Znika szybciej, niż zdążysz zapytać: „Czy podpisałeś intercyzę?". To wielka korzyść mieć prawnika takiego jak Donald, który szuka dla ciebie kogoś z wyprzedzeniem.

— Nie uważasz, że mężczyzna, który ma zamiar się rozwieść, to niezupełnie idealny kandydat na partnera? — zauważyłam.

— I tu się właśnie mylicie, dziewczęta. Szukacie w kompletnie niewłaściwych miejscach. W rozwodnikach boskie jest to, że wiadomo, że się żenią. W wypadku kawalerów nie da się tego ocenić, prawda?

Procesy myślowe Muffy przebiegają bardzo logicznie, ale czasami są zupełnie bez sensu.

— Donald ma dla ciebie kogoś fantastycznego.

— Muffy! Przestań! — zawołałam.

Nie chciałam wiedzieć. Oczywiście kompletnie mnie zignorowała, mówiąc dalej:

— Patrick Saxton. Czterdzieści jeden lat. Wciąż ma włosy. Tak dobry, jakby już był rozwiedziony. Biznes filmowy, rozumiesz, prowadzi jakieś wielkie studio. Dwuwybrzeżowy. Lata prywatnym odrzutowcem absolutnie wszędzie, co koi moje serce, bo nie mogę znieść myśli, że latasz komercyjnymi liniami, chociaż wiem, że jesteś pracującą dziewczyną i wszyscy inni też tak robią. Nie może się doczekać, kiedy cię pozna.

Randki w ciemno są dobre dla smutnych nowojorskich dziewczyn, które nie mają ładnych ciuchów.

— Słyszałam, że jest fenomenalnie bogaty — dodała Cynthia, szeroko otwierając oczy.

— Nie chcę bogatego faceta — powiedziałam.

Naprawdę tak uważam. Wszystkie znane mi dziewczyny mające bogatych facetów albo mężów zawsze narzekają, kiedy mówią o pieniądzach. Chociaż trzeba przyznać, że nigdy nie narzekają na okazje do ich wydawania.

— Nie jest aż taki bogaty — oznajmiła Muffy. — To nie bogacz w rodzaju: „sprawię, że poczujesz się żałośnie" i „mam własny jacht". Jest dość bogaty, żeby mieć cztery domy, co dla mnie oznacza, że w sam raz.

Niektóre dziewczyny z Nowego Jorku umówiłyby się z Parickiem już choćby z powodu dodatkowego miejsca na szafy. Ale „tak dobry, jakby już był rozwiedziony" brzmiało zdecydowanie podobnie do „żonaty". Skreśliłam go z listy, zanim jeszcze na nią trafił.

*

Poczta głosowa stanowi współczesny amerykański odpowiednik chińskiej tortury wodnej. Poczta głosowa Jazz działała dwadzieścia cztery godziny na dobę na wszystkich liniach stacjonarnych i komórkowych. Następnego dnia znów zostawiłam kilka wiadomości, mając nadzieję, że może oddzwoni. Nie chciałam, żeby ten artykuł spotkał taki sam los jak wywiad z dziedziczką z Palm Beach. Nie miałam nic do roboty, tylko siedzieć i czekać na telefon. Zamiast rozmyślać nad swoim beznarzeczeńskim i bezrandkowym życiem, postanowiłam myśleć pozytywnie i zaplanować strój na przyjęcie Ratujmy Wenecję — miało się odbyć za dwa dni.

Kiedy dzwoniłam do biura Caroliny Herrery, chcąc sprawdzić, czy pożyczą mi suknię, rozdzwoniła się druga linia. Przerwałam połączenie z Caroliną w sprawach mody i odebrałam. Usłyszałam słodki dziewczęcy głos, nieco w stylu Marilyn Monroe.

— Cześć, tu Jazz Conassey. Strasznie, strasznie, strasznie chcę mieć ten artykuł.

— Jazz! Próbowałam się z tobą skontaktować. Gdzie jesteś?

— Ooo-ch — ziewnęła leniwie. — Gdzieś na jachcie, nie wiem gdzie, ale jest tak zabawnie, powinnaś tu przyjechać.

Dziewczyny w rodzaju Jazz zawsze wszędzie wszystkich zapraszają, nawet ludzi, których w życiu nie widziały i nawet gdy nie wiedzą, gdzie są.

— Kiedy będziesz z powrotem w Nowym Jorku? — zapytałam.

— Nie wiem! Nie zadawaj mi takich pytań! Może jutro? Myślałam, żeby pójść na to przyjęcie Ratujmy Wenecję. Tatuś uratował Wenecję dosłownie własnymi rękoma, więc czuję, że powinnam tam być.

— Ja też muszę iść. Może tam się spotkamy i następnego dnia rano załatwimy ten artykuł?

— Ale te imprezy są nudne. Takie nudne. I jestem na łodzi i tak dalej. Tak tu miło. I wiesz, właściwie nie za bardzo chcę trafić do jakiegoś czasopisma.

Namówienie dziewczyny z towarzystwa, żeby zrobiła to, czego chcesz, przypomina grę w szachy. Trzeba być przynajmniej trzy ruchy do przodu. Istotne jest jedno: poproś o coś, czego nie chcesz, i dostaniesz to, czego chcesz. Spokojnie oświadczyłam:

— W takim razie nie powinnaś się zgadzać na ten artykuł. Zdecydowanie. Baw się dobrze na jachcie i...

— Nie, zaczekaj, może mogłabym to jakoś zorganizować. Mogłabym spotkać się z tobą na przyjęciu?

— Jesteś pewna? — zapytałam. — Nie chcę ci przerywać wakacji.

— Hej, zawsze jestem na wakacjach. Właściwie to potrzebna mi przerwa w wakacjach. Robi się tak nudno.

— Jak cię znajdę na balu?

— Będę dziewczyną w najkrótszej spódniczce i z najlepszą opalenizną — odpowiedziała z chichotem.

178

Jak można się przebrać za weneckiego dożę w minispódniczce, nie mam pojęcia, ale gdybym miała nogi Jazz, też napisałabym od nowa historię mody.

*

— Boże, ależ dziś CSLIM — stwierdziła Julie z westchnieniem, badawczo mierząc ratujący Wenecję tłum, który zgromadził się w wielkiej sali balowej hotelu St Regis. Kręciłyśmy się przy barze, popijając koktajle truskawkowe. Julie włożyła długą wąską suknię ze złotej lamy — model Halston sprzed lat, akurat znów szaleńczo modny. Po tym wydarzeniu z Ali MacGraw, które wpędziło ją w depresję z powodu mody, nie zgodziła się na tematyczny strój. Ja też nie wyglądałam po wenecku, ale gotowa byłam umrzeć dla drapowanej granatowej sukni wieczorowej, którą przysłała mi Carolina. Konieczność jej zwrotu byłaby wprost tragiczna.

— CSLIM? — zapytałam. Czasami slang Julie bywa jak dla mnie o wiele zbyt skrótowy.

— Ci sami ludzie, inne miejsce — wyjaśniła. Wydawała się potwornie znudzona.

Miała rację. Przyjęcie Ratujmy Wenecję stanowiło dżunglę tych samych osobistości, sukni i klejnotów, które widuje się na każdym nowojorskim wydarzeniu charytatywnym. Przewędrowałam salę w poszukiwaniu piękności w mini, ale widziałam tylko dziewczyny w sukniach balowych w okazałych rozmiarach. Ilość siatki użyta w niektórych sukienkach może niekiedy okazać się w poważnym stopniu traumatyczna. Tłok w szatni, gdy dwie dziewczyny chciały się minąć, był gorszy niż przy bramkach na autostradzie w New Jersey w godzinach szczytu.

Lara i Jolene przyszły w jednakowych sukniach od Billa Blassa, różowej i niebieskiej. Ostatnio zaczęły kupować wszystko podwójnie na wypadek, gdyby chciały się tak samo ubrać. Żadna z nich nie widziała Jazz. Prawdę mówiąc, nikt nie widział Jazz na przyjęciu. Zaczynałam się stresować.

179

Czy w ogóle jeszcze uda mi się napisać jakiś artykuł? Zajęłam swoje miejsce i usiłowałam się nie martwić. Julie, Lara i Jolene znalazły się przy moim stole. Były strasznie podniecone, ponieważ powierzono im zadanie wyboru najlepiej ubranej dziewczyny na imprezie.

— Nominuję ciebie — powiedziała Lara do Jolene.

— Nie — zaprotestowała Lara — ty jesteś najładniejsza.

— Nie ma mowy. Ty jesteś najładniejsza — oznajmiła Jolene.

— Ty! — rzuciła Lara.

— Okej, dziewczyny. Po prostu bądźmy uczciwe — przerwała Julie. — Ja jestem najładniejsza, ale nie możemy przyznać sobie tego bonu prezentowego Dolce and Gabbana, więc zabierajmy się do wyboru zwyciężczyni.

Nie widziałam niczego zabawnego w konkursie na najlepiej ubraną. Mogłam myśleć jedynie o tym, jak mam napisać artykuł, jeżeli jego bohaterka jest nieosiągalna. Kiedy się nie uważa, cała ta sprawa z dbałością o karierę może kompletnie zepsuć człowiekowi życie towarzyskie.

Pogawędziłam trochę z facetem po swojej lewej, gościem od agresywnych funduszy inwestycyjnych z Wall Street. Nawet się nie zorientowałam, że miejsce z mojej prawej było puste, dopóki nie usłyszałam:

— Przepraszam za spóźnienie. Zachowałem się tak niegrzecznie.

— Nie ma sprawy — odparłam, rozglądając się. Znalazłam się twarzą w twarz z mężczyzną w nieskazitelnym smokingu ze świeżo wymaglowaną chusteczką w przedniej kieszonce. Włosy miał zaczesane do tyłu, uśmiechał się. Stuprocentowa szkoła wdzięku.

— Rozmawiałem z naszymi sponsorami i bardzo zaangażowaliśmy się w dyskusję. Ale zasadnicza sprawa to zebrać ile się da na nasz cel.

Nie zauważyłam nazwiska tego faceta. Gdy odsunął się, żeby usiąść, zerknęłam na wizytówkę przy nakryciu. Głosiła PATRICK SAXTON.

Czasami mogłabym dosłownie zamordować Muffy. Nawet jeżeli Patrick był kimś w rodzaju świętego, który wszystkie swoje pieniądze i czas poświecił Wenecji, nie oznaczało to, że zmieniłam zdanie i nagle zaczęłam się interesować prawie rozwiedzionym magnatem filmowym, prawdopodobnie mającym komplikacje związane z przyszłą byłą żona, czego nie potrafiłam sobie nawet wyobrazić. Po przeciwnej stronie stołu negocjacje w kwestii najlepiej ubranego gościa stawały się bardziej zacięte niż nominacje do Nagrody Pulitzera.

— Louise O'Hare zasługuje na wygraną. Kto poza nią osobiście wynajął Oliviera Theyskensa, żeby zaprojektował wenecką suknię? — zapytała Jolene.

— Nie ma mowy — sprzeciwiła się Lara. — Kelly Welch ściągnęła z Paryża Larsa Nilsona, żeby przygotował jej strój, co liczy się jako większy wysiłek.

— Louise ma najwyraźniej zapasową suknię od Angara — powiedziała Jolene.

— Mówi się *Uuun-gara*. Nie *Angara* — oznajmiła Lara. — A zapasowa suknia oznacza okropny brąk pewności siebie. Musimy brać pod uwagę także osobowość dziewczyn.

Julie weszła im w słowo.

— Hej, przecież to nie wybory Miss Wszechświata! Mój Boże! Uważam, że ktoś inny powinien podjąć decyzję. Wy dwie jesteście za bardzo opętane, żeby uczciwie wybrać zwyciężczynię. A może on wybierze? — Julie spojrzała na Patricka.

— Zdecydowanie nie — uśmiechnął się, podnosząc dłonie. — Nie mam odpowiednich kwalifikacji.

— Nie trzeba mieć kwalifikacji, żeby stwierdzić, kto jest najbardziej uroczy — powiedziała Julie. — Po prostu zdecyduj, która zasługuje na wygraną.

Patrick rozejrzał się dookoła, szeroko otwierając oczy. Jakby nigdy wcześniej nie widział ładnej dziewczyny. Jak na filmowego potentata wydawał się dość miły i z wyczuciem, co bardzo rzadkie. Szybko wskazał dziewczynę siedzącą samotnie w kącie.

— Moim zdaniem ona zadała sobie najwięcej trudu — oznajmił.

Jolene i Lara aż się zatchnęły.

— Madeleine Kroft! — powiedziały unisono.

Poczuły się zaniepokojone. Madeleine Kroft była akurat osobą, której by nie wybrały. Słodka niewinna dwudziestotrzylatka, która nie straciła jeszcze dziecięcego tłuszczyku. Ubrała się w coś, co wyglądało jak kostium na Halloween, wynajęty ze sklepu na Bleecker Street. Była rozpaczliwie nieśmiała i rzadko się odzywała, oblewając się przy tym rumieńcem koloru pomidora.

— Nie ma mowy! — syknęła Jolene. Odchrząknęła. Opanowała się. — Jakie to miłe. Nigdy bym nie pomyślała o przyznaniu nagrody właśnie jej.

— O mój Boże — zawtórowała Lara. — To chyba najmilsze wydarzenie, jakie kiedykolwiek spotkało Madeleine. Paskudnie się czuję, że jej nie zaproponowałam. To najmilsza dziewczyna na świecie.

Patrick wstał i podszedł do Madeleine. Wszystkie się przyglądałyśmy, jak zwyciężczyni zaczyna podskakiwać z podniecenia. Julie cicho wstała i zajęła puste miejsce Patricka.

— Jest uroczy — wyszeptała. — Jest bogaty. Jest najmilszą osobą, jaką kiedykolwiek spotkałyśmy w Nowym Jorku. Powinnaś się z nim umówić.

— Nawet gdyby był osiągalny, a nie jest, na pewno nie byłby mną zainteresowany. Całe szczęście, bo ja nie byłabym zainteresowana nim — odparłam.

Wrócił do naszego stołu z Madeleine.

— O mój Boże! — jęknęła na widok Lary i Jolene. — O mój Boże, to najwspanialszy dzień mojego życia. Wy jesteście najlepsze, dziewczyny. Obie jesteście takie wyjątkowe. Strasznie dziękuję, że mnie wybrałyście. Możecie wpaść do posiadłości w Hobe Sound, kiedy tylko zechcecie.

Jolene wręczyła jej bon zakupowy Dolce & Gabbana. Madeleine go obejrzała i nagle posmutniała.

— O co chodzi? — zapytała Jolene.

— Nie mieszczę się w żadne ciuchy z tego sklepu — jęknęła z rozpaczą. — Czemu uważacie, że muszę się tak ubierać?

— Mają tony dodatków, które możesz kupić zamiast — powiedziała Jolene.

— Jeszcze gorzej. Nienawidzę tego miejsca. Czuję się tam jak beza w tłumie szczypiorków.

— Jesteś bardzo piękną dziewczyną, Madeleine. Nie denerwuj się, tak jest dobrze! — wtrącił Patrick.

— Naprawdę?

— Daję słowo. Jesteś o wiele ładniejsza niż wszystkie te szczypiorki.

Madeleine obdarzyła go promiennym uśmiechem i zniknęła w tłumie. Przez całą kolację Julie, Lara i Jolene gapiły się na Patricka, jakby był Matką Teresą czy kimś takim. Gdy podano kawę, odwrócił się do mnie i zapytał:

— Czy mogę ci zaproponować podwiezienie do domu?

— Tak! — z podnieceniem wrzasnęła Julie. — Byłaby zachwycona.

Wzięliśmy taksówkę. Patrick powiedział, że na przyjęcia nigdy nie zabiera kierowców, bo nie jest w stanie znieść myśli, że czekają na niego całą noc na dworze. Może faktycznie był taki rozsądny, jak się wydawało. Chcę powiedzieć, że jeszcze nigdy nie słyszałam o nowojorczyku, który może skorzystać z kierowcy, a tego nie robi.

— Słuchaj, jutro wieczorem wyjeżdżam na kilka dni do Cannes, na festiwal filmowy. Zechciałabyś być moim gościem? Będę załatwiał masę interesów, ale może też być zabawnie — oznajmił.

O niczym innym nie marzę, pomyślałam. Niestety jesteś żonaty, a ja muszę pamiętać o swojej karierze. I nie chcę sprawiać wrażenia osoby, z którą dziś wieczorem możesz mieć jakiekolwiek szanse na pozamałżeńską, przedrozwodową aktywność w brazylijskim rytmie, a sprawiłabym, gdybym się zgodziła.

— Przykro mi, ale nie mogę — odparłam, słodko się uśmiechając.

Macie pojęcie, jaki zastrzyk pewności siebie daje odrzucenie zaproszenia do Cannes? Gorąco polecam każdemu, kto ma o sobie nie najlepsze mniemanie; równie skuteczne jak piling kwasami. Taksówka zatrzymała się przed moim mieszkaniem.

— Na pewno? — zapytał.

— Na pewno — odparłam, myśląc „na pewno?". — Dobranoc — dodałam, wysiadając.

Gdy weszłam do mieszkania, odezwała się moja komórka. Jazz. Kompletnie zapomniałam, że się nie pokazała.

— Hej! To ja — oznajmiła. — Wiesz co, byłam tak niewyobrażalnie spóźniona i wydawało mi się, że to strasznie niegrzecznie pojawić się na przyjęciu z trzygodzinnym opóźnieniem, więc po prostu zostałam tutaj, w Sześćdziesiąt Thompson. Teraz możemy zrobić ten wywiad.

— Jazz, jest pierwsza w nocy.

— I co?

— Czemu nie jutro?

— Ponieważ wyjeżdżam do Cannes, wiesz, za sześć i pół godziny.

Oczywiście. Uch. DPR zawsze zaraz dokądś wyjeżdżają na jakąś fantastyczną imprezę. Nie miałam wyboru, jak tylko włożyć dżinsy i wskoczyć w taksówkę.

Jazz nie wyjaśniała, czemu tamtego wieczoru wynajęła apartament w 60 Thompson, ale sądząc z jego stanu, miała tam imprezę o wiele bardziej zabawną niż Ratujmy Wenecję. Bezwładnie padła na łóżko jak piękna, opalona szmaciana lalka, podczas gdy wokół krzątała się zajęta sprzątaniem pokojówka.

— Bardzo dziękuję — zwróciła się do dziewczyny. — Jesteście takie miłe, kocham was! Jesteście najlepsi. Możesz mi przynieść herbaty?

— Oczywiście, panienko — z uwielbieniem odparła pokojówka. — Może także trochę ciasteczek?

— Oooch, kocham cię! — oznajmiła Jazz. Poklepała kołdrę i przywołała mnie do siebie. — Opowiem ci wszystko o nas, Dziewczynach z Pierwszego Rzędu — zaczęła. — Chodzi o to, że uwielbiam być Dziewczyną z Pierwszego Rzędu. To takie strasznie miłe, być zawsze w pierwszym rzędzie...

*

Nie ma to jak znienacka przyniesiona przez posłańca torba od Alexandra McQueena, żeby pomóc człowiekowi zapomnieć o wszystkich dobrych intencjach, jakie miał w związku z karierą zawodową. Następnego ranka przyniesiono mi taką torbę, zawierającą przepiękną suknię wieczorową i odręczny liścik.

Na pewno? Mogłabyś to włożyć na imprezę amfAR* w Cannes.
Odlot dziś o 18.00. Teterboro.
Twój Patrick

Teterboro! Wszystkie mieszkanki Nowego Jorku wiedzą, że to brzydkie słowo oznacza coś bardzo ładnego. Teterboro znaczy „mam samolot". Teterboro to bardzo przyjemne lotnisko, które obsługuje tylko loty niekomercyjne. Jeżeli kiedykolwiek się zastanawialiście, dlaczego w piątkowy wieczór w New Jersey droga szybkiego ruchu jest zapchana sedanami prowadzonymi przez szoferów, to wiedzcie, że wszyscy magnaci pędzą, żeby wystartować swoimi prywatnymi samolotami do Palm Beach. Uważam, że to niewyobrażalnie nie fair ze strony Patricka na tym etapie napomykać, że ma do dyspozycji odrzutowiec. O tyle trudniej przyszło mi odrzucić jego propozycję. Dla większości dziewczyn z Nowego Jorku prywatne odrzutowce są tak przemożnym wabikiem, że dosłownie nie potrafią odmówić podróży nimi. Od czasu do czasu zaliczyłabym do tej grupy także siebie.

---

* The American Foundation for AIDS Research

Dziś jednak dusza nie przestawała mi przypominać, że Patrick jest żonaty, i to bez względu na to, jak sprawę nazwała Muffy. Miałam zamiar odrzucić tę ofertę, choć przecież grzechem jest odesłanie tak cudownej sukni.

W korytarzu przygotowałam torbę do zwrotu. Usiłowałam usunąć pomysł fantastycznej wycieczki do Cannes z własnych myśli. Wysłałam do Patricka wiadomość, że nie mogę pojechać.

W chwili gdy ją wysłałam, oczywiście poczułam żal. Wzbudzała go rezygnacja z Lazurowego Wybrzeża. Może poprawiłby mi się humor, gdybym poczytała o jakimś boskim przyjęciu. Przekartkowałam najnowszy magazyn „W", szukając kolumny *Suzy**. Czasopismo otworzyło się na stronie ze zdjęciami. A tam, z największej fotografii, spoglądał na mnie Zach z Adrianą pod rękę. Adriana A.! Manekin Luca Luca! Jak mógł? Zawsze twierdził, że Adriana jest koszmarna. I proszę, ma na sobie absolutnie najnowszą suknię od Lanvina, tę, której tak pożądałam. Chociaż nie chciałam patrzeć na nich, musiałam przyjrzeć się temu ciuchowi. Gdy to zrobiłam, zauważyłam podpis pod zdjęciem. Głosił: „Fotograf Zach Nicholson z narzeczoną, modelką Adrianą A.". Zach był ponownie zaręczony? Tak szybko? Z Adrianą A.? Nie mogłam uwierzyć. Zbyt potworne, żeby się nad tym zastanawiać. Z trzaskiem zamknęłam czasopismo.

I jak miałam teraz napisać artykuł o DPR? Sparaliżowana przez kombinację smutku i zazdrości, kompletnie nie potrafiłam się skupić. Może podróż do Cannes była jednak dobrym pomysłem? Z pewnością pomogłaby mi usunąć z pamięci myśl o tym, jak szałowo wyglądała Adriana w tej sukni. Jeżelibym tu została, znów zaczęłabym dostawać obsesji na punkcie Zacha, a czy z Adrianą A., czy bez niej, nie był tego wart. Może pobyt w Cannes poprawiłby moją zdolność koncentracji? Właściwie, powiedziałam sobie, nie

---

* kolumna plotkarska

ma lepszego miejsca, w którym można by oddać się ważnej pracy, niż pokład odrzutowca. Ponownie wysłałam wiadomość do Patricka:

Zignoruj poprzednią wiadomość. Pojadę z rozkoszą.

Kilka minut później dostałam odpowiedź:

Zignorowana. Wpadnę po ciebie o 17.00. Patrick.

Napiszę ten artykuł o DPR w samolocie i następnego dnia rano wyślę e-mailem. Nikt nie musi wiedzieć, że wyjechałam. Dla dobra mojej bardzo w tej chwili niestabilnej kariery miałam aktualnie tylko tę jedyną możliwość. To wielka pociecha być zdolnym do podjęcia rozsądnej decyzji w nagłych okolicznościach.

Patrick zadzwonił do drzwi punktualnie o piątej. Chwyciłam swoją walizeczkę i sfrunęłam ze schodów. Ciemny mercedes czekał na ulicy, mrucząc silnikiem. Wskoczyłam na tylne siedzenie.

— Na pewno? — zapytał Patrick.

— Na pewno — odparłam.

Ruszyliśmy. Wnętrze samochodu było supergenialne i bardzo miękkie. Niezupełnie pasowało to do osobowości człowieka, który nigdy nie zatrudniał kierowców. Cóż, zawsze powtarzam, że nie ma co narzekać, kiedy na tylnym siedzeniu mercedesa wyrusza się w olśniewającą podróż na Riwierę.

*

Hotel du Cap w Antibes należałoby przemianować na Biznesowy. Podczas festiwalu zatrzymuje się tam każdy, kto ma coś do powiedzenia w filmowym biznesie, i to mimo że hotel znajduje się o trzydzieści minut drogi samochodem od Croisette, gdzie pokazują wszystkie filmy. Kiedy ruch jest szalony, oznacza to dziewięćdziesiąt minut, a podczas festiwalu ruch jest *morderczy*. Żeby porównać sytuację do amerykańskiej geografii, to jakby zatrzymać się w Mark, kiedy planuje się wyłącznie zakupy na Mulberry Street.

Cała ta sprawa z du Cap przypomina dziwaczny objaw kultu czy coś w tym rodzaju. Chcę powiedzieć, że gdybym była Cameron Diaz, miała blond włosy i dość pieniędzy, by zatrzymywać się wszędzie, gdzie mi się spodoba, nie jestem pewna, czy wybrałabym hotel, który żąda płatności z góry, gotówką, gdzie obsługa hotelowa nie oferuje niczego poza kanapkami klubowymi i żałośnie małymi porcjami sorbetu, a telewizory w pokojach są tak wiekowe, że powinni je pokazywać w muzeum telekomunikacji.

Tak właśnie myślałam, kiedy zjawiliśmy się tam o szóstej rano, w całkowitych ciemnościach. Była mniej więcej dwunasta w południe czasu nowojorskiego — PO docierają do Europy szybciej niż rejsowe samoloty, co, jak sądzę, stanowi jedną z zalet samolotów, w których nie daje się wyprostować. Nie mogliśmy dostać ani kęsa jedzenia czy miejsca do spania, dopóki Patrick nie wręczył pliku banknotów grubości pojemnika na karty do bakarata w kasynie. Naprawdę powinni się nazywać motel du Cap.

Patrick jest niewyobrażalnym dżentelmenem. Po drodze ostrzegłam go bez ogródek, że nie jestem osiągalna, jeżeli chodzi o podróże z nim do Brazylii, z powodu jego stanu cywilnego. Nie mówiąc tego wprost, zdołałam, jak sądzę, przekazać mu prawdziwą wiadomość: jeżeli kiedykolwiek poważnie przybliży się do prawdziwego rozwodu, *być może* dam się namówić na podróż do Ameryki Południowej. Wielkim plusem ultracnotliwości jest to, że gospodarz musi zainstalować cię w oddzielnym apartamencie. Niech to pozostanie wyłącznie między nami, bo nie zniosłabym, gdyby Patrick się dowiedział, że to powiedziałam, własny apartament jest znacznie bardziej relaksujący niż dzielony z ledwie znanym mężczyzną, który przez całą noc próbuje rozmową przetrzeć sobie szlak na twoją prywatną plażę Ipanema.

Obudziłam się o jedenastej przed południem z niewyobrażalnym wręcz uczuciem zmęczenia po zmianie stref czasowych. Walcząc z zawrotami głowy, podniosłam żaluzje. Och! Zatkało mnie. To dlatego wszyscy się tu zatrzymują, pomyślałam. Mile nieskazitelnie zielonego trawnika ciągnęły się w dół aż do Morza Śródziemnego, które lśniło jak jeden z tych staromodnie szlifowanych błękitnych diamentów, sprzedawanych u Freda Leightona na Madison. Kogo obchodzi brak jedzenia! Można zaspokoić głód samym widokiem. Były narzeczony, który postarał się o nową narzeczoną, nagle przestał mieć aż takie znaczenie.

Rozległo się pukanie do drzwi i wszedł chłopak z obsługi. Przyniósł srebrną tacę wyładowaną bagietkami i świeżo wyciśniętym sokiem pomarańczowym. Na szczycie znajdowała się kartka.

Spotkania przez cały dzień. Baw się dobrze na basenie. Przyjadę po Ciebie o 19.00 na przyjęcie amfAR. Cieszę się, że tu jesteś, Patrick.

Pamiętacie bikini z Eres, na którego punkcie dostałam obsesji przy okazji tego udaremnionego rejsu jachtem króla Hiszpanii? No więc nie musiałam już histeryzować, że nie miałam sposobności tam go zaprezentować, skoro było nawet bardziej odpowiednie na ten wyjazd. Du Cap (wszyscy tak mówią, „to du Cap") stanowiło najlepszą okazję do prezentowania zawartości szafy. Idealne miejsce dla białego dwuczęściowego kostiumu ze srebrnymi klamerkami na biodrach.

Wolnym krokiem przeszłam przez bar w stronę basenu, który znajduje się na szczycie klifu z widokiem na ocean. Właśnie przysuwałam sobie fotel, kiedy rozległ się głos:

— Hej, tutaj!

Jazz Conassey. Oczywiście. Podeszłam tam, gdzie leżała na białej macie, jak opalony precel.

— Cześć — powiedziałam.

— Po-wa-la-ją-ce! — oznajmiła, wpatrując się w moje bikini.

— Co?

— Jestem powalona — stwierdziła Jazzy.

— Dlaczego?

— Twoje bikini.

— Coś z nim nie tak?

— Nie! Nieeee! Jestem powalona w pozytywnym sensie, masz świetne bikini. Mówię ci komplement.

— Ależ bardzo dziękuję, Jazz. Też jestem *powalona* twoim strojem.

Miała na sobie kostium kąpielowy w batikowy wzór, a szyję owinęła brylantami w takiej ilości, że wystarczyłoby dla całej plejady hollywoodzkich gwiazdek. Mam wrażenie, że prezentowała styl hipisowski w wersji dla DPR.

— Jean-Jacques! — zawołała Jazz do kogoś z obsługi basenu. — Przyniesiesz mojej przyjaciółce matę? — Odwróciła się do mnie i dodała: — Przy tym konkretnym basenie naprawdę nie chcesz siedzieć w fotelu. Tu liczą się *białe maty*.

— Myślałam, żeby znaleźć sobie kosz — powiedziałam.

— Nie rób tego — odparła Jazz. — Kosze są, no wiesz, *odosobnione*. Nie można w nich nikogo zobaczyć. A tu chcesz być widziana.

Wypełniłam polecenie Jazz i położyłam się obok niej na białej macie. Etykieta du Cap dostarczyłaby Emily Post* inspiracji do napisania całego nowego tomu.

— Umieram z głodu — stwierdziłam. — Mam zamiar zamówić kanapkę klubową. Chcesz coś?

— Nie, jestem na diecie du Cap — odparła Jazz.

Dieta du Cap składa się, jak się okazuje, z brzoskwiniowych bellini, orzeszków i ciasteczek Ritz. Jak słusznie zauważyła Jazz, orzeszki były znacznie smakowitsze niż ka-

---

* autorka popularnego podręcznika dobrych manier, żyjąca w latach 1873–1960

napki klubowe, bo te, szczerze mówiąc, lepsze podają w Holiday Inn.

— I co, napisałaś już artykuł o mnie? — zapytała Jazz.

— Tak — skłamałam. Redakcja chciała go mieć od razu, ale nie mogłam znieść myśli o dalszej pracy, kiedy tutaj odbywa się światowej klasy opalanie. — Co tu robisz? — zapytałam Jazz.

— Robię? Niczego nie robię. Po prostu spędzam czas z przyjacielem, który zajmuje się dystrybucją jakichś sześciu filmów.

— Widziałaś coś genialnego?

— Jeszcze nie, ale dzisiaj po południu będzie pokaz naprawdę niesamowitego, niezależnego filmu z LA. Wszyscy o nim mówią. Słyszałam, że reżyser jest absolutnie niesamowity. Chcesz pójść ze mną?

— Jasne — powiedziałam. — Jaki ma tytuł?

— *Dziennik*. Wszyscy twierdzą, że jest tak zabawny jak Woody Allen, kiedy jeszcze był zabawny.

Wyszłyśmy z hotelu o czwartej. Jakimś cudem Jazz zdołała zaklepać jedynego w całym Antibes kierowcę z otwartym jeepem. Ze świstem pomknęliśmy hotelowym podjazdem i nadmorską drogą.

— Co wkładasz na dzisiejszy bal?! — krzyknęła Jazz; włosy tańczyły wokół niej na wietrze.

— McQueena. Dostałam od Patricka.

— Powalające! Jesteś tu z Patrickiem Saxtonem i dał ci suknię? Rany. Niewiarygodne.

— Nie „jestem z" Patrickiem. Po prostu z nim jestem. Nawet go nie znam.

— Popatrz, tu masz informację o filmie — powiedziała Jazz.

Obejrzałam kartkę, którą mi wręczyła. Napis głosił:

Dziennik
Komedia
Scenariusz i reżyseria Charlie Dunlain

Charlie? Charlie nie kręcił odnoszących sukcesy, zabawnych filmów. Robił depresyjne, niskobudżetowe filmy intelektualne, których nikt nigdy nie widział. Już odnalezienie moich niedoszłych zwłok przez beznadziejnego reżysera filmowego było wystarczająco fatalne, a co dopiero przez pupilka festiwalu filmowego w Cannes.

— Jazz, nie mogę pójść. Muszę dostarczyć ten artykuł. — Poklepałam kierowcę po ramieniu i zapytałam: — Może mnie pan tu wysadzić?

Zjechał. Wyskoczyłam z samochodu.

— Ale powiedziałaś, że skończyłaś artykuł! — zaprotestowała Jazz.

— Do zobaczenia wieczorem — odparłam, oddalając się w stronę hotelu.

Właśnie wtedy gdy zaczęłam patrzeć na wszystko z większą pogodą, wróciła do mnie myśl o surowej, pełnej dezaprobaty minie Charliego w barze w Ritzu. Wprowadzał naprawdę negatywną, w advilowym tonie, zmianę nastroju. Co gorsza, moja afera z Eduardem została rozplotkowana na mieście, więc miałby o mnie jeszcze gorsze zdanie niż do tej pory. Tak czy owak, chciałam zdążyć z tym artykułem. To ważne, żeby być super hiper, kiedy się ma na względzie karierę, szczególnie że przez kilka tygodni było się nieco niewiarygodnym.

Później, gdy nadawałam artykułowi ostatni szlif, korzystając z laptopa w swoim pokoju, zadzwonił telefon.

— *Bonsoir* — powiedziałam. Miałam silne postanowienie, że poprawię swój beznadziejny płynny francuski.

— Hej! Tu Lara. I co, świetnie się bawisz? Jest tam George Clooney?

— Bardzo tu miło. Powinnaś kiedyś przyjechać.

— Możesz uwierzyć, że Charlie dostał tę nagrodę? — zapytała Lara. — Czytałyśmy o tym u Cindy Adams*.

— Naprawdę? — udałam zdziwienie. — Och.

---

* autorka plotkarskiej kolumny w „NY Post"

Czemu najlepsze rzeczy zawsze przytrafiają się najgorszym ludziom, a najgorsze, jak przedwczesne łysienie, zawsze tym najmilszym? Boże, miałam nadzieję, że to nie oznacza obecności Charliego na przyjęciu amfAR.

— Dobrze się czujesz? — chciała wiedzieć Lara.

— Wspaniale — odparłam.

— Wkurzasz się z powodu Zacha i tej tępej modelki?

— Chyba trochę.

— Spróbuj o tym nie myśleć. Ta para jest do tego stopnia skończona, że nawet nie wie, że można być tak skończonym. Zadzwoń po powrocie.

— Jasne.

— *Au revoir* — powiedziała i odłożyła słuchawkę.

Wysłałam artykuł e-mailem o osiemnastej. W Nowym Jorku było dopiero południe, więc zdążyłam co najmniej godzinę przed ostatecznym terminem. Aby to uczcić, zamówiłam do pokoju dwa koktajle bellini. Dwa bellini przed przyjęciem sprawiają, że człowiek przestaje się denerwować; genialne posunięcie, o ile nie ma się osobowości podatnej na uzależnienia. Prawdę mówiąc, po wypiciu dwóch koktajli zaczęłam się czuć na tyle cudownie uspokojona, aby pomyśleć, że właściwie chciałabym wpaść na Charliego Dunlaina na przyjęciu amfAR, w tej wspaniałej sukni od McQuenna, jako towarzyszka ogólnie szanowanego producenta filmowego. Wtedy by zobaczył, że wcale nie jestem typem przegranej samobójczyni, która przyciąga potwory.

Jedyna kwestia związana z koktajlami (dokonując retrospekcji) była taka, że gdy wkładałam tę cudowną, opływową szyfonową suknię, którą dał mi Patrick, chyba nie potraktowałam bąbelków krążących w moim organizmie ze stuprocentową powagą. Włożyłam suknię przez głowę. Próbowałam ją ściągnąć na dół. Ups. Utknęła, tworząc klatkę obejmującą mnie od czubka głowy do pępka. Nie mogłam się ruszyć. Nic nie widziałam. Nie mogłam przesunąć ramion ani w górę, ani w dół. Powolutku zaczęłam ściągać suknię, wijąc się wężowym ruchem. Uwalniając się, usłyszałam brutalny odgłos darcia.

Osiemnasta dwadzieścia pięć. Rozpięłam zamek i zaczęłam ponownie wkładać sukienkę. I wtedy zobaczyłam na plecach powalającą dziurę. Absolutnie nie do noszenia. Absolutnie nie do naprawienia.

Patrick zjawi się za trzydzieści pięć minut. Zrozpaczona pognałam do pokoju Jazz i zabębniłam w drzwi. DPR zawsze mają w zapasie znakomite stroje.

— Katastrofa z suknią wieczorową — wysapałam, kiedy Jazz mnie wpuściła.

— Hej, nie ma sprawy. Możesz włożyć moją zapasową — powiedziała.

Święta kobieta! Jazz była gotowa do wyjścia w czerwonej obcisłej sukni Valentina z lat siedemdziesiątych, gdzieniegdzie ozdobionej jedwabnymi różami. Wyglądała zabójczo. Moje przerażenie zmalało. Jeżeli zapasowa suknia była w podobnym stylu, trzęsienie ziemi, którego się spodziewałam, mogło nie nastąpić. Jazz płynnym krokiem podeszła do szafy i wyjęła jedwabną kreację.

— Oscar. Nowy sezon. Bardzo na czasie. Proszę — powiedziała.

Wzięłam od niej sukienkę. Stalowoszara tafta. W duchu poczułam podniecenie. Wślizgnęłam się w nią. Pobiegłam do lustra.

Wyglądałam jak góra lodowa. Poważnie, wyglądałam jak góra lodowa. Dlaczego akurat mnie musiała się trafić jedyna kiepska rzecz, jaką w historii swojej kariery zaprojektował Oscar, i to na wieczór, który mógł być najbardziej olśniewającą nocą mojego życia? Teraz rozumiem, jak się musiała czuć Halle Berry tego wieczoru, gdy zdobyła Oscara. No bo wyobraźcie to sobie, wchodzi na scenę, żeby odebrać uroczą złotą statuetkę na oczach całego świata, i jest ubrana jak do jazdy figurowej na lodzie. Nic dziwnego, że dostała ataku ze zdenerwowania. Nic nie mogłam powiedzieć, Jazz postąpiła przecież strasznie słodko, pożyczając mi tę sukienkę, ale widziała, że jestem rozczarowana.

— No więc dobrze — przyznała — jest trochę konserwatywna. Francuzi nie zdają sobie sprawy, jakie to niefajne. Nie zorientują się, obiecuję.

Nie miałam czasu na histerię. Popędziłam z powrotem do własnego pokoju i wsunęłam na nogi czarne klapki, które z szyfonem wyglądałyby szykownie, a przy tej górze lodowej przypominały kapcie. Chwyciłam czarną torebkę wieczorową. Zadzwonił telefon.

— Jestem na dole, w samochodzie — poinformował Patrick.

— Schodzę — odparłam, jakby nie wydarzyło się nic, czym można by się przejąć.

Nawet nie zauważy, co mam na sobie, pocieszałam się w duchu. Mężczyźni nigdy nie widzą takich rzeczy. Kolebiąc się na boki, zeszłam po schodach — suknia robiła wrażenie potężniejszej niż góra lodowa — i spróbowałam wsunąć się do samochodu Patricka. W rzeczywistości ledwie zdołałam wcisnąć siebie i zwały sukni przez drzwi. Czasami moda sprawia, że człowiek czuje się jak kawał pasztetu.

— Cześć — powiedziałam.

— Cześć — odparł Parick. Mina mu zrzedła, gdy przyjrzał się mojemu strojowi. — Myślałem, że masz zamiar włożyć tę suknię od Alexandra McQueena. To jest Oscar de la Renta.

Dziwne. Jestem bardzo podejrzliwa w stosunku do mężczyzn, którzy wiedzą o modzie tyle co ja. Opowiedziałam Patrickowi, co się stało.

— Przykro mi, ale to jest zapasowa kreacja Jazz Conassey! — zachichotałam.

Nie można powiedzieć, żeby Patrick odpowiedział mi chichotem. W rzeczywistości Pan PO nie był w najmniejszym stopniu zachwycony moją opowieścią. Przez cały wieczór ledwie się do mnie odzywał. Na tym polega kłopot z gejami i heteroseksualnymi mężczyznami, którzy za bardzo przejmują się modą: szaleją za człowiekiem, kiedy ma na sobie jakiś naprawdę interesujący awangardowy ciuch McQueena, ale pokaż się im w konserwatywnej górze lodowej, i nagle oni zmieniają się w lodowe góry. Patrick przez całą noc był uprzejmy, ale chłodny. Oczarowała go obsypana różami Jazz w kreacji Valentina. Wypiłam jednak tyle koktajli bellini, że moje poczucie własnej wartości ledwie to zauważyło. Jeżeli chodzi o tamtą noc, mogę sobie pogratulować z jednego powodu: nie natknęłam się na Charliego Dunlaina. Przez cały wieczór nie było po nim śladu.

Następnego dnia rano wraz ze śniadaniem zjawił się kolejny liścik:

Wyjeżdżamy o 13.00. Samochód zabierzę Cię na lotnisko i tam się spotkamy. Udanego opalania!
Patrick

Nie wydawał się przesadnie wkurzony. Może jednak nie miał żalu o tę górę lodową. Może nie był aż taki powierzchowny, jak pomyślałam wczoraj w nocy. Czasami za bardzo spieszę się z oceną.

Zadzwonił telefon. Aaaał!!! Bolała mnie głowa. Paznokcie paliły żywym ogniem. Bolały mnie nawet włosy, co przy kacu po koktajlach bellini się nie zdarza. To była Jazz.

— Cześć, lecę z powrotem do miasta razem z wami — powiedziała.

— Świetnie. Chyba wyruszamy o pierwszej.

— Zobaczymy się na lotnisku — oznajmiła.

No i proszę. Patrick nie był okropny. Jakie to uprzejme z jego strony, żeby zaproponować Jazz podwiezienie do domu.

Ponieważ jednak miała z nami podróżować, musiałam ratować swój honor najwyższej jakości strojem, odpowiednim na podróż prywatnym odrzutowcem. Z bolącą głową niezwykle ostrożnie wciągnęłam na siebie nowiutką białą sukienkę plażową, włożyłam złote sandałki i złote kolczyki koła, a włosy związałam w koński ogon swoją ulubioną apaszką od Pucciego. Potem z torbą lodu na paznokciach leżałam na łóżku aż do chwili, gdy w południe zjawił się po mnie samochód. Patrick naprawdę był święty z tym przysyłaniem na okrągło samochodów i liścików. Może kiedy wrócę do Nowego Jorku, przyśle mi nową suknię w zastępstwie tej, którą zrujnowałam, chociaż oczywiście nie spodziewałam się takiego rozwoju sytuacji ze stuprocentową pewnością.

Po drodze na lotnisko mijaliśmy Juan-Les-Pins. To uroczy zakątek z większą liczbą sklepów obuwniczych i kostiumami kąpielowymi, niż można sobie wyobrazić. Nie mogłam się oprzeć trzydziestosekundowemu wypadowi na zakupy. Kierowca zatrzymał samochód.

— Pięć minut, *mademoiselle*. Mamy stąd na lotnisko czterdzieści pięć minut drogi — ostrzegł mnie.

Po nabyciu jakichś dwudziestu pięciu bikini, czternastu sarongów i sześciu par espadryli na trójkątnych obcasach — wiecie, jak to jest w Hampton latem, zmiana strojów plażowych między wszystkimi posiłkami należy do przyjętych sposobów postępowania — wskoczyłam z powrotem do samochodu. Zakupy bez trudu wynagrodziły mi upokorzenia wczorajszej nocy. Dziewczyny się zabiją, kiedy zobaczą, jakie im przywiozłam espadryle. Zawsze powtarzam, jeżeli trafi się szczęśliwa okazja, by wyruszyć we wspaniałą podróż za granicę, przywieź swoim przyjaciółkom coś modnego. Była dopiero połowa maja i do weekendu Czwartego Lipca miałam jeszcze parę tygodni, ale dla mieszkanki Nowego Jorku nigdy nie jest za wcześnie na rozpoczęcie hurtowych zakupów plażowego ekwipunku.

Kierowca wysadził mnie przed Terminalem Pierwszym. Ruszyłam do bramy zero, skąd startują wszystkie prywatne samoloty. Ani śladu Patricka i Jazz. Prawdopodobnie jeszcze się nie zjawili. Podeszłam do mężczyzny w uniformie.

— *Excuse-moi, monsieur, je cherche monsieur Patrick Saxton.*

— *Il est parti, mademoiselle* — odparł.

Spojrzałam na zegarek. Wpół do drugiej. Spóźniłam się zaledwie pół godziny w stosunku do planu. Z pewnością Patrick nie poleciał beze mnie?

— Co? — zapytałam.

— Odleciał godzinę temu z opaloną dziewczyną.

Jak mógł? Jak *ona* mogła? Szczególnie że napisałam o niej naprawdę miły artykuł. Nagle poczułam się słaba i roztrzęsiona: bellini z du Cap dopadają człowieka w najmniej dogodnych chwilach.

— Jak mam się dostać do Nowego Jorku? — zapytałam. Bez wątpienia ten uroczy pilot wepchnie mnie do czyjegoś samolotu, startującego później. No bo przecież ubrałam się specjalnie na podróż PO.

— *Je ne sais pas!* — wykrzyknął, wyrzucając ręce w powietrze.

Gwałtownie odwrócił się i poszedł. Mój strój kompletnie na niego nie podziałał. Gdy już prawie opuścił poczekalnię, wskazał przez okno na wprost. Podążyłam wzrokiem za jego ramieniem. Po przeciwnej stronie ulicy zauważyłam wejście do Terminalu Drugiego. Serce mi stanęło. Nie żebym miała cokolwiek przeciwko lotniskom, ale w holu dostrzegłam stłoczonych więcej osób niż na organizowanej przez sieć Macy* paradzie z okazji Święta Dziękczynienia w zeszłym roku. Kłopot z korzystaniem z prywatnego samolotu polega na tym, że potem już nigdy przenigdy nie ma się ochoty na latanie liniami komercyjnymi. Moja rada dla tych, którzy mają zamiar skorzystać z prywatnego lotu, brzmi następująco: można to zrobić *wyłącznie* pod warunkiem, że stanie się typowym sposobem podróżowania. Poważnie, w tamtej chwili żałowałam, że kiedykolwiek widziałam zamszowy sufit i jadłam pyszne kanapki na pokładzie wspaniałego samolociku Patricka.

Co się ze mną działo! Jeżeli nie zacznę uważać, zmienię się w Patricię Duff czy kogoś równie rozpuszczonego. Oczy-

---

* R.H. Macy, działająca od 1854 sieć domów handlowych

198

wiście, że mogłam polecieć komercyjnymi liniami jak prawie każdy człowiek na świecie. Zbierając do kupy całe swoje poczucie wartości, przeciągnęłam znacznie powiększony bagaż na drugą stronę ulicy. Upał palił żywym ogniem. Zanim dotarłam do stanowiska Air France, czułam się jak kanapka z serem topionym.

Stewardesa za kontuarem była siwowłosa i nieskazitelnie zadbana. Spojrzała na mnie tak, jak mogłaby patrzeć na zużyty plaster.

— *Oui?* — zapytała. — W czym mogę pomóc, *madame*?

Czemu Francuzki zawsze zadają sobie trud denerwowania młodych dziewcząt, takich jak *moi*, zwracając się do nich *madame*? To okrutne, szczególnie gdy komuś chlupocze w głowie bellini.

— *Mademoiselle* — sprostowałam. — Przegapiłam swój lot do Nowego Jorku. Kiedy jest następny?

— O trzeciej po południu. Okej?

— Jasne.

— To będzie cztery tysiące trzysta siedemdziesiąt sześć euro.

— Co? — gwałtownie przełknęłam ślinę.

— Dostępne są tylko miejsca w business class.

— A jakiś późniejszy lot?

— Mamy komplet pasażerów.

Byłam bliska łez. Nie miałam czterech tysięcy trzystu siedemdziesięciu sześciu euro do wydania lekką ręką na bilet w jedną stronę do Nowego Jorku. Mimo wszystko przygryzłam usta i podałam swoją kartę Visa. Zapiszę całą tę podróż w rubryce „straty" jako bardzo kosztowną katastrofę, która dała mi drogą lekcję moralności: nigdy nie ubieraj się jak konserwatywna góra lodowa, jeżeli możesz ubrać się w strój Alexandra McQueena i wyglądać jak Królewna Śnieżka. Ale, Boże drogi, byłoby o wiele zabawniej wydać te euro na coś miłego, na przykład wyścielany fotel w różowe paski, który chcę mieć z ABC Carpet & Home na Broadwayu.

— *Merci* — powiedziała stewardesa, przejeżdżając kartą przez czytnik. — Odprawa za pół godziny.

— Które wejście? — zapytałam.

Kiedy to sprawdzała, przypatrywałam się innym kontuarom. Kilka stanowisk dalej dostrzegłam znajomą postać. Wykręciłam szyję, żeby lepiej się przyjrzeć: Charlie Dunlain meldował się przy stanowisku odlotów do LA. Boże, naprawdę nie chciałam, żeby mnie zobaczył. *Nienawidzę* przypadkowych spotkań, szczególnie z ludźmi, którzy niedawno widzieli człowieka chwilę po przedawkowaniu advilu. Co gorsza, nagle zauważyłam, że Charlie jest o wiele milszy, niż zapamiętałam. Był opalony i wyglądał na zdumiewająco pogodzonego z samym sobą. To chyba na świecie jedyna osoba, która naprawdę wygląda lepiej w lotniskowym oświetleniu. Co trzeba uznać za sukces. Jego widok w tym właśnie momencie sprawił, że poczułam się autentycznie cukrzycowo, przysięgam. Szok sprawił, że poziom cukru we krwi spadł mi na łeb, na szyję. Nagle wszystko wokół mnie zawirowało; mogłam zemdleć z zakłopotania. Gwałtownie odwróciłam głowę i zaczęłam patrzeć w inną stronę.

A jednak nie było tak źle, jak mogłoby być wczoraj wieczorem, przypomniałam sobie. No bo tu przynajmniej nie miałam na sobie konserwatywnej góry lodowej, ale szykowny strój, który mógł budzić delikatne skojarzenia z Lee Radziwiłł na Capri w latach siedemdziesiątych, i zachowywałam się zupełnie niesamobójczo, zwyczajnie, po prostu wsiadałam do samolotu do Nowego Jorku jak normalna, nieskażona próbą samobójczą dziewczyna. Może powinnam powiedzieć cześć. Potem mogę sobie pójść i nigdy więcej się do niego nie odzywać.

— Cześć! — zawołałam, nagle zakłopotana. Proszę. Załatwione. I co z tego, jeżeli mnie nienawidzi, kompletnie mnie to nie obchodzi. Charlie odwrócił się i spojrzał na mnie. Boże, znów zrobiło mi się słabo. Te koktajle bywają czasem takie podstępne.

— Och, cześć, ee... — powiedział niemrawo, po czym dodał: — Chyba ktoś cię woła — i wskazał kontuar.

Odwróciłam się i zobaczyłam płonący wzrok stewardesy.

— *Madame* — wysapała, wręczając mi kartę kredytową. — *Alors*, żałuję, ale nie może pani z nami podróżować. Pani karta została odrzucona.

— Czy może pani spróbować ponownie? — zapytałam niespokojnie.

— *Non*. Czy mogłaby pani odejść na bok?

Nagle zrobiło mi się strasznie żal supermodelek, których twarze już się opatrzyły. Dokładnie tak się musiały czuć: w jednej chwili wożone wszędzie prywatnymi odrzutowcami, w następnej nikt nie zwraca na nie uwagi nawet w drugiej klasie. Gdy zaczęłam zbierać swoje rzeczy, Charlie zawołał:

— Hej, odprowadzę cię do wejścia. To tuż obok sali odlotów do LA.

Eeł, Boże. Jedna sprawa to zostać pozbawionym możliwości skorzystania z prywatnego lotu. Właściwie mogę to nawet uznać za pozytywne doświadczenie, takie kształcące. No bo nikt nie musi o tym wiedzieć, prawda? Ale całkiem inna zostać przyłapanym, ciach-mach, przez kogoś, kogo się zna, kiedy jest się pozbawianym tej możliwości. Wykluczone, Charlie nie mógł się dowiedzieć, że zostałam bez biletu i bez gotówki. Byłby pełen dezaprobaty. Niespiesznie podszedł i wziął moje torby.

— O rany, pozwalają ci zabrać to wszystko jako podręczny bagaż? — zapytał.

— Oczywiście — odparłam, jakbym zawsze zabierała ze sobą walizkę i cztery torby zakupów jako podręczne.

— A... dobrze się czujesz? — zagadnął. Wyglądał na zatroskanego.

— Świetnie! — stwierdziłam. Na pewno entuzjastyczne recenzje z Cannes wymazały mu wszystkie wspomnienia o incydencie z advilem.

— Naprawdę? Martwiłem się o ciebie po... Paryżu — powiedział z wahaniem.

— Czuję się świetnie. Wszystko układa się wspaniale. Nie kłamię, ale jeżeli już, robię to *très* przekonywająco. Zmierzaliśmy w stronę sali odlotów. W głębi ducha miałam atak histerii. To znaczy, chcę powiedzieć, że nie widziałam sposobu, aby bilet zmaterializował się między tym miejscem a bramką wejściową. Nie chciałam zostać ponownie upokorzona na oczach tego faceta. Gdyby tylko Charlie nie okazał się takim dżentelmenem i nie niósł moich toreb jak postać z *Palm Beach Story*, nie istniałoby ryzyko, że coś się wyda. Na razie usiłowałam z nim gawędzić, jakby wszystko szło tak świetnie, jak udawałam, że idzie.

— Cieszę się, że ty i Julie, no wiesz, wyjaśniliście sobie wszystko — powiedziałam.

— Tak, rozwiązaliśmy problem. Co za dziewczyna. Niesamowita Julie! — stwierdził z uśmiechem szczerego upodobania.

Rzeczywiście owinęła go sobie wokół palca. Był kompletnie zakochany. Nie miał pojęcia, co Julie naprawdę wyrabia. Żaden z jej chłopaków nigdy nie miał. Wiecie co? Przy tym nagłym ataku hipoglikemii, połączonym z koktajlowym bólem głowy, jakoś pożałowałam Charliego. Chcę powiedzieć, że pewnie był w porządku, bez względu na to, czy go lubiłam, czy nie. To jak z perfumami Angel Thierry'ego Muglera; nie znoszę ich, co nie znaczy, że są złe. W końcu miliony ludzi uważają, że pachną absolutnie zabójczo. Tak samo miała się rzecz z Charliem, jeżeli istnieje coś takiego jak analogia między człowiekiem, którego nienawidzisz, i zapachem, którego nienawidzisz.

Dotarliśmy do stanowiska odprawy. Nie mogłam go minąć bez karty pokładowej.

— Tu się pożegnam — oznajmiłam z ożywieniem. — Muszę skorzystać z toalety.

— Spokojnego lotu — odparł, wręczając mi torby.

— Jasne. Dzięki.

Charlie zawrócił w kierunku długiej kolejki. Genialnie mi poszło. Kompletnie się nie zorientował. Zaczekałam, aż odejdzie, a potem podniosłam torby i udałam się do kawiarni. Nie ma to jak sok ze świeżych pomarańczy za pięć dolarów, żeby poprawić sobie humor, kiedy człowiek zostanie opuszczony przez magnata filmowego i prawie uratowany przez protekcjonalnego i wkurzająco uroczego reżysera. Usiadłam przy barze, ukryłam się za „International Herald Tribune", sączyłam sok i zastanawiałam, co, u licha, mam zrobić. Chyba po policzku pociekła mi mała łezka. Teraz, kiedy zostałam sama, czułam się żałośnie, i mniejsza o strój. Czułam się jak idiotka.

— Planujesz przegapić lot?

Wrócił. Co się działo z tym facetem? To, że umawiał się z Julie, nie dawało mu prawa, by mieszać się w moje prywatne plany podróżne czy moje prywatne plany samobójcze, jeśli już o to chodzi. Stał sobie i uśmiechał się do mnie, jakby moje życie było jakąś komedią.

— Tak — ucięłam ponuro. Jak na jeden dzień dość się nakłamałam. Przestało mnie obchodzić, co Charlie sobie pomyśli.

— Dlaczego? — zapytał.

— Sprawa osobista — odparłam.

— Dobrze się czujesz?

— Cóż, jeśli naprawdę chcesz wiedzieć, zostałam porzucona przez pewnego faceta, który przywiózł mnie tu prywatnym samolotem. W klasie turystycznej nie ma miejsca. Air France nie przyjmuje mojej karty kredytowej, a mój narzeczony ma już inną cholerną narzeczoną.

Z przerażeniem poczułam, że wielkie łzisko toczy mi się po policzku. Charlie podał mi chusteczkę. Chwyciłam ją, wściekła, że był świadkiem kolejnej sceny.

— To ten koleś Eduardo? — odezwał się.

— Eduardo jest żonaty! — stwierdziłam łamiącym się głosem. — Podobnie jak pan od prywatnego samolotu!

Mimo że uzbrojony teraz w żałosną prawdę na temat mojej parszywej sytuacji, Charlie wciąż sprawiał wrażenie lekko rozbawionego.

— Cóż, może to i dobrze.

— Jakie dobrze, to tragedia.

— Dobrze jest dostać nauczkę, żeby nie wyjeżdżać na wakacje z facetami, których się prawie nie zna.

O czym on gada? Znałam Patricka od co najmniej dwudziestu czterech godzin, zanim zgodziłam się na podróż do Cannes. Charlie znów miał ten wyraz twarzy, mówiący, że powinnam być mądrzejsza. Może powinnam.

— Chodź — rzucił. — Musisz złapać ten samolot.

Popędził mnie z powrotem do kontuaru z biletami, błyskawicznym ruchem wyjął kartę kredytową i, jakby nigdy nic, kupił bilet. Wręczył mi kartę pokładową i razem przeszliśmy przez stanowisko kontroli. Przez cały czas patrzyłam w podłogę i szłam w zawstydzonej ciszy. Przy bramce stali ostatni odlatujący do Nowego Jorku pasażerowie.

— Idź — powiedział, popychając mnie w stronę wejścia do samolotu.

— Dzięki. Oddam ci to — zapewniłam zmartwiała.

— Daj spokój. Uznaj to za doświadczenie. Wyświadcz mi tylko przysługę i nie przyjmuj zaproszeń do prywatnych samolotów od żonatych mężczyzn, okej?

Dotarłam do samolotu wściekła. Charlie naprawdę nic nie rozumiał. Nie ma takiej możliwości, żeby dziewczyna z Nowego Jorku odmówiła przejażdżki prywatnym samolotem. Nigdy w życiu.

Lista lektur Julie Bergdorf

1. Lista komitetu dobroczynnego na jesienny bal Amerykańskiego Teatru Baletowego. Według Julie można się tam zetknąć z tyloma intrygami rodzinnymi, że to lepsze niż Tołstoj.

2. *Atonement* Iana McEwana, szczególnie strona 135. To ta ostra scena miłosna.

3. Dział *Śluby* w „Sunday Timesie". Trzeba wiedzieć, kto zniknął z rynku.

4. Skoro już o rynku mowa, powodem miłości Julie do „Wall Street Jornal" jest FTSE 100.

5. Wiosenny katalog Barneysa.

6. Ostatnie dziesięć stron *The Corrections* Jonathana Frazena. Julie wykombinowała, że jeśli wspomni o związku Chipa z neurologiem, nikt się nigdy nie domyśli, że nie przeczytała całości.

7. Lista modelek na jesienny pokaz Michaela Korsa.

8. *Dramat uzdolnionego dziecka* Alice Miller. Naprawdę pomogła Julie nie oceniać się tak surowo za dramatyzowanie. Twierdzi, że w Spence książka stanowiła prawie lekturę obowiązkową.

9. Jej własna książka adresowa. Nie uwierzylibyście, kto w niej jest, ona też ma z tym kłopot.

10. Plan paryskich pokazów haute couture. Pożytecznie jest znać go na pamięć.

9

Za każdym razem, gdy znany szef kuchni otwiera nową restaurację, a w Nowym Jorku zdarza się to wedle mojego rozeznania mniej więcej co pięć minut, całe miasto dostaje ataku szaleństwa. Wszystkie te dziewczyny, które normalnie nie tknęłyby zwyczajnego pożywienia, nagle uważają, że jedzenie znów jest w modzie. Większość lokali odwiedzają chude jak szczapa dziewczyny z towarzystwa, które stają na głowie, żeby je tam widziano na degustacji, ale niczego nie degustują. Potem mówią kucharzowi, że uwielbiają jego nowe potrawy, wracają do domu i głodzą się przez resztę nocy.

Kilka dni po moim powrocie z Cannes wzięłyśmy z Julie udział w takim wydarzeniu na Lower East Side. China Bar to inspirowana stylem retro azjatycka restauracja podająca chińskie jedzenie z lat siedemdziesiątych w ultranowoczesnej przestrzeni. Wszyscy opowiadali szefowi kuchni, że jego smażone na głębokim tłuszczu kacze żeberka są „genialne". Opowiadali. Nie kosztowali ich. Muffy jednak posunęła się za daleko. Oświadczyła zainteresowanemu: „Pańskie pierożki won-ton są lepsze niż u pana Chow", co było totalnym fałszem. Nie popieram kłamstwa, o ile nie zostało wygłoszone w dobrej wierze, na przykład by komuś pomóc. Chcę powiedzieć, że Julie opowiada najlepsze kłamstwa. Na przykład kiedy zbiera pieniądze na rzecz swojej szkoły, mówi donatorom, że, no wiecie, Michael Douglas i Catherine Zeta-Jones otwierają nowe skrzydło, podczas gdy tak naprawdę to ona otwiera nowe skrzydło. Ale powiedzenie podatnemu na sugestie młodemu kucharzowi, że jest geniuszem, podczas gdy jego potrawy powinny znaleźć się na dnie rzeki Hudson, to po prostu zwykłe okrucieństwo.

Gdy się tam zjawiłyśmy, restauracja była tak zatłoczona niejedzącymi dziewczynami i niezauważającymi ich facetami, że ledwie dało się ruszyć. Julie przechwyciła z tacy dwa saketini (nowy modny drink, skrzyżowanie sake i martini) i zajęłyśmy wolną lożę.

— Hej, kochanie, tak mi przykro, że zobaczyłaś ten kawałek o Adrianie i Zachu — powiedziała Julie.

— Dzięki — odparłam.

— W każdym razie to dowodzi, że ma kompletnie pstro w głowie. Dzięki Bogu, że za niego nie wyszłaś. No więc, opowiedz mi o Patricku — poprosiła, zmieniając temat.

— Du Cap było fantastyczne, ale... — umilkłam w pół zdania. Miałam nadzieję, że Charlie nie zdradził Julie, co zaszło na lotnisku. Nie chciałam, by ktokolwiek wiedział, że randka z Patrickiem Saxtonem okazała się tak nieudana, że zostawił mnie na innym kontynencie. Na szczęście nie musiałam niczego wyjaśniać. Przerwała nam Jolene.

— H-e-e-j! Jak leci?

Jolene jedną ręką balansowała shanghai cosmopolitanem (inny nowy modny drink — chińska wersja cosmopolitana), a drugą ciągnęła Larę. Miała na sobie szyte na miarę białe spodnie, które rozszerzały się w kostce, a Lara czarną sukienkę mini z masą zamków. Może uznała, że wraca styl punk czy coś w tym rodzaju. Albo faktycznie wrócił. Lara wyglądała na znudzoną, ale Jolene była zarumieniona z podniecenia.

— Michael Kors! — oświadczyła Jolene dramatycznie, gdy dotarła do stołu. — Jest! — Dramatyczna pauza. — BOGIEM!!! Patrzcie! Widziałyście jego wiosenne niezobowiązujące spodnie? — Obróciła się, żeby zaprezentować swoją nową sylwetkę. — To ta wąska nogawka. Nogi wyglądają szczupło, a nie są tak nieestetycznie obciśnięte, żeby wydawały się krzywe jak u Japończyka. Michael Kors rozumie wnętrze kobiecego uda — ciągnęła — lepiej niż każdy znany mi mężczyzna...

— Wystarczy już, Jolene! — przerwała jej rozdrażniona Julie. — Musisz się skupić na czymś innym. Na przykład może byś tak coś przeczytała?

— Cały czas czytam — odparła Jolene. — Oceniłabym, że czytam „Vogue" *przynajmniej* raz dziennie. Ktoś chce jednego shanghai cosmo? Zaraz wracam. — Błyskawicznie zniknęła. Zachowywała się dzisiaj jak szalona ważka. Lara wślizgnęła się na miejsce obok mnie.

Julie wyglądała na rozzłoszczoną.

— Przysięgam, będę zobowiązana, jeżeli nikt więcej nie wspomni o tych nowych spodniach, co do których wszyscy są przekonani, że odkryli je jako pierwsi. Da się o nich powiedzieć tylko jedno: trzeba pójść je przymierzyć — zaczęła narzekać.

Miała rację. Rozmowy na nowojorskich przyjęciach są czasem na tak żałosnym poziomie, że ledwie potrafię je kontynuować. Nagle Julie się rozjaśniła.

— Zaraz! — zawołała. — Zorganizuję grupę czytelniczą, no wiecie, klub książki. To jedyny sposób na usprawnienie baraniego móżdżku Jolene. To poprawi kondycję nam wszystkim.

— Żeby poprawiać swoją, wolę po prostu pójść do Equinox* na kick boxing — skrzywiła się Lara.

— I na tym polega problem — westchnęła Julie.

Jolene z kolejnym drinkiem zajęła miejsce w loży.

— Jolene, chcesz się przyłączyć do mojego klubu książki?! — zapytała Julie, przekrzykując hałas przyjęcia.

— To coś w stylu Klubu Książki Ophry? — entuzjastycznie zareagowała Jolene.

---

* nowojorski fitness club

— Niezupełnie. Zamierzam raczej zatrudnić jakiegoś uroczego, inteligentnego profesora z Uniwersytetu Nowojorskiego, żeby uczył nas wszystkie o ważnej literaturze. Zastanawiam się, co powinnyśmy czytać?

— Może Virginię Woolf? W tym filmie *Godziny* wyglądała naprawdę nieźle — zaproponowała Jolene.

— Jeżeli ktoś chce należeć do mojego klubu książki, nie wolno mu wspominać o ciuchach, Jolene. I ciebie to też dotyczy, Laro. — Julie spojrzała na nią znacząco. — Wolno dyskutować tylko o książkach. Okej?

— Wszystko rozumiem — stwierdziła Lara. — Ale czy będzie w porządku obejrzeć film na podstawie książki, jeżeli komuś nie wystarczy czasu na jej przeczytanie?

*

— Czy ktoś już panu mówił, że wygląda pan niczym ze *Stowarzyszenia Umarłych Poetów*? — zapytała Julie.

Przysiadła uwodzicielsko na stosie książek w biurze Henry'ego B. Hartnetta, młodego asystenta literatury angielskiej na Uniwersytecie Nowojorskim. Kilka dni po imprezie w China Bar Julie obdzwoniła wydział anglistyki w poszukiwaniu korepetytora. Była zdecydowana stworzyć tę grupę czytelniczą, szczególnie odkąd Muffy zdradziła jej w tajemnicy, że Gwendolyn Baines i Cynthia Kirk też mają to w planach. Julie musiała być pierwsza.

Trochę nerwowo poprosiła, żebym poszła z nią na spotkanie z „profesorem", jak go nazwała. Zjawiła się ubrana jak Sylvia Plath, w kraciastą spódniczkę z kontrafałdą i z zaplecionym warkoczem, pod wpływem Gwyneth Paltrow w filmie. Włożyła nawet płaskie buty. Byłam zaszokowana. Chcę powiedzieć, że do tej pory Julie zawsze udawała, że nie wie, co to takiego buty na płaskim obcasie. Poprosiła, żebym ubrała się „akademicko", aby ten z uniwersytetu potraktował nas poważnie. Tego ranka posłusznie włożyłam granatową koszulową bluzkę, ale przed wyjściem z domu nie mogłam się oprzeć pokusie dodania do tego stroju czarnych kabaretek i czerwonych butów na obcasie od Christiana Louboutina. Życie bez przyjemnostek związanych z modą jest po prostu zbyt nudne, prawda?

Henry najwyraźniej miał skromne doświadczenie w postępowaniu z młodymi kobietami, a tym bardziej Księżniczkami z Park Avenue. Sprawiał wrażenie nieśmiałego i utrzymywał dystans, siedząc za wielkim biurkiem, zawalonym testami egzaminacyjnymi.

— Umarłych kogo? — zapytał zbity z tropu.

— Jest pan uroczy. To znaczy w tym inteligenckim stroju i z tą nieśmiałością, profesorze — stwierdziła Julie. Henry był uroczy, bez dwóch zdań. Jego „inteligencki" strój składał się ze znoszonych sztruksów, lnianej marynarki i oksfordów. Kołnierzyk koszuli lekko się strzępił.

— Prawdę mówiąc, nie jestem profesorem, nie dostałem jeszcze etatu. Jestem tylko wykładowcą. Stara się pani o przyjęcie do szkoły?

— *Profesorze!* Czy ja wyglądam na *studentkę*? Nie chcę iść do szkoły, chcę, no wie pan, rozwijać siebie i swoje przyjaciółki, które bardzo potrzebują rozwoju, może mi pan wierzyć. Potrafią rozmawiać tylko o Michaelu Korsie, o tym, jaki z niego geniusz, a ja nie mogę tego znieść.

— O kim? — zapytał Henry.

— Jestem absolutnie zachwycona, że pan nie wie, kim jest Michael Kors! — wykrzyknęła Julie. — Może nas pan uczyć literatury i zapoznawać z książkami? Mieszkam w Pierre, jest tam naprawdę miło, przyślę po pana samochód, zajmę się wszelkimi wydatkami, zapłacę panu tyle, ile pan sobie zażyczy. Gdyby tylko mógł pan wypożyczyć swój umysł na parę godzin, naprawdę umiałybyśmy docenić możliwość rozwoju. Proszę nie odmawiać! Proszę! — Zanim Henry zdołał odpowiedzieć, Julie ciągnęła: — I mogłabym zamówić dowolne jedzenie. Jak pan myśli? Powinnam zaangażować Elain's, żeby przygotowali przekąski? Czy to by było dostatecznie literackie jak dla pana?

— Mam wrażenie, że trochę sera i krakersy to właściwie wszystko, czego trzeba.

— Więc zrobi to pan, profesorze? Och, jestem taka szczęśliwa.

— Nie jestem profesorem, panno Bergdorf.

— Ale pewnego dnia pan będzie, prawda? To znaczy, mogłabym poprosić tatę, żeby od razu pana awansował, jeśli pan chce, bo i tak kompletnie finansuje to miejsce. No dobrze, przyślę kogoś po pana o szóstej, we wtorek. To naprawdę dobra pora na spotkanie klubu książki, bo we wtorki nic nigdy się nie dzieje.

— Jeszcze jedna sprawa, panno Bergdorf.

— Tak?

— Musimy zdecydować, jaką książkę chcecie panie przeczytać. Bo musicie przeczytać ją przed wtorkiem, żebyśmy mogli podyskutować.

— Eeł — mruknęła Julie. Dało się zauważyć, że jej entuzjazm nieco oklapł w obliczu realnej konieczności przeczytania całej książki. — Ale do tego pan jest nam potrzebny, żeby wskazać, co mamy czytać.

— Wielu osobom podoba się książka pod tytułem *W sercu morskiej otchłani* Nathaniela Philbricka. Sam nie mogłem się oderwać od lektury — powiedział Henry.

— Och, romans! Czy to coś takiego jak film *Titanic*?

— Trochę, ale z wielorybami — wyjaśnił Henry. — Jeżeli podobała się pani historia *Titanica*, tę uzna pani za bardzo wzruszającą.

*

Odkąd wróciłam z Cannes, Patrick Saxton wydzwaniał jak szalony. Utrzymywał, że zostawił mnie na nicejskim lotnisku ze względów bezpieczeństwa — najwyraźniej z powodu terroryzmu czy czegoś tam samolot musi startować dokładnie wtedy, kiedy się zapowiedziało. Zawsze uważałam, że wygoda podróżowania prywatnym odrzutowcem polega na tym, że można startować, kiedy się chce, albo nie startować, jeżeli nagle naszedł człowieka taki kaprys. Według Patricka nie tak to wyglądało.

— Błagałem pilota, żeby dłużej zaczekał — powiedział przez telefon kilka dni później. — Ale francuska kontrola lotów nie dopuszczała tego dnia żadnych przestojów na pasie startowym. Tak mi przykro, mam nadzieję, że nie było to dla ciebie niedogodne. Naprawdę się o ciebie martwiłem.

Ups. Może Patrick był jednak Matką Teresą.

— Przykro mi, że się spóźniłam. Rzeczywiście głupio zrobiłam. Ale mogłeś mi zostawić wiadomość — stwierdziłam. Albo bilet.

— Próbowałem! Nie pozwolili mi. Zarezerwowałem ci za to miejsce na trzecią do Nowego Jorku, uznałem, że się domyślisz.

— Naprawdę?

— Oczywiście. Absolutnie nie zostawiłbym cię tam bez możliwości powrotu do domu. Masz mnie za takiego człowieka?

— Przepraszam. Byłam kompletnie spanikowana i nie myślałam jasno.

— Bardzo chciałbym cię znów zobaczyć.

— Cóż... — zawiesiłam głos. Czy chciałam znów zobaczyć Patricka? Chyba tak. Był czarujący i zabawny i po rozwodzie mógł się stać PM. — Może — odparłam. Starałam się nie robić wrażenia zbyt ochoczej.

— Świetnie, zadzwonię do ciebie, żeby coś zorganizować. A tak przy okazji, mogłabyś mi dać numer komórki Jazz?

— *Co?* — nie zdołałam ukryć niedowierzania.

— Zostawiła w samolocie paszport. Prosiłem swojego asystenta, żeby przekazał go jej przez posłańca, ale nie wiemy, gdzie ona jest.

Może Patrick mówił szczerze. Nie umiałam ocenić. Przez kilka sekund nie odpowiadałam. Tak czy owak, druga linia pipała mi jak szalona. Musiałam się pozbyć Patricka.

— Muszę lecieć — powiedziałam, dałam mu numer komórki Jazz i zmieniłam linię. — Halo?

— Hej, tu Jazz. Tak się o ciebie martwiliśmy, co się stało?

— Spóźniłam się, kupowałam bikini — odpowiedziałam.

— Jesteś taka jak ja! Z powodu zakupów przegapiłam tyle lotów, że nawet sobie nie wyobrażasz. Boże, Parick był taki paskudny, że nie zaczekał. Cóż, to najgorszy facet do umawiania się na randki w całym Nowym Jorku, więc czego się spodziewać.

— Tak? Wszyscy twierdzą, że jest święty.

— Słuchaj, znam go od wieków. Umawiam się z nim i zrywam, odkąd skończyłam piętnaście lat. Jest zabawnie, dopóki się wie, że jest zajęty. Świetny facet, ale żonaty.

— Muffy twierdzi, że się rozwodzi.

— Patrick powtarza to swoim dziewczynom od dnia zaręczyn! Żona nigdy mu nie pozwoli, a on nigdy jej nie zostawi. To ona ma pieniądze. To jej samolot, nie jego. Wszyscy o tym wiedzą.

— Och — westchnęłam.

— Zawarli taką umowę. Nikt nie dostanie Patricka Saxtona. Jemu to odpowiada. Nie uważasz, że żonaci faceci są po prostu cudowni? Nie włóczą się za człowiekiem jak stęsknione psiaki.

— To chyba faktycznie plus — odparłam.

— No, w każdym razie masz nowy numer komórki Patricka? Zaprosił mnie do Wenecji na festiwal filmów na jesieni, zdecydowanie jadę. Nie uważasz, że ten samolot jest cudowny, z tymi różowymi żelkami w łazience? Ze wszystkich moich przyjaciół, którzy mają samoloty, Patrick ma najlepszy.

Dałam Jazz ten numer i odłożyłam słuchawkę. Gdybym tylko umiała być tak powierzchowna jak ona, życie byłoby znacznie mniej kłopotliwe.

*

Dopóki Julie nie wciągnęła mnie w paranoiczny świat stylizacji wnętrz na potrzeby wieczornego przyjęcia, nie miałam pojęcia o „niewiarygodnej presji", jak to opisała, związanej z zaproszeniem do własnego domu dwunastu najbogatszych dziewczyn z Nowego Jorku. Organizując spotkanie klubu książki, popadła w takie szaleństwo, jakby planowała bal inauguracyjny w Białym Domu.

W chwili gdy Julie wszystkich zaprosiła i wysłała im egzemplarze książki do czytania, opadły ją tysięczne niepokoje, zastrzeżone wyłącznie dla grupy młodszych księżniczek. Martwiła się, że przyjaciółki zgodziły się uczestniczyć w spotkaniu klubu tylko po to, by sprawdzić, co Tracey Clarkson zrobiła z jej mieszkaniem. Przystąpią do „sekcji" poczucia piękna Tracey, jak tylko znajdą się za drzwiami, i prawdopodobnie je skrytykują, bo „nie mam niczego w zebrę. Wszyscy mają teraz w domu cokolwiek w zebrę" stwierdziła. Gryzła się, że na jej przyjaciółce Shelley — która ma zawsze na stoliku do kawy misę royal doulton, wypełnioną idealnie dojrzałymi granatami, aby pasowała do ręcznie malowanych tapet — nie zrobi wrażenia jej własna kolekcja mis. Potem były talerze i filiżanki do espresso: chciała użyć tej francuskiej śmiesznej porcelany, którą wszyscy mają, ale nie znała jej nazwy i za bardzo się wstydziła, żeby zapytać. Słyszała, że do espresso modnie jest używać srebrnych łyżeczek od Buccellatiego i zastanawiała się, czy zdobędzie je na czas. Martwiła się, że materiał zakrywający nóżki sofy musi być mocno naciągnięty aż do ziemi, żeby nie wyglądało, jakby ktoś przed chwilą tam siedział, i chciała mieć dobrze wypchane poduszki, dobrze, ale jednak nie za mocno. Czy umiejętności jej gosposi będą wystarczające do uprasowania krochmalonych, lnianych koktajlowych serwetek? Ostrość brzegów serwetek koktajlowych to standard, według którego ocenia się w Nowym Jorku gospodynię, twierdziła z twarzą wykrzywioną strachem. Histeryzowała nawet dlatego, że niektórych zaproszonych dziewczyn nie było na fotografiach wiszących u niej na ścianach. Jeżeli ktoś by to zauważył, mogłyby nastąpić poważne kontrdziałania towarzyskie, na przykład wykluczenie z pewnych elitarnych przyjęć przedporodowych.

Była nerwowym wrakiem, a nawet nie zdążyła się jeszcze zorientować, że nie ma co na siebie włożyć. Przyjaciółki tylko pogarszały sytuację.

— Wade Roper jest kompletnie *passé* — Jolene autorytatywnie podsumowała pewnego znanego w towarzystwie florystę. — Może skorzystasz z Martine Wrightman? Och, ale nigdy jej nie zaangażujemy, bo nigdy się to nam nie udaje.

— Nie zamawiaj zaproszeń u pani Johnowej L. Strong w Barneys, kup w Kate's Paperie i wypisz ręcznie. Chcesz przecież, żeby wszystko wyglądało nieformalnie — radziła Mimi. — Jeżeli dasz je do wykaligrafowania, będzie wyglądało, że miałaś o wiele za dużo czasu.

Pociągając nosem, Julie zadzwoniła do mnie kilka dni przed przyjęciem.

— Nie dam rady — oznajmiła. — Żałuję, że w ogóle pomyślałam o tym głupim klubie książki. To jakiś parszywy dowcip.

Chociaż w duchu absolutnie się z tym zgadzałam, teraz było za późno, żeby się wycofać.

— Pomogę ci — powiedziałam, mimo że tak naprawdę nie miałam wolnego czasu. Wciąż jeszcze kończyłam robotę przy artykule o Jazz. — Słyszałam, że w TriBeCa jest nowy dekorator, z którego wszyscy korzystają. Zrobi coś tak zabawnego i szalonego, że nie uwierzą własnym oczom. Mam do niego zadzwonić?

— Okej. Możesz tu dotrzeć w ciągu godziny?

*

Zanim zdołałam skontaktować się z Barclayem Braithwaitem, młodym stylistą przyjęć prosto z Alabamy (wszyscy organizujący przyjęcia pochodzą z Alabamy i nigdy nie są heteroseksualni), zadzwoniła Mama.

— Kochanie. W ogóle się nie odzywasz. Jak się masz? — zapytała.

— Och, świetnie — odpowiedziałam, myśląc, że tak mi do „świetnie", jak Księżycowi do Ziemi.

— Na moje ucho wcale nie tak świetnie. Za to po amerykańsku. Kiedy przyjeżdżasz do domu? Tęsknimy za tobą.

— Nie przyjeżdżam, Mamo, podoba mi się tutaj.

— Nie „mamo" tylko „mamusiu". Cóż, mam nadzieję, że przyjedziesz na pięćdziesiątkę twojego ojca. Wiesz, że się ciebie spodziewa. Za trzy tygodnie. Impreza może być dość okazała — wyszeptała Mama. — Wszyscy w hrabstwie chcą być zaproszeni, więc postaraj się za bardzo o tym nie rozpowiadać. Nie chcemy zdenerwować miejscowych. Wiesz, jacy bywają! To naprawdę okropne, szczególnie kiedy ma się nową sprzątaczkę, tak jak ja. Być może przyjdą też Swyre'owie, o ile uda mi się z nimi skontaktować. Nie wiesz przypadkiem, gdzie można ich znaleźć? Tak bym chciała, żebyście spotkali się z Małym Earlem.

Nie mogłam uwierzyć, że Mamę wciąż prześladuje ta sama koncepcja, co w czasach, kiedy miałam sześć lat. Ona po prostu nie zdaje sobie sprawy, że nie ma już rycerzy w lśniących zbrojach, a ja nie szukam rycerza.

— Z rozkoszą przyjadę na przyjęcie — powiedziałam. — Nie mogę się doczekać.

I rzeczywiście tak było. Nagle dopadł mnie atak tęsknoty za domem. Może dobrze mi zrobi przejażdżka wąskimi angielskimi wiejskimi drogami i widok żywopłotów poprzerastanych gęsto trybulą. Mogłabym nawet zostać parę dni w Starej Plebanii i trochę odpocząć — chociaż to może być trudne z Mamą w pobliżu.

*

Kiedy dotarłam do jej mieszkania, Julie stała w salonie, a krawiec od Barneysa dopasowywał na niej nową parę dżinsów, roganów. Barclay, ubrany w swój mundurek składający się z białych dżinsów i różowej koszuli od Charveta, przyszedł ze mną. Zabrałam go z biura w TriBeCa i taksówką pojechaliśmy do Julie.

— Wiem, że w całym tym czytelniczym przedsięwzięciu nie chodzi o ciuchy, ale chcę wyglądać niezobowiązująco, jakbym wcale nie myślała o ciuchach, i dlatego teraz załatwiam te dżinsy, żebym nie musiała o nich myśleć — powiedziała.

Czasami wydaje mi się, że Julie ma w głowie większe zamieszanie niż Lara czy Jolene, co oznaczałoby naprawdę duże zamieszanie. Zwróciła się do Barclaya, promieniejąc tym wspaniałym uśmiechem, który oszczędza na chwile, gdy rozpaczliwie czegoś potrzebuje.

— Dziękuję Barclay, że awaryjnie organizujesz to przyjęcie. Chcę po prostu, żeby to było coś innego. Chcę czegoś, czego nikt jeszcze nie zrobił. Co ty na to?

— Czy mogę poprosić o wodę z lodem i rozmarynem? — zapytał Barclay. — Podają ją do śniadania w L'Ermitage. Pomaga mi myśleć.

Kilka minut później Barclay przycupnął na brzegu sofy, popijając wodę ziołową, jakby to był eliksir planowania przyjęć. Szybko stało się oczywiste, że przygotowanie wnętrza na kolację dla Julie Bergdorf podbuduje albo złamie mu karierę. Chciał, żeby to było coś zabawnego, szykownego i pięknego za jednym zamachem.

— Myślę, że żadnego więcej kwiecia. Kwiaty zostały wykorzystane do zera. Dla ciebie, Julie, myślę o oceanicznym szyku. Na przystawkę ruloniki z homara, ale zmniejszone. Maleńkie! Najmniejsze, najbardziej urocze ruloniki z homara w całym Nowym Jorku. Potem ostrygi podane na talerzu z prawdziwej macicy perłowej — oznajmił Barclay, bazgrząc w swoim notatniku. — A teraz, jeśli dasz mi chwilę na osobności, za parę minut będę miał gotowy plan.

Barclay wypadł z pokoju. Kiedy oddalił się poza zasięg głosu, Julie wyszeptała:

— Słyszałaś straszne wieści?

— Co się stało? — zapytałam.

— Chodzi o Daphne. Dzwoniła do mnie wczoraj z Bel-Air. Musiała opuścić dom. Bradley ma romans z dekoratorką i chociaż Daphne jest zachwycona tym, co dekoratorka zrobiła z domem w Beverly Hills, czuje się chora, ilekroć stanie na dywanie z Aubusson w salonie. Możesz to sobie wyobrazić, nie móc wytrzymać we własnym domu? Paskudnie się czuję z jej powodu. Zapytałam, czy chce, żebym przyjechała i z nią pobyła, ale powiedziała tylko, że jest z nią nauczyciel jogi i to wystarczy. Martwię się o nią, myślisz, że mimo wszystko powinnam pojechać?

Co za koszmar. Daphne była dla Bradleya taką idealną żoną, urządzającą mu najlepsze przyjęcia w Hollywood, kiedy tylko zapragnął, i tak dalej. Gdy przyjaciółka przeżywająca kryzys twierdzi, że wszystko w porządku, należy zignorować jej słowa i jechać, i być przy niej bez względu na to, ilu guru od jogi ma do dyspozycji.

— Może powinnyśmy pojechać obie — zaproponowałam. — Mogłybyśmy wybrać się następnego dnia rano po spotkaniu w twoim klubie książki.

Zanim Julie zdążyła odpowiedzieć, wpadł Barclay.

— Jeżeli naprawdę chcesz zaszaleć — oznajmił — utrzymaj bibliotekę w poważnym stylu, czytanie przy świetle latarni morskiej, a potem przełamiesz to kolacją przy fantazyjnym stole. Wchodzisz do jadalni, i chlup! Koral! Wymyte przez wodę drewno! Stół nakryty obrusem z *naturalnego płótna*! Na Upper East Side używałem do tej pory wyłącznie lnu i lilii. To może naprawdę wstrząsnąć układami. Co powiesz na japońską rybę, bojownika, w centralnym punkcie?

— Wspaniale — uznała Julie. — Tylko nie bądź nadmiernie twórczy, Barclay, bo wszyscy zgadną, że to nie mój pomysł.

— Nikt się nigdy nie dowie — zapewnił, ponownie znikając.

Julie odwróciła się do mnie.

— W każdym razie Bradley twierdzi, że musi odzyskać Daphne, ale ona chce skorzystać z zapisów intercyzy.

— Wykluczone — powiedziałam.

— Uważam, że powinna spróbować jakoś to rozwiązać.

Bradley naprawdę ją uwielbia, po prostu spieprzył sprawę, gnojek.

Zanim Barclay doszedł do menu, był taki podniecony, że sam wyglądał jak japoński bojownik.

— Jeśli chodzi o ten cały tłum odchudzających się, to kiedy się zbiorą, nie chcą dietetycznych potraw, chyba że to lunch — oświadczył autorytatywnie.

Zaniepokojona Julie uniosła jedną przepięknie wywoskowaną brew. Dietetyczne potrawy to jedyne potrawy, na jakich się zna.

— Ludzie chcą się teraz poczuć ciepło i bezpiecznie, otoczeni opieką. Widziałaś, co się dzieje na świecie? Paskudne rzeczy. I dlatego proponuję: daj tym dziewczynom dobrą, solidną zapiekankę rybną.

Julie zabrakło tchu. Niewiele spośród jej przyjaciółek weszło kiedykolwiek w fizyczny kontakt z czymś tak treściwym jak zapiekanka rybna. Zgodziła się, ale tylko dlatego, że jej zdaniem miało to wszystkimi wstrząsnąć.

*

Kiedy już podrzuciłam Barclaya z powrotem do jego biura, wróciłam do domu i zadzwoniłam do Daphne. Musi być kompletnie rozhisteryzowana, jeżeli Bradley naprawdę zrobił to, o czym mówiła mi Julie.

— Daj spokój! — powiedziała Daphne, gdy usłyszała mój głos. — Miło, że się odzywasz. Co u ciebie?

— W porządku — odparłam. — Ale co u ciebie?

— Wspaniale!

Jak na kobietę na skraju małżeńskiej katastrofy Daphne wydawała się niepokojąco beztroska. Może pobyt w Bel-Air dawał jej fałszywy obraz rzeczywistości. Tak się dzieje ze mną, kiedy tam jestem... wszystkie te piękne stawy, lilie wodne i kręcące się gdzie popadnie łabędzie.

— Słyszałam, co się stało... z Bradleyem — powiedziałam. — Na pewno dobrze się czujesz?

— Wyjechałam, kiedy odkryłam, że zalicza dekoratorkę... *na intarsjowanym łóżku, do którego zrobienia ją upoważniłam, wyobrażasz sobie?* Odkąd się wyprowadziłam i tu mieszkam, Bradley strasznie o mnie zabiega. Przysyła kwiaty, biżuterię, futra... co jest w sumie smutne, bo powinien wiedzieć, że jestem teraz przeciwną futrom weganką... ale, rozumiesz, uważam, że to świadczy o chęci naprawienia związku. Chcę z nim zostać, choć nie zamierzam mu tego mówić od razu. Niech się trochę spoci. Co ma być, to będzie, i nic się na to nie poradzi.

Co w nią wstąpiło? Mniejsza o mężów, Daphne przeżywa załamanie nerwowe, gdy odchodzi chłopak do czyszczenia basenu.

— Chciałabyś, żebyśmy przyjechały? Naprawdę się o ciebie martwimy.

— Świetnie się czuję. Też byś się tak czuła, gdybyś miała apartament dla nowożeńców w Bel-Air, co? Naprawdę nie musicie przyjeżdżać.

— Czy ktoś się tobą zajmuje? Opiekuje?

— Daj spokój! Oczywiście, na okrągło. Nie wiedziałam, że mam tylu przyjaciół. A wiesz, kto jest najlepszy, niewyobrażalnie słodki i uprzejmy, chociaż naprawdę nie musi?

— Annie? — zapytałam.

Annie to najlepsza przyjaciółka Daphne w Hollywood, choć Daphne twierdzi, że w Hollywood naprawdę nie miewa się przyjaciół.

— Nieee! Nie, Annie... ten anioł... zajmuje się *Bradleyem*, ponieważ jej mąż Dominic jest agentem w ICM, a marzy, żeby zostać agentem w CAA*. Annie wie, że Bradley potrafi wszystko załatwić, jeżeli tylko mu na czymś wystarczająco zależy — wydyszała.

Usłyszałam pociągnięcie nosem i szelest chusteczki.

— No więc, kto jest tym świętym?

---

* Creative Artists Agency i International Creative Management — agencje filmowe

220

— Dwa dni temu siedzę tu z tymi łabędziami, które doprowadzają mnie do szału pływaniem w kółko, i wpada Charlie. Zabiera mnie do Coffee Bean na Sunset na odtłuszczony sojowy lodowy koktajl waniliowy, właściwe mój ulubiony tutejszy smakołyk... musisz spróbować... i mówi, że Bradley jest głupcem, że jestem wyjątkową kobietą i Bradley nigdy by nie został tym, kim jest, beze mnie, a potem stwierdza, że co ma być, to będzie. Chyba nie znam nikogo innego na rynku filmowym, kto spontanicznie przyszedłby pocieszać żonę szefa studia, kiedy może wiele stracić, wspierając tę żonę, a nie szefa. Jest taki miły, że po prostu poczułam się pozytywnie nastawiona do życia. Czuję się, nie potrafię tego wyjaśnić, ale czuję się... szczęśliwa. — Daphne lekko zachichotała.

Daphne nigdy nie jest szczęśliwa. Ktoś jej zrobił pranie mózgu. Musi wyjechać z Bel-Air.

— Czemu nie przyjedziesz do Nowego Jorku?

— Nie uważasz, że to zdumiewające, że ktoś może być taki uprzejmy? — zapytała. — To było takie słodkie.

— Julie za parę dni urządza spotkanie klubu książki, byłaby zachwycona, gdybyś przyjechała.

— Akurat! — zawołała Daphne ze śmiechem. — Prędzej klub bokserski. Zostaję tu, żeby wyprostować sprawy z Bradleyem. Obiecuję zadzwonić, jeżeli cokolwiek się wydarzy. Ale czy Charlie nie jest *słodki*?

— Pewnie tak — odparłam z oporem.

— A ty dobrze się czujesz?

— Świetnie.

— No więc słyszałam, że byłaś w Cannes z La Saxtonem. I co, jest taki dobry w łóżku, jak wszyscy mówią?

— Daphne! Nawet się z nim nie całowałam. To była tylko randka.

— Daj spokój! Wiesz, jak go nazywają w LA?

— Jak?

— Patrick Sexton. Czy to nie genialne?

— Raczej nie jest w moim typie.

— Daj spokój! Jest absolutnie w twoim typie, jeżeli chodzi o flirt bez przyszłości. Tylko uważaj na jego żonę. Kompletna wariatka, szczególnie jeśli uzna, że on kogoś naprawdę lubi. Słuchaj, skontaktuję się z tobą, pa! — powiedziała i odłożyła słuchawkę.

*

Załogę *Essex* czekały jeszcze męczarnie ust, które przestają produkować ślinę. Język twardnieje i zmienia się w coś, co McGee opisuje jako „bezwładny ciężar kołyszący się na wciąż jeszcze miękkiej nasadzie i obco uderzający o zęby". Mówienie staje się niemożliwe, chociaż wiadomo, że cierpiący jęczą i ryczą. Następna jest faza „krwawych potów", pociągająca za sobą „postępującą mumifikację początkowo żyjącego ciała". Język puchnie do takich rozmiarów, że przeciska się przez szczęki. Powieki pękają i gałki oczne zaczynają ronić krwawe łzy. Gardło jest tak obrzmiałe, że oddychanie staje się utrudnione, wywołując bezsensowne, acz przerażające wrażenie tonięcia. Ostatecznie gdy słońce nieubłaganie osusza ciało z pozostałości wilgoci, mamy „żywego trupa".

W sercu morskiej otchłani niezupełnie toczyło się według scenariusza Kate Winslet — Leonardo DiCaprio, jakiego się spodziewałam. Zabrałam się do lektury dopiero późno w nocy przed spotkaniem klubu Julie. Przeczytałam mniej więcej połowę i prawie nie mogłam potem spać. Potworna jak diabli, cała o zatonięciu wielorybnika z Nantucket i o tym, jak załoga przeżyła, robiąc rzeczy w rodzaju wysysania szpiku z kości martwych współtowarzyszy. Przeraziła mnie nawet bardziej niż film z Ethanem Hawke'em, gdzie rozbija się samolot i wszyscy gotują się nawzajem na śniadanie. Gwendolyn Baines i Cynthia Kirk absolutnie tego nie strawią. Wieczorem o szóstej zadzwoniła rozhisteryzowana Julie.

— O mój Boże! Właśnie skończyłam książkę. Jak mamy dyskutować o sześciu ludziach, którzy przeżyli dzięki krwi jednego żółwia, sącząc „morską bryzę"? — płakała. — I rozkład miejsc doprowadza mnie do szaleństwa. Nie mogę *nigdzie* posadzić Jazz Conassey. Spała z chłopakami i narzeczonymi wszystkich dziewczyn. Mimi nie może rozmawiać z nikim, kto nie jest w ciąży, a Madeleine Kroft siedzieć obok nikogo szczupłego, bo jej odbija. Cynthia Kirk i Gwendolyn Baines nie rozmawiają ze sobą, bo razem przewodniczą gali Amerykańskiego Teatru Baletowego i nie mogą się dogadać, czyje nazwisko ma być pierwsze na zaproszeniu. Nikogo nie da się usadzić. I jestem taka niewyspana, że dzisiaj rano wyglądałam jak Christina Ricci!!! Aaaaaaaaa...

Nie potrafiłam bez reszty skupić się na tym, co mówiła Julie. Tak naprawdę moje myśli zajmował Parick Saxton. Rozmowa z Daphne nadała wszystkiemu właściwą perspektywę. Patrick był jeszcze bardziej podstępny niż Eduardo i Zach; profesjonalny playboy, beznadziejna sprawa dla takiej dziewczyny jak ja. Przez ułamek sekundy miałam przed oczyma obraz samej siebie, otoczonej wygłodniałymi, niegodnymi zaufania mężczyznami na tonącym statku, ale się z tego otrząsnęłam. To Julie potrzebowała uspokojenia. Powiedziałam jej, że właśnie wychodzę i będę u niej za trzydzieści minut.

*

Ile diamentów potrzeba, żeby przeczytać książkę, zapytałam sama siebie, przyglądając się tego wieczoru gościom Julie. Dwanaście zgromadzonych w bibliotece dziewcząt z klubu książki musiało mieć na sobie przynajmniej sześćdziesiąt karatów, może więcej, i to w samych kolczykach od Cartiera. Shelley miała pierścionek wielkości transatlantyku, błękitny diament, co najmniej dziesięciokaratowy. Jedyną osobą, która nie wyglądała, jakby przyszła na koktajl party, była Julie. Ubrała się jak na weekend na Cape Cod, w dżinsy i żeglarską bluzę. Stopy bose, paznokcie pomalowane w delikatnym odcieniu wodorostów.

— Naprawdę martwię się o umysły moich przyjaciółek. Nie sądzę, żeby którakolwiek z nich przeczytała więcej niż pierwszą stronę — wyszeptała, kiedy weszłam. — Kompletnie ich nie rozwinęłam. Kocham dziewczyny, ale ich klejnoty są takie... nużące. Okej, siadajmy.

Zazwyczaj jedyne, co Julie uważa za nużące, jeśli chodzi o klejnoty, to brak dostatecznej liczby nowych. Miałam nadzieję, że to tylko czasowe odstępstwo od zwykłego dla niej stanu szaleństwa.

Barclay zmienił bibliotekę w olśniewającą podobiznę kabiny statku. Latarnie migotały, jakby w pokoju naprawdę wiała morska bryza. Stół był zarzucony spłowiałymi mapami i zabytkowymi dziennikami pokładowymi. Kelner podawał błękitne martini i mai tai oraz serwetki koktajlowe o brzegach tak ostrych, że żeglarz mógłby podciąć sobie nimi gardło. Dziewczyny usiadły w kręgu. Henry w obszernym fotelu, przy końcu. Niespokojnie balansował na kolanie stosem książek i notatników, nerwowo sącząc drinka. Szczerze mówiąc, miałam wrażenie, że wygodniej by mu było na krześle elektrycznym.

Julie i ja rozsiadłyśmy się na sofie. Dobrze będzie zapomnieć o wszystkim i podyskutować o tragedii wielorybników, choć to smutny temat. Szepty umilkły i Henry rozpoczął.

— No cóż... oto jesteśmy. W-w-witajcie. To wspaniała... eee... książka i... z góry przepraszam... mam nadzieję, że wszystkie panie miałyście czas przeczytać po kawałku... — powiedział wstydliwie.

Chociaż ja oczywiście *całkowicie* koncentrowałam się na wykładzie, stawiałabym na to, że dziewięćdziesiąt dziewięć przecinek dziewięć procent zgromadzonych w pokoju dziewczyn więcej uwagi poświęcało niezaprzeczalnemu urokowi Henry'ego niż tematowi jego wystąpienia. Julie była dosłownie zahipnotyzowana. Dotarły do mnie strzępki szeptanej rozmowy.

— Myślisz, że jest z *tych* Hartnettów? — syknęła Jolene.

— O Boże. Ci magnaci stalowi? — zamruczała Lara.

— Taaak! Są jak dynastia Kennedych. Powinnaś za niego wyjść. Jedna z nas powinna za niego wyjść — oświadczyła Jolene przyciszonym głosem.

Jolene nie pamiętała, że jest zaręczona od bardzo, bardzo długiego czasu. Henry zbliżał się do końca wypowiedzi. Zwrócił się do Jolene.

— No więc... eee... Jolene? Chcesz, zdaje się, coś skomentować? Chciałabyś się zanurzyć, że tak powiem, w temacie?

— Jasne! — Jolene zgodziła się entuzjastycznie. — Czy pochodzisz z tej stalowej rodziny?

Henry zaszeleścił papierami. Odchrząknął. Sprawiał wrażenie zakłopotanego.

— To ta sama gałąź rodziny, owszem. Ale nie to jest przedmiotem naszej dzisiejszej dyskusji. Co chciałabyś powiedzieć o książce?

— No tak, w kategoriach analizy charakterologicznej — powiedziała Jolene *très* poważnie — i wszystkich tych intelektualnych problemów, chciałabym wiedzieć, czy, no wiesz, kiedy nakręcą na podstawie tej książki film, uważasz, że kapitana Pollarda powinien zagrać George Clooney czy Brad Pitt?

— Właściwie nie jestem, umm, p-p-pewien — odparł Henry. — Ktoś jeszcze?

Jazz Conassey pomachała ze swojego miejsca.

— Cześć, jestem Jaz-zy — przedstawiła się kokieteryjnie. — Mam odpowiednio książkowe pytanie. Znasz książkę *A Heartbreaking Work of Staggering Genius*? Wiesz może, czy Dave Eggers, autor, jest, no wiesz, wolny?

— Ktoś jeszcze? — zapytał zmieszany Henry.

— Mogę zadać pytanie na temat? — grobowym tonem

odezwała się Madeleine Kroft. — Myśli pan, że można schudnąć od pisania? Bo wszystkie te piszące dziewczyny w rodzaju Joan Didion, Zadie Smith i Donny Tartt są chude jak nie wiem.

Henry niespokojnie potarł czoło. Zapadła ponura cisza.

— Henry, czemu nie przeczytasz fragmentu książki na głos? Może to wywoła dyskusję — zaproponowała Julie.

— Znakomity pomysł — uznał Henry. — Przejdźmy zatem do strony sto sześćdziesiątej piątej.

Zaczął czytać:

Kiedy w trzecim tygodniu zmarł cieśla, ktoś z załogi zasugerował, żeby wykorzystać ciało towarzysza jako pożywienie...

— Krewetkową prażynkę, Henry? — Jolene podsunęła mu tacę z delikatnymi przekąskami.

— Nie, nie. Dziękuję. Mogę czytać dalej?

— Och, proszę — wyszeptała Jolene. — Przepraszam, przepraszam. To fascynujące.

Henry kontynuował:

Kapitan Dean z początku uznał propozycję za „godną ubolewania i szokującą". Potem, gdy stali nad ciałem martwego cieśli, nastąpiła dyskusja. „Po dogłębnych dojrzałych rozmyślaniach i naradach nad słusznością czy też grzesznym charakterem czynu z jednej strony a absolutną koniecznością z drugiej — napisał Dean — osąd, sumienie etc. zostały zmuszone do poddania się przeważającym argumentom naszych nienasyconych apetytów...".

— Zechciałbyś siedzieć przy moim stole na gali Amerykańskiego Teatru Baletowego w przyszłym tygodniu, Henry? — odezwała się Gwendolyn.

— Przykro mi, ale Henry już jest zajęty — odparła Cynthia. — Siedzi przy moim stole. Głównym.

— Możemy wrócić do tematu? — zapytał Henry. Czytał dalej:

Dean, jak większość żeglarzy zmuszonych uciec się do kanibalizmu, zaczął od usuwania najbardziej oczywistych znaków ludzkiego charakteru zwłok — głowy, rąk, stóp skóry...

Z przeciwnej strony stołu rozległ się głośny łomot. Shelley zemdlała, co nie było specjalnie szokujące, ponieważ zawsze wykorzystuje pomysłowe sposoby zwrócenia na siebie uwagi.

— O mój Boże! — wrzasnęła Lara — Szybko! Niech ktoś zadzwoni pod dziewięćset jedenaście!

Henry rzucił się w stronę ofiary. Delikatnie poklepał ją po twarzy i zaczęła dochodzić do siebie.

— Mam mdłości — stwierdziła Gwendolyn, wachlując się jak szalona. — Możemy tu wpuścić trochę powietrza?

— Może wszystkie pojedziemy do szpitala? — zaproponowała Jazz. — Słyszałam, że mają tam naprawdę milutkich lekarzy.

Nagle w pokoju nie było ani jednej dziewczyny, która nie miałaby jakiegoś ataku nerwowego albo kłopotów z żołądkiem. Klub książki Julie pogrążył się w chaosie. Zapanowało takie szaleństwo, że ledwie usłyszałam dzwoniącą komórkę. Chwyciłam telefon.

— Halo?

— Tu Miriam Covington. Jestem osobistą asystentką Gretchen Sallop-Saxton. Mam panią Saxton na linii. Przełączam.

Nie zdążyłam nic odpowiedzieć, bo odezwała się pani Saxton. Głos miała ostry i surowy.

— Witam. Mówi Gretchen Sallop-Saxton. Widuje się pani z moim mężem — powiedziała.

— Do niczego nie doszło...

— Doprawdy. Już to sobie wyobrażam. Słyszę, że Patrick

jest zauroczony panią... w tym tygodniu. Jak pani wie, co wieczór umawia się z inną aktorką, osobą z towarzystwa czy modelką. To dla niego nic nie znaczy. Słyszę, że szuka pani męża. Chcę postawić sprawę kompletnie jasno: Patrick nigdy nie będzie niczyim mężem. Tylko moim. W ostatecznym rozrachunku to ze mną się ożenił. — Nastąpiła pauza, jakby pani Saxton przeładowywała broń. — Pani szefowa jest moją niezwykle bliską osobistą przyjaciółką. Stale odwiedza mój dom w Millbrook. Często omawiamy zmiany personalne. Posady takie, jak zajmowana przez panią, można niezwykle łatwo utracić, nieprawdaż?

To było ze strony pani Saxton sprytne posunięcie: moja redaktor naczelna jest uczulona na dziewczyny, które świadomie umawiają się z żonatymi mężczyznami. Nie będzie trzymać w biurze istot tego pokroju. Można stwierdzić, że pani Saxton uzbroiła minę przeciwpiechotną.

— Pani Saxton, bardzo mi przykro z powodu tego zamieszania — powiedziałam. — Patrick jest dla mnie tylko znajomym, nic więcej. Słowo daję. Proszę nie wspominać o tym mojej szefowej.

— Trzymaj się od niego z daleka — oświadczyła lodowato i odłożyła słuchawkę.

Pani Saxton śmiertelnie mnie nastraszyła. Zdecydowanie nie warto było narażać pracy z powodu Patricka Saxtona. Musiałam się wydostać z mieszkania Julie, zadzwonić do Saxtona i porozmawiać bez świadków. Sprawa była poważna. Nie chciałam mieć z nim więcej do czynienia. Podeszłam do Julie, która pochylała się nad Shelley w pozie Florence Nightingale. Henry przyglądał się zmartwiony i wyraźnie pod wrażeniem pielęgniarskich umiejętności Julie.

— Julie, muszę iść — oznajmiłam.

— Co się stało? Wyglądasz okropnie?

— To pani Saxton. Wsiadła na mnie jak kompletnie psychiczna. Muszę się skontaktować z Patrickiem.

— Nie możesz mnie tak zostawić z tymi... wariatkami — wyszeptała, mierząc wzrokiem swoich przemieszczających się bezładną masą gości. — Potrzebujesz wsparcia. Idę z tobą. Może najpierw ukradkiem skoczymy do Chip's na koktajl? Od razu lepiej się poczujesz.

— Dam sobie z tym radę sama — odparłam. — Zajmij się gośćmi. Porozmawiamy jutro.

Opuściłam przyjęcie i poszłam prosto do domu. Są w życiu pewne sprawy, których nie załatwi nawet koktajl bellini u Ciprianiego.

10

Spokojnie można stwierdzić, że generalnie rzecz biorąc, na Manhattanie dziewczyny z towarzystwa są w stu procentach uczulone na słowo „posada". Przyprawia je o fioletową wysypkę... jak wąglik czy coś w tym rodzaju. Istnieje jednak pewna posada, od której są dosłownie uzależnione — oczywiście o ile można nazwać to posadą, ponieważ chodzi o zajęcie, które nie łączy się z rzeczywistą pracą, zamawianiem zszywek, tkwieniem przez cały dzień przy komputerze ani niczym równie ponurym. Ta najbardziej pożądana praca to zostać muzą projektanta mody. „Obowiązki" polegają głównie na siedzeniu cały dzień w domu, w oczekiwaniu na nadesłane posłańcem stroje, i fotografowaniu się co wieczór na olśniewających przyjęciach. Oczywiście dziewczyny z towarzystwa i tak dokładnie tym się zajmują, ale w ten sposób mogą mówić, że „to naprawdę ciężka praca", i nikt im nie zaprzeczy. Większość muz preferuje podczas przyjęć rozmowy składające się wyłącznie ze słowa „Och!", bo wyrazy jednosylabowe pozwalają ładnie się uśmiechać, co ma kluczowe znaczenie, jeśli chce się świetnie wyglądać na zdjęciach w prasie. Muzy najbardziej profesjonalne kompletnie przestają się odzywać, żeby odprężyć mięśnie twarzy, kiedy widzą w pobliżu fotografa. Od czasu do czasu zostają porwane i muszą mieszkać w Paryżu, jak ostatnio ta biedna

Amerykanka z powodu pana Ungara. Ale ostatecznie było warto, ponieważ została oficjalną inspiracją dla Karla Lagerfelda, który, jak głosi plotka, ma muzę w każdej stolicy od Moskwy po Madryt.

Gdy kilka dni później Jazz Conassey zadzwoniła do mnie z informacją, że poproszono ją, by została muzą Valentina, nie byłam zaskoczona. To znaczy, chcę powiedzieć, że Valentino zatrudnia nowe muzy co pięć minut. W każdym razie byłam podekscytowana, że Jazz tak się powiodło. Uwielbia suknie Valentina ponad życie. A teraz nie będzie musiała za nie płacić. (Nowa posada Jazz nie była zagrożona mimo jej powiązań z Patrickiem. Gretchen Sallop-Saxton nigdy w życiu nie niepokoiłaby dziedziczki drzewnego imperium Conasseyów, z którego to powodu byłam nieco zazdrosna, mną z pewnością udało się jej wstrząsnąć. W każdym razie praca była dla Jazz do tego stopnia zbędna, że pewnie potraktowałaby groźby pani Saxton jako zabawne urozmaicenie codziennych obowiązków dziewczyny Valentina).

— Dzisiaj o dziesiątej w barze w Plaza Athénée. Przyjdziesz ze mną świętować? Będą Jolene i Lara — powiedziała Jazz, która znała je z dziecięcych wakacji w Palm Beach. — Zaprosiłam Julie, ale nie może. Zostaje w Connecticut i przyjedzie do miasta jutro rano.

— Sama nie wiem — odparłam apatycznie.

Ostatnie kilka dni nie usposobiło mnie rozrywkowo. Pani Sallop-Saxton po telefonie podjęła próbę destabilizacji mojego życia towarzyskiego, starając się umieścić mnie na czarnej liście komitetu charytatywnego muzeum Whitney oraz rozsiewając sugestywne plotki o mojej podróży do Cannes z Patrickiem. Kiedy wreszcie udało mi się z nim skontaktować po spotkaniu czytelniczym u Julie, zwyczajnie wyśmiał zachowanie swojej żony. Powiedział, że zawsze robi zamieszanie z powodu jego „przyjaciółek" i że to nic nie znaczy. Chciał, żebyśmy znów się spotkali. Naturalnie odmówiłam. Było dla mnie absolutnie oczywiste, że „przyjaciółki" Patricka są po prostu pionkami w grze o władzę, która toczyła się między nim a żoną.

— Proszę, nie dzwoń więcej — powiedziałam. — Jesteś bardzo miły, ale dla mnie to zbyt skomplikowane.

— Czemu nie pojedziesz ze mną na festiwal filmowy w Wenecji jesienią? — zapytał kokieteryjnie.

— Patrick! Jedzie z tobą Jazz.

— Mogę to odkręcić. Jazz zrozumie.

— Patrick! Nigdzie z tobą nie jadę. Nie mogę.

— A może kolacja dziś wieczorem w Carlyle?

— Musisz zostawić mnie w spokoju, dobrze?

— Kolorado na Gwiazdkę?

— Muszę kończyć — oświadczyłam, odkładając słuchawkę.

Czułam, że puszcza moje protesty mimo uszu, i się martwiłam. Przez kilka kolejnych dni rozważałam, co teraz zrobi Gretchen Sallop-Saxton i co Patrick jej o mnie naplótł. Byłam spięta i nerwowa, i trochę przygnębiona. Chciałam tylko, żeby ten supeł Patrick-Gretchen-*moi* jakoś się rozwiązał.

— Proooszę, przyjdź dzisiaj — namawiała Jazz. — To ci poprawi humor. Mówiłam ci, że Patrick jest po prostu okropny, ale nie możesz brać tego zbyt serio. Musisz iść do przodu.

Może Jazz miała rację — spotkanie z przyjaciółkami mogło pomóc. Nie za bardzo chciałam wychodzić w ten niedzielny wieczór, ale jeszcze bardziej nie chciałam zostać sama w domu. Postanowiłam, że poprawię sobie humor i obiecałam Jazz, że później się zobaczymy. Włożyłam czarną szyfonową sukienkę z falbankami od Zaca Posena, na ramiona narzuciłam koronkowy szal i wyruszyłam.

Z niebiańskimi skórzanymi szezlongami, starymi złoconymi lustrami i żółtym światłem lamp bar w Plaza Athénée sprawia wrażenie buduaru z lat trzydziestych. Ilekroć tam jestem, na wpół oczekuję, że zza filaru wyjdzie Jean Harlow paląca jaskrawopurpurowego papierosa Sobranie. Jolene,

Lara i Jazz — wszystkie w valach, jak nazywają swoje suknie od Valentina — siedziały przy narożnym stoliku, tworząc najszykowniejsze trio, jakie można sobie wyobrazić. Jazz wyglądała na wyjątkowo wyrafinowaną w prostej sukni z czarnej koronki. Miała satynową kokardkę pod biustem i pęknięcia po bokach. Lara i Jolene też były ślicznie ubrane, ale nie dorównywały Jazz. Protokół mówi, że muza dostaje najlepszy strój, a jej przyjaciółki muszą wyglądać nieco mniej wspaniale jak damy dworu. Wszystkie niespiesznie dziubały miejscową specjalność — miniaturowe kulki domowych lodów. (Sześć tygodni temu nowojorskie dziewczyny uważały, że lody są zabójcze. Teraz, gdy wszyscy szaleją za dietą Shore Clubm, lody są nagle wyszczuplające).

— Hej! Koktajl na szampanie? Wyglądasz nie-sa-mo--wi-cie! Nie uważasz, że mam *zachwycające* bransoletki? — powiedziała Jazz, podzwaniając złotymi kółkami na nadgarstku. — Cartier. Najbliższy sezon. Nie jesteś oczarowana?

— Oczarowana — potwierdziłam, siadając obok. — Marzę o szampanie.

Tak to jest z rzeczywistością. Jeśli się chce, zawsze można ukryć jej istnienie za pomocą koktajlu na szampanie i drobiazgowych rozważań o bransoletce od Cartiera. Można powiedzieć, że Gretchen Sallop-Saxton i groźba końca kariery oraz życia towarzyskiego wypadły mi z pamięci w parę minut.

— Czy Valentino przysłał ci tony darmowych ciuchów? — zapytała Jolene.

— No cóż, *oficjalnie* — odparła Jazz — zaprzeczam, bo nie chcę, żeby ludzie myśleli, że wzięłam tę pracę dla darmowych ciuchów. Ale między nami, faktycznie dostałam parę rzeczy wartych grzechu. Uwielbiam tę posadę, lecz *to naprawdę ciężka praca*. Fatalnie się czuję z powodu tych wszystkich dziewczyn z Upper East Side, które nie mają do roboty nic poza zakupami i wyjazdami na wakacje do St Barts. Prawdę mówiąc, serce mi pęka, bo sama taka byłam i wiem, jak samotne może być takie życie. Chcę po prostu pomóc panu Valentinowi. Jest taki uroczy, widziałyście jego włosy?

Jest coś zaskakująco męczącego w wysłuchiwaniu, jak rozrywkowa dziewczyna w rodzaju Jazz testuje na sobie amerykańską etykę pracy. Przed północą postanowiłam zostawić tę trójkę i taksówką pojechałam do domu. Dziewczyny wybierały się potańczyć, ale czułam się zbyt wyczerpana i zestresowana, żeby im towarzyszyć. Naprawdę uwielbiam jego suknie i tak dalej, ale już nigdy w życiu nie chcę usłyszeć słowa „Valentino".

Z ulgą dotarłam do swojego budynku. Nie mogłam się doczekać, kiedy wejdę, włożę dres i zwinę się na łóżku. Gdy dotarłam do drzwi mieszkania, pogrzebałam w torebce w poszukiwaniu klucza. Podeszłam, żeby wetknąć go do zamka, i zauważyłam coś dziwnego. Klamka wisiała luzem. Ledwie trzymała się w tulei. Przestraszona przyjrzałam się uważniej. W półmroku zobaczyłam, że zamek został wyrwany z drzwi. Był paskudnie podrapany i miał od przodu kilka wgłębień. Ktoś się włamał.

Nerwowo wetknęłam głowę za drzwi. Całe mieszkanie zostało przewrócone do góry nogami. Szybko wycofałam się na korytarz. Może ktoś jeszcze ukrywał się w środku. Nie mogłam ryzykować wejścia. Przyciągnęłam drzwi do futryny. Szybko schodząc po schodach, przeszukiwałam swoją srebrną torebeczkę, chcąc znaleźć komórkę — musiałam wezwać policję. Potem, jeżeli udałoby mi się skontaktować z Jazz i spółką, mogłabym zanocować u której z nich. Cholera, komórki nie było! Musiałam ją zostawić w barze. Wypadłam na ulicę, nerwowo oglądając się za siebie. Pobiegłam do budki telefonicznej na rogu i podniosłam słuchawkę. Brak sygnału. Przez kilka sekund stałam tak na ciemnej ulicy i zastanawiałam się, co mam robić. Ogarnięta paniką, rozpaczliwie chciałam znaleźć się w jakimś bezpiecznym miejscu. W Nowym Jorku naprawdę można poczuć się zagrożonym, kiedy nikogo nie ma w domu i nie ma się gdzie spędzić nocy. Pojawiła się wolna taksówka. Zamachałam na nią.

Wsiadłam i poprosiłam kierowcę, żeby zawiózł mnie do hotelu Mercer na rogu Prince i Mercer Street. Policja może zaczekać do jutra. Byłam przestraszona i zmęczona, chciałam jedynie położyć się do łóżka.

*

Naprawdę nie zdecydowałam się tamtej nocy na wybór hotelu Mercer z powodu czterystunitkowego splotu pistacjowych prześcieradeł, uroczej miniaturowej pizzy margharita, którą podawano do pokoju, niewiarygodnie seksownych chłopców hotelowych, ani też dlatego, że wszyscy w tym hotelu mają *ten* błysk w oku. Nic z tego nie miało znaczenia: kwestią był nie luksus, ale bezpieczeństwo. Nie mogłam zatrzymać się u Julie, skoro wyjechała z miasta, a prawda jest taka, że w centrum Nowego Jorku nie ma miejsca bezpieczniejszego niż hotel Mercer. Wiem to na pewno, ponieważ masa gwiazd rapu, kładących wielki nacisk na kwestię osobistego bezpieczeństwa, jak Puff Daddy i Jay-Z, zawsze się tam zatrzymuje i czuje się w tamtejszym holu *très* bezpiecznie.

Zanim dotarłam do hotelu, musiało być po pierwszej. Uwielbiam ten hol urządzony jak wielkie, szykowne mieszkanie na poddaszu z bielonymi wapnem ścianami i sofami od Christiana Liaigre'a. Zawsze można spotkać tam dziewczyny w rodzaju Sofii Coppola albo Chloe Sevigny, które spędzają czas, jakby siedziały we własnym salonie czy coś w tym rodzaju. Dziś było niezwykle cicho. Zastałam jedynie młodą kelnerkę z figlarnym błyskiem w oku — któregoś dnia zostanie pewnie gwiazdą filmową — przetrzepującą poduszki na sofach, i recepcjonistę za ladą.

— Dobry wieczór. Czym mogę służyć? — zapytał recepcjonista, który wyglądał, jakby powinien trafić do reklamy Tommy'ego Hilfigera; tak przyjacielski, że od razu lepiej się poczułam.

— Chciałabym naprawdę cichy pokój — powiedziałam. — Muszę się trochę przespać.

235

— Jasne. Ile nocy zostanie pani u nas?

— Tylko dzisiaj. — Westchnęłam.

To musiało być jednorazowe wydarzenie. Dwadzieścia cztery godziny w hotelu Mercer są bardzo kosztownym sposobem na uspokojenie. Recepcjonista postukał w klawiaturę.

— Ma pani pokój sześćset siedem. Sześćset sześć i sześćset siedem to najseksowniejsze apartamenty w hotelu. Ponieważ jest tak późno, może go pani dostać za cenę zwykłego pokoju dwuosobowego. Calvin Klein mieszkał tam przez dwa lata. To najcichszy pokój, jaki mamy — stwierdził. — Czyż to nie szczęśliwa dla pani noc?!

— Niezupełnie — odparłam. — Czy ktoś może przynieść mi filiżankę herbaty?

— Obsługa jest do dyspozycji całą dobę. Jakieś walizki? — zapytał.

— Tylko bagaż podręczny — wyjaśniłam, ściskając swoją srebrną torebeczkę. — Podróżuję bez zbędnych obciążeń.

— Okej, to pani klucz. — Wręczył mi jeden z tych nowoczesnych plastikowych kluczy, które wyglądają jak karty kredytowe. Potem powiedział: — A może od razu zamówię dla pani herbatę?

— Byłoby bardzo miło — zgodziłam się.

Gdy winda wiozła mnie na szóste piętro, dokładnie obejrzałam sobie twarz w lustrze. Boże, potrzebny mi piling alfa-beta, pomyślałam. Nawet w tym słabym świetle miałam wokół oczu ślady wyczerpania, te, które nie tyle się widzi, ile czuje. Wyglądałam na kobietę po trzydziestym ósmym roku życia. Włosy mi oklapły. Zebrałam je w koński ogon i ponownie uważnie się obejrzałam. Szczerze mówiąc, ani trochę lepiej. Boże, wyglądałam gorzej niż Melanie Griffith, kiedy ją przyłapią bez makijażu.

Drzwi windy się otworzyły i wyszłam na korytarz pogrążony w tej szczególnej ciszy, która bywa wyłącznie w hotelach. Żadnego dźwięku, tylko niewzruszona, senna cisza. Długi korytarz rozjaśniał uspokajający pomarańczowy blask.

Na palcach poszłam na koniec, mijając pokój sześćset sześć. Sześćset siedem to ostatnie drzwi. Rewelacja! Sen był na wyciągnięcie ręki. Podobnie minibar, a obecność minibaru zawsze poprawia mi samopoczucie.

Wepchnęłam swój plastikowy klucz w szczelinę w drzwiach pokoju sześćset siedem i nacisnęłam klamkę. Drzwi się nie otworzyły. Spróbowałam ponownie. Drzwi uparcie pozostały nieruchome. Boże, czyżby w hotelu się pomylili i Calvin Klein wcale się nie wyprowadził. Będę musiała wrócić na dół do holu.

Odwróciłam się i zobaczyłam, że ktoś nadchodzi. Gdy podszedł bliżej, rozpoznałam chłopaka z obsługi ze srebrną tacą. Moja herbata! Bosko!

— Pokój sześćset siedem? — zapytał, kiedy dotarł na miejsce.

— Tak. Ale nie mogę wejść. Może mi pan otworzyć? — zapytałam.

Wyciągnął swoją kartę i wetknął w szczelinę, a potem nacisnął klamkę. Nie drgnęła. Zmarszczył brwi, westchnął.

— Przepraszam. Nie mogę otworzyć. Będę musiał ściągnąć ochronę. Wracam za pięć minut.

Postawił tacę na stoliczku przy drzwiach i zniknął w głębi korytarza. Spojrzałam na zegarek: druga. Zmęczona i osłabła klapnęłam na podłogę. Dla zabicia czasu nalałam sobie filiżankę herbaty. Pociągnęłam łyk. Fuj! Letnia. To coś nieopisanie ponurego, gdy samotnie siedzi się na śmiertelnie cichym hotelowym korytarzu z filiżanką zimnej herbaty. Gdzie byli ci faceci z ochrony? Będę musiała zejść na dół i sama ich odszukać.

Odstawiłam filiżankę z powrotem na tacę i podniosłam się z podłogi. Brzdęk! Straszliwy łomot porcelany; taca wraz z zawartością zwaliła się na podłogę. Usłyszałam stłumiony hałas zza drzwi pokoju sześćset sześć. Boże, pomyślałam, mam nadzieję, że nie przeszkodziłam temu, kto seksownie spędzał czas w tym seksownym pokoju.

Schyliłam się, żeby posprzątać. Przód sukienki podjechał

mi do góry i usłyszałam wyraźny odgłos darcia: jedna z tych głupich falbanek zahaczyła się o narożnik tacy. Sukienka się rozdarła, a biedna falbanka zwisała na nitce. (Tak to jest z szyfonowymi sukniami — nieodmiennie rozpadają się po pierwszym włożeniu i dlatego większość dziewczyn z Nowego Jorku nie liczy na to, że je dłużej ponosi). Uwolniłam się i zauważyłam mokrą herbacianą plamę poszerzającą się na wysokości talii. Krople mleka spływały mi po prawym udzie.

— Kurwa, kurwa, kurwa, kurwa, kurwa! — wrzasnęłam, tupiąc nogą i kopiąc cholerną tacę.

Nigdy nie klnę, ale kiedy już to robię, to serio.

Ooch, co za przyjemne uczucie. Ponownie kopnęłam tacę i opadłam na podłogę w okropnym ataku irytacji w stylu Courtney Love. Łza potoczyła mi się po policzku i skapnęła na wargę. Nienawidzę ataków złości, naprawdę nienawidzę. Z początku wydają się takie zabawne, ale zazwyczaj kończą się źle.

Czy mogę się do czegoś przyznać, ale po cichutku? Myślałam, że pobyt w szykownym miejscu z hotelową obsługą i masą mebli od Christiana Liaigre'a uszczęśliwia. Nieprawda.

Szczerze mówiąc, jeżeli jesteś nieszczęśliwa, to jesteś nieszczęśliwa, bez względu na jakość splotu prześcieradeł. To dlatego widuje się wszystkie te zrobione przez paparazzich zdjęcia znanych osób, siedzących na rufie jachtu albo opuszczających hol wspaniałego apartamentowca z taką miną, jakby szli popełnić samobójstwo czy coś w tym rodzaju. Prawda jest taka, że kiedy tkwisz w dołku, nie ma znaczenia, ile zaliczysz koktajli bellini i ile masz balowych sukni. Dżinsy od Chloé i pilingi kwasami nie sprawią, że znikną wszystkie okropne problemy. Trzeba żyć z tym paskudztwem na zawsze, jak to robi Liza Minelli. A żeby było jeszcze gorzej, miałam spędzić noc w najbardziej seksownym apartamencie hotelu Mercer *sama*. Może życie jest raczej takie jak w *Fargo* niż w *High Society*, pomyślałam. (Mam jednak nadzieję, że nie. No bo nie dałabym rady z całym tym śniegiem i paskudnymi ciuchami na stałe).

Zdaje się, że moja sesja poważnych szlochów trwała od paru minut, gdy usłyszałam szczęknięcie z pokoju obok. Z przerażeniem zapatrzyłam się na drzwi sześćsetszóstki, które uchyliły się o cal. Nie! Była druga czy coś koło tego, pewnie przeszkodziłam komuś w nocy poślubnej albo romansie i nigdy więcej mnie tu nie wpuszczą. Drzwi przestały się przesuwać, zanim otworzyły się na pełną szerokość. W środku panowały ciemności i niczego nie mogłam dostrzec.

— Czy można prosić o ciszę? Próbuję spać — usłyszałam cichy, zaspany głos.

— Przepraszam — odszepnęłam. — Zdarzył się poważny wypadek i prowadzę ewakuację terenu.

I wtedy stało się coś dziwnego. W pokoju rozległ się chichot.

— Zaczekaj, wychodzę — padły słowa.

Po plecach przeleciał mi paskudny, lepki dreszcz strachu: głos brzmiał znajomo. Brzmiał strasznie podobnie do głosu Charliego Dunlaina. Ale to niemożliwe. Nie. Usłyszałam jakieś szelesty, potem zapaliło się światło i zza drzwi wysunęła się głowa. Eeł. Tak jak podejrzewałam, to był on. Niemożliwe, żeby mnie to spotykało!

— Czyżbym widział łzy? — zapytał.

Włosy zmierzwiły mu się od snu i mrugał z powodu światła. Robił wrażenie zaspanego i jednocześnie rozbawionego, miał na sobie biały frotowy szlafrok i puchate hotelowe kapcie. Prawdę mówiąc, wyglądał rozkosznie, ale każdy tak wygląda w hotelowym szlafroku. Nawet jeśli czułam się nieco zakłopotana, że tak się pojawił jak biały rycerz w białym frotowym szlafroku, czułam też pewną ulgę, że to Charlie, a nie jakaś przypadkowa gwiazda rapu. No bo miał pokój i bez wątpienia wymyśli, jak mnie zainstalować w moim własnym.

— Nie! — czknęłam, pospiesznie osuszając oczy i wycierając nos.

— Co się dzieje? — dociekał.

— Czekam, żeby ochrona wpuściła mnie do pokoju — powiedziałam.

— Dlaczego? Czemu nie jesteś w domu?

— A czemu ty nie jesteś w domu? — zripostowałam.

— Pracuję tu przez kilka dni — wyjaśnił. — Ale ty tu mieszkasz. Czemu nocujesz w hotelu?

— Ktoś się włamał do mojego mieszkania. Za bardzo się bałam, żeby tam zostać na noc, a teraz nie mogę się dostać do tego cholernego pokoju.

— Chcesz wejść? — zapytał, patrząc na mnie z góry.

Może bardzo się myliłam, lecz mogłabym przysiąc, że Charlie miał w oczach *ten* błysk.

Poziom cukru spadł mi wręcz dramatycznie, dokładnie jak wtedy gdy zauważyłam Charliego na lotnisku w Nicei. A potem, to dziwne, ale sądzę, chociaż tak naprawdę niedokładnie pamiętam, co czasem mi się zdarza, sądzę, że ja też miałam w oczach *ten* błysk! I myślę, że on to zauważył! Nagle dopadło mnie *to* uczucie; mam na myśli uczucie typu „czy masz prezerwatywy, bo chcę natychmiast pojechać z tobą do Brazylii". (I zrobię to, nawet jeżeli nie masz prezerwatyw, bo mam straszną ochotę. Nie piśnijcie nikomu, że to powiedziałam, bo wszyscy zaczną mnie zadręczać, opowiadając o chorobach przenoszonych drogą płciową). Niemal natychmiast dopadło mnie kolejne uczucie: „mój Boże, nie powinnam o tym myśleć, bo to chłopak mojej najlepszej przyjaciółki, ale z tego powodu wszystko staje się szaleńczo wręcz kuszące". Jeżeli nigdy nie doświadczyliście podobnych emocji, gorąco je polecam. Prawda jest taka, że każda dziewczyna powinna mieć w życiu jedną noc, co do której jest pewna, że naprawdę jej potem pożałuje. Rozkoszne, przynajmniej dopóki nie zaczną się wyrzuty sumienia.

— Wchodzisz? — zapytał jeszcze raz.

— Tak — odpowiedziałam, rozpływając się szybciej niż pudełko czekoladek.

— Zadzwonię do recepcji i wszystko wyjaśnię — zapowiedział Charlie, obejmując mnie ramieniem.

Jeżeli istnieje taka możliwość, by pudełko czekoladek dwukrotnie rozpłynęło się w ciągu dziesięciu minut, to właśnie się stało.

— Okej — wyszeptałam.

Kiedy weszliśmy, Charlie zadzwonił do recepcji. Zapewnili go, że ochrona zjawi się „niedługo". Apartament był super. Przestronna sypialnia otwierała się na przepastny salon z wielkimi łukowatymi oknami, które wychodziły dokładnie na Prince Street.

— Mogę umyć twarz? — zapytałam.

— Jasne — odparł.

Powędrowałam do łazienki. Oświetlona pojedynczym kandelabrem, obszerna, miała kwadratową wannę tak dużą, że rzucało się to w oczy; została zaprojektowana specjalnie z myślą o godnych pożałowania zachowaniach. No bo z jakiego innego powodu można robić wannę wielkości małego basenu? O czym ja myślę, zganiłam się nagle. Powinnam się wziąć w garść. Dzisiejsza noc nie może stać się tą właśnie, której się żałuje, bo Julie udusiłaby mnie łańcuszkiem swojej torebki Chanel, a wtedy pożałowałabym wielu innych rzeczy, nie tylko tej nocy. Włączyłam światło. Na brzegu umywalki stało białe pudełeczko z napisem ZESTAW NOCNY na wieczku. Otworzyłam je. Wewnątrz znajdował się pakiecik pastylek odświeżających oddech i paczka prezerwatyw LifeStyles Ultra Sensitive. Zamknęłam je z trzaskiem. Boże, nic dziwnego, że wszyscy w hotelu mieli *ten* błysk w oku.

Znalazłam mydło i umyłam twarz w zimnej wodzie. Zerknęłam na swoje odbicie w lustrze. Nie wyglądałam tak źle, jak się spodziewałam. Właściwie, zamyśliłam się, w rozdartej koktajlowej sukience od Zaca Posena jest coś zniewalającego. Gdy osuszyłam twarz, zdecydowałam, że uporam się z sytuacją w bardzo dojrzały sposób. Charlie był jakby porywczym starszym bratem, który krytykował moje postępki. Spotykał się z moją najlepszą przyjaciółką. Niektóre rzeczy po prostu nie są warte tego, żeby ich żałować.

Weszłam z powrotem do pokoju. Charlie leżał w łóżku, oglądając telewizję. Wyglądał wręcz skandalicznie uroczo. Podchodzenie do niego nie było bezpieczne. Usiadłam na sofie.

— Chodź tutaj. Wyglądasz na znużoną. Pooglądajmy film na DVD, dopóki nie załatwią tej sprawy obok. Mam *Moulin Rouge* — powiedział.

Uratowana. Charlie jest gejem. Żaden znany mi heteroseksualny facet nie będzie oglądał *Moulin Rouge*, który to film, nawiasem mówiąc, jest jednym z moich ulubionych filmów wszech czasów. Całe szczęście, ostatecznie nie istniało niebezpieczeństwo, że trzeba będzie potem czegoś żałować, chociaż trochę tego żałowałam.

— Okej. — Zwinęłam się na łóżku obok niego. — Uwielbiam ten film.

— Prawdę mówiąc, nie mogę go znieść, ale pomyślałem, że tobie się spodoba.

Może jednak nie było tak bezpiecznie. Charlie wcisnął PLAY na pilocie.

— Hej, chodź tutaj — zaproponował. — Potrzebne ci przytulanie.

Odwróciłam twarz w jego stronę. Otoczył mnie ramionami. Nie wydaje mi się, żebyśmy zobaczyli choć kawałek *Moulin Rouge*.

*

Hotel Mercer z wielką starannością i bardzo domyślnie zaopatruje gości w te wspaniałe zestawy nocne. Jedyny kłopot polega na tym, że to w nieunikniony sposób prowokuje *takie* noce. (Obwiniam hotelową ochronę — w ogóle się nie pokazali). W poniedziałek obudziłam się wcześnie, w liliowym świetle hotelowego poranka. Zaczynał się wielki Atak Wstydu. Zeszłej nocy świadomie złamałam dwa przykazania rządzące życiem miłosnym wszystkich dziewczyn:

242

#1. Nie będziesz spać z nikim na pierwszej randce (zbyt pospieszny seks rujnuje związek).

#2. Nie będziesz popełniać #1 z chłopakiem najlepszej przyjaciółki (rujnuje trzy związki).

Zbyt paskudne, żeby wyrazić to słowami. Oto ja, kompletnie rozebrana, w łóżku z kimś, z kim nie powinnam być. Muszę natychmiast wyjść w stylu Ingrid Bergman z ostatniej sceny *Casablanki*. Ale... ooch! Wyglądał tak uroczo, kiedy spał. Miał najdłuższe na świecie rzęsy, całe jardy rzęs. I jego włosy wyglądały superuroczo, kiedy je przygniótł we śnie. Właściwie lepiej niż uczesane. Muszę mu o tym powiedzieć, kiedy się obudzi. Na wpół uchylił powieki.

— Cześć — uśmiechnął się do mnie.

Wyglądał na rozbawionego, jak zwykle. Zdumiewa mnie, że mężczyźni mogą być tak beztroscy podczas wysoce nielegalnego romansu. Charlie najwyraźniej musiał się uporać z pewnymi kwestiami.

— Charlie...

Przerwał mi bardzo długim pocałunkiem. Istota pocałunku z Charliem polega na tym, że kompletnie zapominam, co robię, bo gdy zaczyna się całowanie, dostaję czterdziestostopniowej gorączki. Jest w tym taki dobry. Kiedy ostatniej nocy pocałował mnie pierwszy raz (prawdę mówiąc, jeśli mam być całkiem szczera, zdarzyło się to podczas początkowych napisów *Moulin Rouge*), miałam wrażenie, że temperatura mojego ciała nigdy nie wróci do poziomu trzydzieści sześć i sześć. Ten szczególny sposób, w jaki Charlie całuje, jeśli już mamy zagłębić się w prawdziwe detale, najdrobniejsze, co generalnie robi większość znanych mi dziewczyn, polega na tym, że każdy pocałunek trwa co najmniej sto dwadzieścia pięć sekund. Możecie sobie wyobrazić, jaka wyczerpana byłam następnego dnia rano. A mówimy tylko o pocałunkach. To, czego tak *naprawdę* należy żałować, to całkiem inna historia.

Po jakichś czterystu pięćdziesięciu sekundach — nieco za

długo, jeśli mam być szczera, chcę powiedzieć, że przecież wszyscy potrzebujemy tlenu — Charlie w końcu mnie puścił. Oparł się o poduszkę.

— Co mówiłaś? — zapytał.

— Mówiłam...

Co się mówi, kiedy człowiek odkryje, że chłopak najlepszej przyjaciółki ją zdradza? Z tobą.

— Charlie! Jesteś chłopakiem Julie! — wrzasnęłam, wyskakując z łóżka. — Sypiasz z kimś innym! Będę musiała jej powiedzieć, i to jest najgorsze!

— Co? — sprawiał wrażenie zagubionego.

— Że ją oszukujesz, że jesteś absolutnie potwornym oszustem. Jeżeli Julie i ja podejrzewamy, że nasi faceci widują się z kimś innym, mówimy sobie o tym. Zawarłyśmy pakt.

Podobnie jak rezolucje Organizacji Narodów Zjednoczonych traktaty pomiędzy przyjaciółmi rzadko uwzględniają wszystkie ewentualności. Nie podjęłyśmy decyzji, co robić, jeżeli tym „kimś innym" będzie jedna z nas. Nawet Kofi Annan nie potrafiłby tu mediować.

— Julie i ja zerwaliśmy w Paryżu. Wiedziałaś o tym. Daj spokój — odparł Charlie. Wydawał się lekko zaniepokojony.

— Zerwaliście? Wysłała mi z Paryża e-mail, w którym napisała, jak to genialnie się jej z tobą układa. A potem, kiedy spotkałam cię na lotnisku w Nicei, powiedziałeś, że z nią jesteś.

— O ile sobie przypominam, powiedziałem chyba, że rozwiązaliśmy problem. Zakładałem, że wiesz; nie widzieliśmy się od pobytu w Paryżu.

Milczałam. Co ja miałam zrobić? Jeśli nawet Charlie nie spotykał się już z Julie, sytuacja wciąż wyglądała niewiarygodnie paskudnie. Klauzula (I) do drugiego przykazania głosi: „Nie tkniesz byłego chłopaka przyjaciółki przed uzyskaniem oficjalnego pozwolenia".

— I co ja mam powiedzieć Julie? — zapytałam.

— Nic — odparł Charlie.

I to jest najcudowniejsze w nocach, których należy żałować. Oboje tak bardzo żałujecie, że nikt nigdy się o nich nie dowiaduje.

— Okej — rzuciłam.

— A teraz wracaj do łóżka i zamówmy śniadanie.

Po dwóch croissantach, dwóch kawach latte, dwóch setkach pocałunków i absolutnie co najmniej dwóch wzbudzających wielkie wyrzuty sumienia orgazmach solidnie umocniliśmy naszą pozycję w łóżku pokoju sześćset sześć. Ze szczęścia kręciło mi się w głowie. Orgazm naprawdę stanowi odpowiedź na niemal wszystkie życiowe problemy. Jestem szczerze przekonana, że gdyby wszyscy regularnie miewali orgazmy, nie zaistniałby konflikt palestyński. Nikt nie wstałby z łóżka, żeby go wywoływać.

Około dziesiątej zaczęłam się martwić, że jeśli niedługo nie wstanę, noc, której należy żałować, stająca się porankiem, którego należy żałować, może stać się dniem, którego należy żałować, a wtedy *naprawdę* pożałuję. Miałam tego ranka masę spraw do załatwienia — musiałam skontaktować się z policją w związku z włamaniem, posprzątać bałagan, zmienić zamki, a dawno temu obiecałam Julie, że pójdę z nią na lunch. W dodatku do urodzinowego przyjęcia Taty zostało tylko parę dni i musiałam się przygotować do wyjazdu w najbliższy piątek.

Gdy się ubierałam — co trwało wieki, ponieważ rozpraszały mnie te czterystupięćdziesięciosekundowe pocałunki, o których wspomniałam — zadzwonił telefon Charliego. On sam właśnie wszedł do łazienki, żeby się ogolić.

— Mam odebrać? — zawołałam.

— Proszę — odparł.

Odebrałam.

— Halo?

— Hej, to dziwne. To ty?

Telefonowała Julie.

Zamarłam. Czemu Julie dzwoniła do Charliego, jeśli zerwali?

— Julie? — zapytałam.

— Tak. Czemu odbierasz telefon Charliego?

— Mmm... to nie jest telefon Charliego. Przez pomyłkę zadzwoniłaś do mnie.

— Och, w porządku. Zobaczymy się później w Sotheby's?

— Zdecydowanie — rzuciłam, zatrzaskując komórkę.

Dzwonek rozległ się niemal od razu. Identyfikacja numeru wskazywała połączenie międzynarodowe; nie rozpoznałam go.

— Halo?

— Kto mówi? — usłyszałam niski, matowy kobiecy głos.

— Jestem przyjaciółką Charliego.

— Muszę z nim mówić.

— Przepraszam, a kto dzwoni? — zapytałam.

— Caroline — odparła.

— Zaraz go znajdę.

Weszłam do łazienki. Charlie miał na całej twarzy piankę do golenia. Zakryłam dłonią telefon i wyszeptałam:

— Kobieta o imieniu Caroline chce z tobą mówić.

— Och... możesz poprosić, żeby przekazała ci wiadomość? — wymamrotał.

— Czy może pani przekazać mi wiadomość? — zapytałam. — Charlie oddzwoni.

Rozłączyłam się. Wiedziałam, że to nie moja sprawa, ale kim, u licha, była Caroline? Na tym polega kłopot z jedzeniem w łóżku croissantów z kimś wspaniałym: jeżeli zostanie choćby wspomniana jakakolwiek inna kobieta, ma się ochotę umrzeć na miejscu.

*

Całe tygodnie temu Julie podstępem wymusiła na mnie zgodę na przyjęcie zaproszenia na „oficjalny lunch" w Sotheby's. Wydawano go, aby uczcić zbliżającą się aukcję kolekcji biżuterii księżnej Windsoru. Sotheby's dba o to, by znaleźć coś, cokolwiek, co należało do księżnej, i wystawia

246

to na aukcji regularnie, mniej więcej co trzy miesiące — futra, meble, akwarele, spinki od włosów, nawet jej chusteczki do nosa z egipskiej bawełny, z monogramem. Dom aukcyjny kusi najbogatsze w Nowym Jorku dziewczyny do wzięcia udziału w aukcjach, zapraszając je na ekskluzywne prywatne pokazy eksponatów, połączone z lunchem, na którym podają homara. Ktoś w departamencie klientów indywidualnych namieszał Julie w głowie do tego stopnia, że uwierzyła, iż jeśli nie zostanie właścicielką części dzieł Cartiera należących do księżnej, nastąpi gigantyczna tragedia, po której nigdy nie dojdzie do siebie.

Zanim dotarłam do domu, zlokalizowałam zgubioną komórkę, odbyłam rozmowę z policją i uporządkowałam bałagan w mieszkaniu, minęła połowa poranka. Wyglądało na to, że z mieszkania zabrano tylko jedną rzecz — futro z szynszyli. Katastrofa — nawet nie należało do mnie. Po czymś takim Valentino już nigdy niczego mi nie pożyczy. W czasopiśmie „New York" czytałam o włamaniach, których celem jest kradzież odzieży na zamówienie. Najwyraźniej coś takiego spotkało Diane Sawyer, znaną z elegancji, i teraz wszyscy z listy najlepiej ubranych są przerażeni, że ktoś namierza także ich garderoby. Miałam zaledwie parę minut, żeby przebrać się na lunch. Włożyłam lniany żakiet ze szczypankami, koronkową spódnicę i o dwunastej czterdzieści pięć siedziałam już w taksówce, która gnała do Sotheby's na York Avenue.

Dokładnie tak jak przypuszczałam, zdenerwowanie dopadło mnie z wielką mocą, kiedy zawracaliśmy na rogu Szóstej Alei i Dwudziestej Trzeciej Ulicy. Och, to poczucie winy po nocy, której należy żałować! Niemal nie do zniesienia. Julie przenigdy nie może się dowiedzieć o mojej przygodzie z Charliem. Jeżeli chodzi o byłych facetów, ma silnie rozwinięte poczucie własności. Podejrzewałam, że zemsta Julie byłaby gorsza niż poczynania odwetowe Gretchen Sallop-Saxton. Kiedy K.K. Adams wyszła za faceta, z którym Julie w ósmej klasie spotykała się przez trzy dni, Julie na zawsze zakazała jej wstępu do salonu Bergdorfa. To było coś w rodzaju kosmetycznej celi śmierci. Włosy K.K. już nigdy nie wyglądały jak należy, a straszna szkoda. Gdyby Julie kiedykolwiek dowiedziała się, co robiłam z Charliem, nigdy więcej by się do mnie nie odezwała i nie odzyskałabym żadnych ciuchów, które jej pożyczyłam. Pociechę przynosiła mi jedynie świadomość, że wczorajsza noc już się nie powtórzy. To dobra strona jednonocnych przygód: z definicji kończą się po jednym razie. W ostatecznym rozrachunku jest tak, jakby nigdy się nie wydarzyły. Wyłącznie *entre nous*, miałam ich kilka i absolutnie niczego nie potrafię sobie przypomnieć.

*

Pastelowa mafia Chanel stawiła się na lunchu w pełnym składzie. W jadalni znajdowało się mniej więcej dwadzieścia pięć dziewcząt usadzonych przy dużych okrągłych stołach, które uginały się pod ciężarem kwiatowych dekoracji, ozdobionych różowymi diamentami, czarnymi perłami i ciemnymi rubinami. Podczas tego rodzaju lunchów salę zwyczajowo przystraja się klejnotami, w stylu sypialni Elizabeth Taylor. Wsunęłam się na miejsce obok Julie. Miała na sobie jaskrawoczerwone luźne spodnie i różowy T-shirt Taavo z wypisanym czerwonymi, lśniącymi literami hasłem NOWY JORK TO JA, a na nogach klapki.

— Ależ nudy — przekazała mi szeptem.

Nasz stolik nie znajdował się w centrum imprezy. Pozostałe cztery dziewczyny — Kimberley Guest, Amanda Fairchild, Sally Wentworth i Lala Lucasini — z zaangażowaniem omawiały „mękę" dojazdu latem do Southampton drogą ekspresową Long Island. Czasami naprawdę mi ich żal: to znaczy, są strasznie słodkie i w ogóle, ale bardzo często zachowują się, jakby zapomniały, że nie są własnymi matkami.

Julie odwróciła się do mnie i przejechała palcem po

gardle. Wiem, że nie rozumie, czemu wszyscy narzekają na ten dojazd, zamiast skorzystać z helikoptera jak ona. Wyszeptała:

— Chciałabym, żeby ktoś zrobił coś szalonego, choćby zaczął kłótnię. — Roześmiałam się. Potem dodała: — No więc po południu spotykam się z Charliem. Jest taki uroczy!

— Co?! — wykrzyknęłam z niedowierzaniem.

— Jest w mieście, rozmawialiśmy rano.

— Ależ Julie, myślałam, że zerwaliście.

— Co? — zabrakło jej tchu. Teraz ona z kolei patrzyła z niedowierzaniem.

— Powiedział mi, że zerwaliście w Paryżu.

— Nie wierzę! A kiedy z nim rozmawiałaś?

Bez namysłu odparłam:

— Wczoraj w nocy.

Julie spurpurowiała.

— A jednak to był jego telefon, prawda? Byłaś z nim dzisiaj rano. Nie mogę uwierzyć!

— No i co? — zapytałam. Zapadła cisza.

— Nie zrobiłaś tego — powiedziała powoli.

— Nie! — odparłam, wściekle się rumieniąc.

— Zrobiłaś. Widzę. Wyglądasz na niewyspaną i masz w oczach ten blask.

Czy było aż tak oczywiste, że dziś rano zaliczyłam czterystupięćdziesięciosekundowy pocałunek z kimś przeciwnej płci? Julie ma zdumiewającą intuicję. Też bym miała, gdybym wydała tyle pieniędzy na psychiatrów. Nie da się niczego przed nią ukryć, a już szczególnie romansowych afer.

— Co zrobiłaś? — uprzejmie zagadnęła Amanda.

— Nic — odparłam,

— Spała z *moim chłopakiem*! — wrzasnęła Julie.

Widelce Sally i Kimberly, zawieszone w powietrzu z delikatnymi plasterkami homara, gwałtownie zatrzymały się tuż przed granicą warg. Otwarte usta zastygły niczym dwie idealnie okrągłe czarne dziury.

— Julie... — zaczęłam.

— Jak mogłaś? — zapytała z wściekłością. — Nigdy przenigdy się do ciebie nie odezwę. Ani nie pożyczę ci moich diamentów. — Wstała, z rozmachem rzuciła na stół serwetkę i dramatycznie zaczerpnęła tchu. Potem oznajmiła: — Sally, Amanda, Lala, Kimberley. Wychodzę.

Gdy Julie maszerowała do wyjścia, cztery dziewczyny wstały i odeszły od stołu. Gwar w sali przycichł. Wszystkie oczy śledziły Julie. Gdy dotarła do drzwi, odwróciła się i spojrzała wprost na mnie, mówiąc: „A przy okazji, masz mi oddać garnitur Versacego.

Dziwne, bo tak naprawdę garnitur od Versacego należał do mnie, Julie po prostu bardzo go lubiła i cały czas pożyczała. Dopiero co go odzyskałam. Jak Charlie mógł zachować się tak niehonorowo? Jak mogłam być taka głupia? Chociaż kiedy się prześledzi historię moich ostatnich związków, nie powinnam się chyba przesadnie dziwić.

— Idę tylko do... toalety — rzuciłam w przestrzeń, wstając od stołu.

W chwili gdy wyszłam na korytarz, usłyszałam narastający chór żeńskich głosów. Julie miała rację. Teraz, kiedy ktoś wszczął kłótnię, przyjęcie stało się znacznie bardziej interesujące.

*

Zadzwoniłam do Charliego do hotelu Mercer, jak tylko wyszłam z budynku.

— Charlie! — zawołałam, gdy odebrał. — Czemu mnie okłamałeś? Czemu mówiłeś, że zerwałeś z Julie, skoro nie zerwałeś? Jak mogłeś!

— Hej, spokojnie. Naprawdę z nią zerwałem — roześmiał się.

Czemu wszystko uważał za takie zabawne? To nienormalne.

— O czym ty mówisz? Julie twierdzi, że nie zerwaliście! — wykrzyczałam. Byłam wściekła na niego i jeszcze bardziej na *moi*.

— Chcesz dokładnie wiedzieć, co się stało?

— Owszem.

— W Paryżu oznajmiłem Julie, że chyba niezbyt dobrze do siebie pasujemy, że raczej Todd jest w jej typie i powinniśmy być tylko przyjaciółmi. Stwierdziła, że nie, że nie może tego zaakceptować. I chyba dodała, że nie pozwala mi tego zakończyć czy coś równie głupiego. Więc powiedziałem dobrze, ale ja i tak kończę ten związek, a Julie na to, że ona nie. Nie wziąłem jej słów poważnie, to idiotyczne zachowanie.

Trzeba przyznać, że ten scenariusz brzmiał wyjątkowo prawdopodobnie. Jedyną osobą, która może zrywać związki Julie, jest ona sama. Nie przypominam sobie, żeby ktokolwiek podjął próbę zerwania z nią. Nie warto jej prowokować. Julie potrafi się zachowywać bardzo w stylu *Fatalnego zauroczenia*. Nawet jeśli Charlie faktycznie z nią zerwał, ona nigdy się do tego nie przyzna ani przed ludźmi, ani przed sobą. W przekonaniu Julie Charlie wciąż jest jej facetem, mimo że nie uważa jej już za swoją dziewczynę. Tak to bywa, kiedy zawsze wszystko idzie po twojej myśli; nawet kiedy nie idzie, po prostu udajesz, że poszło, i wyobrażenie staje się rzeczywistością. Chociaż miałam wrażenie, że prawdziwa jest wersja Charliego, to, czy oficjalnie się rozstali, czy nie, właściwie straciło znaczenie: w mniemaniu Julie złamałam drugie przykazanie, co było niewybaczalne.

— Mówi, że już nigdy się do mnie nie odezwie — wyjaśniłam.

— Minie jej. Nie rozumiem, czemu w ogóle jej powiedziałaś. Dzwoniła do mnie wcześniej i o niczym nie wspominała.

— Domyśliła się. Zauważyła, że wyglądam na niewyspaną.

— Masz ochotę na kolację? — zapytał Charlie. — Może miło by było trochę lepiej się poznać. Widuję cię wyłącznie w, no, sytuacjach ekstremalnych.

Wiedziałam, co ma na myśli. Kuszący pomysł. Jednocześnie bezpieczny i seksowny, co wydało mi się dość zaskakującym połączeniem.

— Nie mogę — odparłam natychmiast.

Jeżeli rezygnuje się z kolacji z kimś tak rozkosznym jak Charlie, trzeba to zrobić od razu, zanim straci się fason. A poza tym, czyżby nie wiedział, że kiedy przygoda dobiega końca, obie strony powinny się zachowywać, jakby nigdy nic się nie stało, bez względu na towarzyszące uczucia? Kolacja następnego wieczoru nie mieści się w ramach ustalonych procedur, niestety.

— No cóż, mam nadzieję, że zmienisz zdanie. Przez cały wieczór pracuję w hotelu. Będę na ciebie czekał.

*

Wczesnym wieczorem zadzwoniłam z domu do mieszkania Julie. Miałam kiepskie popołudnie i chciałam odzyskać swoją najlepszą przyjaciółkę. Telefon odebrała gosposia.

— Mogę poprosić Julie? — zapytałam.

— Nie, panienko.

— To naprawdę pilne. Czy jest w domu?

— Tak, panienko, ale powiedziała, że gdyby panienka dzwoniła, mam przekazać, żeby panienka zwróciła jej zamszową torbę od Hoana.

— Och, rozumiem — stwierdziłam ze smutkiem. To znaczy, chcę powiedzieć, że zdążyłam się do tej torby naprawdę przywiązać. — Mogłaby pani przekazać, że dzwoniłam?

Ponuro klapnęłam na łóżko. Byłam taką idiotką i teraz za to płacę. Rozpaczliwie chciałam z kimś porozmawiać, ale nie miałam odwagi zadzwonić do Lary ani Jolene. Zresztą pewnie i tak nie chciałyby ze mną mówić. Nikt nigdy się do mnie nie odezwie, kiedy się dowiedzą, co zrobiłam. Pewnie już wiedziały. Jeżeli chodzi o Upper East Side, lunch w Sotheby's jest znacznie skuteczniejszą drogą przekazywania plotek niż zbiorowy e-mail. Czułam, że nic mnie już w życiu nie czeka, może tylko zaprzyjaźnię się z Madeleine Kroft, jeśli mnie zechce. Nie mam skłonności do autodestrukcji, ale zaczynałam się czuć jak ta szalona Elizabeth Wurtzel z *Prozac Nation*.

Kiedy tak leżałam, zaczęłam się zastanawiać, czy gdyby jedna godna pożałowania noc stała się jedną z dwóch godnych pożałowania nocy, to naprawdę żal byłby znacząco większy? I tak już złamałam drugie przykazanie i nie dało się tego zmienić. Nie miałam już żadnych najlepszych przyjaciółek do stracenia i nie mogłam zaszokować tłumu w Sotheby's bardziej niż podczas tego lunchu. Cokolwiek bym zrobiła, mogło być tylko gorzej. Gdybym jednak miała szczerze przyznać się do prawdziwego powodu, dla którego postanowiłam tego wieczoru zaskoczyć Charliego w hotelu Mercer, stało się tak, ponieważ zeszłej nocy przeżyłam najlepszy seks życia. Wiem, że zdaniem doktora Fenslera to fatalny znak i tak dalej, ale strasznie trudno jest zrezygnować z kolacji z najlepszym w życiu kochankiem. Prawdę mówiąc, im bardziej wydaje się to niebezpieczne, tym trudniej się oprzeć. A poza tym, po dzisiejszym wieczorze już nigdy przenigdy nie pójdę z nim do łóżka, przysięgam. Po prostu naprawdę potrzebowałam jakiejś pociechy.

Spojrzałam na zegarek. Ósma. Wstałam i przejrzałam szafę. Wybrałam idealny strój na Pożałowania Godną Noc Numer 2: czerwoną plażową sukienkę od Cynthii Rowley. *Très* odpowiednia na kolację z kochankiem życia, ponieważ zdejmuje się ją w mniej niż trzy sekundy. Wsunęłam na nogi białe klapeczki, zebrałam włosy w koński ogon, umyłam zęby i wyszłam.

*

— Czy może pan przekazać Charliemu Dunlainowi, że jestem? — zapytałam recepcjonistę, gdy trochę później dotarłam do hotelu Mercer. — Zajmuje pokój sześćset sześć.

— Sześćset sześć? — zapytał, stukając w klawiaturę komputera. — Ach... pan Dunlain. Wymeldował się.

Wymeldował? Jak mógł mi to zrobić? Czyżby nie wiedział,

że kiedy dziewczyna mówi „nie", chce powiedzieć „może",
co oznacza „tak"? A potem pomyślałam: *Caroline*. Ta, która
wcześniej dzwoniła. Mój żołądek zjechał windą trzydzieści
sześć pięter w dół. Nie byłam w stanie znieść kolejnego
zawodu.

— Jest pan pewien? — zapytałam. — Miał pracować
w swoim pokoju. Prosił, żebym się tu z nim spotkała.

— Sam go wymeldowałem. Wyjechał po południu do
Europy.

— Zostawił liścik?

— Obawiam się, że nie.

11

Potwierdzenie, że nie wymyśliłam sobie tego objawienia w hotelu Mercer, nastąpiło kilka dni później, kiedy nagle zorientowałam się, że absolutnie bez powodu odmawiam przejażdżki prywatnym odrzutowcem. Tuż przedtem, gdy miałam polecieć do Londynu na urodziny Taty, zadzwonił Patrick Saxton. Ledwie zdążyłam powiedzieć „halo", kiedy wypróbował na mnie swoją sztuczkę z samolotem.

— Jutro lecę do Londynu na weekend — oświadczył. — Może byś pojechała? Bez zobowiązań.

Generalna zasada mówi, że kiedy się słyszy „bez zobowiązań", oznacza to zobowiązania na wielką skalę. Chociaż odrzucenie oferty przejażdżki PO, jak wiadomo, nie leżało dotychczas w moich możliwościach, poszłam na całość i zrobiłam to. Po ostatnich wydarzeniach lot prywatnym samolotem nie mógł mnie pocieszyć.

— Wiesz, że nie mogę, ale dziękuję za zaproszenie — odparłam energicznie. Ta noc w hotelu Mercer zmieniła wszystko.

— Nie chcesz pojechać do Londynu? To piękne miasto — ciągnął Patrick.

— Jadę do Londynu jutro wieczorem, na pięćdziesiątkę mojego ojca.

— No więc pójdziesz na przyjęcie, a potem zatrzymamy

się w moim apartamencie w Claridge'u. Później muszę skoczyć do Saint Tropez, żeby obejrzeć łódź. Zastanawiam się nad kupnem magnum pięćdziesiąt. Jak rozumiem, można na rufie zmieścić dziesięć modelek wraz z ich długimi nogami. Nie masz ochoty na przejażdżkę po Lazurowym Wybrzeżu? A jeszcze później może skoczymy do Scalinatella, na Capri. To mój ulubiony hotel. Pozwól się zabrać.

— Nie mogę, lecę już z kimś innym.

— Z kim? — zapytał Patrick.

— American Airlines — odparłam dumnie.

Nawet ja sama byłam zaszokowana łatwością, z jaką udało mi się odrzucić ofertę Patricka. Wyglądało na to, że przeszłam autentyczną przemianę charakteru.

— Wolisz lecieć rejsowym lotem niż ze mną? — zapytał zaniepokojony.

— Po prostu lepiej będzie, kiedy załatwię to po swojemu — oświadczyłam. Jestem niezależną dziewczyną, pomyślałam, niczego nie potrzebuję od playboya w rodzaju Patricka Saxtona. — Hej, ostatecznie lot do Londynu klasą turystyczną to nie koniec świata — dodałam.

*

Jeśli chcecie znać prawdę, to przez ostatnie dni miałam wrażenie, że nastąpił koniec świata. Kłopot z nocami, których należy żałować, polega na tym, że nieodwołalnie nadchodzą po nich całe godne pożałowania dnie, przerywane tylko chwilami radości, że miało się najlepszą Brazylię w życiu i tak dalej. Co jednak dziwne, czułam się zawiedziona w taki sposób, w jaki nigdy nie czułam się zawiedziona przez innych uroczych facetów. Bo nie dość, że trafiłam na kogoś, z kim zaliczyłam najlepszą Brazylię, to jeszcze okazał się ciepły jak najstarszy przyjaciel. Nie miałam od Charliego ani słówka, co było trochę upokarzające. Zawsze uważałam go za dobrze wychowanego. W każdym razie, jeśli nie zadał sobie trudu, żeby do mnie zadzwonić, ja też nie zamierzałam zawracać tym sobie głowy.

Julie tymczasem nie odpowiadała na moje wiadomości. Zdaniem Jolene, nie powinnam brać tego do siebie. Poinformowała mnie, że Julie zniknęła, udając się w jakąś romantyczną podróż, była szaleńczo zakochana i nikomu nie powiedziała w kim. Nie oddzwaniała do nikogo, nawet do swojego dermatologa, co było absolutną nowością. Nie uwierzyłam. Okazałam się parszywą przyjaciółką i zasługiwałam na tę karę.

Tego samego wieczoru, kiedy rozmawiałam z Patrickiem, zadzwoniła Mama. Było późno, czułam się zmęczona. W Anglii musiała być trzecia nad ranem, ale Mama sprawiała wrażenie kompletnie rozbudzonej. Mimo że cieszyłam się z wyjazdu do domu, ten telefon straszliwie mnie zirytował.

— Kochanie! — zawołała z podnieceniem, kiedy podniosłam słuchawkę. — Mam nadzieję, że nie zapomniałaś o urodzinach swojego ojca. Zostawiłam Julie Bergdorf trzy wiadomości z zaproszeniem... wiesz, że tata ją uwielbia... a mimo to nie oddzwoniła. Przyjeżdża?

— Nie mam pojęcia, Mamo — odparłam.

— Co się z tobą dzieje? Jak długo zostaniesz?

— Dotrę w sobotę i muszę wyjechać w poniedziałek. W przyszłym tygodniu piszę artykuł.

— Tylko trzy dni! Jeżeli będziesz tak pracować, zmienisz się w Barry'ego Dillera! Kariera to nie wszystko, wiesz? W każdym razie mam dla ciebie w gościnnej sypialni cudowne prześcieradła. Irlandzki len bije Pratesi na głowę. Amerykanie po prostu nie rozumieją lnu jak my...

— Mamo, sama jesteś Amerykanką — przypomniałam.

— Jestem angielską damą uwięzioną w ciele amerykańskiej kobiety, coś jak transseksualista, tak twierdzi mój nauczyciel jogi. Ach, słyszałam, że rodzina wróciła, w doskonałym momencie, prawda?

— Jaka rodzina, mamo?

— Swyre'owie, moja droga. Pomyślałam, że może zechcesz się spotkać z Małym Earlem, skoro już przyjedziesz. Wszyscy twierdzą, że jest *charmant* i przystojniejszy niż książę William i książę Harry razem wzięci.

Czasami się zastanawiam, czy nie mogłabym dostać rozwodu z Mamą. Powołałabym się na niemożliwą do pogodzenia różnicę zdań w kwestii relacji z naszym sąsiadem. Najwyraźniej to właśnie zrobiła Drew Barrymore i dobrze na tym wyszła.

— Mamo, nie do końca jesteśmy ze Swyre'ami w przyjaźni, pamiętasz?

— Kochanie, nie chcę, żebyś znów straciła szansę na spotkanie z nim.

— W życiu są też inne sprawy oprócz znalezienia mężczyzny, o którym można by myśleć — odparłam zirytowana. (W wielkiej tajemnicy muszę przyznać, że jak większość dziewczyn w Nowym Jorku dokładnie o tym myślę przez dziewięćdziesiąt pięć procent czasu. Po prostu nie przyznajemy się do tego publicznie. Znacznie lepiej widziane jest stwierdzenie, że człowiek cały czas przejmuje się karierą. Choć generalnie muszę zauważyć, że im większą dziewczyna robi karierę, tym więcej myśli o facetach).

— Zdecydowałam się na namiot w ogrodzie na wzór Jackie Kennedy w Białym Domu. Lord i lady Finoulla przyjęli zaproszenie, więc jestem niemożliwie przejęta. Zapowiadają deszcz, ale prognoza nigdy się nie zgadza.

Mama jest mistrzynią wyparcia. Co roku w urodziny mojego ojca pada deszcz. W Anglii pada podczas każdych urodzin, nawet królowej.

— Dobrze, Mamo. Do zobaczenia w sobotę. Wynajmuję samochód na Heathrow i jadę prosto do was. Myślę, że dotrę wczesnym popołudniem.

— Cudownie. I proszę, zrób sobie makijaż na przyjęcie, użyj tego ładnego podkładu od Lancome'a, który ci kupiłam, tego lubianego przez Isabellę Rossellini. Inaczej tata będzie rozczarowany.

— Postaram się — skłamałam. Do Mamy wciąż jeszcze nie dotarło, że jedyną osobą, która oprócz niej używa podkładu w ciągu dnia, jest Joan Collins.

Następnego ranka, kiedy spakowałam torbę na wyjazd do Anglii, zdałam sobie sprawę, że muszę się pozbierać. Jakkolwiek paskudna wydawałaby się sytuacja, nie mogłam zjawić się na przyjęciu Taty pogrążona w depresyjnym smutku. To zbyt samolubne. Chcę powiedzieć, że to zachowanie w stylu Naomi Campbell, ale jej uchodzi, bo ma idealną figurę. Tamtej nocy w hotelu Mercer postąpiłam pochopnie, powodowana rozpaczą, brakiem poczucia bezpieczeństwa i kompletnym od dłuższego czasu brakiem orgazmów. Teraz musiałam ponieść konsekwencje. Jakimś sposobem zdołałam spotykać się z jednym brutalem, jednym urodzonym kłamcą i jednym profesjonalnym podrywaczem z żoną w typie Glenn Close. A potem na dokładkę przespałam się z byłym facetem swojej najlepszej przyjaciółki, a on pospiesznie zniknął ze sceny. Moim przeznaczeniem było życie samotne — w każdym razie przez następny tydzień czy dwa. Spróbowałam myśleć pozytywnie. Miałam nadzieję, że niedługo pogodzimy się z Julie — pewnego dnia znów zechce pożyczyć ten garnitur od Versacego, tego byłam pewna. Jadąc w piątek wieczorem na lotnisko JFK, żeby złapać samolot, podjęłam stanowczą decyzję; będę się cieszyć z tego, co mam, a nie zamartwiać tym, czego nie mam. W końcu większość dziewczyn umarłaby, żeby mieć tyle ciuchów od Marca Jacobsa co ja.

*

Nie ma to jak utknąć w kolejce do odprawy na lotnisku JFK o dziesiątej wieczorem za facetem, który z niewyjaśnionych powodów podróżuje z czterema laptopami — każdy trzeba wyjąć z zapinanej na zamek torby, umieścić na oddzielnej plastikowej tacy, prześwietlić, obejrzeć, a potem ponownie zapakować. Można naprawdę upaść na duchu.

Takie chwile każą dziewczynie pożałować, że zdecydowała się przebudować charakter. Jeżeli chcesz się zmienić, działaj wybiórczo: istnieją pewne złe nawyki, których należy się trzymać ze względów czysto praktycznych. Odrzucanie oferty przelotu prywatnym samolotem jest *très* głupie. Bierzcie przykład ze mnie, takich rzeczy robić nie należy. Na Heathrow dotarłam o jedenastej przed południem następnego dnia. Zanim poszłam do stanowiska Hertza wybrać samochód do wynajęcia, wślizgnęłam się do łazienki, żeby się przebrać. Nie planowałam pokazywać się w domu, wyglądając na dziewczynę odtrąconą, jaką się w głębi ducha czułam. Dbałość o wygląd, kiedy człowiek dochodzi do siebie po jednonocnej przygodzie, może znacząco poprawić sytuację. No bo spójrzcie tylko na Elizabeth Hurley... po każdym rozstaniu jej brwi wyglądają coraz bardziej genialnie. Kiedy odwiedza angielską wieś, by obserwować bezsensowne wydarzenia towarzyskie w rodzaju meczu polo albo krykieta z udziałem Hugh Granta, zawsze prezentuje się znakomicie. Zainspirowana przez nią, zamknęłam się w kabinie i przebrałam w T-shirt z delikatnego kaszmiru w kolorze pomarańczowym (DKNY) i obcisłe kremowe spodnie (Joie). Wyposażona w skórzany pasek, proste złote kolczyki kropelki, jasnoturkusowe sandały od Jimmy'ego Choo na cieniutkich złotych szpilkach oraz płócienną torbę na ramię w czarno-białe paski, tchnęłam, jak sadzę, skromnym czarem w stylu Liz. Nikt by się nie domyślił, że w Nowym Jorku intensywnie myślałam nad tym strojem przez całe trzy dni.

Wybrane ciuchy nie były może w stu procentach praktyczne na angielską wieś, ale w końcu nie planowałam krajoznawczych wypadów, kiedy już na nią dotrę. Jedynym zagrożeniem dla moich butów, zresztą nieznacznym, będzie krótki spacer od wynajętego samochodu do domu. Mama kazała wyasfaltować podjazd pod Starą Plebanię lata temu, gdy zdała sobie sprawę, że podjazdy wysypane żwirem, chociaż *très* angielskie i w ogóle, a do tego uważane przez szlachetnie urodzonych za podjazdy z klasą, były zabójcze dla jej ulubionych brązowo-białych pantofli od Chanel.

*

Nic na świecie — nawet basen w hotelu du Cap — nie może się równać z Anglią w ciepły letni dzień. Z jednym tylko wyjątkiem, plaży Macaroni na Mustique, ale to z całkiem innego scenariusza.

Dwie godziny później zjeżdżałam maleńkim wynajętym renault clio z autostrady w kierunku naszej wsi Stibbly, do której prowadzą wąskie, wijące się polne drogi. Dziko zarosły trybulą i jeżynami, które ocierały mi się o boczne lusterka. Brytyjczycy nie popierają przycinania — ani żywopłotów, ani paznokci. Mijałam sypiące się mury farm i wioseczki z krytymi strzechą domami, a każdy z ogródkiem kwiatowym, robiącym większe wrażenie niż poprzedni. Ogródki kwiatowe to angielska obsesja. Poświęca się im całe działy niedzielnych gazet, serio. Malowniczość krajobrazu zakłócały jedynie umieszczane co kawałek tabliczki z napisem TOALETA PUBLICZNA i ze strzałką wskazującą na niechlujne budki.

O drugiej po południu znajdowałam się jakieś piętnaście mil od domu. Znak przy drodze głosił: WITAMY W PARAFII STIBBLY-ON-THE-WOLD. Okolica prezentowała się przepięknie jak zawsze, z wyjątkiem psującego widok, znajomego, ponuro rozpadającego się budynku dawnego wiktoriańskiego szpitala. Znak na bramie obwieszczał SCHRONISKO DLA KOBIET POD WEZWANIEM ŚW. AGNIESZKI. Od lat było to miejsce dla maltretowanych żon i samotnych matek. Jako dziecko widywałam tamtejsze dziewczyny krążące po wsi. Stanowiły łatwy cel, więc niesłusznie oskarżano je o wszystkie niefortunne wydarzenia w Stibbly, nawet urwanie się kurka z kościelnej wieżyczki.

Przejechałam parę mil i zwolniłam przed szczególnie ostrym zakrętem. Renault clio zatrzęsło się spazmatycznie i nagle zgasło. Zaciągnęłam ręczny hamulec, wrzuciłam luz i przekręciłam kluczyk w stacyjce. Silnik obracał się i obracał, ale nie zaskoczył. Spróbowałam ponownie. To samo. Próbowałam przez kolejne dziesięć minut, bez efektu.

Pokonana pozwoliłam, żeby samochód stoczył się na trawiaste pobocze, najdalej jak się dało. Wysiadłam i klapnęłam na masce w napadzie złego humoru à la Kelly Osbourne. Jak się dostanę do domu? Moja komórka tu nie działała (Boże, muszę sobie załatwić trzyzakresowy telefon, pomyślałam rozzłoszczona), a rozglądając się na wszystkie strony, nie mogłam dostrzec żadnego domu ani w ogóle śladu życia. Jedynym dźwiękiem był szelest zboża, które łagodnie chyliło się w powiewach wiatru. W takiej chwili dziewczyna może naprawdę pożałować, że nie znajduje się na rufie łodzi wyścigowej Magnum Patricka Saxtona, wciśnięta między dwie supermodelki. Nawet jeśli supermodelki należałyby do tych irytujących, które wciąż powtarzają, jakie są „grube". Cóż, przypomniałam sobie, że zmieniłam się na lepsze: chyba nie miałam wyboru i musiałam ruszyć pieszo.

Założyłam okulary przeciwsłoneczne, chwyciłam torbę z przedniego siedzenia, zamknęłam samochód i zaczęłam energicznie schodzić ze wzgórza. Boże, założę się, że samochód Elizabeth Hurley nigdy się nie psuje na wsi, pomyślałam, idąc. Nie zostaje się twarzą Estée Lauder, będąc idiotką, która w ważnych kwestiach transportowych polega na Hertzu. Elizabeth pewnie dociera na wieś w dziesięć sekund helikopterem. Przeszłam zaledwie kilka jardów, gdy usłyszałam dźwięk silnika. Ze wzgórza zjeżdżał z terkotem stary traktor, ciągnący przyczepę wyładowaną trzodą. Prowadził młody facet. Może mogłabym go nakłonić, żeby zawiózł mnie do domu. Kiedy podjechał, pomachałam. Pojazd zatrzymał się obok mnie ze zgrzytem. Zauważyłam, że odłażącą niebieską farbę pokrywała warstwa kurzu i źdźbła słomy.

— W porządku? — odezwał się chłopak.

Boże, był uroczy. Miał ciemne kręcone włosy, czerwony T-shirt, ubłocone dżinsy i stare buty do wędrówki. Zupełny

Orlando Bloom. Łatwo sobie wyobrazić, że moje rozdrażnienie à la Kelly Osbourne natychmiast zniknęło.

— W porządku — odparłam z uśmiechem. Nie umiałam nic innego wymyślić.

— Zepsuło się?

— Taa — potwierdziłam, zwijając pasmo włosów. Wiem, że Pan Parobek mógł mieć najwyżej dziewiętnaście lat, ale nie byłam w stanie oprzeć się pokusie niewinnego flirciku. (W przeciwieństwie do poważnego flirtu, kiedy się wie, że do czegoś dojdzie, ma się z wyprzedzeniem załatwione woskowanie bikini i tak dalej).

— Potrzeba pomóc?

Boże, uwielbiam angielskich chłopców, którzy w rozmowie posługują się dwuwyrazowymi kwestiami. Przypomina mi to Heathcliffa czy coś takiego.

— Mógłbyś mnie podwieźć do domu?

— Dokąd to?

— Stara Plebania. W Stibbly.

— Trochę daleko. Jałówki — powiedział, wskazując na przyczepę. — Ale mogę cię podrzucić do farmy. Dadzą ci skorzystać z telefonu.

— Okej — zgodziłam się. Chyba Tata mógłby po mnie przyjechać. Orlando — tak naprawdę miał na imię Dave, ale wolę o nim myśleć Orlando — wyciągnął rękę i pomógł mi wejść na siedzenie traktora obok siebie. Zapalił ręcznie skręcanego papierosa, uruchomił silnik i ruszyliśmy z pyrkaniem. Mogę powiedzieć tylko jedno: dzięki niebiosom za Hertza i ich bezużyteczne samochody do wynajęcia. Siedząc tam, byłam tak szczęśliwa, że ledwie zauważyłam tłustą smugę na moich pięknych spodniach, ślad po wciąganiu mnie przez Dave'a do traktora, albo to, że opierałam stopy o belę siana, kurząc swoje cudowne buty.

Kilka mil dalej Dave zjechał na bok przy przełazie. W górę niewielkiego wzgórza wiła się stąd ścieżka. Absolutnie żadnego śladu farmy. Jedynym znakiem życia było pasące się na łące stado owiec.

— Tam jest farma — powiedział Dave, ruchem głowy wskazując w stronę wzgórza. — Pięćset jardów.

— Eeł. — Dave najwyraźniej nie miał pojęcia o butach od Jimmy'ego Choo. Można w nich przejść pięć jardów, ale nie pięćset.

— W porządku?

— Jasne — stwierdziłam niechętnie, zsuwając się z traktora. — Dzięki.

Dave odjechał, a ja wygramoliłam się przez przełaz. Kiedy spadłam po drugiej stronie, rozległ się chlupotliwy dźwięk. Spojrzałam w dół. Moje ukochane pantofle miały wokół podeszew obramowanie z czarnego torfowego błota. Tego właśnie Amerykanie nie wiedzą o Anglii. Nawet w gorący dzień wszędzie są niewidzialne moczary. Miejsce może wyglądać naprawdę uroczo, a w rzeczywistości stanowić pole minowe dla butów. Tak naprawdę w Anglii wygląda przeważnie bardziej jak w *Wuthering Heights* niż w *Emmie*. Boże, myślałam, z sapaniem pokonując wzgórze, wszystko odwołuję, naprawdę, całe to gadanie, że angielska wieś jest lepsza niż du Cap. Nie jest. Moja noga więcej tu nie postanie.

Na szczycie doszłam do drewnianej bramy i rozwidlenia ścieżki. Pode mną rzeka wiła się przez dolinkę nakrapianą zagajnikami i wełnistymi grupkami owiec. Na prawo widziałam w oddali stodoły i zabudowania należące do farmy. Po lewej w zielonym terenie parkowym wygodnie usadowił się obszerny dom. Zamek Swyre, pomyślałam. Przyległa farma musi stanowić część posiadłości. Muszę przyznać, że miejsce wyglądało zupełnie jak z *Gosford Park*. Chcę powiedzieć, że prezentowało się o wiele lepiej, niż zapamiętałam z dzieciństwa. Oczywiście niezbyt przypominało zamek, raczej zwykły, spory dom, ale tak to już jest w Anglii. Nikt nie nazywa swojego domu domem, musi to być dwór, park, pałac, zamek. Moim zdaniem robią to dla zmylenia cudzoziemców.

Zamek Swyre był taki śliczny. Prawie potrafiłam sobie wyobrazić, że leczę się dla niego ze swojej fobii na tle wiejskich posiadłości. Zbudowany z kamienia w miodowym kolorze, był jednym z tych nieskazitelnych osiemnastowiecznych angielskich domów w klasycystycznym stylu — tych, które wyglądają jak wielkie domy dla lalek, tylko z dodanymi dużymi bocznymi skrzydłami. Z daleka widziałam jezioro i majestatyczne ogrody. Wiecie co? Przez te parę minut, kiedy stałam, wpatrując się w zamek, mogłabym niemal sympatyzować z wielbicielkami brązowych znaków. (Wciąż jest ich na kopy w Nowym Jorku i Paryżu, ale teraz pozują głównie na projektantki mody Louisa Vuittona. Naprawdę niezła przykrywka).

Mama i Tata musieli się już zastanawiać, gdzie jestem. Jeszcze raz obejrzałam się na zabudowania farmy. Wydawały się nieco bliższe niż zamek, ale dla dziewczyny mojego pokroju wybór między błotnistą farmą a zamkiem jest oczywisty. Mimo że Mama nudziła mi o tym miejscu przez dwadzieścia lat, chyba jednak powodowała mną ciekawość. Mogłabym poprosić o pozwolenie na skorzystanie z telefonu i czekając, aż Tata mnie odbierze, ukradkiem się rozejrzeć. Nikt nie musiał wiedzieć, że ja to ja, to znaczy nie musiałam się przyznawać, że jestem córką sąsiada od fałszywych chippendali z dawnych czasów.

Odwróciłam się i wąską ścieżką poszłam w dół, w kierunku zamku. Może wpadnę na Małego Earla, pomyślałam. Już mi to nie przeszkadzało. Pewnie łysiał i nosił te okropne różowe sztruksy i skarpetki w kropki, tak ukochane przez tłum paniczów. Ścieżka szybko dołączyła do żwirowego podjazdu, więc szłam nią z chrzęstem, wzdłuż drutu oddzielającego pastwisko (*très* skomplikowane w butach od Jimmy'eg Choo, ale wykonalne, gdyby ktoś się zastanawiał). Tereny zamkowe były wspaniałe. Boże, absolutnie uwielbiam angielskie parki projektowane przez „Capability" Browna.

Gdy dotarłam do głównego wejścia, zauważyłam wymalowaną nad nim w złocie i błękicie tarczę herbową. Tak to jest z brytyjską arystokracją. Na wypadek gdyby człowiek nie był jeszcze dostatecznie onieśmielony, proszę, serwują tarczę herbową, żeby naprawdę cię nastraszyć. Nic dziwnego, że nikt w Anglii nie ma dla siebie cienia szacunku. Chwyciłam żelazną kołatkę w kształcie gargulca i nerwowo zabębniłam we frontowe drzwi.

Postałam tak kilka minut z gargulcem, który mierzył mnie płonącym wzrokiem. Nikt się nie pojawił. Może nie było ich w domu. Nie widziałam żadnych samochodów na podjeździe, ale to nic nie znaczyło — Brytyjczycy obsesyjnie ukrywają swoje samochody w stajniach i szopach, nawet te naprawdę ładne, w rodzaju audi, żeby nie zostać oskarżonym ani o a) psucie widoku, ani o b) popisywanie się. Zapukałam ponownie, tym razem głośniej. W dalszym ciągu nikogo.

Nie mogłam znieść myśli o spacerze na farmę. Szpilki od Jimmy'ego kompletnie odcięły mi dopływ krwi do stóp i prawie ich nie czułam. Chwyciłam gałkę i przekręciłam. Nie byłam zaskoczona, kiedy drzwi ustąpiły. Panicze zawsze zostawiają frontowe drzwi otwarte, jakby mieszkali na Cape Cod czy coś w tym rodzaju.

Weszłam do przepastnego holu. Pomieszczenie było gęsto zdobione gzymsami i listwami. Poczułam się jak we wnętrzu weselnego tortu. Boże, pomyślałam, utrzymanie tego miejsca w czystości doprowadziłoby Marthę Stewart do rozstroju nerwowego.

— Halo? — zawołałam. — Jest tu kto?

Czekając, zrzuciłam z nóg buty. Kamienna podłoga rozkosznie chłodziła moje spuchnięte stopy. Jedynym dźwiękiem było ostre tykanie złotego zegara nad kominkiem. Nikt się nie pojawił. Doszłam do wniosku, że budynek jest tak duży i musi mieć tyle wejść i wyjść, że nawet jeśli ktoś był w domu, Swyre'owie niekoniecznie musieli wiedzieć, kto wchodzi, a kto wychodzi. Przypominało to chyba życie na granicy z Syrią, tylko z mniejszą liczbą terrorystów.

Może mogłabym sama znaleźć telefon. I urządzić sobie prywatne zwiedzanie. Otworzyłam panelowe drzwi po lewej, prowadzące z holu do zdobionej jadalni. Na ścianach rzędem zawieszono rodzinne portrety. Porcelanowobiałe twarze przypominały duchy. Naprawdę przydałaby się im solka. Czasami się zastanawiam, jak te dziewczyny przeżyły niedostatki osiemnastego wieku. No bo jak kobiety radziły sobie bez brązującego kremu Bobbi Brown i błyszczyków Juicy Tubes Lancome'a, w dwunastu odcieniach? Jedynym znakiem, że nie znajduję się w roku tysiąc siedemset sześćdziesiątym, były rzutnik i ekran w jednym z końców sali — to musiało być „centrum konferencyjne".

Zaczynałam się rozdrabniać. Musiałam znaleźć telefon. Weszłam z powrotem do holu. Na schodach wisiał czerwony sznur z napisem PRYWATNE. Pewnie żeby powstrzymać uczestników konferencji. Znacie mnie. Jeżeli widzę aksamitny sznur, muszę się znaleźć po jego właściwej stronie. Prześlizgnęłam się pod spodem i wbiegłam na schody. Może na górze znajdzie się gabinet z telefonem.

Na podeście musiałam stawić czoło długiemu korytarzowi pełnemu drzwi. Otworzyłam pierwsze. Stało tam łóżko z czterema kolumienkami, udrapowane chińskimi jedwabiami z masą frędzli. Za draperiami ukryto mały obrazek dziewczyny ozdobionej kwiatami. Wyglądał dokładnie jak obrazy Fragonarda z kolekcji Fricka. Pewnie był prawdziwy, pomyślałam. Sen pod obrazem dawnego mistrza był dokładnie w stylu bogatego brytyjskiego lorda.

Ostatnim pokojem w korytarzu okazała się wielka biblioteka. Wślizgnęłam się do środka. Tu musi być telefon, pomyślałam. Chciałam już znaleźć się we własnym domu. Ściana z tyłu była zabudowana półkami, na których stały oprawione w skórę książki, a nad ogromnym marmurowym kominkiem w przeciwnym końcu pokoju wisiał włoski pejzaż. Poniżej mała złota tabliczka głosiła: „Canaletto". Nie rozumiem, naprawdę nie rozumiem. Anglicy w kółko gadają, jacy to przesadni są Amerykanie, a sami potajemnie mieszkają jak w Bellagio w Las Vegas.

Stojący w głębi fortepian zastawiony był starymi czarno-białymi rodzinnymi fotografiami, a na obszernym biurku z orzecha piętrzyły się papiery. Zauważyłam ukryty w tym całym bałaganie staroświecki czarny telefon. Podeszłam do biurka i podniosłam słuchawkę.

Gdy wybierałam numer Mamy i Taty, wpadło mi w oko maleńkie owalne puzderko na tabletki na bocznym stoliku. Na emaliowanym wieczku z najdrobniejszymi detalami wymalowano angielską scenę bitewną. Podniosłam pudełko, uważnie przyglądając się wysadzanemu kamieniami zamknięciu. Na stole znajdowało się co najmniej kilkanaście innych inkrustowanych szlachetnymi kamieniami pojemniczków i ozdóbek. Mówię wam, Brytyjczycy są najlepsi w takich cackach, bez dwóch zdań. Telefon dzwonił i dzwonił. Dlaczego nikt nie odbierał?

— Czym mogę służyć? — rozległ się za mną głos z angielskim akcentem.

Podskoczyłam i upuściłam słuchawkę. Zza moich pleców wyszedł pochylony staruszek. Twarz miał tak porytą zmarszczkami, że wyglądał bardziej zabytkowo niż całe wyposażenie domu. Nosił podniszczoną czarną marynarkę i spodnie w prążki. Dobrze wiedzieć, że są ludzie, do których J. Crew* nigdy nie dotrze. Nie chciałam, żeby staruszek zobaczył w mojej ręce pudełeczko. Wsunęłam je do kieszeni. Mogłam je później odłożyć.

— Halo — z trudem złapałam oddech. — Kim pan jest?

— Lokajem rodziny Swyre'ów. A co właściwie pani robi? — Podejrzliwie zmierzył mnie wzrokiem z góry na dół, z dezaprobatą wpatrując się w moje brudne bose stopy.

— O rany, no więc samochód mi się zepsuł na drodze i szukałam telefonu — powiedziałam, nerwowo podnosząc słuchawkę z podłogi. — Moja Mama i Tato mieszkają w Starej Plebanii.

— Muszę powiadomić lorda Swyre'a. Proszę tu zaczekać — oznajmił i z miejsca wyszedł z pokoju.

Gdy zamknął drzwi, usłyszałam obrót klucza w zamku. Mój Boże, pomyślał, że kradnę. Chwyciłam telefon i ponow-

---

* amerykański koncern odzieżowy

nie wybrałam numer do domu. Tym razem ktoś odebrał po pierwszym sygnale.

— Mama? — zapytałam.

— *Cześć, kochanie!* Jak ci leci?

— Julie?

— Na tej angielskiej wsi jest tak uroczo, ale Anglicy, których poznałam w Londynie, byli naprawdę przerażający. Ci ludzie nie mieli pojęcia, kim jest Barbara Walters* ani nic. Możesz to sobie wyobrazić, że jestem u twoich rodziców?

A co z naszą kłótnią? I tajnym romansem Julie?

— Przyjechałaś na przyjęcie mojego Taty? — zapytałam zdumiona.

— No wiesz, nie tylko na przyjęcie. Nigdy w to nie uwierzysz. Przyjechałam mierzyć ślubną suknię! U samego Alexandra McQueena. A potem zadzwoniła twoja mama i namówiła mnie, żebym przyjechała na to dziwaczne przyjęcie twojego taty.

— Wychodzisz za mąż? Za kogo?

— Henry'ego Hartnetta. Nigdy nie zgadniesz, co się stało. Po klubie książki zabrał mnie na koktajl bellini i od tamtej pory jesteśmy razem. Rzuciłam wszystkich pozostałych facetów, nawet Todda, biedak. Henry jest taki słodki i taki bogaty, że to niewyobrażalne. Jest z tych Hartnettów od stali, ale naprawdę go to onieśmiela. Uważa, że jestem najzabawniejsza na świecie. Nie masz pojęcia, ile nas łączy. Gdzie, do diabła, jesteś? Wszyscy czekamy. A tak przy okazji, znowu z tobą rozmawiam. Kompletnie wszystko ci wybaczam.

Jedno jej trzeba przyznać. Potrafi być zdumiewająco wspaniałomyślna, jeśli chodzi o wykroczenia jej przyjaciół, biorąc pod uwagę, jaka jest rozpieszczona. Julie ma tak zaawansowany zespół nadaktywności psychoruchowej, że jest fizycznie niezdolna, by chować urazę dłużej niż parę dni.

---

* amerykańska dziennikarka specjalizująca się w wywiadach ze znanymi osobistościami

— Gratulacje! Powiedz Tacie, że jestem na zamku i że musi tu po mnie przyjechać.

— Jesteś u sąsiadów? Och, Boże, tak ci zazdroszczę. Czy mają niesamowicie urządzone wnętrza? Czy kompletnie paskudne, jak w pałacu Buckingham? Słyszałam, że rodzina królewska ma najgorszy gust.

— Julie! Po prostu przyślij tu Tatę. Samochód mi się rozwalił i włamałam się, żeby zadzwonić, a teraz myślą, że ich okradam.

— Czy mają wszędzie porcelanę z Delft i odźwiernego?

— Julie!

— No dobra, kochanie, jak chcesz. Powiem mu. A tak nawiasem mówiąc, ślub jest w przyszłym roku latem, czternastego czerwca. Musisz być moją druhną.

Odłożyłam słuchawkę. Julie zaręczona? Z ustaloną datą ślubu? Czy zaręczeni nie wiedzą, że dla tych z nas, którzy zaręczeni nie są, ich obecność jest dostatecznie fatalna bez natychmiastowego ogłaszania daty ślubu, która bodzie do żywego? Jakoś strasznie nagle się to stało. Miałam nadzieję, że Julie postępuje słusznie. Podeszłam do zamkniętych drzwi i bez sensu przekręciłam gałkę. Ostatecznie się poddałam i usiadłam na niewielkiej tapicerowanej otomanie przy drzwiach. Spięłam się i przyłożyłam ucho do dziurki od klucza. Udało mi się zrozumieć tylko parę słów wypowiedzianych przez lokaja:

— ...twierdzi, że zepsuł się jej samochód... wygląda jak Cyganka... okropnie brudne ubranie, pewnie to jedna z tych maltretowanych samotnych matek ze schroniska... nie ma nawet butów...

Obejrzałam swoje pokryte brudem ciuchy i bose stopy. Smutne, doprawdy. Kiedyś byłam olśniewająca. Liz Hurley nigdy by sobie na coś takiego nie pozwoliła podczas wyprawy na wieś.

— ...musiała się włamać... wezwałem policję. Przykro mi, proszę pana.

Policję? Zaczęłam bębnić w drzwi.

— Hej! Wypuśćcie mnie! — wrzasnęłam.

Po kilku minutach klucz obrócił się w zamku. Słowo daję, przysięgam, że nie uwierzycie, co się potem stało, ale to niedowiarstwo w stylu zaprzeczeń Michaela Jacksona, że poddał się operacjom plastycznym. Wchodzi lokaj, a za nim — słowo, nie zmyślam — wkracza wolno Charlie Dunlain. Tak to już jest z jednonocnymi przygodami; człowiek myśli, że chce tę osobę jeszcze zobaczyć, a kiedy tak się dzieje, robi się niewiarygodnie paskudnie, szczególnie gdy podczas ostatniej rozmowy ten ktoś miał głowę w tym samym miejscu co Chad lata wcześniej. Sprawę dodatkowo paskudziło to, że Charlie wciąż wyglądał naprawdę strasznie uroczo. Miał na sobie strój z LA, znoszone sztruksy i T-shirt. Poziom cukru we krwi spadł mi o trzy mile, jestem pewna. Czułam się jak podczas ataku hipoglikemii czy coś w tym rodzaju. Kiedy Charlie mnie zobaczył, wyglądał na równie zaszokowanego jak ja.

— Co, do cholery, stało się z twoim ubraniem? — zapytał.

Przez chwilę nie mogłam wydusić słowa. Za każdym razem, kiedy spotykałam Charliego, znajdowałam się w dziwnie niekorzystnym położeniu. I co, u licha, robi u Swyre'ów? W życiu się tak głupio nie czułam. Tyle że teraz byłam wściekła.

— Co cię to obchodzi? — odparowałam. — Znikasz sobie, nawet nie mówiąc do widzenia. Najwyraźniej kompletnie brak ci wychowania.

— Zna pan tę młodą damę? — zapytał lokaj.

— Tak, znam — potwierdził Charlie, nie spuszczając ze mnie wzroku. To ja spuściłam oczy. To znaczy... chcę powiedzieć, że czułam się, jakbym miała się rozpłynąć albo rozpłakać, sama nie byłam pewna. A żeby jeszcze bardziej wszystko zagmatwać, przyłapałam się na myśli, czy w Anglii mają „zestawy nocne". Zapadła pełna napięcia cisza, którą lokaj przerwał pytaniem:

— Czy mogę zaproponować pańskiej przyjaciółce sherry?

— Prawdę mówiąc, marzę o koktajlu bellini — stwierdziłam optymistycznie.

— Pani wypije filiżankę herbaty — powiedział Charlie.

Nie chcę się bawić w analityka, ale prawda jest taka, że ludzie się nie zmieniają. Charlie pozostał równie gorącym przeciwnikiem koktajli jak zawsze.

— Naturalnie — powiedział lokaj, pospiesznie wychodząc z biblioteki.

— Cóż, faktycznie spotykamy się w najdziwniejszych miejscach. Może zechciałabyś mi wyjaśnić, co tu robisz — Charlie oparł się o kominek, stając pod Canalettem.

— Moi rodzice mieszkają po sąsiedzku. Przyjechałam na pięćdziesiątkę Taty i zepsuł mi się ten głupi samochód. Próbowałam zadzwonić do domu. Ale co ty robisz u Swyre'ów, do cholery? Znasz earla?

Nastąpiła pauza, a potem Charlie oświadczył:

— Ja jestem earlem.

— Przepraszam?

— To długa historia, ale powodem mojego wyjazdu z Nowego Jorku w takim pośpiechu w poniedziałek była informacja, że umarł ojciec. Moja matka Caroline skontaktowała się ze mną... nie pamiętasz, że dzwoniła? Poleciałem pierwszym lotem. Odziedziczyłem tytuł.

Potrzebowałam chwili, żeby to do mnie dotarło. Tajemnicza Caroline okazała się nieprzyjemną matką Charliego. Nie było innej dziewczyny, pomyślałam z pewną ulgą.

— O mój Boże, tak mi przykro — powiedziałam.

Czułam się okropnie. Ja tu się dąsam z powodu przygody na jedną noc, jestem nieuprzejma dla Charliego, włamuję się do jego domu, a okazuje się, że umarł mu tata. Przez ostatnie dni musiał przeżywać koszmar.

— Charlie, dobrze się czujesz? — zapytałam.

— W porządku. Tata był zabawnym starym dziwakiem... rzeczywiście ekscentrycznym... naprawdę nie byliśmy specjalnie związani. Ale to smutne.

— Czemu ani słowem o tym nie wspomniałeś?

— Mieszkaliśmy w Ameryce. Tata nigdy nikomu nie mówił, że jest earlem. Używał po prostu rodzinnego nazwiska Dunlain. Nie spaceruje się po LA, obwieszczając wszystkim dookoła, że się ma jakiś dziwaczny angielski tytuł. A jeśli chodzi o zamek, ledwie pamiętałem, że tata wciąż jest w jego posiadaniu, bo raczej trzymał to w tajemnicy. Kiedy umarł, dowiedziałem się, że odziedziczyłem posiadłość, o której nie miałem pojęcia i z którą nic mnie nie łączy. Nie byłem tu od czasu gdy skończyłem sześć lat. To wszystko dość szokujące.

Dlaczego jednonocne przygody zawsze okazują się znacznie bardziej skomplikowane, niż człowiek może sobie wyobrażać? Jeżeli wszystko dobrze zrozumiałam, ten tu Pan Zestaw Nocny był Małym Earlem, chłopcem z sąsiedztwa z mrzonek Mamy. Miałam Charliego za miłego, normalnego faceta, a nagle okazuje się ukrytym arystokratą, który kompletnie mnie nabrał co do tego, kim jest. I mnie nazwał rozpuszczoną! Wolałam go przedtem, jako zwykłego, chcącego się wybić reżysera z LA.

Rozległo się stukanie obcasów i do biblioteki weszła atrakcyjna starsza kobieta. Miała na sobie obcisłe granatowe bryczesy, zabłocone oficerki i męską białą koszulę. Brązowe włosy ujęte w siatkę na karku. Chodząca reklama Ralpha Laurena, tylko bardziej szykowna.

— Jestem Caroline, matka Charliego. Pani jest z pewnością tą damą z domu przy drodze?

Nagle przypomniałam sobie starą rodzinną wojnę między Mamą a mamą Charliego alias księżną Swyre. Nigdy nie została zakończona. O Boże, pomyślałam, to może być krępujące.

— Mamo! — odezwał się Charlie. — To moja przyjaciółka ze Stanów, jej rodzice mieszkają w Starej Plebanii.

Zamarłam. Księżna stężała. Wiedziała, że ja wiem, że ona wie, że jestem córką faceta od „afery z krzesłami".

— Co się stało? — zapytał Charlie.

— Umm, i kto to mówił, że pobyt na wsi oznacza spokojne życie! Nigdy nie byłam taka skonana — powiedziała księżna, pospiesznie zmieniając temat. Usiadła na wprost mnie na krześle Ludwik któryś; wyglądała na urażoną. — W tym domu dotarcie dokądkolwiek zajmuje pół godziny. Rozległo się pukanie do otwartych drzwi. Wszedł lokaj ze srebrną tacą wyładowaną przyborami do herbaty.

— Jest tu panienki matka, żeby zabrać panienkę do domu — powiedział, stawiając tacę przed Caroline.

— Kochanie! Nalegałam, że sama po ciebie przyjadę — zaćwierkała Mama, żwawo wpadając do pokoju z podążającą za nią Julie. — Tata musiał pojechać do miasta odebrać wino na jutrzejsze przyjęcie, gdyby nie to, sam by przyjechał.

Mama miała na sobie swoją ulubioną gryzącoróżową sukienkę. Co gorsza, przypięła do niej broszkę z opali. Mama nosi broszkę z opali tylko przy wyjątkowych okazjach w rodzaju urodzin księżniczki Anny. Podeszła i zadusiła mnie w uścisku. Chociaż cieszyłam się na widok Mamy, niepokoiłam się też, że to nie najlepszy moment na obciążanie sytuacji jej obecnością.

— O Boże! Spójrz tylko na siebie! Wyglądasz jak jedna z tych upośledzonych żon z domu wariatów. Proszę cię, na jutrzejszym przyjęciu musisz mieć buty. A, Mały Earl! — zwróciła się do Charliego. — Tak mi przykro z powodu pańskiego ojca. To okropne, wszyscy w wiosce są myślami z panem. Jestem Brooke, państwa sąsiadka — oznajmiła, wyciągając do Charliego rękę i dygając. (Przysięgam, że dygnęła, naprawdę dygnęła. Chciałam umrzeć).

— Dziękuję — odparł Charlie. Sprawiał wrażenie oszołomionego.

— Ach, księżna, jak cudownie panią widzieć po tak długim czasie — ciągnęła Mama, zwracając się do Caroline, która ledwie raczyła ją dostrzec. — A to Julie Bergdorf...

— Hej, kochanie! — przerwała Julie, rzucając się, żeby mnie uściskać. Prezentowała olśniewającą opaleniznę rodem z Southampton, krzykliwy pierścionek zaręczynowy z brylantem wielkości stosownej dla księżniczki (oczywiście) i powiewną liliową suknię, której kompletnie nie potrafiłam rozpoznać. — Używana. Kolekcja Prady z tysiąc dziewięćset dziewięćdziesiątego czwartego. Genialna, prawda?

Odkąd ostatnio ją widziałam, Julie przeszła wręcz dramatyczną przemianę. Wśród Księżniczek z Park Avenue istnieje zgoda, że od używanych ciuchów łapie się choroby zakaźne. Pamiętam, że po wizycie w second-handzie na Broadwayu nie chciała mnie dotknąć przez całe dnie, bo mogłam złapać żółtaczkę typu B, ponieważ zmierzyłam parę męskich levisów z lat siedemdziesiątych.

— Genialna! — powiedziałam, całując Julie w policzek. Jednocześnie wyszeptałam jej na ucho: — On twierdzi, że jest earlem i to jego zamek. Strasznie dziwne.

— Nie! — wymamrotała. Potem pomknęła do Charliego, wołając: — Ooch, *kochaneczku*!

Ucałowała go prosto w usta. Po jakichś pięciu sekundach odsunęła się z oczyma utkwionymi w obrazie za jego głową.

— Charlie, nigdy nie wspominałeś, że masz tajnego Canaletta! — wykrzyknęła. — Rany, to miejsce byłoby warte ze sto milionów dolarów, gdyby znajdowało się na Gin Lane*. Myślałeś o tym, żeby to wszystko sprzedać i kupić Ibizę czy coś w tym rodzaju?

— Cześć, Julie — powiedział Charlie, kiedy go puściła.

— Znacie się? — zapytała Mama, zaskoczona.

— Bardzo dobrze — kokieteryjnie odparła Julie.

— A czy poznał pan już moją *uroczą* córkę? — Mama ciągnęła mnie w stronę Charliego. — Nie zawsze tak wygląda, wie pan. Może prezentować się naprawdę ślicznie, jeżeli użyje podkładu i prasowanego pudru.

— Mamo! — zaprotestowałam.

— Prawdę mówiąc, jesteśmy starymi przyjaciółmi — wyjaśnił z lekkim zakłopotaniem.

— Przyjaciółmi! Wy dwoje! Ależ to porywające!!!

— Nawet sobie nie wyobrażasz, jak dobrze się znają. — Julie mrugnęła do Mamy. — Nie masz pojęcia, Brooke.

* plaża w Southampton

— O mój Boże! Cóż to za urocza para. Czy nie powtarzam zawsze, że chodzi o chłopca z sąsiedztwa, kochanie? — Mamie z podniecenia poczerwieniały policzki. Znacząco przenosiła wzrok z Charliego na mnie i z powrotem. — I jaki przystojny. Proszę mi powiedzieć, odziedziczył pan *wszystko*?

— Mamo! — włączyłam się. — Przestań.

Mama naprawdę powinna odwiedzić doktora Fenslera. Mogłaby załatwić piling alfa-beta i zmianę osobowości za jednym zamachem. Zerknęłam na Charliego. Widać było, że jak na kogoś, kto zawsze jest zadowolony, przeszedł dramatyczną przemianę. Twarz miał bez wyrazu i szkliste spojrzenie pełne niedowierzania, jakby chciał powiedzieć „Kim jest ta upiorna kobieta?". Musiałam zabrać stąd Mamę, zanim narobi więcej szkód.

— Charlie, naprawdę masz na własność połowę Szkocji, jak twierdzi Brooke? Moim zdaniem to fantastycznie. Gość z ciebie — powiedziała Julie.

— Powinnyśmy już iść, Mamo — stwierdziłam stanowczo.

— Byłabym zaszczycona, gdyby earl zechciał przyjść jutro na lunch z okazji pięćdziesiątych urodzin mojego męża Petera — odezwała się Mama, kompletnie mnie ignorując.

— Charlie jest jutro zajęty — bezceremonialnie oświadczyła Caroline. — Spędza ten dzień ze mną, zanim w poniedziałek wyjadę do domu, do Szwajcarii.

— Ależ pani też musi przyjść, księżno — powiedziała Mama. — Byłoby wspaniale, gdyby nasze rodziny mogły spędzić razem trochę czasu.

— Nasze rodziny nie mają sobie nic do powiedzenia — zimno odparła księżna. Odwróciła się i nalała sobie herbaty.

Nagle atmosfera w pokoju zrobiła się mroźniejsza niż na Arktyce. Caroline i Mama zastygły jak dwie góry lodowe.

— O co chodzi? — odezwał się Charlie.

— Nic ważnego. To wszystko przeszłość — stwierdziła Mama, robiąc wrażenie nieco zdenerwowanej.

— Nie, proszę mi powiedzieć, chcę zrozumieć — nalegał Charlie.

— To najgorsza rodzina we wsi, Charlie, absolutnie niegodna zaufania banda nieuczciwych ludzi — bez emocji oświadczyła księżna. — Nie chcę, żebyś się do nich zbliżał.

— Księżno! — Mamę zatkało.

— Czuję się jak w odcinku *Sagi rodu Forsyte'ów*! — Julie była oczarowana spektaklem.

Musiałam wkroczyć, zanim sytuacja ulegnie pogorszeniu.

— Jakieś dwieście lat temu, Charlie, mój ojciec sprzedał twojemu jakieś fałszywe krzesła chippendale. Tata przyznał się do błędu, ale uraza pozostała. Obie rodziny kompletnie przestały ze sobą rozmawiać. — Proszę, po wszystkim. Jakie się to teraz wydawało niemądre.

— O to chodzi? — Charlie wydawał się zdumiony i trochę uspokojony.

— Tak. Czy możemy teraz zapomnieć o tych krzesłach? To było żałosne nieporozumienie — wtrąciła się Mama. Potem, patrząc płonącym wzrokiem na księżną, dorzuciła do pełnego rachunku: — Pańska matka zrobiła z tego skandal. Dla mnie było to po prostu okropne.

— To niezupełnie prawda, ale nie przywiązuję do tego wagi, ponieważ nie mamy o czym dyskutować — lodowato oświadczyła księżna.

Zapadła pełna skrępowania cisza, a Charlie niespokojnie patrzył to na moją, to na swoją mamę. Nie umiałam się zorientować, komu uwierzył. Może coś mu świtało i przypomniał sobie dawną rodzinną historię. Nikt nic nie mówił, nikt nawet nie drgnął. Sekundy mijały, a cisza stawała się coraz bardziej kłopotliwa. I wtedy Mama wypaliła naprawdę z grubej rury:

— No cóż, skoro już wszystko wyjaśniliśmy, może oboje przyjdziecie na jutrzejsze przyjęcie? Mam absolutnie rozkoszne minipity z Waitrose. — Zamilkła i było niemal widać, jak pracują trybiki w jej głowie. — Boże, to miejsce byłoby cudowne na wesele, prawda, kochanie? Vera Wang mogłaby zaprojektować suknię.

To przeważyło szalę.

— Mamo, przestań! — wrzasnęłam na nią. — Żadnego ślubu nie będzie. Moje małżeństwo z Charliem to ostatnia rzecz, o której ktokolwiek tu myśli. Poza tobą. Jego mama nie może cię znieść. Księżna uważa, że jest jak dla nas o wiele za bardzo wyrafinowana. To prawda, co mówi. Charlie i ja nie mamy sobie nic do powiedzenia. Zero. Nic. I wiesz co? Właściwie nawet nie za bardzo go lubię. Potrafi być naprawdę paskudny i protekcjonalny. Swyre'owie nie chcą przyjść na twoje jutrzejsze przyjęcie i nie robią na nich wrażenia minipity. — A potem odwróciłam się do Charliego i oznajmiłam: — Charlie, naprawdę mi przykro z powodu twojego ojca i tak dalej, ale to jakiś koszmar. Jak mogłabym ci zaufać, kiedy nawet mi nie powiedziałeś, że jesteś earlem? Muszę iść. Sami możecie wszystko powyjaśniać.

Płonąc rumieńcem, zakłopotana i bliska łez, uciekłam z biblioteki z butami w dłoni. Popędziłam schodami w dół, wpadłam na podjazd i prosto w ramiona mężczyzny w mundurze.

— Młoda dama ze schroniska? — zapytał policjant.

— To ja — odparłam bez tchu. Było mi wszystko jedno. — Może mnie pan zabrać do domu?

12

Jeżeli chodzi o Starą Plebanię, najbardziej rzuca się w oczy to, że wcale nie jest stara. Ku wielkiej irytacji Mamy nie da się uciec przed faktem, że pochodzi z roku tysiąc dziewięćset sześćdziesiątego piątego, a nie tysiąc sześćset sześćdziesiątego piątego. To bardzo wygodny, stylizowany na wiktoriański dom z czerwonej cegły z czterema sypialniami. Nie powstrzymało to Mamy przed zainwestowaniem w pnące róże, wisterię i bluszcz, obficie puszczone wokół frontowych drzwi i okien, w wysiłku uczynienia domu jeszcze bardziej uroczym i autentycznym niż był.

Kiedy tam dotarłam, nikogo nie zastałam. P.C. Lyle, policjant, na którego wpadłam przed zamkiem, uprzejmie zaholował do domu mój wynajęty samochód. Obeszłam budynek wokoło, do tylnych drzwi, i weszłam przez kuchnię, pracowicie ciągnąc za sobą walizkę. Boże, pomyślałam, wspinając się po schodach do zapasowej sypialni, co ja takiego narobiłam tam, na zamku? Nagle pożałowałam tego, co powiedziałam, o wiele bardziej niż spodziewałam się, że pożałuję. Byłam zirytowana i niespokojna, ale nie wiedziałam dlaczego. Może to po prostu zmęczenie wywołane zmianą czasu. Popołudnie okazało się tak męczące, że chciałam tylko zniknąć na godzinę w łóżku.

Jak na kobietę dręczoną migrenami dokonany przez

Mamę wybór tapety był absolutnie nie do wyjaśnienia. Każdy cal zapasowej sypialni, także sufit, pokrywała tapeta w pnące żółte róże, do której dobrano kołdry i klosze do lamp. Żółte były nawet ręczniki i szlafroki. Kiedy to zobaczyłam, poczułam się, jakbym miała umrzeć od bólu głowy. Reszta pokoju tonęła w rzeczach Julie, zupełnie jakby tu weszła i opróżniła na podłogę i łóżko trzy walizki (prawdopodobnie to właśnie zrobiła). Wszędzie walały się woreczki na biżuterię i kosmetyczki, stosy przyborów do makijażu, dwa telefony komórkowe, iPod oraz nowiutkie ciuchy i buty. Były nawet świece Diptyque i trochę oprawionych w ramki zdjęć Julie i jej taty, rzuconych na sterty ubrań. Julie zawsze podróżuje, jakby chodziło o przeprowadzkę, bo przeczytała w „Paris Match", że Margherita Missoni, młoda, piękna panna z rodziny Missonich, zawsze „personalizuje" swoje hotelowe pokoje rzeczami z domu, żeby czuć się tam swobodniej.

Zostawiłam walizkę i torbę w zebrę na środku podłogi i klapnęłam na rzeczy Julie na jednym z łóżek. Rozpaczliwie usiłując oderwać myśli od ostatnich wydarzeń, ze stolika przy łóżku wzięłam telefon i zadzwoniłam do Jolene.

— He-ej! — powiedziała. — Możesz sobie wyobrazić tę historię z Julie i Henrym? Zawsze powtarzałam, że jedna z nas go złapie. Ale mam pewną kwestię związaną ze ślubem i zastanawiałam się, czy nie mogłabyś jakoś wpłynąć na rozwój wydarzeń?

— Co się stało?

— Julie poprosiła Zaca Posena, żeby zaprojektował jej ślubną suknię. Vera Wang jest taka wkurzona, że grozi odejściem na emeryturę. Możesz przekonać Julie, żeby zrezygnowała z Zaca i zatrudniła Verę? Jeżeli Vera pójdzie na emeryturę, zanim wyjdę za mąż, to umrę. Co ja bym włożyła, na Boga?

— Mnie wspomniała, że sukienkę projektuje Alexander McQueen.

— Boże, nie mów, że jego też poprosiła!

Śluby zawsze budzą w grupie z Park Avenue najgorsze instynkty. Śluby przyjaciółek wpędzają dziewczyny w obsesję własnego ślubu. Ale Jolene miała trochę racji. Jeżeli Vera Wang odejdzie na emeryturę, zdruzgoce to całą niezamężną część żeńskiej populacji Park Avenue. W tym momencie usłyszałam dzwonek komórki. Na pewno trzyzakresowej komórki Julie.

— Spróbuję — powiedziałam. — Muszę lecieć. Dzwoni komórka Julie, lepiej odbiorę.

— Okej. Ale nie zapomnij o Verze i mojej sukni!

Odebrałam telefon Julie. Dzwoniła Jazz. Z głosu sądząc, była poruszona bardziej niż Jolene.

— Gdzie jest Julie? — zajęczała.

— Nie ma jej w tej chwili.

— Och nieee! Muszę z nią pomówić. Pan Valentino rozpaczliwie chce uszyć jej ślubną suknię. Są jakieś szanse na to, że wyrwiesz ją ze szponów Zaca Posena? Nie naciskam, ale naprawdę się boję, że stracę posadę muzy, jeżeli nie załatwię mu ślubu panny Bergdorf z przyległościami.

— Sama nie wiem, Jazz. — Nie miałam ochoty angażować się w tę konkretną aferę.

— Proooooszę. Valentino potrafi się odwdzięczyć. Jestem z nim na jachcie na Morzu Egejskim. Zechcesz przyjechać? Uroczo tu. Boże, co ja mu powiem dziś przy kolacji?

W jednej chwili Jazz była niewinną dziedziczką imperium drzewnego, a w następnej bezwzględnym satelitą imperium mody Valentina. To naprawdę szokujące, kiedy się widzi, jak bliscy przyjaciele uciekają się do przekupstwa. Nie zamierzałam brać w tym udziału bez względu na to, jak wspaniałym strojem mógłby mi się przypochlebić Valentino.

— Jazz, muszę lecieć — powiedziałam.

— Dobrze się czujesz? — zapytała.

— W porządku. Niedługo pogadamy, okej?

W tym momencie zawodowe problemy Jazz wydawały mi się bardzo powierzchownej natury. Sama będzie musiała się z nimi uporać. Z obawy, że mój strój na jutrzejsze przyjęcie strasznie się wygniecie, zwlokłam się z łóżka i zaczęłam rozpakowywać. Powiesiłam swoją nową minisukienkę od Balenciagi (bardzo seksowną i bardzo modną, która najprawdopodobniej nie zostanie w Stibbly doceniona) na drzwiach szafy. Wyjęłam buty, sweter, bieliznę. Ale gdzie były moje wspaniałe wysadzane diamentami kolczyki koła? Mówiąc wprost, właściwie nie należały do mnie, tylko do Julie. Zapomniała o nich, lecz przysięgam, że od wieków mam zamiar je oddać (teraz od ponad dziewięciu miesięcy) i kilka razy prawie mi się to udało.

Przeszukałam każdy cal swojej walizeczki. Opróżniłam kosmetyczkę. Przegrzebałam ciuchy. Chwyciłam torebkę i wytrząsnęłam całą jej zawartość na łóżko. Przewróciłam wszystko do góry nogami. Ani śladu kolczyków. Bez nadziei włożyłam ręce do kieszeni, żeby i je przeszukać. W prawej wyczułam jakiś twardy przedmiocik. Serce mi zamarło, bo przypomniałam sobie emaliowane złote pudełko. Cholera! Kompletnie wyleciało mi z głowy, żeby je odłożyć, po tym gdy znalazł mnie lokaj. Wyciągnęłam je z kieszeni i usiadłam na podłodze po turecku. Pstryknęłam zamknięciem. Wnętrze wyłożone gładkim złotem. Na wieczku znajdowała się inskrypcja: „Ofiarowane earlowi Swyre za odwagę na polu bitwy pod Waterloo, 1815".

O nie. Pudełko było nie tylko pięknym drobiazgiem, wartym pewnie tysiące dolarów, ale miało dla Swyre'ów znaczenie historyczne. Musiałam je jakimś sposobem oddać, tak żeby Charlie się nie dowiedział, że je zabrałam. Jakby jeszcze nie dość mnie potępiał, to mogło tylko pogorszyć sytuację. Nie żeby mnie to obchodziło; to znaczy, nie miałam zamiaru nigdy więcej się z nim widzieć. Gdyby zaoferował mi następną noc z rodzaju tych, których się potem żałuje, wcale by mnie nie kusiło. Miałam go kompletnie dosyć. Nie mogłam się doczekać, kiedy minie jutro i będę mogła wrócić do Nowego Jorku i zaliczyć prawdziwy jednorazowy seks z kimś, kogo nigdy więcej nie zobaczę i kto nie okaże się synem sąsiada, którego rodzina od pokoleń toczy wojnę z moją.

Usłyszałam trzaśnięcie drzwiami na dole i głosy. Wszyscy wrócili. Pospiesznie ukryłam pudełeczko w swojej torbie w zebrę. Liczne stopy wbiegły na schody i nagle Mama, Tata i Julie tłoczyli się w drzwiach.

— Dobrze się czujesz, kochanie? — zapytała Mama. — Czemu leżysz na ubraniach Julie?

— Jestem po prostu naprawdę zmęczona zmianą czasu — oznajmiłam, nie wstając. — Przepraszam za dzisiaj, Mamo. Wcale tak nie myślałam o przyjęciu.

— Jestem pewien, że ludzie wolą tkwić w korkach, niż przyjechać na kolejne przyjęcie twojej matki — stwierdził Tata. — Auuuuu! — zawył, kiedy Mama wymierzyła mu gwałtownego szturchańca w tył głowy.

— To *twoje* przyjęcie, Peter.

— W takim razie chciałbym, żebyś pozwoliła mi zaprosić paru moich przyjaciół.

— Jestem pewna, że wszyscy będą zachwyceni — powiedziałam.

— Po twoim wyjściu mieliśmy uroczą pogawędkę z Caroline. Ten Charlie jest naprawdę uważającym chłopcem. Przekonał matkę, że zachowuje się w kwestii krzeseł melodramatycznie. Pogodziłyśmy się. Po tylu latach! Księżna przychodzi na przyjęcie, z Charliem. Czyż to nie sensacyjna wiadomość?

Nie, pomyślałam. Może gdybym zadzwoniła do Patricka Saxtona, przysłałby po mnie helikopter. Ciekawe, czy mógłby wylądować gdzieś w ogrodzie Starej Plebanii?

— Chyba włożę ten kremowy garnitur z salonu Caroline Charles, jak myślisz?

— Kto to jest Caroline Charles? — zapytała Julie.

— Ulubiona projektantka księżniczki Anny.

Gdyby tylko Mama zdołała stawić czoło faktowi, że jest Amerykanką, i nosić Billa Blassa jak wszystkie inne mamy, wyglądałaby o wiele lepiej.

— Czy wiesz, jakim sposobem jego ojciec zdołał tak zniknąć w Ameryce? — chciała wiedzieć Mama.

— Nigdy nie używali tytułu, tak mi mówił Charlie — odparłam.

— Tytułów, kochanie. Dunlain to rodzinne nazwisko, a tytuły to earl Swyre i wicehrabia Strathan. Jeżeli ma się tyle nazwisk i przemieszcza między różnymi krajami, pewnie nikt nie wie, kim się naprawdę jest. Nie rozumiem Brytyjczyków, żeby ukrywać te wspaniałe tytuły! Zbrodnia. A, nawiasem mówiąc, lordostwo Finnoulla przychodzą jutro z córką Agathą. Jest lesbijką, kochanie, ale wszyscy musimy udawać, że o tym nie wiemy.

*

Reszta nocy była nieznośna. Może Julie naprawdę wyglądałaby bardziej olśniewająco w sukni Valentina niż Zaca Posena, myślałam, gdy nie śpiąc, leżałam w swoim łóżku w gościnnej sypialni. Wszystko po to, żeby oderwać umysł od wydarzeń minionego dnia. To znaczy, owszem, Zac P. jest w tej sekundzie najmodniejszym projektantem świata, ale czy dziewczyna naprawdę chce wyglądać w dniu ślubu jak Chloe Sevigny? Przysięgam, że nie miało to nic wspólnego z chęcią dostania darmowej kreacji od Valentina, ale nagle poczułam przymus powstrzymania Julie od zrujnowania sobie dnia ślubu strojem w stylu hinduskiej aktorki.

— Julie — wyszeptałam. — Nie śpisz jeszcze?

— Tak jakby. A co?

— A myślałaś o Valentinie, w kwestii sukni? Bo wiesz, kiedy Debra Messing włożyła jego kreację na rozdanie Złotych Globów, w jedną noc z nieznanej panienki z telewizji awansowała na gwiazdę mody. Może Zac jest zbyt awangardowy.

— Proszę całe tłumy projektantów, żeby coś dla mnie wymyślili. Staram się po prostu wszystkich zadowolić. A zdecyduję się w dniu ślubu. Zawsze milion razy zmieniam zdanie co do tego, w czym mam wyjść, więc uważam, że w dniu ślubu muszę mieć możliwość wyboru.

— Nie możesz tego zrobić.

— Ależ jak najbardziej mogę. Jesteś w stanie uwierzyć, że Charlie ma ten niewiarygodny dom? I wszystkie te antyczne rzeczy? Zastanawiam się, czy kiedykolwiek mnie tam zaprosi, po tym jak byłam taka wstrętna i w Paryżu umawiałam się z Toddem. Eeł, to umawianie się z trzema facetami naraz, które uskuteczniałam!

Henry naprawdę miał wpływ na Julie. Chodzi mi o to, że dawniej nawet nie miała świadomości, że umawia się z trzema facetami jednocześnie, a co dopiero mówić o okazaniu skruchy.

— Julie, mogę cię o coś zapytać?

— Jasne.

— Czy Charlie zerwał z tobą w Paryżu?

— Eeł! No dobra, chyba tak.

— To dlaczego powiedziałaś, że wciąż ze sobą jesteście?

— Ech. Bo z historycznego punktu widzenia nikt nigdy nie porzuca Julie Bergdorf. Nie rozumiem, czemu pozwalasz, żeby tylu facetów z tobą zrywało. Myślisz, że Charlie sprzedałby któryś z obrazów? Naprawdę podoba mi się ten Canaletto w bibliotece. O wiele ładniej wyglądałby w mojej sypialni w Pierre.

— Nie wydaje mi się, żeby ludzie tutaj sprzedawali rodzinne majątki — stwierdziłam.

— Szkoda. Wszyscy myślą, że jesteście w sobie do szaleństwa zakochani. A on ma ten dom i tak dalej! Bylibyście uroczą parą.

Boże, Julie zmieniała się w moją Mamę.

— Julie, przestań!

— Nie byłby wcale złym kandydatem na randkę. Przynajmniej wiemy, że może sobie pozwolić na szofera. Jest genialną partią. Przypomnę ci tylko, że po tym niesamowitym ataku złości po południu i po tym, jaka byłaś dla Charliego niegrzeczna...

— O Boże, byłam strasznie niegrzeczna? — Zaczynało do mnie docierać, jak niewybaczalnie złe maniery dziś zaprezentowałam.

— A *nie* byłaś?

Biorąc pod uwagę, że mówiła to miłościwie panująca królowa złych manier we własnej osobie, tego już było za wiele. A jednak Julie miała rację. No bo włamałam się do jego domu, ukradłam urocze cacko — chociaż skoro o tym nie wiedział, właściwie się nie liczyło — przeszłam na jego oczach poważne załamanie, obraziłam go, obraziłam jego mamę, obraziłam moją Mamę, a wszystko bezpośrednio po pogrzebie w rodzinie. Patrząc wstecz, zdałam sobie sprawę, jaka byłam kłopotliwa i denerwująca w całej aferze pod hasłem „Mały Earl", z tym przekonaniem, że Charlie próbował mnie oszukać. Teraz, leżąc w ciemnościach, poczułam się głupio. Może zareagowałam zbyt gwałtownie. Charlie był pewnie najporządniejszym człowiekiem świata — nawet jeśli tamtej nocy w hotelu Mercer okropnie wykorzystał chwilę mojej słabości — tak naprawdę zachował się wobec mnie strasznie słodko przy kilku niefortunnych okazjach. Nie starał się wprowadzić mnie w błąd, po prostu nie był parszywym szpanerem, w przeciwieństwie do innych moich facetów w rodzaju Eduarda i Patricka, że wymienię tylko dwóch. To znaczy, chcę powiedzieć, że angielscy panicze przestrzegają jakiegoś zwariowanego kodeksu honorowego, który nakazuje pod żadnym pozorem nie robić niczego, co mogłoby zostać poczytane za najlżejszą choćby chęć pokazania się. Prawda była taka, przyznałam w duchu z żalem, że Charlie prezentował nieskazitelne maniery, a ja pokazałam się dzisiaj jako osoba daleka od ideału.

— Julie, Boże, czuję się jak straszny osioł. Myślisz, że mi wybaczy, jeżeli jutro na przyjęciu go przeproszę?

I mogłabym zwrócić to pudełeczko, pomyślałam. To byłoby niemal równie trudne jak przeprosiny. Zdążyłam się już kompletnie przywiązać do tego boskiego drobiazgu. Moje tabletki przeciwbólowe wyglądałyby w nim o wiele ładniej niż w firmowym kartoniku.

— Owszem, powinnaś. A potem możemy wszyscy zabawić się na przyjęciu, a wy może nawet poszlibyście do łóżka.

— Julie, przestań! Masz ambien? — zapytałam. Nie było mowy, żebym zasnęła bez chemicznego wspomagania.

— Jasne — powiedziała Julie, macając podłogę w pobliżu. Znalazła plastikowy słoiczek, otworzyła go i wręczyła mi maleńką jasnopomarańczową tabletkę.

Wsunęłam ją do ust i popiłam łykiem wody. Och, pomyślałam, opierając się o chrzęszczącą, lnianą irlandzką poduszkę Mamy. Gdybym tylko mogłam wziąć następny ambien zaraz po obudzeniu.

*

— Włóż to — zarządziła Julie następnego dnia, wręczając mi bladoróżową jedwabną sukienkę, wykończoną koronką. Z boku miała seksowne rozcięcie. Była całkowicie nieodpowiednia na angielskie przyjęcie w ogrodzie.

— Wkładam sukienkę od Balenciagi — zaprotestowałam.

— Nie możesz! Strasznie się opatrzyła. Miała ją Kate Hudson na Złotych Globach, a potem było to zdjęcie Charlize Theron z Cannes. W następnej kolejności pojawi się w niej Rebecca Romijn-Stamos na rozdaniu nagród MTV i wtedy naprawdę będzie zużyta — westchnęła Julie. — Obawiam się, że biała sukienka w szkolnym stylu nie jest najlepszym ciuchem na akcję „złapać faceta z zamkiem".

Ponieważ i tak nie planowałam łapania faceta z zamkiem, było mi w sumie wszystko jedno. Ale przyszło mi na myśl, że może kiedy oddam złote pudełko, Charlie mniej się rozzłości, jeżeli będę naprawdę ładnie wyglądać i pokażę kawałek nogi. Jeśli możesz odwieść mężczyznę od zamierzonego celu, korzystając z pomocy mody, zrób to, zawsze powtarzam. Włożyłam jedwabną sukienkę. Dochodziła pierwsza i powinnyśmy dołączyć do gości.

— Wyglądasz smakowicie — stwierdziła Julie, która sama wyglądała równie smakowicie w prostej pistacjowej sukni Narciso i zbyt wielu perłach.

— Dzięki, Julie — powiedziałam, ukradkiem wyjmując pudełeczko z torby i wpychając je do torebki koperty, którą zabierałam ze sobą. — Zejdźmy na dół. Mama zaraz zacznie szaleć.

*

— Kochanie, juuu-huuu! Tutaj!

Mama przyzywała nas z Julie z cienistego kąta namiotu na tyłach ogrodu. Przyjęcie Taty szło pełną parą, idealny obraz angielskiego życia na wsi. Goście przelewali się z miejsca na miejsce, sącząc pimmsa na trawniku za domem. Muszę przyznać, że Mama świetnie się spisała. Jeśli chodzi o wystrój, poszła w stuprocentowego Thomasa Hardy'ego (jedna z jej ulubionych inspiracji). Ustawiła wszędzie drewniane ławeczki, żeby goście mieli na czym przysiąść, a na stołach szklane słoje wypełnione kwiatami z wiejskich ogrodów — łubinem, pachnącym groszkiem, chabrami. Tata był w swoim żywiole, ubrany w ulubiony garnitur w prążki z lekkiej bawełny, otoczył się stadkiem długonogich nastoletnich córek swoich przyjaciół. Jak przewidziała Mama, słońce lało się z nieba, jakbyśmy byli na South Beach. Gdybym tylko nie czuła się taka spięta, pomyślałam, mogłabym się naprawdę nieźle bawić.

Chwyciłyśmy z Julie po pimmsie i powędrowałyśmy w kierunku Mamy. Miała na sobie wspomniany wcześniej kremowy garnitur i kapelusz. (Jeśli pojawi się szansa na wystąpienie w kapeluszu, Mama z niej skorzysta. Możecie to sobie wyobrazić). Wyglądała na przesadnie wystrojoną, podobnie Julie i ja; większość gości włożyła znoszone słomkowe kapelusze i wiekowe suknie koktajlowe, bo zwyczajowo taki strój noszą na ogrodowych przyjęciach brytyjskie klasy wyższe.

— Mój Boże, czy ci ludzie nie słyszeli o modzie? — zapytała Julie, gdy przecinałyśmy trawnik.

— Julie, Brytyjczycy uważają, że moda to bezguście — wyjaśniłam.

— Naprawdę smutne — powiedziała, robiąc tragiczną minę.

— Czy masz podkład kochanie? — chciała wiedzieć Mama.

— Prawdę mówiąc, nie, mamo. Jest za gorąco — odparłam.

— Julie, wyglądasz cudownie, kto szył tę sensacyjną sukienkę? — zapytała. Zanim Julie zdążyła odpowiedzieć, Mama spojrzała na kogoś ponad moim ramieniem i powiedziała: — Ach, ksssssiężna. — Zamarłam. To będzie upokarzające, pomyślałam. — Jak cudownie panią widzieć. Pimmsa?

Julie i ja odwróciłyśmy się, żeby zobaczyć nadchodzącą Caroline, w stu procentach szykowną w niedbały angielski sposób. Miała na sobie męskie spodnie i przejrzysty indyjski szal, elegancko zarzucony na ramiona.

— Brooke, mów mi, proszę, Caroline.

— Caroline. Pimmsa? — powtórzyła Mama, promieniejąc uśmiechem.

— Halo, dziewczęta — powiedziała księżna. — Co za urocze stroje.

— Dziękuję. Pani też wygląda absolutnie niesamowicie — stwierdziła Julie.

— Julie, opowiedz nam o swoim ślubie. Kto projektuje suknię? — zagadnęła Mama.

Zupełnie nie mogłam się skupić na tego typu ploteczkach. Gdzie był Charlie?

— Codziennie się to zmienia... oczywiście... ale teraz Oscar de la Renta, Valentino, McQueen i Zac Posen. Pewnie zdecyduję się w dniu ślubu — wyjaśniła Julie.

— Czy ktoś się nie zirytuje? — zapytała Caroline.

Ze słodkim uśmiechem Julie odparła:

— Tak, prawdopodobnie, ale widzi pani, jestem naprawdę rozpuszczona, bardzo bogata i wyjątkowo ładna, więc robię dokładnie to, co chcę. — Widząc zaszokowaną minę Caroline, dodała: — W porządku, nie musi mi pani współczuć. Lubię siebie taką.

— A gdzież to nasz solenizant? — zapytała Caroline.

— Peter pali z nastolatkami — wyjaśniła Mama. — A gdzie twój chłopiec? W drodze, mam nadzieję.

— Przesyła ukłony, Brooke. Prosił, żebym wam wszystkim przekazała, jak mu strasznie przykro, że go tu nie ma. Musiał rano wracać do Los Angeles.

— Tak szybko po pogrzebie? — zdziwiła się Mama, nie umiejąc ukryć rozczarowania.

— Niedawno reżyserował film i zdaje się, że ktoś chce z nim rozmawiać o zrobieniu kolejnego. Powiedział, że musi jechać. Wiesz, jacy są Amerykanie, kiedy chodzi o biznes. Strasznie przebojowi, prawda? — stwierdziła znacząco Caroline.

Charlie nie przyjdzie? Katastrofa w perspektywie planowanych przeprosin. Nagle zrobiłam się niespokojna i rozdrażniona.

— Julie, może pójdziemy przynieść sobie po drinku? — powiedziałam, robiąc minę „wynośmy się stąd”.

— Co takiego? — zapytała Julie.

— Zaraz wracamy, Mamo — rzuciłam, chwytając Julie za rękę i wyprowadzając ją z namiotu.

Razem wślizgnęłyśmy się do kuchni. Panował tam przerażający upał, ponieważ Mama upiera się przy korzystaniu z kuchenki Aga, preferowanej przez bogatych Brytyjczyków. Wszyscy muszą ją mieć, jak Amerykanie, pośród których każdy, kto jest kimś, musi być właścicielem lodówki Sub-Zero. Problem polega na tym, że kuchenki tej marki są stale włączone, nawet latem. W kuchni było gorąco jak w piecu, ale przynajmniej zostałyśmy same.

— Boże, Julie, i co ja mam teraz zrobić? — odezwałam się niespokojnie.

— O czym ty mówisz? Czemu się hiperwentylujesz? — zapytała Julie. Wyglądała na zmartwioną.

— Nie ma go!

— Kogo?

— Charliego.

— I co?

— Jak go teraz przeproszę? Jak powiem, że mi przykro z powodu tego niegrzecznego zachowania i tak dalej?

Chociaż, prawdę mówiąc, nie mogłam znieść myśli o spotkaniu z nim po tym, co wczoraj zaszło, nagle naprawdę zaczęło mi przeszkadzać, że Charlie się nie pojawił.

— Wyślij mu e-maila — zaproponowała Julie.

— To by było strasznie nieuprzejme. Przepraszać należy osobiście, jeżeli ma to coś znaczyć — odparłam.

— Masz na jego punkcie kompletną obsesję.

— Wcale nie! Tylko co mam zrobić? — jęczałam, chodząc po kuchni.

— Czemu tak ci zależy na osobistych przeprosinach? Jesteś w nim szaleńczo zakochana czy co?

— Och, Julie, nie o to chodzi. Po prostu okropnie się czuję z powodu mojego strasznego wczorajszego zachowania. Chcę, żeby zobaczył, jaka potrafię być odpowiedzialna, dojrzała i że jestem dobrym człowiekiem, i w ogóle.

— Kogo ty nabierasz? Szalejesz za nim.

— Julie! Jest znacznie gorzej, niż myślisz. Wczoraj wieczorem ukradłam coś z biblioteki.

— Nie! Zabrałaś coś z rodzinnej biżuterii?

— Nie, pudełeczko na tabletki.

— Eeł. — Julie wyglądała na nieco rozczarowaną. — I co to za wielka sprawa?

Pogrzebałam w torebce, wyjęłam maleńkie emaliowane puzderko i położyłam na kuchennym stole. Otworzyłam wieczko i pokazałam Julie inskrypcję.

— Boże, jakie piękne! Uważam, że powinnaś je zatrzymać jako pamiątkę — powiedziała.

— Nie mogę.

— No dobrze, wślizgniemy się tam, odłożysz je na miejsce i nikt się nie zorientuje. Chodź, kochanie, wsiadamy do samochodu i od razu jedziemy.

*

Ilekroć Julie wpada do Europy, zawsze wynajmuje odlotowe bmw, żeby skorzystać z liberalnych przepisów co do ograniczeń prędkości. Drogi do zamku ze wszystkimi zakrętami mającymi dziewięćdziesiąt stopni i ostrymi spadkami nie stanowiły dla niej żadnej przeszkody — brała je, jakby prowadziła w rajdzie Monako.

— Julie, zwolnij! — wrzasnęłam, kiedy równie szybko pokonałyśmy kolejny zakręt.

— O Boże, przepraszam — powiedziała, dramatycznie hamując. — Uważam, że powolna jazda jest strasznie wieśniacka. — Zwolniła do bardziej znośnej prędkości. Gdy minęłyśmy pole kukurydzy, usiane dzikimi makami, odezwała się: — Nie mogę uwierzyć, że jeszcze tego nie omówiłyśmy, ale co sądzisz o moim zaręczynowym pierścionku? — Błysnęła nim w słońcu. Kamień był tak wielki, że pomieściłby Układ Słoneczny.

— Naprawdę niesamowity.

— Wiesz, jak to powiadają. Im większy diament, tym dłuższy związek.

Szczerze mówiąc, trochę mnie martwią wyobrażenia Julie na temat małżeństwa. Jednak nie wydoroślała aż tak bardzo, jak sądziłam, od czasu zaręczyn.

— Ma na własność połowę Connecticut, mniej więcej. A wiesz, że kocham to miejsce.

Julie zdecydowanie była zakochana. Od zawsze ma uczulenie na Connecticut. Od zawsze powtarza, że widok kobiet jeżdżących bez celu range roverami, noszących identyczne kaszmirowe golfy od Lora Piana w kolorze waniliowym i pojedyncze diamenty wzbudza w niej myśli samobójcze.

— Chcesz, żebym z tobą weszła? — zapytała piętnaście minut później, gdy zatrzymałyśmy się przed wejściem do zamku.

— Nie, po prostu zaczekaj tu w samochodzie przygotowanym do ucieczki. Wracam za pięć minut — powiedziałam, chowając puzderko do torebki i wychodząc z auta.

— Okej, kochanie! Nie daj się złapać.

*

Boże, pomyślałam, wślizgując się przez główne wejście, może się zrobić paskudnie, jeżeli znów trafię na lokaja. Skradając się po schodach i wzdłuż korytarza do biblioteki, poczułam się zniesmaczona na samo wspomnienie wczorajszego ataku złości. Chciałam tylko odłożyć pudełeczko i się wynieść. Nawet jeżeli nigdy nie uda mi się przeprosić Charliego osobiście, mogę przynajmniej odzyskać honor, zwracając pudełko. Inni niekoniecznie muszą mieć świadomość, że odzyskuję honor, skoro nikt nie wie, że w ogóle zabrałam ten drobiazg.

W chwili gdy właśnie wchodziłam do biblioteki, usłyszałam, że otwierają się drzwi po mojej lewej. Zamarłam. A jeśli to lokaj? Dwukrotne aresztowanie podczas dwudziestu czterech godzin to więcej, niż byłam w stanie znieść. Rozejrzałam się. Nie miałam odwagi przejść dalej, nie miałam też odwagi się cofnąć. Stanęłam w ciemnej alkowie, nade mną wisiała głowa wypchanego rogacza. Spięta obserwowałam otwierające się drzwi i pojawiającą się w nich postać. Zatkało mnie. Charlie! Co on tu robi? Czy nie powinien być w drodze do LA?

Spojrzał wprost na mnie. Wydawał się nawet bardziej zszokowany niż ja. Boże, pomyślałam, będę musiała przeprosić, stojąc z nim twarzą w twarz, przyznać się, że mam to pudełko, i być dojrzała i uczciwa we wszystkim. Teraz, kiedy miałam szansę, wcale nie miałam ochoty. Ha, przynajmniej ten jeden raz Charlie zaniemówił. Nie tylko, wykryłam na jego twarzy lekko zawstydzoną, zakłopotaną minę. Boże, nie mogłam uwierzyć, Charlie naprawdę się rumienił. Trwała niewygodna cisza.

— Myślałam, że pojechałeś do LA. Co tu robisz? — zapytałam w końcu.

— Um... — Charlie wyglądał na jeszcze bardziej zakłopotanego.

— Tak?

— Prawdę mówiąc, nie byłem w stanie stawić czoła temu przyjęciu po wczorajszym.

— Rozumiem — powiedziałam, myśląc, że to strasznie niegrzeczne po tym wszystkim, co zaszło.

— Nie chciałem cię denerwować bardziej, niż już to zrobiłem. Wyjeżdżam do LA dopiero jutro wieczorem. Boże, wyszedłem na kompletnego durnia, prawda? — tłumaczył się zawstydzony.

Role się odwróciły. Po raz pierwszy w historii to Charlie przepraszał mnie. Tak wyłącznie *entre nous*, byłam tym zachwycona.

— Kompletnego, faktycznie — potwierdziłam, nie umiejąc opanować szerokiego uśmiechu. Odpowiedział tym samym, poczuł się nieco pewniej.

— Przepraszam. Nie chciałem cię obrazić, naprawdę. Ładna sukienka — dodał.

Widzicie. Zadziałało. Udało mi się całkowicie odwrócić jego uwagę od włamania wyłącznie dzięki strojowi od Julie.

— Dzięki.

Podszedł krok bliżej, wpatrując się we mnie natarczywie.

— No i co, zamierzasz wypracować nawyk włamywania się tutaj?

— Nie! — Cholera. Może role jednak się nie odwróciły.

— To co tutaj robisz?

— Więc dobrze...

Boże, wciąż jest *très* uroczy, pomyślałam, nawet bez tła w postaci Canaletta. W granatowej koszuli i spodniach wyglądał wręcz absurdalnie przystojnie. Ależ się wkopałam. To znaczy, kiedy się dowie, że jestem złodziejką, nie będzie szans na to, by czegokolwiek pożałować.

— Co dobrze? — Podszedł i oparł się o ścianę tuż obok mnie.

Musiałam wziąć się w garść. Nie przyszłam tu organizować kolejnego godnego pożałowania scenariusza z Charliem.

— O Boże, jestem taka zawstydzona z powodu wczorajszego dnia — odezwałam się w końcu. Teraz przyszła moja kolej na rumieniec. — Naprawdę mi przykro, Charlie, że to powiedziałam. Nie uważam twojej mamy za snobkę, nie myślałam wcale, że chciałeś mnie oszukać i naprawdę cię lubię...

— Nie sądzę, żebyśmy mogli się widywać — oznajmił Charlie.

— Naprawdę?

— Zdecydowanie. Jesteś okropną dziewczyną.

— Przepraszam — powiedziałam ze smutkiem. Spojrzałam na niego. Jeśli się nie myliłam, miał w oczach bardzo figlarne ogniki. — Żartujesz ze mnie! — Roześmiałam się. — Myślisz, że potrafiłbyś wybaczyć takiej okropnej osobie jak ja?

— Oczywiście, że ci wybaczam. Jakżeby inaczej, w tej sukience?

I to jest w Charliem miłe. Wybacza mi wszystko niemal natychmiast. Szczerze to podziwiam. Większość znanych mi ludzi całe wieki nie potrafi wybaczyć nawet drobiazgu. Ja także nie mogę wybaczyć Julie tego, że ukradła moje ulubione stringi. Eeł, teraz będę musiała powiedzieć mu o puzderku.

— Nie miej takiej zmartwionej miny! — poprosił, widząc moje zdenerwowanie. — O co chodzi?

— Bo tak naprawdę jest coś jeszcze. — To złote pudełeczko może zrujnować atmosferę odprężenia, pomyślałam żałośnie.

— Zniosę to — oświadczył, patrząc mi prosto w oczy.

Przez ułamek sekundy też patrzyłam mu prosto w oczy. Przysięgam, że nie przesadzam, kiedy to mówię, ale był w tym spojrzeniu cały wszechświat. Przeszłość, przyszłość, słońce, niebo, każda para butów, jaką kiedykolwiek zaprojektował Marc Jacobs, każde bellini, każda balowa suknia, każda wyprawa do Rio, jaką kiedykolwiek odbyłam. Boże, pomyślałam, jak mogłam pozwolić, żeby Charlie tak łatwo wyślizgnął mi się z rąk? Jest naprawdę świetny. Miły, cudowny, najrozkoszniejszy na świecie — i to nie licząc, jaki dobry jest w łóżku, i ślicznego zamku, i całej reszty. (Nie żeby to robiło na mnie jakiekolwiek wrażenie, oczywiście). Ależ byłam głupia! Przez ostatnie miesiące nikt nie troszczył się o mnie bardziej od Charliego. To prawda, byłam niewyobrażalnie rozzłoszczona, kiedy uratował mi życie w Paryżu i tak dalej, ale gdy się nad tym zastanowić, zachował się czarująco. A jak wsadził mnie do samolotu z Nicei do Nowego Jorku, miałam ochotę go zamordować, ale jednak po wszystkim przyznałam w duchu, że postąpił strasznie słodko.

— Co takiego miałaś mi powiedzieć? — zapytał, biorąc mnie za rękę.

Co ja miałam mu powiedzieć? Nie potrafiłam niczego z siebie wydusić, dosłownie. Kiedy Charlie mnie dotknął, poziom cukru spadł mi o piętnaście mil. Prawda była taka, zdałam sobie sprawę, że nie cierpiałam na hipoglikemię, absolutnie. Spróbuję lepiej to wyjaśnić. Jeżeli człowiek miewa ataki hipoglikemii tylko w obecności jednej osoby, bardziej prawdopodobne, że się zakochuje, niż że nagle nabawił się paskudnej choroby.

— Chodzi o to, Charlie, że muszę się do czegoś przyznać — powiedziałam, zaczynając otwierać torebkę.

Boże, czasami mam ochotę zamordować Julie. No bo

oczywiście miała rację w każdym punkcie. Byłam *très, très* zakochana w Charliem i kompletnie zawrócił mi w głowie, a on jutro miał wyjechać do LA! Może powinnam powiedzieć mu, co naprawdę czuję, i niech się dzieje, co chce. Poważnie, musiałam to zrobić. To znaczy, gdybym mu powiedziała o tym puzderku, a potem natychmiast wynagrodziła to naprawdę romantycznym, niezwykle godnym pożałowania popołudniem, na pewno nie byłby na mnie wściekły? Żeby zacytować Julie Roberts z *Pretty Woman*, chciałam bajki. Ona powiedziała Richardowi Gere, co do niego czuje, i wszystko się udało, a nie jest aż o tyle ode mnie ładniejsza, z wyjątkiem uśmiechu. No i była w tym filmie dziwką, a Richardowi kompletnie to nie przeszkadzało.

— Do czego przyznać? — odezwał się Charlie.

Odwrócił się do mnie i przesunął palcem wzdłuż mojego nosa i przez usta. Boże, może jednak będzie czego żałować. Może nie powinnam tak od razu wyjaśniać mu sprawy pudełka. Istniała możliwość, że zbliża się niezwykle romantyczna chwila i głupio by było ją zrujnować. Charlie wciąż patrzył na mnie wyczekująco. Musiałam coś powiedzieć.

— Muszę przyznać, że... moim zdaniem strasznie słodko zaopiekowałeś się mną wtedy, na lotnisku w Nicei. Przepraszam, że byłam taka niewdzięczna.

— Jak mogłem się oprzeć? — westchnął. — Jesteś nieznośna.

— Och. — Cóż za rozczarowanie. Może jednak nie byłam Julią Roberts. Może byłam po prostu *moi*.

— Nie patrz tak, jakbym ci złamał serce! Jesteś cudowna, nawet jeśli doprowadzasz mnie do szału.

— Do szału?

— Tak, ale jesteś inna niż te wszystkie dziewczyny z Nowego Jorku. Jesteś zabawna i nawet o tym nie wiesz. To słodkie. Czasami mi się zdaje, że zostałaś stworzona specjalnie dla mnie — powiedział Charlie, całując mnie w usta.

Przysięgam, że nie przesadzam, ale ten pocałunek był niewyobrażalny. Naprawdę. Po takim pocałunku ma się wrażenie, że już nigdy nie zechce się całować nikogo innego. To znaczy, można mieć wszystkie koktajle bellini i wszystkie balowe suknie świata, można dostawać zaproszenia do prywatnych samolotów i diamenty od Harry'ego Winstona albo perły od Freda Leightona, można mieć sześć sklepów Marca Jacobsa w zasięgu ręki i co wieczór chodzić na premiery filmowe i uroczyste kolacje, ale kiedy trafia się taki pocałunek, sklepy Marca Jacobsa nagle zupełnie przestają się liczyć. Najprawdziwsza prawda jest taka, że człowiek się czuje, jakby już nigdy nie miał mieć ochoty na zakupy, a to naprawdę o czymś świadczy.

— Chłopaki! Hej, mój Boże, pogotowie romansowe! Zadzwońmy pod dziewięćset jedenaście kreska MIŁOŚĆ!

Przerwałam pocałunek życia i zobaczyłam Julie stojącą na szczycie schodów. Kompletnie zapomniałam, że czeka przed domem w samochodzie.

— Julie, strasznie przepraszam! — Roześmiałam się.

— Oboje jesteście uroczy! Wyglądacie jak z reklamy Eternity! Czemu ja zawsze muszę mieć rację? A nie mówiłam, że jesteście szaleńczo zakochani? Słuchajcie, muszę wracać na przyjęcie.

— Muszę jechać z tobą? — zajęczałam.

No bo kocham mojego Tatę i w ogóle, ale miałam przeczucie, że tylko krok dzieli mnie od czegoś maksymalnie godnego pożałowania, a wiecie już, że kiedy mogę wybrać między szklanką pimmsa a podróżą do Brazylii, zawsze stawiam na Brazylię.

— Nie — stwierdziła Julie. — Zostań. Kiedy powiem twojej mamie, że godzisz się z Małym Earlem, absolutnie ci wybaczy, że przegapiłaś urodziny taty.

— Julie, nie możesz! Muszę wrócić — powiedziałam, odwracając się do Charliego.

— Nie sądzę — Charlie mocno przytrzymał mnie za rękę. — Zostajesz ze mną.

— No to lecę, chłopaki. — Tuż przed zejściem ze schodów odwróciła się i dodała: — Nawiasem mówiąc, Charlie, wiem, że jesteś świetną partią z połową Szkocji i wszystkimi tymi Canalettami, ale to ona jest naprawdę warta zachodu.

W chwili gdy Julie wyszła, wślizgnęliśmy się do tego wspaniałego pokoju z łóżkiem z kolumienkami, udrapowanym w chiński jedwab; okazało się równie wygodne jak łóżka w Czterech Porach Roku, o których wszyscy tyle gadają. Zdaje mi się, że potem Charlie powiedział coś *très* romantycznego w rodzaju, jaki to miał niesamowicie niski poziom cukru, od momentu kiedy mnie poznał, i że przy mnie często kręciło mu się w głowie w ten przyjemny sposób. Strasznie mi przykro, wiecie, że nie potrafię przypomnieć sobie dokładnie pięknych słów, jakich użył, ale chwila nie sprzyjała dbałości o prawdę historyczną. Jedno umiem stwierdzić na pewno, całował mnie dobrze ponad dziewięćset siedemdziesiąt sześć sekund w sześć różnych miejsc.

W każdym razie pocałunki były takie rozkoszne, że zapomniałam o oddychaniu — wiecie, jak to bywa przy naprawdę zawodowym całowaniu — a kiedy mózg pozbawiony jest tlenu przez tak długie okresy, wszystko staje się mgliste i niezbyt wyraźnie pamięta się intymne szczegóły. Nie jestem całkiem pewna, co dokładnie zaszło po pocałunkach, ale coś godnego pożałowania, jak sądzę. Gdyby nakręcić o tym film, w Ameryce nie dostałby pozwolenia na dystrybucję. Naprawdę była to zupełnie inna Brazylia niż ta, którą miałam za tak dobrze sobie znaną, jeśli rozumiecie, co chcę powiedzieć. Serio, myślałam, że wiem o Rio i Ameryce Łacińskiej wszystko, co wiedzieć można, a okazało się, że o niczym nie miałam pojęcia. W każdym razie po wszystkich tych godnych pożałowania wydarzeniach, których, tak się przypadkiem składa, zupełnie nie żałuję, poczułam się, co łatwo zgadnąć, wyczerpana.

— Mogę cię czymś poczęstować? — zapytał Charlie, uśmiechając się do mnie, jakby to była Gwiazdka czy coś w tym stylu. Boże, wyglądał uroczo z tym Fragonardem nad głową. Każdy raz w życiu powinien zaliczyć seks pod francuskim olejem, prawda? — Czym tylko zechcesz.

— Czym zechcę?

— Czym zechcesz.

— *Marzę* o koktajlu bellini.

KONIEC
(prawie)

Kilka rzeczy, które chcę odwołać:

1. Wcale tak nie myślałam o łóżkach z kolumnami, naprawdę. Są w stu procentach potworne. (Złote puzderko jest pod poduszką, w razie gdyby ktoś się zastanawiał, co się z nim stało).

2. Z przemianą wewnętrzną nie należy przesadzać. Ale to gadanie, jak to nigdy już nie wsiądę do PO, było po prostu głupie.

3. Jolene jest mężatką, choć ten fakt regularnie uchodzi jej uwagi.

4. Policja wyśledziła futro z szynszyli w second--handzie na Upper West Side. Valentino był strasznie zmieszany, kiedy je odesłałam: najwyraźniej żadna aktorka ani dziewczyna z towarzystwa nie zwraca takich rarytasów.

5. Muffy wciąż ma trzydzieści osiem lat. W przyszłym tygodniu będzie miała trzydzieste siódme urodziny.

6. Julie przełożyła datę ślubu na bliżej nieokreśloną przyszłość, kaprysy na temat kwiatów tak się jej spodobały, że nie zamierza z tym kończyć.

7. Vera Wang nie przeszła na emeryturę. W związku z bezprecedensową jednomyślnością niezamężnych Księżniczek z Park Avenue Julie zgodziła się, żeby Vera zaprojektowała jej suknię.

8. Lara wciąż jeszcze nie otrząsnęła się z szoku z powodu wyprzedaży u van Cleefa, ponieważ nie zaprosili jej już drugi rok z rzędu.

9. Patrick Saxton zostawił wiadomości dla Jazz Conassey pod sześcioma różnymi numerami. Nie oddzwoniła, oczywiście.

10. Charlie wynajął zamek schronisku dla matek na czas nieokreślony. Wszyscy we wsi są teraz ich Nowymi Najlepszymi Przyjaciółmi, wliczając Mamę, która stara się zmusić Tatę, żeby ją rzucił, bo wtedy mogłaby się tam wprowadzić. Ja tymczasem mam na oku wspaniałe mieszkanie w Soho dla nas dwojga.

11. Prawie cały czas cierpię teraz na hipoglikemię. To stan przewlekły. Gorąco polecam.

KONIEC
(definitywny)

Podziękowania

Księżniczki z Park Avenue nie powstałyby bez pomocy wielu osób. Chcę podziękować Annie Wintour, której wsparcie podczas pracy w amerykańskim „Vogue" i w czasie pisania książki było nieocenione; moim redaktorom, Jonathanowi Burnhamowi w Miramax Books i Juliet Annan w Viking Books za ich staranną pracę redakcyjną i poświęcenie, oraz Elizabeth Sheinkman za to, że jest wspaniałą agentką.

Mam szczęście mieć w Nowym Jorku przyjaciół i kolegów, którzy zawsze byli gotowi odpowiadać na pytania, czy to o grubość splotu w prześcieradłach w hotelu Mercer, czy o szczegóły diety du Cap. Bardzo dziękuję doktorowi Stevenowi Victorowi, Marinie Rust, Andre Balazsowi, Anthony'emu Toddowi, Billowi Tansy'emu, Samancie Gregory, Sandy Golinkin, Pameli Gross, Holly Peterson, Davidowi Netcie, Julie Daniels-Janklow, Alexandrze Kotur, Larze Shriftman, Elizabeth Saltzman, Stephanie Winston Wolkoff, Kadee Robbins, Mirandzie Brooks i Hamishowi Bowlesowi.

Tych przyjaciół, z którymi widywałam się podczas pisania i redakcji — Katie Collins, Mirandę Rock, GKP, Helen James, Kare Baker, Allie Esiri, Bay i Daisy Garnett, Seana Ellisa, Ritę Konig, Richarda Masona, Bryana Adamsa, Alana Watsona, Matthew Williamsona, Vicky Ward, Susan Block, Lucy Sykes, Alice Aykes, Toma Sykesa, Freda Sykesa, Josha Sykesa, Valerie Sykes i To-by'ego Rowlanda — przepraszam za wszystkie jęki i narzekania. Teraz możemy rozmawiać o czymś innym.